Desejo Sombrio

Universo dos Livros Editora Ltda.
Rua do Bosque, 1589 - Bloco 2 - Conj. 603/606
Barra Funda - São Paulo/SP - CEP 01136-001
Telefone/Fax: (11) 3392-3336
www.universodoslivros.com.br
e-mail: editor@universodoslivros.com.br
Siga-nos no Twitter: @univdoslivros

Desejo Sombrio

CHRISTINE
FEEHAN

São Paulo
2012

UNIVERSO DOS LIVROS

Diretor editorial: Luis Matos
Editora-chefe: Marcia Batista
Assistentes editoriais: Bóris Fatigati,
Raíça Augusto e Raquel Nakasone
Tradução: Mauricio Tamboni
Preparação: Luís Protásio
Revisão: Arlete Zebber e Letícia Vendrame
Arte: Camila Kodaira, Francine C. Silva,
Karine Barbosa e Stephanie Lin
Capa: Zuleika Iamashita

Dados Internacionais de Catalogação na Publicação (CIP)
(Câmara Brasileira do Livro, SP, Brasil)

F295d Feehan, Christine.

Desejo sombrio / Christine Feehan; [tradução de Mauricio Pinho Tamboni]. – São Paulo : Universo dos Livros, 2012.
424 p. – (Os Cárpatos)

Tradução de: Dark Desire

ISBN 978-85-7930-320-3

1. Vampiros. 2. Ficção. 3. Romance.
I. Título. II. Série.

CDD 813.6 22

A meu pai, Mark King, por ter me ensinado que existem muitos tipos de heróis neste mundo. À minha agente, Helen, que se recusou a desistir dos meus Cárpatos. Meus agradecimentos especiais a Allison Luce e à minha filha, Billie Jo Feehan, que se apaixonou por Jacques e me deu muitas sugestões bastante férteis. E, é claro, ao meu filho Brian, que leu as cenas de ações para mim muitas, muitas vezes.

Carta aos leitores

Desejo sombrio foi inicialmente intitulado *Loucura sombria* (*Dark Madness*). Acredito que o título original descrevia a forma como eu me sentia quando escrevi este livro em particular. Eu tinha acabado de escrever *Príncipe sombrio* e estava certa de que o personagem Gregori daria um passo adiante e seria o personagem principal desta história. Estava pronta e ansiosa para escrever sobre as aventuras dele. Certa de que a narrativa seria repleta de ação, eu mal podia esperar para começar.

Em vez disso, Gregori tornou-se bastante quieto e silencioso, e foi Jacques quem levou a história adiante. Só que eu, definitivamente, não queria escrever o livro de Jacques. Ele não se parecia nem um pouco com o herói que eu tinha em mente. Mas, independentemente de todas as minhas tentativas de transformar esta obra em um livro sobre Gregori, Jacques insistia que esta era a história dele.

Finalmente me entreguei e passei a ouvi-lo, e então fiquei impressionada com o que Jacques estava me dizendo. Ele queria que eu escrevesse sobre um herói quase insano. Então, dei início à árdua tarefa de escrever um primeiro capítulo. Escrevo desde a infância e o primeiro capítulo de qualquer livro é sempre o primeiro passo para mim. Se o capítulo não funciona, o livro se recusa a se desdobrar. Rascunhei várias e várias vezes, partindo de todos os pontos de vista imagináveis. Nada funcionava. Fui até Nova Orleans com uma amiga, ainda lutando para escrever aquele primeiro capítulo, mas, independentemente de como eu tentasse contar a história, Jacques não se mostrava um herói compreensível. Era um personagem louco e tudo o que ele fazia era horrível. E eu passei a duvidar de que conseguiria redimi-lo.

Até que, de forma totalmente repentina, na balsa para Algiers (em Nova Orleans), a história começou a tomar forma – e lá estava eu, sem um computador ou um laptop... De uma hora para a outra, soube que tinha de escrever o que aconteceu a Jacques, tinha de fazer eu mesma e meus leitores entenderem o que ele sentiu. Nós tínhamos de sentir sua agonia, sentir a sua lenta privação de todas as formas de sustento, de todas as esperanças, até que houvesse apenas um desejo, construído em meio ao tormento. Quando consegui sentir o que Jacques fez e consegui vê-lo tão claramente enterrado vivo, sem nenhuma esperança, a mente dele começou a se abrir para mim devagar. E foi nesse momento que me dei conta de que estava no caminho certo.

Sonhei com Jacques dia e noite. Ele era um personagem que me agarrava e não me soltava. Quando passei a me sentir emocionalmente ligada a ele, a história começou a fluir tão rápido a ponto de me deixar assustada. Escrevi aproximadamente quarenta versões do primeiro capítulo ao longo de vários meses. O restante do livro tomou vida em poucas semanas. Passei a amar Jacques e a não querer que o livro chegasse ao fim. A história dele era emocionante, impulsiva e bastante inesperada – o tipo de narrativa que mais gosto de escrever. Parte da diversão de escrever é a surpresa gerada durante as voltas e mais voltas, totalmente surpreendentes.

Quando recebi um telefonema dizendo que minha editora queria o livro, parte de mim não queria se desprender desta narrativa. Jacques já tinha passado por muita coisa. Devo lembrar que, quando vendi o primeiro livro da série Cárpatos, as editoras não publicavam tanto material sobre o paranormal quanto publicam atualmente. A Dorchester apostou muito na ideia de que os leitores aceitariam ficção *crossover* envolvendo vampiros. Eles queriam ter certeza de que meus leitores saberiam que a história de Jacques era um romance agradável, mesmo com toda a insanidade e a escuridão dos personagens. Minha editora pediu para que eu mudasse o título, e não tive nenhum problema com isso. No entanto, quando ela pediu para que eu fizesse alterações no primeiro capítulo, não aceitei. Eu sabia que o livro não funcionaria sem aquele capítulo tão controverso. Felizmente, havia uma editora disposta a ouvir meus argumentos e, então, consegui que o livro fosse publicado no formato que eu tinha imaginado originalmente.

Até hoje, quando pego *Desejo sombrio* e leio a história de Jacques, sinto-me emocionalmente envolvida desde o primeiro momento. Espero que vocês tenham o mesmo tipo de ligação e que sintam a devoção e o amor que esses personagens têm um pelo outro enquanto tentam trazer Jacques de volta ao mundo da sanidade.

CHRISTINE FEEHAN

Capítulo 1

Havia sangue, um rio de sangue correndo. Havia dor, um mar de dor no qual ele boiava. Aquilo nunca chegaria ao fim? Milhares de cortes, queimaduras e o riso constante dizendo-lhe que aquilo se estenderia por toda a eternidade. Não conseguia acreditar que estava tão perdido. Não podia acreditar que sua incrível força e que seu incrível poder haviam sido sugados, reduzindo-o àquele estado miserável. Enviava chamados e mais chamados mentais noite adentro, mas nenhum de seus companheiros vinha socorrê-lo. A agonia continuava presente, sempre implacável. Onde eles estariam? Sua família? Seus amigos? Por que não vinham e colocavam um ponto final em tudo isso? Seria uma conspiração? Teriam eles deliberadamente o deixado nas mãos daqueles açougueiros que usavam facas e tochas com tamanho deleite? Alguém conhecido o havia traído, mas essa memória estava curiosamente se apagando, tornando-se obscurecida pela dor infinita.

Seus torturadores tinham conseguido capturá-lo, paralisá-lo, de modo que ele ainda conseguisse sentir, mas fosse incapaz de se mover. Nenhuma parte do corpo, nem mesmo as cordas vocais, respondiam aos seus comandos. Estava totalmente indefeso, vulnerável aos humanos desprezíveis que destruíam seu corpo. Ouvia os insultos, as intermináveis perguntas. Sentia a fúria neles quando se negava a reconhecer que eles estavam ali ou quando se negava a sentir a dor que eles infligiam-lhe. Queria morrer, desejava a morte. E seus olhos, frios como o gelo, nunca desviavam dos rostos deles, nem sequer piscavam. Eram os olhos de um predador. Esperando, vigiando, jurando vingança. Isso deixava os humanos cada vez mais furiosos, mas, mesmo assim, negavam-se a desferir o golpe final.

O tempo já não significava nada para ele. Seu mundo tinha se tornado extremamente pequeno, mas, em certo momento, ele notou outra presença em sua mente. O tênue contato era de uma mulher jovem. Ele não sabia como, inadvertidamente, havia se ligado a ela. Não sabia como suas mentes tinham se ligado de modo tal que fosse possível partilharem o tormento dele. Cada queimadura ardia, cada corte à faca o fazia perder sangue, sua força vital. Tentou lembrar quem seria aquela mulher. Se suas mentes fundiram-se, então ela provavelmente estava por perto. Estava tão indefesa quanto ele, suportando a mesma dor que ele, vivendo a mesma agonia. Tentou se distanciar daquela mulher, mas sentia uma necessidade intensa de protegê-la. A dor pulsava no corpo daquele homem como uma corrente, navegando diretamente até a mulher com quem estava compartilhando sua mente.

A angústia dela golpeou-o com uma força absurda. Ele era, afinal de contas, um Cárpato. Sua primeira obrigação era proteger as mulheres, mesmo que, para isso, tivesse de arriscar a vida. A possibilidade de falhar somava-se ao desespero e à sensação de fracasso. Ele viu imagens breves dela em sua mente. Uma mulher delicada e frágil, cercada por dor, tentando desesperadamente manter a sanidade. Parecia-lhe uma estranha, embora ele a visse em cores, algo que não experimentava havia séculos. Não tinha forças suficientes para obrigá-la (ou para obrigar-se) a dormir e, assim, evitar aquela agonia. Tudo que conseguia fazer era captar pequenos pensamentos fragmentados, nos quais aquela mulher pedia ajuda desesperadamente, tentando entender o que estava acontecendo com ela.

Gotas de sangue começaram a sair pelos poros do corpo dele. Sangue vermelho. Ele via claramente que seu sangue era vermelho. Sabia que aquilo significava, para ele, algo muito importante, mas estava demasiadamente confuso, incapaz de discernir por que aquilo era importante ou o que aquilo significava. Sua mente estava embaçada, como se um enorme véu estivesse estendido em volta de seu cérebro. Não conseguia recordar como o tinham capturado. Esforçava-se para ver a imagem de alguém de sua espécie que o havia traído, mas não conseguia, realmente não conseguia. Só havia dor. Uma dor terrível e interminável. Não podia emitir nenhum ruído, nem mesmo quando sua mente estilhaçava-se em milhões de fragmentos. E já não conseguia lembrar o que, ou quem, lutava para proteger.

Shea O'Halloran estava deitada na cama. O abajur oferecia-lhe apenas luz suficiente para poder ler a publicação médica que tinha em mãos. Lia as páginas em poucos segundos, sempre memorizando o conteúdo, como fazia desde a infância. Shea estava agora terminando a residência. Era, de acordo com os registros, a residente mais jovem – e isso era uma tarefa exaustiva. Apressou-se em terminar de ler o texto, na esperança de poder descansar um pouco. Quando, inesperadamente, uma dor a acometeu, golpeando-a com tamanha violência a ponto de jogá-la para fora da cama. Seu corpo contorceu-se com toda aquela força. Tentou gritar, arrastar-se até o telefone, mas só conseguia se retorcer, indefesa, no chão. Gotas de suor banhavam sua pele; gotas vermelhas de sangue escorriam de seus poros. A dor, mais forte do que nunca. Era como se alguém estivesse cortando sua pele com uma faca. Uma dor que a queimava, que a torturava incomensuravelmente. E que se estendia... por horas, por dias – ela não sabia ao certo... Ninguém apareceu para ajudá-la. E ninguém apareceria. Shea estava sozinha – tão sozinha que sequer tinha verdadeiros amigos. No fim, quando a dor dilacerante pareceu ter aberto um buraco do tamanho de um punho em seu peito, ela perdeu a consciência.

Quando pensou que seus torturadores tinham acabado com ele, que sua dor e seu sofrimento chegariam ao fim e que ele finalmente morreria, descobriu o que o inferno realmente era: agonia, a mais pura agonia. Rostos horríveis pairando sobre ele. Uma estaca afiada enfiada em seu peito. Um batimento do coração, um segundo. Agora tudo chegaria ao fim. Tinha de chegar ao fim. Sentiu a pesada estaca de madeira penetrar sua carne, abrindo um buraco através dos músculos e dos tendões. O martelo bateu com força sobre a estaca, enterrando-a ainda mais profundamente. A dor era mais intensa do que nunca. A mulher com quem compartilhava a mente perdeu a consciência. Misericórdia para ambos.

Ele continuava sentindo cada golpe, a enorme estaca penetrando em sua carne, sendo enterrada na lateral do corpo enquanto o sangue jorrava, deixando-o ainda mais debilitado. Sentia sua força vital desaparecer. Conforme suas forças eram sugadas, ele tinha mais certeza de que morreria. E desejava a morte. Gostaria de morrer... Mas não era para ser. Ele era um homem dos Cárpatos, um imortal. Não seria tão fácil livrar-se dele. Um homem decidido e cheio de vontade. Uma vontade que lutava contra a morte, inclusive quando seu corpo suplicava-lhe para dar um fim ao sofrimento e à existência.

Seus olhos encontraram os dois humanos. Estavam cobertos de sangue, com manchas vermelhas em suas roupas. Reuniu as forças que lhe restavam e conseguiu fixar o olhar nos olhos deles. De repente, um dos homens proferiu alguns insultos e empurrou o companheiro. E os dois imediatamente cobriram os olhos com um pedaço de pano, já incapazes de suportar a promessa obscura estampada nas órbitas carregadas de profundo sofrimento. Os dois homens temiam seu poder, embora ele estivesse tão indefeso diante deles. Eles riram enquanto o prendiam no caixão e alçavam-no. Ele escutou seu próprio grito de dor, mas o som era apenas mental, ecoando agudo, aprisionado, quase um som de escárnio. Ele se forçou a parar. Eles não podiam ouvi-lo, mas isso não importavapara ele, que tinha ainda um mínimo de dignidade. Um mínimo de respeito por si mesmo. Aqueles homens não o derrotariam. Ele era um Cárpato.

Conseguiu ouvir a terra bater contra a madeira enquanto eles o enterravam na parede do porão. Ouviu cada golpe da pá. A escuridão era completa. Então, o silêncio o envolveu.

Ele era uma criatura da noite. A escuridão era seu lar. Mas agora, em sua agonia, essa mesma escuridão transformava-se em inimiga. Só havia dor e silêncio. Antes, era sempre ele quem decidia quando permanecer na escuridão, na terra, que tinha o poder da cura para os Cárpatos. Agora, todavia, ele era um prisioneiro. Estava trancafiado, e não tinha nada além da terra a seu alcance. Devia sentir alívio, um alívio que estaria próximo. No entanto, a madeira do caixão evitava que seu corpo tocasse a terra que poderia curar suas feridas.

Então, a fome invadiu seu mundo de agonia. O tempo passava e já não significava nada. Ele só sentia aquela forma terrível e implacável crescer até tomar conta de todo o seu mundo. Agonia. Fome. Nada mais existia para ele naquele momento.

*

Algum tempo depois, ele descobriu que podia se forçar a dormir. No entanto, o retorno de seu dom já não significava nada. Ele não se lembrava de nada. Sua vida era apenas isso: dormir. Despertar tão somente quando alguma criatura curiosa aproximava-se demais. O golpe de agonia o consumia mais e mais a cada batida de seu coração. Tentava conservar a maior quantidade de energia possível para tentar atrair as presas. Mas as fontes de alimento eram extremamente escassas. Até mesmo os insetos aprenderam a evitar aquele lugar escuro e a criatura ruim que ali habitava.

Durante os infinitos momentos de agonia, ele conseguiu sussurrar algumas vezes seu nome: Jacques. Ele tinha um nome. Ele era real. Ele existia. Vivia no inferno. Vivia na escuridão. As horas converteram-se em meses, e os meses converteram-se em anos. Ele já não conseguia se lembrar de nenhuma outra forma de vida, de existência. Não havia esperança, nem paz, nem escapatória. Não havia um fim. Havia apenas escuridão, dor e fome eterna. O tempo continuava passando, mas já não significava nada em seu mundo limitado.

Ele estava com as mãos algemadas, de modo que havia pouca possibilidade de movimento. No entanto, toda vez que uma criatura se aproximava para acordá-lo, ele arranhava as paredes do caixão, em uma tentativa inútil de conseguir se libertar. Estava recuperando a força mental, e finalmente era capaz de atrair algumas presas para perto – o que lhe garantia a sobrevivência, mas não muito mais do que isso. Não havia como reaver o antigo poder e força sem recuperar a imensa quantidade de sangue que havia perdido. E nenhuma criatura lá embaixo era grande o suficiente para ser capaz de garantir a transfusão de tanto sangue. Toda vez que ele despertava ou realizava algum movimento, o sangue voltava a escorrer por suas feridas. Sem o sangue necessário para compensar as perdas, seu corpo não conseguiria se curar. Era um círculo vicioso e terrível. Um círculo nefasto, que se estenderia durante toda a eternidade...

Então os sonhos começaram a aparecer, despertando-o quando ele estava faminto, embora sem jamais aliviar a fome. Uma mulher. Ele a reconheceu, sabia que ela estava por aí, viva e sem algemas. Não estava debaixo da terra como ele. Em vez disso, tinha liberdade de movimento. Estava quase fora do alcance de sua mente, mas, mesmo assim, ele quase podia tocar-lhe a mente. Por que ela não vinha até ele? Jacques não conseguia enxergar um rosto, um passado. Sabia apenas que ela estava em algum lugar. Chamou. Implorou. Suplicou. Enervou-se. Onde ela estaria? Por que não se aproximava dele? Por que permitia que ele continuasse naquela agonia quando sua simples presença mental poderia diminuir a terrível sensação de isolamento? O que ele tinha feito de tão horrível para merecer isso?

A fúria invadiu seu mundo. Uma fúria que, inclusive, chegava a se transformar em ódio. No lugar de um homem, um monstro começava a se formar em seu interior. Letal. Perigoso. Um monstro crescia e alimentava-se da dor, ganhando uma força inabalável. Cinquenta anos, um século... Isso não era importante quando ele estava disposto a viajar até as portas do inferno em busca de vingança. Afinal, Jacques já estava vivendo no inferno, preso durante todo o tempo em que permanecia acordado.

Aquela mulher viria até ele, jurou para si. Estava disposto a fazer de tudo para encontrá-la. E, quando a encontrasse, Jacques se tornaria uma sombra em sua mente, uma presença constante o suficiente para se familiarizar com ela e então forçar suas vontades. Ela viria até ele, e ele se vingaria.

*

Cada vez que ele despertava, a fome corroía suas vísceras. Fome que se fundia com a dor, transformando-se, ambas, em uma única entidade. Concentrar-se na maneira de chegar até aquela mulher, entretanto, diminuía, em parte, sua agonia. Sua concentração era tão completa que chegava a bloquear a dor por alguns instantes. No início, apenas durante alguns segundos. Depois, alguns minutos. Cada vez que despertava, esforçava-se um pouco mais para encontrá-la. Não havia nada mais a fazer. Meses. Anos. Para ele, o tempo não importava. Afinal, ela não poderia fugir eternamente.

Depois de milhares de tentativas, todas inúteis, a primeira vez que Jacques conseguiu aproximar-se da mente daquela mulher foi tão intensa que gerou um choque tão forte, cortando o contato quase que imediatamente. O golpe de euforia fez com que seu sangue borrifasse ao redor da estaca profundamente enterrada em seu corpo, extinguindo as poucas forças que lhe restavam. Depois, Jacques dormiu durante muito tempo, numa tentativa de se recuperar. Talvez uma semana. Ou um mês. Medir o tempo não era necessário. Agora ele tinha um caminho, embora ela estivesse longe – a distância era tão grande a ponto de exigir toda a sua concentração para atravessar tempo e espaço.

Ao despertar, Jacques tentou novamente. Dessa vez, despreparado para enfrentar as imagens que encontrara na mente dela. Sangue. Um peito humano, pequeno e rasgado. Um coração batendo. Cobertas de sangue, as mãos dela estavam imersas na cavidade daquele peito. No local havia também outras pessoas, cujos movimentos ela direcionava com a mente. E parecia não perceber que estava fazendo isso. Estava completamente concentrada naquela terrível tarefa. A facilidade com que aquela mulher direcionava os demais sugeria que ela fazia aquilo com certa frequência. As vívidas imagens eram horríveis, e ele sabia que ela também era parte da traição. Que era, em parte, responsável por tudo aquilo que o torturava. Jacques estava prestes a perder o contato, mas sua vontade indomada dominava-o. Ela sofreria por ter feito aquilo. Realmente sofreria por ter participado de tudo isso. O corpo que ela torturava era tão pequeno que só podia ser de uma criança.

Havia pouca luz na sala de operações, exatamente como a doutora O'Halloran gostava. Somente o corpo deitado sobre a mesa estava intensamente iluminado. A audição excepcionalmente aguçada da médica percebeu vozes do lado de fora da sala: uma enfermeira consolando os pais do paciente.

– Vocês têm sorte de a doutora O'Halloran estar de plantão esta noite. Ela é a melhor médica que conheço. Tem um dom, de verdade. Mesmo quando parece que não há nada mais a ser feito, ela ainda consegue fazer alguma coisa. Seu filho não poderia estar em melhores mãos.

– Mas ele estava com uma aparência tão ruim... – disse a mãe, com uma voz aterrorizada e carregada de dor.

– A doutora O'Halloran é conhecida por operar verdadeiros milagres. Estou falando sério. Tenham fé. Ela nunca para, até salvar o paciente. É como se seu maior desejo fosse fazer o paciente viver.

Shea O'Halloran não podia permitir-se distrações agora. Certamente não podia prestar atenção à enfermeira, que prometia aos pais a salvação de seu filho. Especialmente naquela situação, com o peito destruído e os órgãos internos formando um verdadeiro quebra-cabeça. Não quando ela tinha passado as últimas 48 horas fazendo pesquisas e seu corpo gritava por descanso e alimento. A médica bloqueou todos os ruídos, todas as vozes, e então se concentrou por completo na tarefa que tinha em mãos. Não podia perder o menino. Não podia. Para ela, a situação era simples assim. Shea não se permitiria outra escolha, não permitiria que nenhum outro pensamento tomasse conta de sua mente. Ela tinha uma boa equipe, sabia que aquelas pessoas trabalhavam bem ao seu lado, realizando as tarefas em perfeita harmonia. O'Halloran nunca precisava verificar se eles estavam fazendo o que ela queria. A equipe sempre estava lá para ela. Se ela conseguia salvar alguns pacientes que outros médicos não conseguiam, o mérito não era única e exclusivamente seu.

Shea inclinou um pouco mais o corpo, aproximando-se do garoto, deixando tudo de lado – tudo exceto o desejo de fazer aquela criança viver. E, enquanto estendia a mão para pegar o instrumento que a enfermeira lhe passava, sentiu algo lhe acometer. A dor tomou conta de seu ser, consumindo-a, incendiando seu corpo. Só uma vez tinha passado por semelhante sofrimento, alguns anos antes. E jamais descobrira a causa daquilo. Na outra ocasião, a dor simplesmente desaparecera depois de quase 24 horas. Agora, com a vida daquele garoto por um fio e dependendo totalmente de suas habilidades, ela não poderia se dar ao luxo de desmaiar. A agonia a consumia, fazendo seu interior se contorcer, tirando o ar de seus pulmões. Fez de tudo para se controlar; os anos forçando a mente a se manter disciplinada certamente a ajudaram. Como fazia com todas as demais distrações, a médica obrigou-se a expulsar a dor, respirou fundo e voltou sua concentração ao garoto.

A enfermeira ao seu lado observava-a, completamente assustada. Durante todo o tempo em que vinha trabalhando com a médica, admirando-a, quase idealizando-a, a enfermeira jamais a tinha visto perder a concentração, nem mesmo por um segundo. Dessa vez, entretanto, Shea permanecera completamente parada por alguns segundos – e nada mais. Mas a enfermeira não pôde deixar de notar que havia alguma coisa estranha. Suas mãos tremiam e ela suava frio. A ajudante imediatamente estendeu um braço para limpar o suor do rosto da médica. Para sua surpresa – e para seu horror – a gaze saiu manchada de sangue. Gotículas de sangue brotavam na testa de Shea, atravessando seus poros. A enfermeira secou a testa da médica mais uma vez, tentado ocultar a gaze dos outros. Ela nunca tinha visto algo parecido com aquilo.

Então, Shea voltou a si, recuperando rapidamente a atenção. A enfermeira engoliu todas as perguntas e voltou ao trabalho. As imagens do que a doutora O'Halloran precisava chegavam tão depressa à sua mente que ela sequer tinha tempo de pensar naquele estranho fenômeno. A enfermeira já estava acostumada a saber do que a médica precisava antes mesmo de ela pedir – e tinha sido assim há muito tempo.

Shea sentiu uma presença incomum em sua mente, sentiu uma malevolência obscura pulsar em seu interior pouco antes de conseguir eliminá-la. Então, concentrou toda a sua atenção no garoto e na fenda aberta em seu tórax. Ele não podia morrer. Ela não permitiria isso.

"Você consegue me ouvir, garotinho? Estou aqui com você, e não deixarei que você morra", *prometeu-lhe em silêncio. E era uma promessa sincera. Sempre era uma promessa sincera. Era como se parte dela se misturasse com seus pacientes e, de alguma forma, conseguisse mantê-los vivos – até a medicina moderna entrar em ação.*

Jacques dormiu por algum tempo. Mas não importava quanto tempo fosse, a fome sempre o esperava. A dor o esperava. O coração e a alma traiçoeiros de uma mulher o esperavam. Ele tinha toda uma eternidade para reunir as forças que conseguisse, e ela não escaparia agora que ele conhecia o caminho mental para chegar até ela. Dormiu o sono dos imortais. Seus pulmões e seu coração pararam enquanto ele deitava sob a terra, enquanto seu corpo aproximava-se do solo do qual tão desesperadamente precisava para sua cura – mas do qual estava separado por uma fina camada de madeira. Ao acordar, arranhou pacientemente as paredes do caixão. Um dia ele conseguiria chegar até a terra que tanto necessitava. Tinha conseguido fazer um pequeno buraco para atrair suas presas. Ele podia esperar; a mulher nunca conseguiria escapar. Ela era a única coisa que ele tinha em mente.

Jacques a perseguia. Dia e noite, para ele não importava. Já não discernia entre uma coisa e outra – e pensar que isso fora algo tão importante antes... Jacques vivia para tentar amenizar sua fome, uma fome sempre presente. Vivia para se vingar. Para retribuir o que lhe fizeram. Vivia para, nas horas em que estava acordado, transformar a vida daquela mulher em um verdadeiro inferno. E ele tornou-se bom naquilo. Em possuir a mente dela por alguns minutos. Era impossível entendê-la, complexa demais como ela era. Havia coisas em seu cérebro que não faziam sentido algum para ele, e os poucos momentos durante os quais ele conseguia permanecer acordado sem perder o precioso sangue que lhe restava não eram suficientes para compreendê-la.

Havia momentos em que ela se assustava. Ele podia saborear esse medo. Sentia o coração dela pulsar até que seu próprio coração alcançasse o mesmo ritmo alarmante. Mesmo assim, a mente da mulher permanecia serena no olho do furacão, recebendo flashes de dados rápidos e brilhantes, flashes que ela processava com tanta agilidade que Jacques quase mal os percebia. Dois estranhos procuravam-na. Insultavam-na. Ele também viu uma imagem de si mesmo, seus cabelos grossos em mexas que caíam em volta do rosto devastado, seu corpo sendo atacado por mãos brutais. Viu claramente a estaca profundamente cravada em seu peito, atravessando seus músculos e tendões. Essa imagem piscou por um instante na mente dela. Uma breve sensação de sofrimento, antes do contato se perder.

Shea jamais conseguiria esquecer os rostos, os olhos e o cheiro do suor deles. De ambos. O mais alto daqueles dois homens não conseguia tirar os olhos dela.

– Quem são vocês? – ela encarou-os fixamente com olhos arregalados, inocentes. Totalmente indefesa. Shea sabia que parecia jovem e desamparada, pequena demais para lhes causar problema.

– Jeff Smith – respondeu bruscamente o mais alto. Devorava-a com os olhos. – Este é meu sócio, Don Wallace. Precisamos que você nos acompanhe e responda a algumas perguntas.

– Estou sendo procurada ou algo assim? Sou uma médica, cavalheiros. Não posso simplesmente pegar minhas coisas e sair. Tenho uma cirurgia para realizar em uma hora. Talvez vocês possam se organizar para me fazerem as perguntas que desejam quando terminar meu plantão.

Wallace sorriu para ela. Ele acreditava que era charmoso. Shea, por outro lado, achava-o parecido com um tubarão.

– Não podemos fazer isso, doutora. Não se trata somente de nossas perguntas. Há todo um comitê esperando para poder falar com você – ele riu suavemente. Uma camada de suor cobria-lhe a testa. Aquele homem gostava de causar dor e Shea era fria demais, arrogante demais.

Shea assegurou-se de que sua mesa estivesse entre ela e os homens. Tomando muito cuidado para mover-se lentamente e parecer despreocupada, observou a tela de seu computador, digitou o comando para apagar seus dados e então apertou enter. *Em seguida, pegou o diário de sua mãe e colocou-o na bolsa. Conseguiu fazer tudo com muita facilidade, com muita naturalidade.*

– Vocês têm certeza de que estão falando com a pessoa certa?

– Shea O'Halloran, sua mãe era Margaret O'Halloran, ou Maggie, da Irlanda? – questionou Jeff Smith. – Você nasceu na Romênia, filha de pai desconhecido? – havia um tom de escárnio em sua voz.

Os olhos de Shea, intensos, verde-esmeralda, voltaram-se para o homem. Ela observou-o friamente enquanto ele se contorcia em desconforto, enquanto deixava o desejo que sentia por ela consumi-lo. Smith era muito mais suscetível do que seu companheiro.

– Seu objetivo é me aborrecer, Sr. Smith? Sou quem sou. Meu pai não tem nada a ver com isso.

– Não? – Don Wallace aproximou-se da mesa. – Você não precisa de sangue? Não deseja sangue? Não bebe sangue? – os olhos dele brilhavam de ódio.

Shea explodiu em risos. Sua risada era suave, sexy... Uma melodia que poderia ser ouvida para sempre.

– Beber sangue? Isso é algum tipo de brincadeira? Não tenho tempo para essas besteiras...

Smith correu a língua pelos lábios.

– Você não bebe sangue? – sua voz denunciava um toque de esperança.

Wallace lançou um olhar penetrante para o companheiro.

– Não a olhe nos olhos! – rosnou. – Você já devia saber disso.

Shea arqueou as sobrancelhas. E riu suavemente, convidando Smith a rir com ela.

– Eu às vezes preciso de uma transfusão. Não é nada tão incomum. Vocês nunca ouviram falar de hemofilia? Cavalheiros, vocês estão me fazendo perder tempo – a voz da médica era agora ainda mais baixa, uma leve sedução na forma de notas musicais. – Vocês realmente deveriam ir embora.

Smith coçou a cabeça.

– Talvez esta seja a mulher errada. Olhe para ela. É uma médica. Não é como os outros. Eles são altos, fortes e têm cabelos escuros. Ela é delicada, pequena e ruiva. E sai à luz do sol.

– Cale a boca! – ordenou Wallace. – Ela é um deles. Devíamos tê-la feito calar a boca. Ela está enganando você com a voz – ele correu os olhos por ela, deixando-a desconfortável. – Ela vai falar! – ele abriu um sorriso vil. – Agora eu assustei você. Tudo é uma questão de tempo. Você vai cooperar, O'Halloran, por bem... ou por mal. Na verdade, prefiro que seja por mal.

– Tenho certeza de que prefere. O que exatamente quer de mim?

– Provar que você é uma vampira – sussurrou Wallace.

– Os senhores só podem estar brincando comigo! Vampiros não existem. Esse tipo de coisa não existe – ela os incitava. Estava buscando informações e certamente estava disposta a adquiri-las de qualquer fonte, mesmo que isso significasse provocar homens tão asquerosos quanto aqueles dois.

– Não? Eu já conheci muitos – afirmou Wallace, novamente com seu sorriso malicioso. – Talvez um ou dois deles sejam seus amigos.

Wallace jogou várias fotografias na mesa. Seus olhos desafiavam-na a olhar para as imagens. A ansiedade daquele homem era palpável.

Mantendo o rosto inexpressivo, Shea pegou as fotografias. Sentiu o estômago revirar, a bile subir até a garganta... No entanto, o treino de disciplina que tinha feito ao longo da vida não a decepcionou. As fotografias estavam numeradas. Eram oito no total. Todas as vítimas estavam com os olhos vendados, amordaçadas, algemadas e tinham sofrido diferentes níveis de tortura. Don Wallace era um açougueiro. Shea tocou a foto de número dois com a ponta do dedo, sentindo um golpe inesperado. Um garoto com não mais que 18 anos.

Rapidamente, antes que as lágrimas brotassem, ela correu os olhos pelas demais fotografias. A imagem de número sete trazia um homem com os cabelos negros – o homem que aparecia em seus sonhos! Não havia como negar! Não havia como errar! Ela conhecia cada ângulo e cada centímetro daquele rosto – a boca perfeitamente desenhada, os olhos escuros e expressivos, os cabelos longos. A angústia consumiu-a. Por um instante, pôde sentir a dor daquele homem, a terrível agonia de sua mente e de seu corpo que já haviam desistido dos pensamentos, abrindo espaço apenas para dor, ódio e fome. Passou pausadamente a ponta do polegar por aquele rosto atormentado. O movimento era quase um carinho. Uma carícia. As sensações de dor e de ódio tornavam-se cada vez mais fortes. A fome parecia consumi-lo por completo. As emoções eram tão intensas, tão alheias à natureza da médica que ela teve a estranha sensação de que alguém ou alguma coisa estava entrando em sua mente. Agora desorientada, Shea derrubou as fotos sobre a mesa.

– Eram vocês dois que estavam agindo na Europa alguns anos atrás. Eram vocês que estavam matando os "vampiros", não eram? Vocês mataram todos aqueles inocentes – acusou Shea calmamente.

Don Wallace não fez qualquer esforço para negar.

– E agora eu te peguei.

– Se os vampiros eram criaturas tão poderosas, como vocês conseguiram matar tantos deles? – o sarcasmo pingava daquelas palavras, que decididamente eram uma tentativa de forçá-lo a falar.

– Os homens são muito competitivos – riu Wallace duramente. – Não se dão bem entre si. Precisam de mulheres e não gostam de compartilhá-las. Eles se traem, e entregam-se uns aos outros, diretamente para nossas mãos. Mas, de fato, eles realmente são fortes. Independentemente de quanto sofram, jamais falam. Em alguns casos, não há problema nenhum com isso, já que eles são capazes de hipnotizar usando a voz. Mas você vai falar, doutora. Vou passar todo o tempo que for necessário com você. Sabia que, quando um vampiro está agonizando, ele transpira sangue?

– Eu certamente saberia disso se fosse uma vampira. Nunca suei sangue em minha vida. Deixem-me conferir se entendi direito: vampiros não só são perigosos para os humanos, mas também são perigosos para si mesmos. Os machos se traem e entregam uns aos outros a vocês, açougueiros humanos, porque precisam de fêmeas. Pensei que eles pudessem simplesmente morder as mulheres e transformá-las em vampiras, não?! – sarcástica, a médica contava os itens nos dedos. – E vocês querem que eu acredite que sou uma dessas criaturas da ficção, tão influente a ponto de poder escravizar este homem usando nada além da minha voz? – a médica deliberadamente apontou para Jeff Smith, oferecendo-lhe um sorriso simpático. – Cavalheiros, sou uma médica. Salvo vidas todos os dias. Durmo em uma cama, não em um caixão. Não sou nem um pouco forte e nunca bebi sangue de ninguém – ela lançou um olhar para Dom Wallace. – Você, todavia, admite ter torturado e mutilado homens, inclusive chegando a assassiná-los. E parece sentir muito prazer fazendo isso. Não acredito que sejam policiais, nem oficiais de nenhuma agência legal. Acredito que sejam os monstros – virou os olhos esmeralda para Jeff Smith e usou uma voz baixa e sedutora. – Você acha mesmo que sou um perigo?

Ele pareceu perder-se naquele olhar. Nunca tinha desejado tanto uma mulher. Piscou os olhos, limpou a garganta e lançou um olhar lento e calculado para Wallace. Smith nunca tinha visto um olhar tão frio e carregado de sofrimento como aquele que se estampava no rosto de seu companheiro.

– Não. Não. É claro que você não é um perigo para mim ou para outras pessoas.

– Que inferno, Jeff! Vamos pegá-la e sair logo daqui – grunhiu Don Wallace, tentando deixar claro para a mulher quem mandava ali.

Os olhos verdes da Shea caíram sobre Smith, parando ao se encontrarem com o olhar hipnotizante do homem. Ela conseguia sentir o desejo dele e alimentou-o de propósito, nutrindo-lhe as fantasias e simulando dar-lhe atenção. Tinha aprendido desde muito pequena a entrar na mente dos outros e manipular seus os pensamentos. Num primeiro momento, tinha se assustado ao perceber que possuía tamanho poder, mas aquela habilidade mostrou-se uma ferramenta útil – e mostrava-se uma ferramenta útil agora, quando ela estava sendo ameaçada.

– É verdade, Don. Por que eles não simplesmente transformam mulheres humanas em vampiras? Faria sentido, não? E por que aquele vampiro simplesmente deixou de nos ajudar? Saímos apressados de lá e você nunca me disse o que deu errado – disse Smith, desconfiado.

– Está tentando dizer que um desses vampiros machos ajudou-o em sua campanha para matar outros vampiros e que por isso tiveram tanto êxito? – perguntou Shea. Um tom de descrença permeava sua voz.

– Ele era desagradável e vingativo. Odiava o garoto, mas desprezava especialmente este aqui – Smith apontou para a fotografia do homem com cabelos longos e negros. – Queria que fosse torturado, queria que fosse queimado. E queria nos ver fazendo isso.

– Cale a boca! – gritou Wallace. – Vamos acabar logo com isso. Para a sociedade, ela vale 100 mil dólares. Eles querem estudá-la.

Shea riu suavemente.

– Se eu realmente fosse um de seus vampiros míticos, acho que valeria muito mais para seu "comitê de pesquisa". Acredito que seu companheiro esteja escondendo informações de você, Smith.

A verdade daquela afirmação podia ser lida no rosto de Wallace. Quando Smith virou-se para confrontá-lo, Shea realizou seu movimento: saltou pela janela, caiu como um gato e correu o mais rápido que podia para salvar a própria vida. Não carregava objetos pessoais com os quais se preocupar, nenhuma lembrança favorita. Seu único arrependimento era ter deixado para trás seus livros.

Quando percebeu o medo daquela mulher, Jacques sentiu a necessidade de protegê-la. O impulso era tão forte quanto o desejo de vingança. Independente do que tivesse feito – e ele era o primeiro a admitir que não conseguia se lembrar –, ele não merecia um castigo tão horrível. Mais uma vez, o sono tomou conta dele. No entanto, essa era a primeira vez em meses que ele não tinha preenchido o corpo dela com sua dor ou possuído-lhe a mente por alguns segundos, assegurando-se de que ela sentisse sua fúria obscura e sua promessa de retaliação. Dessa vez, ele não a tinha punido. Só ele tinha o direito de levar medo à mente dela, ao corpo frágil e trêmulo daquela mulher. Ela tinha observado a fotografia de Jacques com uma mistura de confusão e arrependimento. Será que pensava que ele estava morto e que era a alma amaldiçoada dele que a estava perseguindo? O que se passava na cabeça de uma mulher tão traiçoeira?

O tempo continuava, passava infinitamente. Acordar quando alguma criatura aproximava-se. Arranhar a madeira que estava cada vez mais apodrecida. Jacques não tinha sequer ideia de quanto tempo havia se passado desde que fora colocado ali. E isso tampouco tinha qualquer importância. A escuridão era a escuridão. O isolamento era o isolamento. Sua única companhia era aquela mulher em sua mente. Aquela mulher que o havia traído, que o havia abandonado. De tempos em tempos, ele chamava-a, ordenava que ela fosse até ele. Ameaçava-a. Suplicava. Por mais perverso que isso fosse, ele precisava dela. Estava ficando louco, ele admitia. Sim, aquela solidão completa estava deixando-o totalmente louco. Sem o toque daquela mulher, estaria perdido e nem mesmo sua vontade o faria continuar.

E ele tinha um motivo pelo qual viver: vingança. Jacques precisava daquela mulher tanto quanto a detestava e a desprezava. Por mais confusa que a relação deles fosse, ele precisava daqueles momentos de companhia.

Agora ela estava fisicamente mais perto, já não havia mais um oceano mantendo-os separados. Ela estivera tão distante que ele mal podia alcançá-la. No entanto, agora ela estava muito mais perto. Jacques renovou seus esforços e passou a chamá-la o tempo todo, lutando para não deixá-la dormir.

Quando Jacques conseguiu se livrar da dor e da fome e simplesmente ficou quieto, tornando-se nada além de um espectro na mente dela, ela deixou-o intrigado. Aquela mulher era muito inteligente. Chegava a ser brilhante. Seu método de pensamento assemelhava-se ao de uma máquina. Ela processava informações em uma velocidade incrível. Parecia ser capaz de deixar de lado todas as emoções – talvez ela sequer tivesse emoções. Ele, então, pegou-se admirando o cérebro dela, seus modelos de pensamento, a forma como ela se concentrava totalmente no trabalho. Ela estava pesquisando sobre uma doença, cuja cura estava completamente obcecada em encontrar. Talvez fosse por isso que sempre a encontrava naquele aposento mal iluminado, coberta de sangue e com as mãos enterradas em algum corpo. Ela estava fazendo experimentos. Aquilo não alterava o fato de ela ser uma abominação, mas ele conseguia admirá-la por ser tão focada. Ela também era capaz de deixar de lado a necessidade de dormir e de se alimentar durante longos períodos. Jacques percebia a fraqueza que ela sentia. No entanto, ela se concentrava tão completamente no que estava fazendo que sequer parecia reconhecer os gritos de seu corpo por cuidados básicos.

Na vida dela, parecia não haver espaço para risos ou para aproximação. Para ele, isso era estranho. Jaques não sabia exatamente quando aquilo tinha começado a incomodá-lo, mas fato é que o incomodava. Ela não tinha ninguém. Concentrava-se unicamente no que estava fazendo. É claro que ele não toleraria a presença de outro homem na vida dela. Não, Jacques tentaria destruir qualquer um que tentasse se aproximar. Ele dizia a si mesmo que isso acontecia porque qualquer homem que tentasse se aproximar dela certamente estaria envolvido em uma conspiração para fazê-lo sofrer. Com frequência, sentia-se mal por sua necessidade de falar com ela, sua mente era tão interessante! E ela era tudo para ele. Sua salvação. Seu tormento. Sem a presença daquela mulher, sem o contato com sua mente, ele ficaria completamente louco. Disso ele tinha certeza. Sem se dar conta, ela compartilhava sua vida estranha com Jacques, oferecia-lhe algo em que se concentrar; era, para ele, uma espécie de companhia. E, de certa forma, aquilo não deixava de ser irônico. Ela acreditava que ele estava enterrado. Pensava estar livre de sua vingança. No entanto, ela tinha criado um monstro e, sem saber, mantinha-o vivo – a força dele crescia a cada toque de sua mente.

Jacques voltou a encontrá-la um mês mais tarde, talvez um ano mais tarde. Ele não sabia exatamente, e tampouco se importava. O coração dela pulsava, amedrontado. Como o dele. Talvez a intensidade esmagadora da emoção que ela sentia o tivesse acordado. A dor era excruciante; a fome o consumia. Porém, mesmo assim, os batimentos frenéticos do coração dele acompanhavam os batimentos do coração dela. Jacques não conseguia encontrar forças suficientes para respirar. Ela temia por sua vida. Alguém estava atrás dela. Talvez aqueles que a tinham ajudado a traí-lo agora estivessem dispostos a transformá-la em vítima. Jacques se recompôs, esperou, bloqueou a dor e a forme como tinha aprendido fazer ao longo dos anos. Ninguém faria mal àquela mulher. Ela lhe pertencia. Somente ele tinha o direito de decidir se ela viveria ou não. *Somente ele*, e mais ninguém. Se conseguisse "ver" o inimigo através dos olhos dela, poderia destruí-lo. Sentiu seu poder aumentar. Sentiu uma fúria imensa e poderosa diante da simples ideia de que alguém poderia separá-la dele... Uma fúria tão intensa que chegava a deixá-lo surpreso.

A imagem era clara. Ela estava em uma espécie de abrigo, com roupas e móveis revirados à sua volta, como se uma briga tivesse acontecido ou como se alguém tivesse feito uma busca em seus pertences. Ela corria pelos cômodos, pegando algumas coisas pelo caminho. Jacques conseguiu vislumbrar os cabelos vermelhos selvagens, suaves como seda, ricochetearem de um lado para o outro. Queria tocar aqueles cabelos. Queria entrelaçá-los em seus dedos. Queria envolver as mãos no pescoço daquela mulher e estrangulá-la. Enterrar seu rosto naqueles fios. Então, a imagem sumiu. As forças de Jacques desapareceram e ele tornou-se impotente em sua prisão, incapaz de alcançá-la, de ajudá-la, de conferir se ela estava segura. Isso só aumentou a tortura já criada pela agonia e pela fome. Só aumentou a dívida que ela já tinha para com ele.

Jacques permaneceu imóvel, reduzindo os batimentos de seu coração até não conseguir mais percebê-los, até que eles somente fossem suficientes para permitir que ele pensasse e se recompusesse para mais uma tentativa. Se ela conseguisse sobreviver, Jacques a traria até ele. Não podia permitir mais atentados contra a vida dela. A vida e a morte dela deviam ser escolha *dele*.

Venha até mim... Venha aqui comigo. Nas Montanhas Cárpato. Venha até a região remota e selvagem onde você deveria estar, onde é o seu lar, onde está o seu povo. Venha até mim.

Ele enviou o chamado e preencheu a mente dela com uma compulsão. Era um chamado forte. O mais forte que já tinha sido capaz de enviar. E estava feito. Era tudo que ele podia fazer sem colocar sua própria vida em risco. Estando tão perto de seu objetivo, não podia arriscar perder tudo por uma bobeira.

*

Eles a tinham encontrado novamente. E, mais uma vez, Shea O'Halloran corria para salvar sua própria vida. Agora, ela tinha sido mais cuidadosa, já que estava a par do motivo daquela perseguição. Shea tinha muito dinheiro escondido em vários lugares. Sua caminhonete, com tração nas quatro rodas, tinha uma grande carroceria; então, ela poderia viver ali se precisasse. Deixava sempre os itens essenciais separados, de modo que, em uma emergência, só precisaria pegá-los e sair correndo. Para onde dessa vez? Onde ela conseguiria se livrar deles? Ela dirigia rápido, escapando daqueles que a dissecariam feito um inseto, daqueles que a olhavam como se ela fosse menos do que um ser humano.

Sabia que lhe restava pouco tempo de vida. Suas forças já estavam chegando ao fim. A terrível doença começava a piorar e ela não tinha progredido na busca pela cura. Era muito provável que tivesse herdado aquilo do pai. Um pai que jamais conhecera, um pai de quem nunca soubera muito. Um pai que tinha abandonado sua mãe antes mesmo de seu nascimento. Shea tinha lido o diário da mãe tantas vezes... Seu pai tinha roubado o amor e a vida de sua mãe, de modo que ela se tornasse apenas uma sombra, um espectro da pessoa que fora antes. Um pai que não se importava nem um pouco com ela ou com sua mãe.

Ela já dirigia a caminho das Montanhas Cárpato, o local de nascimento de seu pai. Uma terra cheia de lendas e superstições. A estranha doença que afetava seu sangue talvez tivesse se originado ali. De repente, Shea sentiu-se estimulada, concentrou-se completamente nos dados que tinha, procurando afastar o medo. A origem da doença devia estar ali. Tantos mitos de vampiros tinham nascido naquele lugar. Shea podia lembrar-se de todos os detalhes de cada história que leu ou que ouviu. E talvez estivesse finalmente no caminho certo. As evidências estavam durante todo esse tempo no diário de sua mãe. Shea sentia raiva de si mesma por não ter percebido isso antes. Aliás, ela tinha desenvolvido uma aversão tão forte à ideia de que tinha um pai (ou até mesmo parentes por parte de pai) que sequer parou para pensar em buscar em suas raízes as respostas por que procurava. O diário de sua mãe... Shea conhecia cada tragédia de cor.

*

Eu o conheci ontem à noite... Assim que o vi, sabia que aquele homem tinha sido feito para mim. Alto, bonito e com olhos hipnotizantes. Eu jamais tinha ouvido uma voz tão bonita quanto a dele. E ele sentiu o mesmo por mim. Sei que sentiu. Foi um equívoco, é claro. Ele é um homem casado. Mas nós não temos alternativa. Não conseguimos ficar separados. Rand. Esse é seu nome... Um nome estrangeiro, como o homem que o carrega, como seu sotaque. Seu lar é nas Montanhas Cárpato. Como pude viver até agora sem ele?

*

Sua mulher, Noelle, deu à luz um menino dois meses atrás. Sei que Rand ficou amargamente decepcionado. Por alguma razão, para ele era importante ter uma filha. Rand passa o tempo todo comigo, embora eu esteja frequentemente sozinha. Ele está em minha mente, conversando comigo, sussurrando o quanto me ama. Tem uma doença estranha em seu sangue e não pode sair à luz do sol.

*

Ele tem hábitos estranhos. Quando fazemos o amor, seria impossível descrever como é maravilhoso – ele está em minha mente, em meu coração e em meu corpo. Ele diz que é porque sou sensitiva e ele também é, mas sei que há algo mais. Tem a ver com sua necessidade de beber o meu sangue. Estou descrevendo-o aqui porque não posso dizer nada disso em voz alta. Soa horrível, terrível, mas é tão erótico... Sentir sua boca em mim, meu sangue em seu corpo. Ah, como eu o amo! Ele raramente deixa marcas, exceto quando quer me marcar como sendo dele. Sua língua cura as feridas rapidamente. Já vi acontecer, é como um milagre. Rand é um milagre.

*

Sua mulher, Noelle, sabe da minha existência. Ele me disse que ela não vai permitir que ele a deixe, disse que ela é perigosa. Sei que isso é verdade porque ela me ameaçou de morte. Senti um medo muito grande. Quando Noelle me viu, seus olhos brilharam com um vermelho intenso e seus dentes lampejaram como os de um animal, mas Rand chegou antes que ela pudesse me ferir. Ele estava furioso e me defendeu. Sei que Rand diz a verdade quando diz que me ama. Pude deduzir pela forma como ele falou com ela, exigindo que me deixasse em paz. E agora Noelle me odeia!

*

Estou tão feliz! Estou grávida. Ele não sabe ainda. Não o vejo há duas noites, mas estou segura de que ele jamais me deixará. Noelle deve estar furiosa por temer que ele a deixe. Espero que seja uma menina. Sei que Rand deseja desesperadamente ter uma filha. Eu lhe darei o que ele sempre quis e Noelle ficará no passado. Sei que eu devia me sentir culpada, mas não consigo me sentir assim quando é óbvio para ambos que nós pertencemos um ao outro. Onde está Rand? Por que não vem me ver agora que preciso tão desesperadamente dele? Por que desapareceu de minha mente?

*

Shea chora constantemente. Os médicos estão interessados pelos resultados dos exames de sangue dela. Ela precisa de transfusões diárias. Deus, como eu a odeio! Ela me mantém presa a este mundo vazio. Sei que ele está morto. No dia em que Noelle veio me ver, ele voltou sozinho para algumas horas maravilhosas comigo. Disse-me que ia deixá-la. Acredito que tentou deixá-la. Então ele simplesmente desapareceu

– da minha mente, da minha vida. Meus pais pensam que Rand me abandonou porque eu estava grávida, que me usou, mas eu sei que ele está morto. E sinto sua terrível agonia, sua dor... Estou certa de que, se pudesse, ele viria me buscar. E ele jamais soube da criança. Eu teria me unido a ele, mas tinha de trazer a filha dele ao mundo. Se a esposa de Rand o matou – e sei que Noelle seria capaz disso –, ele vai viver através de mim, através de nossa filha.

*

Eu a trouxe para a Irlanda. Meus pais estão mortos, então herdei suas posses. Eu teria dado a garota para eles, mas agora é tarde demais. Não posso me unir a Rand. Não posso deixá-la quando tantas pessoas fazem perguntas sobre ela. Tenho medo de que tentem matá-la. Ela é como ele. O sol a queima facilmente. Também precisa de sangue, como ele. Os médicos conversaram muito sobre ela e depois me encararam de um jeito... Senti medo. E eu sabia que teria de desaparecer com ela. Não vou permitir que ninguém faça mal à sua filha, Rand... Ah, meu Deus, me ajude... Sou incapaz de sentir qualquer coisa. Sem você, Rand, estou morta por dentro. Onde você está? Será que Noelle o matou como jurou que iria fazer? Como posso viver sem você? Só sua filha evita que me junte a você... Logo, meu amor, logo estarei ao seu lado.

*

Shea expirou, deixando o ar sair lentamente de seus pulmões. É claro. O fato estava ali, bem diante dela. Ela precisava de sangue, exatamente como o pai precisava. Certamente tinha herdado a doença sanguínea dele. Sua mãe tinha escrito que Rand bebia seu sangue quando eles faziam amor. Quantas pessoas tinham sido perseguidas e vítimas de uma estaca no coração pelo simples fato de que ninguém tinha encontrado uma cura para aquela terrível doença? Ela sabia como era sofrer uma coisa assim, sabia como era odiar-se a si mesmo e temer ser descoberto. Shea precisava encontrar a cura, mesmo que fosse tarde demais para ela, ela tinha de encontrá-la.

*

Jacques dormiu por muito tempo, decidido a renovar suas forças. Acordava apenas rapidamente para se alimentar e para se assegurar de que aquela mulher continuava viva e por perto. E ele refreava a euforia para não perder ainda mais sangue. Agora, precisava de toda a força que conseguisse reunir. Ela estava por perto, ele podia senti-la. Estava somente a alguns quilômetros dele. Por duas vezes, tinha conseguido "ver" o chalé em que ela estava vivendo. Ela estava montando ali sua nova casa, fazendo as coisas que mulheres faziam para transformar um abrigo destruído em uma casa. Mais tarde, Jaques passou a despertar em intervalos regulares, testava sua força atraindo animais que lhe oferecessem o sangue tão necessário. Espreitava os sonhos dela, chamava-a continuamente, mantendo-a acordada quando sabia que ela precisava desesperadamente dormir. Aquela mulher já estava frágil, com fome e fraca por conta da falta de alimentação. Trabalhava dia e noite; sua mente estava cheia de perguntas sem respostas. Jacques ignorou tudo aquilo para mantê-la cansada – assim ele poderia facilmente aproveitar-se disso para agir.

Ele era paciente. Tinha aprendido a ser paciente. Sabia que estava se aproximando dela. Agora tinha tempo de sobra. Não havia nenhuma necessidade de se apressar. Podia permitir-se deixar sua força crescer. Ainda em sua escuridão, ele a perseguia, e fortalecia-se ainda mais a cada ligação que estabelecia com a mente dela. Jacques não tinha ideia do que faria com ela quando a tivesse em suas mãos. Não a mataria logo de início, certamente. Ele tinha passado tanto tempo na mente daquela mulher que agora era como se eles fossem um. Mas ela seguramente sofreria. Ele voltou a dormir para conservar o sangue que ainda corria por suas veias.

*

A mulher estava adormecida diante de seu computador, com a cabeça repousando sobre uma pilha de papéis. Mesmo enquanto dormia, ela mantinha a mente em atividade. Ele tinha descoberto muitos detalhes a seu respeito. Sabia que ela tinha uma memória fotográfica. Jacques tinha descoberto coisas na mente dela que ou esquecera, ou, talvez, jamais soubera. Ele costumava passar tempo estudando-a antes de submetê-la a seu assédio. Ela era uma fonte de conhecimentos para ele, uma fonte de informações sobre o mundo exterior.

Ela estava sempre sozinha. Até mesmo nas mais antigas lembranças que ele conseguia captar; ela era uma criança solitária, isolada das demais. Jacques sentia que a conhecia intimamente. Todavia, na realidade, não sabia nada pessoal a respeito dela. A mente dela estava cheia de dados, informações e fórmulas químicas. Jamais se preocupava com a aparência ou com essas coisas que as mulheres costumam se preocupar. Somente seu trabalho importava. Todo o restante era rapidamente deixado de lado.

Jacques reuniu todas as forças e concentrou-se nela.

Agora, você virá até mim. Não permita que nada a detenha. Acorde e venha até mim enquanto eu descanso e espero.

Ele usou cada gota da força que possuía para empurrar sua ordem para dentro do cérebro dela. Ao longo dos dois últimos meses, Jacques a tinha forçado várias vezes a andar na direção dele, a aproximar-se da floresta escura que rodeava sua prisão. No entanto, em cada uma das ocasiões, apesar de ela fazer conforme ordenado, sua necessidade de terminar o trabalho que estava realizando era tão forte que ela acabava abandonando a ordem. Dessa vez, todavia, ele estava certo de que tinha energia suficiente para forçá-la a obedecer. Ela sentia a presença dele dentro de si, reconhecia seu contato, mas não sabia que eles estavam ligados. Pensava naquele homem como sendo um sonho – ou, melhor dizendo, um pesadelo.

Jacques sorriu ao pensar naquilo. Mas não havia nenhum humor naqueles dentes brancos expostos – dentes cuja única promessa era a selvageria, dentes cuja única revelação era a de um predador perseguindo sua presa.

*

Shea acordou subitamente, piscou os olhos para conseguir retomar o foco. Seu trabalho estava esparramado por toda parte e o computador continuava ligado. Os documentos que ela estava estudando agora estavam um pouco amassados na área em que ela descansara a cabeça. Aquele sonho outra vez. Ele não a deixaria em paz? Agora Shea estava familiarizada com o homem de seus sonhos – com aqueles abundantes cabelos negros e com o toque de crueldade envolvendo aquela boca sensual. Durante os primeiros anos, ela não conseguia enxergar os olhos dele no meio de todo aquele pesadelo. Era como se eles estivessem cobertos. No entanto, nos últimos anos, aquele homem encarava-a com um ar de ameaça.

Shea usou a mão para empurrar os cabelos para trás e percebeu as gotas de suor em sua testa. Por um instante, sentiu a desorientação estranha que sempre sentia depois de um sonho, como se alguma coisa prendesse sua mente por uma fração de segundo e, em seguida, a soltasse, embora com enorme relutância.

Sabia que estava sendo perseguida. Embora o sonho não fosse real, o fato de haver alguém a perseguindo era verdadeiro. Ela não poderia perder isso de vista, jamais poderia se esquecer. Shea não voltaria a estar segura, a menos que encontrasse a cura para si mesma e para alguns outros que também tinham aquela doença rara. Ela estava sendo perseguida como se fosse um animal sem emoções ou inteligência. E, para os caçadores, não importava o fato de ela falar seis línguas fluentemente, o fato de ela ser uma cirurgiã renomada, responsável por ter salvo inúmeras vidas.

As palavras na folha de papel em sua frente embaçavam-se, formando uma única mancha. Há quanto tempo ela não dormia decentemente? Shea suspirou, correndo a mão pelos espessos cabelos vermelhos e sedosos, que lhe caíam pelas costas como uma cortina até a cintura. Empurrou-os descuidadamente para trás. Como de costume, prendeu os fios de forma desajeitada com o primeiro objeto que encontrou.

Começou a revisar os sintomas de sua estranha doença no sangue. Catalogou-se a si mesma. Shea era pequena e muito delicada, quase frágil. Tinha uma aparência jovem, como a de uma adolescente. Envelhecia muito mais lentamente do que um humano normal. Seus olhos eram enormes, de um verde intenso; sua voz, suave, aveludada e muitas vezes descrita como hipnotizante. Quando dava aulas, seus alunos costumavam sentir-se tão cativados por sua voz a ponto de conseguirem se lembrar de cada palavra que ela dizia. Seus sentidos eram mais aguçados que os sentidos dos demais humanos. Audição e olfato eram extremamente exacerbados. Era capaz de enxergar as cores de forma mais vívida, percebendo detalhes que a maioria dos humanos jamais conseguiria enxergar. Podia comunicar-se com animais, pular mais alto e correr mais rápido que muitos atletas treinados. E, desde muito jovem, tinha aprendido a ocultar seus talentos.

Levantou-se, espreguiçou-se. Estava morrendo aos poucos. Cada minuto que se passava era um minuto a menos do tempo que lhe restava para encontrar a cura. Em algum lugar, entre todas aquelas caixas e pilhas de papéis, ela esperava; tinha que haver uma solução. Mesmo que encontrasse a cura tarde demais para si, Shea ainda poderia evitar que aqueles com a mesma doença sofressem o terrível isolamento de que ela provara durante toda a vida.

Ela até podia envelhecer lentamente e ter habilidades excepcionais, mas pagava um alto preço por isso. O sol queimava-lhe a pele. Embora pudesse enxergar na escuridão da noite, seus olhos ardiam à luz do dia. Seu corpo rejeitava a maioria dos alimentos. E, o pior de tudo: ela precisava de sangue diariamente. Qualquer tipo de sangue. Não havia sangue incompatível com o seu. O sangue de animais a mantinha viva, mas só isso. Portanto, ela precisava desesperadamente de sangue humano. No entanto, Shea só se permitia usar esse tipo de sangue quando estava prestes a ter um colapso, e apenas por transfusão. Infelizmente sua doença parecia requerer transfusões orais.

Ela abriu a porta violentamente e inalou o ar da noite, escutando na brisa os murmúrios das raposas, das marmotas, dos coelhos e dos cervos. O grito de uma coruja que tinha perdido sua presa e o chiado de um morcego fizeram o sangue de Shea correr mais acelerado pelo corpo. Ela pertencia àquele lugar. Pela primeira vez em toda sua vida, sentia-se em paz.

Shea saiu na varanda. Sua confortável calça jeans azul e suas botas para caminhada pareciam adequadas para aquela temperatura, mas a fina camiseta que vestia não a protegeria do frio das montanhas. Pegou um moletom e a mochila e apressou-se em direção àquela terra que tanto lhe agradava. Se tivesse descoberto este lugar antes... Ah, tinha desperdiçado tanto tempo... Shea só havia descoberto as propriedades terapêuticas daquele solo um mês antes. De qualquer forma, ela já conhecia o agente curador contido em sua saliva. Shea tinha criado um jardim, com legumes e ervas. Adorava trabalhar com a terra. No processo, feriu-se acidentalmente – um corte profundo e horrível. A terra parecia aliviar a dor. O corte já estava quase cicatrizado quando terminara o trabalho.

Começou a vagar pelo caminho, desejando que sua mãe tivesse tido a oportunidade de conhecer aquele lugar cheio de paz. Pobre Maggie. Jovem. Irlandesa. Durante as primeiras férias de sua vida, conheceu um estrangeiro sombrio e intrigante que a usara e depois a descartara. Shea sacudiu a cabeça. Tinha os olhos cheios de lágrimas, mas negava-se a deixá-las correr. Sua mãe tinha feito uma escolha. Um homem. Ele havia se transformado no centro de sua vida, e ela deixara todo o restante de lado. Tudo, inclusive a carne de sua carne, o sangue de seu sangue, sua própria filha. Shea não tinha sido motivo forte o suficiente para fazer sua mãe viver, ou pelo menos tentar viver. Tudo resumia-se a Rand. Um homem que a tinha abandonado sem pensar duas vezes, sem avisar. Um homem que lhe havia transmitido uma doença tão terrível a ponto de fazer sua filha ter de se esconder do resto do mundo. E Maggie sabia. Mas, mesmo assim, ela não tinha se preocupado em pesquisar, nem em descobrir algo a respeito de Rand que pudesse ajudá-la a saber o que sua filha iria enfrentar um dia.

Shea parou para recolher um punhado de terra com a mão, deixando os grãos correrem por entre seus dedos. Teria Noelle, o nome pelo qual sua mãe chamava a mulher de Rand, sido tão obcecada por aquele homem quanto Maggie? Aparentemente, a resposta era sim. Mas Shea não tinha nenhuma intenção de repetir os erros da mãe. Jamais precisaria tanto de um homem a ponto de negligenciar um filho ou de tirar a própria vida. A morte de sua mãe tinha sido uma tragédia sem sentido. Além disso, a morte da mãe a abandonara à própria sorte; Shea ficou sozinha para enfrentar uma vida fria e cruel, sem amor ou direcionamento. Maggie sabia que sua filha precisava de sangue. Tinha escrito isso em seu diário, cada maldita palavra. Shea fechou as mãos e apertou-as até as articulações dos dedos ficarem esbranquiçadas. Maggie sabia que a saliva de Rand tinha um agente capaz de curar. E, mesmo sabendo disso, tinha deixado que sua filha fizesse a descoberta por si própria.

Shea tinha curado a si mesma – inúmeras vezes, ainda criança – enquanto sua mãe olhava apaticamente pela janela, sem jamais ouvir os gritos de dor da filha, que caía enquanto aprendia a andar e a correr. A garota teve de aprender tudo sozinha. Descobriu que tinha a habilidade de curar pequenos cortes e arranhões com a língua. No entanto, demorou para se dar conta de que só ela podia fazer essas coisas. Maggie comportava-se como uma marionete sem emoção, importando-se unicamente com as necessidades físicas básicas de sua filha sem, em momento algum, atentar aos sentimentos ou às necessidades emocionais da garota. Suicidou-se no dia em que sua filha completou 18 anos. Um leve gemido de angústia escapou pela garganta de Shea. Saber que devia tomar sangue para sobreviver já era suficientemente horrível, mas crescer sem o amor de sua mãe tinha sido desolador.

Sete anos antes, uma espécie de loucura varreu a Europa. A princípio, aquilo parecia risível. Durante muito tempo, pessoas sem estudos e supersticiosas falavam sobre a existência de vampiros na região de onde viera seu pai.

Agora, parecia possível que o problema sanguíneo, talvez surgido ali, nas Montanhas Cárpato, fosse a base das lendas de vampiros. Se a doença fosse característica da região, então seria possível que aqueles que tinham sido perseguidos ao longo dos anos sofressem da mesma doença de Shea e de seu pai? A médica começou a se animar com a possibilidade de poder estudar outros como ela.

As recentes ondas de assassinatos de "vampiros" tinham se estendido pela Europa como uma praga. Na maior parte das vezes, as vítimas eram homens, assassinados ao estilo dos romances vampirescos, com uma estaca cravada no coração. Aquilo era algo asqueroso, repugnante e assustador. Cientistas respeitados tinham começado a considerar a possibilidade de que vampiros realmente existissem. Grupos se formaram para estudá-los – e, obviamente, eliminá-los. Evidências de fontes anteriores combinadas com as amostras de sangue de uma criança do sexo feminino – suas amostras, Shea tinha certeza – tinham levantado ainda outras perguntas. Shea ficara aterrorizada, certa de que esses assassinos acabariam por encontrá-la. E, neste momento, de fato estavam atrás dela. Por isso, teve que abandonar seu país e sua carreira com o propósito de seguir sua própria linha de pesquisa.

Como as pessoas ainda acreditavam, mesmo depois da democratização da educação, nessas besteiras de histórias de vampiros? Sentia-se ligada às pessoas assassinadas, que certamente tinham a mesma doença no sangue. Ela era médica, pesquisadora – e, ainda assim, até agora tinha falhado com todas as vítimas, temendo descobrir o que acreditava ser um segredinho detestável. Aquilo a enfurecia. Shea tinha um talento, podia até mesmo ser considerada brilhante. Devia ter descoberto esses segredos há muito tempo. Quantos outros tinham morrido por falha dela, por ela não ter sido agressiva o suficiente em sua busca?

A sensação de culpa e de medo alimentavam sua incansável e exaustiva sessão de estudo. Reuniu tudo o que podia encontrar sobre o local, as pessoas e as lendas. Rumores, supostas evidências, antigas traduções e os mais recentes artigos de jornais. Raramente se alimentava, raramente se lembrava de fazer as transfusões, raramente dormia. Em vez disso, estava sempre em busca da última peça do quebra-cabeça, da informação que lhe indicaria um caminho por onde seguir. Estudou seu próprio sangue um milhão de vezes, estudou sua saliva e seu sangue depois de ingerir sangue de animais, depois das transfusões de sangue humano...

Tinha relutantemente queimado o diário da mãe. Ela jamais esqueceria qualquer uma das palavras lá escritas, mas sentiu profundamente a perda. Sua conta bancária era sólida. Tinha herdado fundos da mãe e ganhado ainda mais dinheiro com a profissão. Possuía até mesmo uma propriedade na Irlanda, a qual alugava por um valor considerável. Vivia com frugalidade e fazia investimentos inteligentes. Não fora uma tarefa difícil enviar seu dinheiro para a Suíça e deixar algumas pistas falsas espalhadas pelo continente.

No momento em que chegou às Montanhas Cárpato, passou a se sentir diferente. Mais viva. A inquietação e a sensação de desespero continuavam crescendo, mas agora ela sentia, pela primeira vez na vida, que tinha uma casa. As plantas, as árvores, a vida selvagem e até mesmo o próprio solo eram parte dela. Era como se, de alguma forma, eles estivessem ligados a ela. Shea adorava respirar aquele ar, sentir aquela água, tocar aquele solo.

Sentiu o cheiro de um coelho e percebeu que seu corpo ficou paralisado. Ela conseguia ouvir o coração do animal, conseguia sentir seu medo. O coelho percebia o perigo: um predador o espreitava. Uma raposa. Ela ouviu o sussurro dos pelos deslizando pelos arbustos. Era maravilhoso ouvir aquilo, sentir aquilo, não ter medo de ouvir o que outros não podiam ouvir. Os morcegos voavam, atacavam insetos. Olhou para o céu, admirando os movimentos daqueles animais, sentindo prazer com aquele espetáculo tão simples. Voltou a caminhar. Precisava daquele exercício, precisava livrar-se do peso da responsabilidade que carregava nos ombros.

Tinha encontrado uma casinha para si – na verdade, apenas a estrutura de uma casa. No entanto, Shea a tinha transformado em seu santuário pessoal ao longo dos últimos meses. Persianas bloqueavam a passagem da luz do sol durante o dia. Um gerador oferecia a luz e a energia necessárias para manter o computador ligado. As prioridades seguintes tinham sido um banheiro moderno e uma cozinha. Pouco a pouco, comprou livros, suprimentos e todo o material necessário para atender às emergências de seus pacientes. De qualquer forma, ela esperava não precisar usar suas habilidades naquele lugar. Quanto menos pessoas soubessem de sua existência, melhor, pois mais tempo ela teria para dedicar à sua valiosa pesquisa. Apesar de tudo, ela ainda era uma médica.

Entrou no denso bosque, tocou com reverência os troncos das árvores. Tinha sempre à mão uma reserva de sangue, já que, às vezes, utilizava suas habilidades como hacker para conseguir entrar em bancos de sangue, fazer o pagamento e preservar o anonimato. Mesmo assim, isso requeria viagens mensais, sempre alternando entre vilarejos na floresta, e uma noite longe de seu chalé. Nos últimos tempos, Shea andava tão fraca que o cansaço era um enorme problema e as feridas já não estavam se curando com tanta facilidade. Um anseio crescia dentro dela, um vazio implorava para ser preenchido. Sua vida estava chegando perto do fim.

Bocejou. Ela precisava voltar a dormir. Em geral, não dormia à noite, mas sim à tarde, quando o sol estava mais forte. Estava a vários quilômetros de casa, nas profundezas da floresta, nas partes mais remotas da montanha. Tomava frequentemente esse caminho, era inexplicavelmente atraída até aquele lugar. Sentia-se inquieta, tomada por uma sensação esmagadora de urgência. Devia dirigir-se a alguma parte, mas não tinha ideia de onde. Quando analisava o que sentia, percebia que a ânsia que a forçava a seguir era quase uma compulsão.

Ela tinha toda a intenção do mundo de voltar para casa, mas seus pés continuavam arrastando-a pela ladeira daquele caminho. Havia lobos naquelas montanhas – ela costumava ouvi-los uivando durante a noite. Havia alegria em suas vozes, uma enorme beleza em suas canções. Shea podia tocar a mente de animais quando queria, mas nunca tinha tentado fazê-lo com os lobos, criaturas tão selvagens e imprevisíveis. Mesmo assim, o cantar noturno deles despertava-lhe a vontade de encontrá-los agora.

Continuou seguindo em frente, impelida a um destino desconhecido. Nada parecia importar, exceto continuar subindo aquele chão íngreme, sempre mais alto, em direção a mais selvagem e mais isolada área onde já estivera. Devia sentir medo – porém, quanto mais se distanciava de seu chalé, maior parecia ser a importância de seguir em frente.

Suas mãos ergueram-se automaticamente, esfregaram-se nas têmporas, na testa. Um zumbido curioso ecoava em sua cabeça. Era estranho sentir a fome roer-lhe por dentro. Não era uma fome comum, todavia. Mais uma vez, ela tinha a estranha sensação de que estava compartilhando sua mente com alguém, e de que aquela fome não era realmente dela. Havia momentos em que sentia como se estivesse andando no mundo dos sonhos. A névoa envolvia as árvores, pairando sobre o chão. A neblina começava a se tornar mais espessa; a temperatura do ar caía vários graus.

Shea tremeu. E esfregou rapidamente as mãos nos braços. Seus pés a forçaram a seguir o caminho, deixando para trás troncos de árvores que apodreciam. Ela sempre se impressionava com o silêncio com o qual conseguia se movimentar pela floresta, instintivamente evitando gravetos e raízes soltas. De repente, escutou um sussurro em sua mente.

Onde você está? Por que se recusa a vir até mim?

A voz ecoava em sua mente, trazendo consigo um pesado tom de fúria. Shea parou, horrorizada, e levou as mãos à cabeça. Era como em seu pesadelo – a mesma voz agora a chamava, ressonando em sua mente. Nos últimos tempos, os pesadelos tinham se tornado mais frequentes, invadiam suas horas de sono, perturbavam suas horas acordada, arrastavam-se o tempo todo por sua consciência. Havia momentos em que ela achava que estava prestes a ficar louca.

Aproximou-se de um pequeno riacho. Algumas pedras, brilhantes e receptivas, formavam um caminho até a água límpida. A água estava extremamente gelada quando ela inclinou o corpo para tocá-la com os dedos. A sensação era tranquilizadora.

Algo a forçava a seguir adiante. Primeiro, um pé; depois, o outro. Estar tão longe de seu chalé era uma insanidade. E ela estava há muitas horas sem dormir. Até considerava a ideia de ter se tornado uma sonâmbula, e sentia-se estranha por isso. Parou perto de uma pequena clareira e observou a noite estrelada. E sequer se deu conta de que estava andando outra vez até ter cruzado a clareira e estar novamente em uma área cheia de árvores. Um galho prendeu-se em seus cabelos, forçando-a a parar. Sentiu a cabeça pesar, a mente embaçar. Precisava desesperadamente chegar a algum destino, mas não sabia que destino era esse. Escutar não a ajudava. Com sua audição aguçada, já teria ouvido alguém ou alguma criatura ferida enfrentando problemas. Inspirou o ar. Provavelmente se perderia e estaria por ali ao amanhecer, com o sol fritando sua pele. E mereceria aquilo por ter agido de forma tão ridiculamente idiota.

Embora tenha rido de si mesma, a sensação que lhe tomava era tão forte que ela seguia em frente, permitindo-se deixar o corpo vagar por onde quisesse, para onde quisesse. Um caminho quase imperceptível surgiu à sua frente, entrecortado por árvores e arbustos. Ela o seguiu, sentindo-se segura, muito embora também um pouco intrigada. Perguntava-se o que poderia ser aquilo capaz de afastá-la de sua pesquisa. As árvores abriram espaço para um gramado em um local mais alto. Shea atravessou-o, e seus pés adotaram um passo mais acelerado, como se agora tivessem um propósito. Em um dos lados do campo aberto, algumas árvores, altas e dispersas, observavam os restos de uma antiga construção abaixo delas. Não eram restos de um pequeno chalé, mas sim de uma casa consideravelmente grande, agora escureccida e destruída. Era como se a floresta estivesse querendo tomar de volta algo que, no passado, pertencera-lhe.

Shea caminhou em volta da estrutura, segura de que alguma coisa a tinha levado até aquele lugar, mas ainda incapaz de identificar o quê. Aquele local era cheio de poder, isso ela podia sentir. No entanto, ela não sabia de onde vinha aquele poder. Tampouco sabia como usá-lo. Deu mais alguns passos. Seu corpo estava inquieto, sua mente sofria com uma pressão inexorável, como se estivesse prestes a realizar uma enorme descoberta. Agachou e deixou as mãos correrem desordenadamente sobre a terra. Uma vez. Duas vezes. Seus dedos encontraram madeira sob o solo; sua respiração prendeu-se na garganta e seu pulso pulou entusiasmado. Tinha descoberto algo importante, estava certa disso.

Cuidadosamente, afastou a terra com a mão e encontrou um enorme alçapão com uma sólida argola de metal. Precisou usar toda a força que tinha para levantá-la, e teve de se sentar por alguns instantes até recuperar a respiração e o equilíbrio, de modo a ser capaz de ver o que havia do outro lado. Uma escada enfraquecida, apodrecida e esburacada por conta do tempo levava até um espaço enorme. Depois de hesitar por um momento, Shea desceu. Seu corpo e sua mente puxavam-na, enquanto seu cérebro dizia-lhe para ser mais cautelosa.

As paredes do porão tinham sido construídas com terra e pedras. Ninguém, nada, havia passado por ali há muito tempo. Shea levantou a cabeça, alerta, enquanto seus olhos analisavam rapidamente a área. Seus sentidos, mais aguçados do que nunca, procuravam por sinais que indicassem perigo. Não havia nada, e o problema era justamente esse. O silêncio era total. Assustador. Nenhuma criatura da noite, nenhum inseto. Nenhuma marca deixada por algum animal no chão. Shea não conseguiu detectar nem mesmo um rato correndo ou o brilho de uma teia de aranha.

Por vontade própria, sua mão começou a deslizar por uma parede. Nada. Ela queria ir embora. O instinto de sobrevivência mandava-lhe ir embora. Sacudiu a cabeça, incapaz de sair, muito embora aquele lugar a fizesse se sentir extremamente desconfortável. Por um terrível instante, deixou a imaginação tomar conta. E percebeu alguma coisa observando-a, à espreita, à espera. Alguma coisa sombria e fatal. E tão real a ponto de quase fazê-la correr. No entanto, logo que se virou, determinada a fugir enquanto ainda era possível, seus dedos encontraram mais madeira atrás da parede de terra.

Curiosa, ela examinou a superfície. Algo fora enterrado exatamente ali. O tempo não teria moldado a terra daquela forma, seria impossível. Incapaz de se conter, escavou a terra e as pedras até descobrir uma longa faixa de madeira em decomposição. Uma porta? Tinha pelo menos 1,80 metro de altura, talvez até mais. Continuou escavando, agora com mais vontade, lançando sem qualquer cuidado os punhados de terra para trás. Então, seus dedos encontraram uma coisa pavorosa.

Ela recuou, pulou para trás enquanto pequenas carcaças secas caíam contra o chão. Ratos. Mortos. Centenas de corpos ressecados de ratos. Horrorizada, ela olhou fixamente a caixa de madeira putrefata que acabara de descobrir. O restante da terra que sustentava aquela caixa caiu, e logo a própria caixa também caiu, fazendo com que sua tampa ficasse entreaberta. Shea afastou-se, voltando para perto da escada, assustada com o que tinha descoberto. A pressão em sua cabeça aumentou até fazê-la gritar de dor. Em seguida, caiu de joelhos, incapaz de subir as escadas em decomposição que a levariam de volta para a noite carregada de neblina.

Não podia ser um caixão! Quem enterraria um corpo em pé em uma parede? Alguma coisa – uma curiosidade mórbida, uma compulsão que ela, por mais que tentasse, não conseguia vencer, obrigou seus pés a levá-la novamente até a caixa de madeira. Tentou com todas as forças se conter, mas não conseguiu. Com as mãos trêmulas, ela tentava abrir aquela tampa de madeira em decomposição.

Capítulo 2

Shea permaneceu imóvel por um instante, incapaz de respirar ou de sequer pensar. Estaria a resposta para suas perguntas bem diante dela, em meio a todo aquele horror? Seria aquela coisa, torturada e mutilada, seu futuro e o futuro daqueles como ela? Fechou brevemente os olhos, tentando ignorar a realidade por um instante. A brutalidade da espécie humana, a brutalidade de quem chegara ao ponto de fazer aquilo... Lágrimas brotaram em seus olhos enquanto ela pensava na dor e no sofrimento que aquela criatura enfrentara antes de morrer. Shea sentia-se responsável. Ela tinha recebido dons tão especiais e, ainda assim, não tinha sido capaz de descobrir os segredos daquela doença que condenava todos que dela padeciam.

Respirou fundo, forçando-se a encarar a cena. Aquele homem ainda estava vivo quando seus agressores fecharam o caixão. Ele arranhara a madeira, conseguira até fazer um buraco na lateral. Shea segurou um soluço, sentindo a ligação que tinha com aquele pobre homem morto. O corpo que havia encontrado estava coberto por milhares de cortes. Uma estaca de madeira, tão grossa quanto o punho daquele pobre homem, fora enfiada em seu corpo, bem próximo do coração. Quem quer que tivesse feito aquilo certamente tinha conhecimentos de anatomia. Ela respirou fundo novamente, aterrorizada. Como ele devia ter sofrido!

As mãos e os tornozelos dele estavam algemados. Trapos sujos, mais parecidos com atas em decomposição, envolviam seu peito, imprimindo-lhe um aspecto de múmia. O lado médico de Shea tomou controle da situação, e ela então realizou um estudo clínico. Era impossível dizer há quanto tempo aquele homem estava morto. Pelas condições do porão e do caixão, ela acreditava se tratar de alguns anos, mas o corpo ainda não tinha começado a se decompor. Linhas de agonia ainda marcavam o rosto do torturado. A pele, acinzentada, esticava-se ligeiramente sobre os ossos, e os sinais de sofrimento estavam estampados no rosto duro e implacável.

E ela o conhecia. Era o homem que aparecia em seus sonhos.

Embora parecesse impossível, não havia como estar enganada: ela o havia visto muitas vezes. E ele era o homem na fotografia que Don Wallace lhe mostrara. Embora tudo aquilo parecesse realmente impossível, ela sentia-se ligada a ele, sentia que devia tê-lo salvado. A dor brotava em seu peito, uma dor abissal. Shea sentia como se aquela pessoa morta no caixão fosse parte dela.

Tocou-lhe os cabelos negros e sujos com seus dedos suaves. Aquele homem devia sofrer da mesma doença sanguínea que ela. Quantos outros tinham sido caçados, perseguidos, torturados e assassinados por causa de algum problema que carregavam desde o nascimento?

– Sinto muito – sussurrou suavemente. E suas palavras eram sinceras. – Eu falhei por todos nós.

Um leve sussurro do vento, esse foi o único aviso que Shea recebeu. Pupilas dilataram-se e ela se viu encarando olhos que brilhavam com um ódio fervente. Um golpe de força estilhaçou uma das algemas enferrujadas e uma mão envolveu a garganta de Shea. Aquela criatura era forte e conseguia bloquear a passagem de ar, impossibilitando que ela gritasse. Tudo parecia girar, o branco e o negro pareciam envolvê-la. Shea só teve tempo de sentir o arrependimento de não ter conseguido ajudá-lo antes de ser tomada pela dor excruciante de dentes entrando em sua garganta.

Deixe as coisas acontecerem rapidamente. Shea não tentou reagir. Seria inútil tentar. De qualquer forma, alguém devia algo àquela criatura atormentada, e ela há muito tempo havia aceitado a morte. Estava aterrorizada, é claro, mas estranhamente calma. Se pudesse dar àquele ser uma sensação de paz, por menor que fosse, queria fazer isso. A culpa por não encontrar uma cura era muito forte em sua mente. Era mais do que forte, era elementar, tão velha quanto o próprio tempo.

A necessidade de salvá-lo. Saber que ele devia viver e que ela estava disposta a oferecer sua vida para isso...

*

Shea acordou, confusa e fraca. Sentia uma dor de cabeça fortíssima e sua garganta estava tão inchada que ela temia até mesmo se mover. Franziu a testa, incapaz de reconhecer onde estava. Ouviu-se gemer. Havia sido feita prisioneira, com um braço para trás, alguma coisa presa em sua cintura. Tentou trazer o braço de volta para frente, mas o que o estava prendendo repuxou, ameaçando quebrar-lhe os frágeis ossos. O coração de Shea saltou e, com a mão livre, ela tocou a garganta, lembrando-se do que havia acontecido. Seu pescoço estava ferido e inchado. Havia também uma ferida, aberta e ardendo. Sua boca foi invadida por uma sensação estranha. E um leve sabor acobreado cobria-lhe a língua.

Ela tinha perdido sangue demais, reconheceu imediatamente. Sua cabeça doía e suas ideias fragmentavam-se conforme a pressão aumentava. Sabia que aquela criatura era responsável por isso, já que estava tentando invadir sua mente. Shea umedeceu os lábios e cuidadosamente trouxe seu corpo para trás, aproximando-se do caixão, numa tentativa de aliviar a pressão que sentia. Como se formassem uma algema, os dedos do homem ainda seguravam-lhe o pequeno e delicado pulso. Dedos que ameaçavam triturar seus ossos se ela fizesse qualquer movimento errado. Mais um gemido escapou-lhe antes que ela conseguisse evitar. Shea queria acreditar que aquilo era mais um de seus pesadelos. De qualquer forma, virou lentamente a cabeça para tentar olhar para ele.

O movimento provocou uma dor fortíssima, deixando-a sem ar. Seus olhos se encontraram com os dele. Ela reagiu involuntariamente, tentando se libertar. Os olhos daquele homem, negros como a noite, queimavam-na. Um ódio causticante, uma fúria ácida concentrava-se nas profundezas daquela alma inexistente. Os dedos dele apertaram--se ainda mais, esmagando-lhe os pulsos, prendendo-a a ele, fazendo um grito de dor e medo precipitar-se por aquela garganta já ferida. O coração de Shea acelerou.

– Pare! – a testa de Shea bateu contra a lateral do caixão enquanto ela tentava lutar. – Se você me ferir, não vou poder ajudá-lo – ela levantou a cabeça para encarar aqueles olhos negros. – Você está me entendendo? Sou tudo que você tem! – exclamou, esforçando-se para continuar encarando aqueles olhos escuros. Fogo. Gelo. Ele tinha os olhos mais assustadores que ela já vira em toda a sua vida. – Meu nome é Shea O'Halloran, sou médica – ela repetiu a apresentação em várias línguas, mas desistiu quando percebeu que aqueles olhos causticantes continuavam a encará-la. Aquele homem parecia não ter um pingo de misericórdia.

Não, ele não era um homem sem alma. Ele era um animal. Preso em uma armadilha. Ferido. Confuso. Um predador extremamente perigoso, reduzido a uma situação em que sequer conseguia se defender.

– Vou ajudá-lo se você deixar – disse Shea em tom suave, como se tentasse convencer um animal selvagem. Ela usou o poder da sua voz sem se sentir mal por isso. Hipnótica, suave, relaxante. – Vou precisar de ferramentas e de um veículo. Você consegue me entender?

Inclinou-se sobre ele, deixando a mão livre tocar com cuidado aquele peito destruído. Sangue fresco ainda pingava em volta da estaca e saía pelos vários outros cortes, como se tivessem sido feitos recentemente. O punho do homem tinha um corte recente, desigual, que ela tinha certeza de não ter visto antes.

– Meu Deus! Você deve estar sentindo uma dor terrível. Não se mova. Não posso retirar essa estaca sem antes levá-lo até o meu chalé. Se eu tentar, você vai acabar sangrando até morrer.

Surpreendentemente, o homem parecia agora um pouco mais corado.

Ele soltou-a lentamente, relutantemente, sem jamais tirar os olhos de seu rosto. Então, abaixou as mãos para tocar no solo, levando a terra até os terríveis ferimentos. É claro! A terra! Shea ajudou-o, pegando punhados daquela terra poderosa e espalhando-a sobre os cortes. E havia tantos cortes! Depois do primeiro punhado, ele ainda estava deitado, poupando energia, mas sempre olhando-a atentamente. Ele nunca piscava. Em momento algum seus olhos escuros vacilavam.

Nervosa, Shea olhou para cima, na direção da entrada do porão. Muito tempo havia se passado enquanto ela estivera inconsciente. O sol logo nasceria. Inclinou-se sobre o homem e acariciou-lhe suavemente os cabelos. Uma sensação estranha de ternura tomava conta de Shea. Por alguma razão inexplicável, ela se sentia atraída por aquela pobre criatura, e aquele sentimento era muito mais forte do que sua compaixão natural, do que sua necessidade de, como médica, ajudar. Ela queria que ele vivesse. Ele tinha de viver. Ela tinha de encontrar uma forma de acabar com aquela dor terrível.

– Preciso pegar algumas coisas. Vou me apressar, voltarei o mais rápido possível, eu prometo! – Shea levantou-se, deu meia-volta para sair, deu o primeiro passo.

Ele se movimentou com tanta agilidade que só foi possível enxergar uma mancha negra no ar. Suas mãos prenderam-se em volta do pescoço dela, forçando-a a cair bem diante dele. Quando enterrou os dentes na garganta dela, a dor foi excruciante. Ele se alimentou vorazmente, um animal selvagem fora de controle. Ela lutou contra a dor, contra a tolice daquela atitude insana dele. Ele estava matando uma pessoa que podia salvá-lo. Debatendo-se cegamente, as mãos de Shea encontraram aqueles cabelos negros. Seus dedos prenderam-se às mechas sujas e grossas e permaneceram ali enquanto ela se afundava, já quase sem vida, na parte superior do peito dele. A última coisa que ouviu antes de desmaiar foi o batimento cardíaco dele. E ela se assustou ao perceber que seu coração tentava seguir aquele ritmo regular e profundo.

Silêncio. Em seguida, um ofegar, enquanto o corpo de Shea lutava para sobreviver. A criatura olhava apaticamente para aquele corpo magro e enfraquecido. Quanto mais forte e mais alerta ele se tornava, mais era tomado pela lancinante dor que o consumia. Ele levantou a mão livre, mordeu o próprio punho e forçou a ferida na direção da boca dela uma segunda vez. O homem não sabia ao certo o que estava acontecendo à sua volta – a agonia era extenuante demais para permitir-lhe isso. Ele tinha ficado tanto tempo enterrado que mal conseguia se lembrar de algo que não fosse escalas de cinza e preto. Agora, seus olhos ardiam com o brilho vívido das cores que o cercavam. Precisava escapar daquele caleidoscópio de tonalidades, mas a aflição aumentava a cada momento e emoções desconhecidas ameaçavam afogá-lo.

Shea acordou vagarosamente e sentiu o rosto contra o chão. Sua garganta pulsava em carne viva. O mesmo sabor adocicado e acobreado cobria-lhe a boca. Ela se sentia enjoada e atordoada e, instintivamente, percebeu que o sol estava em seu ponto mais alto. Seu corpo parecia pesado como chumbo. Onde ela estava? Sentia frio e uma completa desorientação. Forçou-se até conseguir ficar de joelhos, e então precisou abaixar a cabeça para evitar perder os sentidos uma vez mais. Nunca tinha se sentido tão fraca, tão desamparada. E aquela sensação era demasiadamente assustadora.

A consciência surgiu e ela cambaleou de quatro pelo chão de terra. Com as costas para a parede e todo o cômodo separando-os, olhou horrorizada para o caixão. O homem estava deitado lá dentro, como se estivesse morto. Era impossível perceber qualquer sinal do coração batendo ou de respiração. Shea comprimiu as costas de uma das mãos trêmulas contra a boca para evitar que um soluço de dor lhe escapasse. Ela não se aproximaria dele outra vez, estivesse ele dormindo ou não. Ainda enquanto esse pensamento se formava, por mais sagaz que fosse, ela sentiu a necessidade de encontrar uma forma de ajudá-lo. Alguma coisa nela não conseguia se livrar dessa necessidade.

Talvez estivesse errada a respeito do problema sanguíneo. Será que os vampiros *realmente* existiam? Ele usava os dentes; seus incisivos eram pontiagudos e deviam ter algum agente anticoagulante, assim com sua saliva provavelmente tinha algum agente cicatrizante. Esfregou as têmporas, que agora martelavam. A necessidade de ajudá-lo era forte, esmagadora, tão ardente a ponto de torná-la obcecada. Alguém tinha torturado aquele homem, alguém tinha sentido prazer em vê-lo sofrer. Tinham-no infligido tanta dor quanto podiam e, em seguida, enterraram-no vivo. Somente Deus sabia quanto tempo ele tinha aguentado em situação tão horrível. Ela tinha de ajudá-lo, independentemente de quanto isso lhe custasse. Seria desumano de sua parte pensar em deixá-lo naquela situação. Seria mais do que ela podia aguentar.

Com um suspiro, forçou-se a ficar de pé. Em seguida, inclinou-se contra a parede até o porão parar de girar. Vampiro ou humano, ela não podia deixá-lo sofrer uma morte lenta por conta da fome. Aquela criatura estava passando por uma dor terrível e claramente não entendia o que estava acontecendo, preso como estava em um mundo de agonia e loucura.

"É claro que você está louca, Shea", ela pensou em voz alta. E sabia que o que sentia era mais do que compaixão e necessidade de curá-lo. Alguma coisa incrivelmente forte dentro dela fazia com que ela quisesse garantir-lhe a sobrevivência. De uma forma bizarra, ela tinha vivido com aquele homem por anos. Ele tinha estado com ela durante todas as horas, compartilhando sua mente, chamando-a, implorando para que ela fosse libertá-lo. Shea tinha-o deixado ali, naquele lugar de sofrimento e insanidade, porque nunca pensara que aquilo fosse verdade. E ela não o decepcionaria outra vez.

O sol ardia no céu. Se aquele homem sofresse os mesmos efeitos letárgicos que ela, provavelmente estaria em sono profundo e não acordaria antes do anoitecer. Ela podia sair agora ou arriscar-se a outro ataque, caso ele acordasse. O sol queimaria-lhe a pele, mas ela encontrou em sua bolsa seus óculos de sol.

Cruzar aquele gramado foi um inferno. Embora usasse óculos escuros, a luz feria seus olhos, fazendo-os lacrimejar de modo tal que sua visão ficava permanentemente embaçada. Incapaz de enxergar com clareza o chão irregular, ela tropeçou e caiu várias vezes. O sol batia contra ela, implacável em seus golpes. Na sombra da floresta, as árvores ofereciam um pouco de alívio. No entanto, quando ela conseguiu chegar ao chalé, já não tinha um centímetro de pele que não estivesse vermelha ou queimada.

Agora em casa, examinou seu pescoço e sua garganta inchada. A pele estava cheia de ferimentos terríveis. Seu aspecto era grotesco, algo como uma lagosta horrenda, judiada e destruída. Esfregou aloe vera na pele e, então, pegou rapidamente ferramentas, instrumentos e cordas, e levou tudo até a caminhonete. As janelas do veículo já tinham uma película para escurecê-las, mas ela precisaria cobrir aquele homem para colocá-lo ali dentro, de modo que voltou e pegou um cobertor.

Uma onda de vertigem a fez cair de joelhos. Estava muito fraca. Precisava desesperadamente de uma transfusão de sangue. Se quisesse salvar aquele homem, precisaria salvar a si mesma primeiro. Tinha levado algumas horas para fazer o caminho de volta até sua casa, e detestava a ideia de desperdiçar ainda mais tempo – tempo que lhe poderia ser útil. Ainda assim, ciente de que não tinha escolha, fez uma transfusão, usando uma das bolsas de sangue que tinha em mãos. Aquilo pareceu levar uma eternidade. Cada minuto arrastou-se como se fosse uma hora, permitindo-lhe muito tempo para se preocupar e se fazer uma série de perguntas sem respostas.

O caixão estava perto demais da entrada do porão? Por que ela não tinha prestado atenção? Se ela o tivesse deixado onde o sol batesse, ele estaria queimando enquanto ela estava resolvendo problemas menores. Ah, Deus, por que ela não conseguia se lembrar? Levantou a cabeça. Sua garganta estava em carne viva e, acima de tudo, ela tinha medo. Não queria sentir a mão daquela criatura estrangulá-la outra vez. Não queria pensar que podia ser insensível a ponto de deixá-lo onde o sol pudesse atingi-lo. Pensar nisso a fazia se sentir fisicamente mal.

Quando a transfusão finalmente chegou ao fim, Shea preparou rapidamente o chalé para a cirurgia que estava por vir, separando alguns instrumentos para extrair a estaca e outros para suturar a pele. Pelo menos ela tinha sangue para fazer uma transfusão e tentar salvá-lo. Não se permitiu pensar mais sobre a tarefa que estava por vir antes de voltar às ruínas escuras.

O sol estava se pondo atrás das montanhas quando Shea estacionou a caminhonete na frente da entrada do porão. Respirou fundo, temendo o que poderia encontrar, e então seguiu pelas escadas apodrecidas. Instantaneamente sentiu a dor em seus olhos, que agora queimavam. Seu coração batia temeroso, mas ela se forçou a cruzar o chão no qual pisava, sempre tentando manter-se distante daquele homem que a observava com olhos de predador, sem jamais piscar. Ele tinha acordado sozinho, ainda preso ali dentro. O medo, a dor e a fome insuportável estavam destruindo-o. Seus olhos negros fixaram-se no rosto dela, acusando-a, furiosos, com a promessa sombria de retaliação.

– Ouça o que eu digo. Por favor, tente entender! – Shea estava tão desesperada que chegou a usar a língua de sinais em quanto falava. – Preciso que você entre no meu carro. Vai doer um pouco, eu sei. Você é como eu, por isso sei que remédios não vão funcionar.

Shea começava a gaguejar, o olhar fixo daquela criatura estava deixando-a ainda mais nervosa.

– Ouça... – disse ela, desesperadamente. – Não fui eu quem fez isso com você. Estou tentando fazer meu melhor para ajudá-lo.

Os olhos dele ordenaram-lhe que desse um passo para frente. Ela ergueu uma das mãos para empurrar os cabelos para trás, e percebeu que estava tremendo.

– Terei de amarrá-lo para que, quando eu ligar o cabo ao... – Afastou-se um pouco, mordeu o lábio. – Pare de olhar para mim desse jeito! Essa situação já é suficientemente difícil.

Aproximou-se dele com cuidado. Precisou reunir toda a coragem que possuía para colocar-se ao lado daquele homem. Ele conseguia sentir o cheiro de medo que ela exalava, conseguia ouvir os batimentos frenéticos do coração dela. Havia terror nos olhos de Shea; havia terror também em sua voz. Mas, ainda assim, ela se aproximou. Agora ele não a forçava a fazer nada. Estava fraco demais. Escolheu preservar sua energia. E estava impressionado por vê-la se aproximar, mesmo sentindo todo aquele medo. Os dedos frios de Shea tocaram-lhe a pele antes de acariciarem-lhe os cabelos sujos.

– Confie em mim. Sei que estou pedindo muito, mas isso é tudo que posso fazer.

Os olhos, agora pedras negras de gelo, nunca deixaram de encará-la. Lentamente, tentando evitar alarmá-lo, Shea amorteceu a área em volta da estaca de madeira com toalhas dobradas. Esperava que movê-lo não o matasse. Então, cobriu-o com o cobertor para tentar protegê-lo do sol. Ele apenas a assistia, aparentemente desinteressado, embora ela soubesse, pela forma como ele estava, que aquele homem estava pronto para atacar, se julgasse necessário. Quando ela tentava segurá-lo no caixão, numa tentativa de minimizar a dor e o sangramento, ele prendeu-lhe o pulso com aquela pegada forte com a qual ela já estava se familiarizando.

As fotografias que Don Wallace e Jeff Smith lhe tinham mostrado dois anos antes traziam algumas de suas vítimas com olhos vendados e amordaçadas. Ela não podia negar que aquela criatura era exatamente como o homem com quem ela sonhava, o homem da fotografia, mas seria impossível que ele tivesse vivido sete anos enterrado naquele porão. Havia trapos no caixão. Uma mordaça? Uma venda? Shea sentiu o estômago revirar. Mesmo que fosse por uma questão de proteção, ela não conseguiria vendar os olhos daquele homem. Não poderia reproduzir nada do que aqueles assassinos tinham feito a ele. Os cabelos imundos eram longos, estavam embaraçados e caiam-lhe em volta do rosto. Ela tinha uma necessidade enorme de afastá-los das bochechas, de tocar naqueles fios com os dedos suaves, de acariciá-lo até que ele esquecesse tudo o que tinha acontecido durante os últimos sete anos.

– Está bem, vou soltar seu braço – ela sussurrou. Era difícil ficar parada, esperando a decisão dele. Os olhos dela continuavam hipnotizados por aquelas pupilas flamejantes. Era como se uma eternidade estivesse passando. Shea podia sentir a fúria daquele homem ferver. A cada segundo que se passava, parecia mais difícil manter a coragem. Ela já não estava segura de que aquela criatura tinha sanidade.

Relutante, dedo por dedo, ela soltou-o. Shea não cometeu o erro de tocar novamente no braço do homem. Com muito cuidado, ela prendeu a corda ao trinco do caixão.

– Tenho que colocar essa venda em seus olhos. O sol está se pondo, mas ainda há luz suficiente para cegá-lo. Não se preocupe, o tecido vai ficar solto. Você pode tirar quando quiser.

Assim que Shea colocou o tecido sobre os olhos do homem, ele o rasgou, e então prendeu o punho dela novamente com os dedos – um sinal claro de aviso. A força dele era enorme, quase triturava-lhe os ossos. No entanto, por algum motivo, ela ainda achava que ele não tinha a intenção de feri-la. Aquele desconhecido tinha estabelecido um limite claro para ela, definindo o que era aceitável para ele e o que não era.

– Está bem, está bem... Deixe-me pensar. Nada de tecido – ela correu a língua pelo lábio inferior; seus dentes logo se afundaram ali. Os olhos negros daquele homem simplesmente a observavam, seguindo os movimentos de sua língua, analisando seus olhos verdes. Observando. Aprendendo. – Já sei! Você pode usar meus óculos enquanto eu o puxo até carroceria! – ela foi cuidadosa ao colocar os óculos de sol sobre o nariz dele. Seus dedos acariciaram delicadamente os cabelos do desconhecido. – Sinto muito, isso vai doer um pouco.

Precavida, Shea deu um passo para trás. Não conseguir enxergar os olhos dele tornava a situação ainda pior. Mais um passo. A boca do homem contorceu-se enquanto ele praticamente rosnava em silêncio. Dentes brancos brilharam. Demorou uma fração de segundo para o braço dele se soltar com uma velocidade assustadora e suas unhas cravarem-se no braço dela, rasgando-lhe a pele. Shea gritou, segurou seu próprio braço, mas a queimação continuou até ela alcançar as escadas quase destruídas.

A luz atingiu os olhos de Shea, cegando-a, fazendo a dor queimar em sua cabeça. Ela fechou os olhos, apertando-os. Subiu na caminhonete e começou a guinchar o caixão, que agora estava içado por uma corda. Ela não queria vê-lo subir as escadas daquele jeito. O fato de ser ela quem o estava atormentando fazia seu estômago revirar. Lágrimas escorriam por seu rosto. Shea tentou fingir que aquelas lágrimas eram uma reação ao sol, que ainda não havia se posto completamente. Mas no fundo, ela sabia que ele a tinha atacado por medo de que ela o estivesse abandonando.

O chiado do cabo cessou abruptamente. Shea abriu a porta da carroceria, deslizou a rampa. Depois voltou e puxou o cabo, içando suavemente o caixão para dentro da carroceria. Ela precisava desesperadamente de seus óculos de sol para poder dirigir, mas não podia se permitir aproximar-se daquele homem novamente até que fosse extremamente necessário. Agora ele devia estar com tanta dor que talvez chegasse a matá-la antes que ela pudesse convencê-lo de que não estava o estava torturando. E ela não tinha como culpá-lo de nada.

O caminho até o chalé levou mais tempo do que o esperado, já que os olhos de Shea estavam lacrimejantes e inchados, o que, por consequência, deixava-lhe a visão turva. Dirigiu lentamente, tentando evitar todas as pedras e buracos na estrada de terra. E, mesmo com seu carro com tração nas quatro rodas, dirigir estava difícil. Shea praguejava em voz baixa quando praticamente encostou a caminhonete em sua varanda.

– Por favor, por favor, não tente me comer viva – implorou Shea em meio tom. Um mantra, quase uma prece. Mais um golpe naquela garganta e talvez ela nunca mais conseguisse ajudar ninguém. Respirando profundamente, Shea abriu a porta traseira da caminhonete e colocou um pequeno carrinho de rodas no fim da rampa. Sem olhar para o homem, desceu o caixão até o carrinho e empurrou-o para dentro de casa.

O homem não emitiu um ruído sequer. Nem um gemido, nem um soluço, nem um xingamento. Ele estava agonizando, ela podia perceber pelo suor que cobria seu casaco, pelas linhas brancas em volta de sua boca, pela mancha vermelha em sua testa e pela dor aterradora estampada em seus olhos, quando finalmente retirou-lhe os óculos de sol.

Shea estava exausta, seus braços doíam, enfraquecidos. Precisou de um momento para descansar, apoiando-se contra a parede, lutando contra uma onda de vertigem. Os olhos daquele homem voltaram a encará-la, simplesmente encará-la. Shea detestava aquele silêncio, e instintivamente sabia que o assassino que o tinha torturado não tinha tido o prazer de ouvi-lo chorar. Isso a fez sentir-se como uma assassina. Aqueles movimentos deviam causar uma dor imensa no homem.

Trabalhando com agilidade, ela o colocou na maca ao lado da mesa de cirurgia.

– Está bem, vou tirá-lo desse caixão – ela precisava ouvir o som de sua própria voz, mesmo que ele não a entendesse. Tinha tentado falar com o homem em várias línguas, e ele ainda assim não respondia. Parecia haver algum tipo de inteligência, de conhecimento naqueles olhos. Ele não confiava plenamente em Shea, mas talvez estivesse percebendo que a única intenção dela era ajudar.

Pegando a mais afiada de suas facas, Shea inclinou-se sobre o homem para cortar aquelas cordas espessas. Ele instantaneamente segurou-lhe o pulso, impedindo-a de realizar qualquer movimento. Shea sentiu seu coração se afundar. Afinal, ele não a entendia. Ela fechou os olhos, preparando-se para a dor que sentiria quando os dentes perfurassem seu pescoço. Quando nada disso aconteceu, ela olhou para ele, esperando encontrar aqueles olhos flamejantes.

Com olhos ligeiramente estreitados e pálpebras entreabertas, ele examinava o longo corte no braço dela. Virou o braço dela para um lado, depois para o outro, como se estivesse fascinado pela longa linha de sangue que corria do pulso até o cotovelo. Impaciente, ela se afastou. Os dedos daquela criatura apertaram-na com força, mas ele não olhou para o rosto da médica. Levou o braço lentamente até a garganta de Shea, e o coração dela pareceu parar. A respiração dele batia aquecida contra a pele dela. O homem tocou-a suavemente, quase que com reverência. Uma carícia longa e molhada que pareceu fazer o ferimento parar de doer. A língua dele era como um veludo áspero, açoitando suavemente contra a ferida. A sensação fez uma onda de calor correr pelo corpo de Shea.

Intuitivamente, ela sabia que ele queria reparar o erro que cometera. Ela piscou, incapaz de acreditar que ele estava tentando curar um cortezinho idiota quando todo seu corpo estava terrivelmente mutilado. O gesto parecia tocante, tanto que fez lágrimas brotarem nos olhos dela. Shea acariciou aqueles cabelos descuidados com dedos suaves.

– Precisamos nos apressar, meu querido selvagem. Você está sangrando outra vez.

Relutantemente, ele soltou-a. Shea cortou as cordas.

– Pode gritar se precisar – disse ela, desnecessariamente. Muito tempo foi preciso para conseguir finalmente tirar as algemas. Mesmo com uma faca maior, Shea não era muito forte. Quando ele finalmente estava com os pulsos soltos, ela deu um sorriso de triunfo. – Vou soltá-lo em um instante – puxou as pesadas correntes, libertando-o, revelando a carne escurecida e queimada que se espalhava desde suas pernas até o peito.

Shea praguejou, furiosa ao se dar conta de que tamanha maldade realmente existia.

– Tenho certeza de que as pessoas que fizeram isso com você descobriram também sobre mim e sobre minha pesquisa. Pode ser que nós tenhamos o mesmo problema sanguíneo – dizendo isso, Shea conseguiu quebrar parte da algema que prendia o tornozelo do homem. – É uma doença muito rara, sabia? Alguns anos atrás, um grupo de fanáticos reuniu-se e decidiu que pessoas como nós eram vampiros.

Mas acho que você já deve saber disso – ela logo acrescentou, com um tom que era quase um pedido de desculpa.

A algema finalmente saiu e Shea deixou de lado a faca.

– Seus dentes parecem mais desenvolvidos do que os meus – comentou, correndo a língua pelos próprios, como que se assegurasse de que eles eram, de fato, diferentes. Enquanto isso, começava a quebrar as laterais de madeira do caixão. – Bem, embora você não entenda uma palavra do que eu falo, devo dizer que me sinto feliz por isso. Não consigo conceber a ideia de morder alguém. Credo! O fato de eu precisar de sangue extra para sobreviver já me parece ruim demais. Vamos, vou cortar esses trapos e tirar essa coisa de você.

Apesar de tudo, as roupas dele não tinham se decomposto. Shea nunca tinha visto um corpo tão maltratado antes.

– Tomara que eles paguem por isso! – Shea engoliu em seco ao ver a extensão dos ferimentos. – Como puderam fazer isso com você? E como você sobreviveu? – limpou o suor da testa com o antebraço antes de se inclinar novamente sobre ele. – Preciso colocá-lo no centro desta mesa. Sei que estou lhe causando dor, mas não há outra saída.

Ele fez o impossível. Enquanto Shea sustentava o peso daqueles ombros largos, tentando ajudá-lo a ficar de pé, ele subiu na mesa com um golpe de coragem e força. Gotas de sangue brotaram em sua testa e correram pela lateral do rosto.

Por um momento, Shea não conseguiu continuar. Mal conseguia olhar para todo o sofrimento daquele homem. Seu corpo estava tomado de temor e, então, ela abaixou a cabeça para esconder as lágrimas.

– Será que isso vai chegar logo ao fim?

Foram necessários alguns minutos lutando para recuperar o controle antes de ela levantar a cabeça e conseguir encarar aqueles olhos carregados de impacto.

– Vou ter que fazê-lo dormir. É a única maneira de eu conseguir fazer o que tenho que fazer. Se a anestesia não funcionar, vou ter que bater com alguma coisa na sua cabeça ou algo desse tipo.

E ela realmente estava disposta a fazer isso. Jamais seria capaz de torturá-lo como os outros tinham-lhe feito.

O homem correu o dedo sobre a bochecha dela, suavemente, secando uma lágrima. Estudou demoradamente aquela gotícula antes de levá-la à boca. Ela assistiu àquele ato curiosamente íntimo, perguntando-se por que seu coração estava derretendo de uma forma como nunca acontecera antes.

*

Depois de lavar bem as mãos, colocou um par de luvas esterilizadas e uma máscara cirúrgica. Quando foi colocar uma máscara no rosto daquele homem, ele emitiu um sinal de aviso: mostrou as presas e prendeu os pulsos dela de modo que não conseguisse se mexer. O mesmo aconteceu quando ela tentou usar uma agulha. Olhos negros dele encaravam-na. Shea sacudiu a cabeça para ele:

– Por favor, não me faça fazer isso, não assim. Não sou uma açougueira. E não vou trabalhar como uma. – Ela tentou soar forte, como se não estivesse prestes a chorar. – Não vou, *mesmo*.

Eles encararam-se um ao outro, travando um estranho combate mental. Os olhos negros dele flamejavam na direção dela, exigindo obediência; a fúria dele, sempre causticante, começava a aparecer. Shea correu a língua pelo lábio inferior; em seguida, mordeu-os com nervosismo. A satisfação se arrastava por aqueles olhos negros e frios como gelo. E então ele relaxou, certo de que tinha vencido.

– Que inferno essa sua teimosia! – Ela limpou a área em volta da estaca e preparou a pinça, desejando, o tempo todo, que tivesse uma boa assistente e um enorme martelo para ajudá-la. – Eu os odeio por terem feito isso com você – disse entre os dentes, puxando a madeira com toda a sua força. Ele se moveu, contorceu os músculos, contraiu-os, flexionou-os, mas ela sabia que ele estava agonizando. A estaca não se moveu. – Que droga! Eu disse que não conseguiria fazer nada com você acordado. Não sou forte o suficiente!

Então, ele segurou a estaca e a arrancou. Sangue espirrou, atingindo-a. Shea permaneceu em silêncio, trabalhando desesperadamente para estancar cada ponto de sangramento que conseguisse. Em momento algum olhou para ele. Toda a sua concentração estava agora direcionada ao trabalho que precisava ser feito. Ela era uma cirurgiã meticulosa. Trabalhava metodicamente, curando ferimentos em um ritmo acelerado e regular, sem se importar com o que estava à sua volta. Todo o seu ser estava concentrado na cirurgia. Sua mente estava fechada naquele homem e ela fazia de tudo para evitar que ele morresse.

Jacques sabia que ela não tinha ideia de como o estava segurando com ferocidade. Aquela mulher estava tão envolvida com o que estava fazendo que parecia nem notar o fato de que tinha unido sua mente à dele para conseguir mantê-lo seguro. Será que ele estava tão errado a respeito dela? A dor era excruciante, mas, com a mente dela tão próxima da dele, ainda era possível manter a sanidade.

Quando ela se aproximou, a luz tornou-se mais forte. E Shea ficou ali, dando pontos durante horas. Muitos pontos, internos e externos. E, quando ela terminou o peito, ainda não tinha chegado ao fim. Todos os outros cortes tinham de ser limpos e fechados. O menor deles exigiu apenas um ponto; o maior, quarenta e dois. E aquilo continuou ao longo da noite. Os dedos dela já estavam quase dormentes, os olhos doíam por conta de tanto esforço. Heroicamente, ela continuou cortando e extraindo carne morta, forçando-se a usar uma mistura de terra e saliva, embora essa atitude fosse contra tudo que ela tinha aprendido em seus anos de formação acadêmica.

Exausta, já quase sem saber o que estava fazendo, ela tirou a máscara e as luvas e analisou seu trabalho. Ele precisava de sangue, tinha olhos que quase denunciavam uma insanidade causada pela dor.

– Você precisa de uma transfusão – constatou Shea, soando cansada. Apontou com o queixo para o aparato de transfusão sanguínea.

Os olhos negros continuavam a encará-la implacavelmente. Shea deu de ombros, estava cansada demais para enfrentá-lo. – Está bem, nada de agulhas. Vou colocar em um copo para você, e aí você pode beber.

Jacques nunca se desviou do rosto dela, mesmo enquanto ela o levava da mesa de cirurgia para a cama e o colocava sobre lençóis limpos e macios. Shea tropeçou duas vezes. Estava tão exausta que quase caiu no sono quando foi pegar o sangue.

– Por favor, coopere. Você precisa disso e estou cansada demais para brigar com você.

Ela deixou o copo no criado-mudo, ao alcance da mão dele.

Como se fosse um robô, Shea limpou tudo: esterilizou os instrumentos, limpou a mesa de cirurgia e a maca, recolheu os restos do caixão, os pedaços de pano sujos e as toalhas ensopadas de sangue, para enterrá-las em algum lugar assim que tivesse a primeira oportunidade. Quando finalmente terminou, faltavam apenas duas horas para o sol nascer.

As persianas estavam bem fechadas para bloquear o sol prestes a nascer. Shea trancou a porta e tirou duas armas do guarda-roupa. Apoiou-as perto da única cadeira confortável que tinha e jogou um cobertor e um travesseiro sobre a almofada, preparada para defender seu paciente com a própria vida se fosse necessário. Ela sabia que precisava dormir, mas ninguém feriria ainda mais aquele homem.

No chuveiro, permitiu que a água quente caísse sobre seu corpo, limpando o sangue, o suor, a terra e a sujeira. Dormiu ali, ainda de pé. Minutos depois, uma sensação estranha em sua cabeça – algo como o bater das asas de uma borboleta – acordou-a. Enrolou os longos cabelos ruivos em uma toalha, pegou seu roupão verde e saiu do banheiro para verificar seu paciente. Em seguida, desligou o gerador e foi para a cama. O copo ainda estava sobre o criado-mudo. Cheio. Shea suspirou. Acariciou os cabelos daquele homem com todo o cuidado do mundo.

– Por favor, faça o que estou pedindo e beba o sangue. Não vou conseguir dormir antes de você fazer isso. E estou muito cansada. Por favor, escute e faça o que estou pedindo, pelo menos dessa vez.

A ponta do dedo de Jacques correu sobre os delicados ossos do rosto de Shea, como se ele estivesse tentando memorizar suas formas, a suavidade daqueles lábios macios. Encostou a palma da mão na garganta dela, envolvendo o pescoço em seus dedos. Em seguida, puxou-a na direção de seu corpo, lentamente.

– Não.

A palavra saiu mais parecida com um gemido do que com um protesto. Jacques aumentou a força, suavemente, até conseguir trazê-la ao seu lado na cama. O polegar dele encontrou o pulso dela, que batia freneticamente naquele belo pescoço. Shea sentiu a boca de Jacques mover-se sobre sua pele nua, um movimento sussurrado. Pura sedução. A língua dele golpeava-lhe a pele suavemente. Ela fechou os olhos, tentando se defender das ondas que corriam em sua cabeça. Ele estava lá. Na mente dela. Sentindo as emoções, compartilhando os pensamentos. O calor envolveu-a conforme a boca dele se movia novamente na direção de seu pulso. Os dentes dele esfregavam-se, mordiscavam-lhe. A língua acariciava. A sensação era curiosamente erótica. Uma dor causticante abriu espaço para o calor e para a sonolência. Shea relaxou o corpo, entregou-se a ele. E ele poderia escolher entre a vida e a morte dela. Ela simplesmente estava cansada demais para se importar.

Relutante, ele levantou a cabeça, correndo a língua cuidadosamente pela ferida. E provou o sabor dela – quente, erótico, uma promessa de paixão. Havia alguma coisa terrivelmente errada com ele. Parte dele parecia bloqueada. Era como se não tivesse passado. Fragmentos de memória pareciam cacos de vidro perfurando seu cérebro. Ele tentou impedi-los de entrar em sua cabeça. Ela era o mundo dele. De alguma forma, ele sabia que ela era sua sanidade, seu único caminho para deixar aquela prisão de dor e loucura e trevas.

Por que ela não tinha aparecido antes, logo que ele a chamou? Ele estava tão consciente da presença dela... Tinha forçado sua vontade e ordenado a obediência daquela mulher, mas ainda assim ela tinha esperado. Jacques queria puni-la pelo fato de ela tê-lo forçado a enfrentar loucura e dor. Agora, no entanto, nada disso fazia sentido. Shea tinha sofrido muito por ele. Havia alguma razão pela qual ela tinha resistido ao chamado dele? Talvez o traidor ou os assassinos a estivessem seguindo. Fosse qual fosse a razão, aquela mulher já tinha sofrido demais nas mãos dele. Não fazia sentido ela tê-lo deixado por tanto tempo, ter prolongado sua agonia. Jacques conseguia enxergar compaixão naquela mulher. Sentia que ela estava disposta a mantê-lo vivo, que queria mantê-lo vivo a qualquer custo – mesmo que esse custo fosse a própria vida. Quando tocou na mente dela, sentiu apenas luz e bondade. Não tinha nada a ver com a mulher cruel e traidora que ele acreditava que ela fosse.

Ele estava fraco, vulnerável em seu estado atual, incapaz de proteger qualquer um deles. Ela era pequena e frágil. Ele tinha passado tanto tempo sozinho. Em um mundo sem luz ou cor. Tinha passado toda uma eternidade sozinho e não voltaria àquele mundo escuro e horrível.

Ele fez um corte no próprio peito, levou a cabeça dela até ali e ordenou que ela bebesse. Unir-se a ela era tão natural quanto respirar. Jacques não poderia suportar perdê-la de vista. Shea pertencia a ele e, naquele momento, ela precisava de sangue, tanto quanto ele.

E então, a troca de sangues aconteceu. A ligação mental entre os dois ficou ainda mais forte. Quando o corpo dele estivesse curado, o ritual poderia ser completado. E ela estaria irrevogavelmente ligada a ele, para toda a eternidade. Era um instinto tão velho quanto o próprio tempo. Jacques sabia o que tinha de fazer e sentia a necessidade de fazer aquilo.

Frágil e delicada como era, Shea sentiu-se bem nos braços de Jacques, sentiu-se bem sendo parte dele. Nada daquilo fazia sentido, mas, no mundo fechado dele, isso simplesmente não importava. Enquanto ela se alimentava, com aquela boca suave e sensual contra o corte em sua carne, ele levantou o copo e descuidadamente engoliu todo o líquido. Quando percebeu que ela dormiu enquanto tomava banho, ele a acordou, temendo uma separação. Agora ela dormiria ao lado dele, que era o lugar ao qual ela pertencia, o lugar onde ele poderia protegê-la caso os assassinos os encontrassem. Ele poderia ainda não estar totalmente recuperado e fortalecido, mas o monstro dentro dele era forte e letal. Ninguém a feriria.

Uma memória que permanecera para sempre gravada em sua mente era o cheiro dos dois humanos e do traidor que o tinha levado àquele inferno. Ele conseguia reconhecer as vozes e o cheiro dos carrascos. Dos demônios. Jesus Cristo, como eles o tinham feito sofrer, e como tinham se divertido enquanto assistiam a todo o sofrimento de Jacques! Rindo, provocando-o, torturando-o até a loucura reinar. E ainda reinava. Ele sabia que estava lutando para se manter são.

Jacques jamais se esqueceria da fome que sentira enquanto eles o faziam sangrar. A fome que tinha cavado buracos em seu ser, que tinha se arrastado por dentro dele, devorando-o de dentro para fora. Para sobreviver, ele dormiu – fez seu coração e seus pulmões diminuírem a atividade, numa tentativa de manter o pouco sangue que lhe restava. E acordava somente quando o alimento estava por perto. Sempre sozinho, incapaz de se mover, agonizando. Tinha aprendido a odiar, a sentir raiva. Descobriu um lugar onde não havia nada além de um vazio horrível e completo, e o desejo ardente de vingança.

Será que aqueles mesmos demônios estavam tentando pegar Shea? Jacques sentiu-se enjoado só de imaginá-la nas mãos daquelas criaturas malditas. Puxou-a para mais perto, de modo que conseguisse assegurar-se de que ela realmente estava ali. Shea estava sendo caçada? Estariam eles chegando cada vez mais perto dela? Se ele tinha punido aquela mulher injustamente apenas para manter-se vivo, então jamais conseguiria se perdoar. Tinha sentido vontade de matá-la e, de fato, quase a tinha matado. Todavia, alguma coisa dentro dele o impedira de fazer aquilo. E aí ela deixou de lutar, ofereceu-lhe seu sangue, sua vida. Jacques acreditava ser forte, quase intocável, mas alguma coisa nele havia se derretido diante daquela oferta. E a forma como a ponta dos dedos de Shea tocava seus cabelos fazia seu coração acelerar.

Jacques xingou a si mesmo por suas debilidades – pelas fraquezas de seu corpo e de sua mente. Precisava de mais sangue, sangue humano, sangue quente. O sangue aceleraria sua cura. Havia alguma coisa terrivelmente importante naquilo tudo que lhe escapava. Alguma coisa que passava por sua mente, deixando um rastro de dor. Se ele pelo menos conseguisse sustentar o pensamento por um instante, talvez conseguisse se lembrar. No entanto, as ideias nunca ficavam tempo suficiente em sua cabeça para fazer qualquer outra coisa que não fosse deixá-lo louco. Era insuportavelmente frustrante ter sua memória arrancada.

Shea gemeu suavemente, e aquele ruído cortou-o como uma lâmina afiadíssima. Ela estava tremendo, mesmo envolvida pelo roupão pesado. O olhar dele subitamente correu para o rosto dela. Shea estava sentindo dor. Ele sentiu em sua mente. Como que por instinto, colocou a mão no estômago dela e abriu os dedos. Algumas coisas estavam acontecendo dentro do corpo dela. Mais uma vez, a cabeça de Jacques parecia prestes a explodir enquanto ele tentava capturar a memória. Ele tinha de saber. Era importante para ela.

Shea rolou e parou de joelhos, apoiando a mão no estômago. Seus olhos estavam arregalados de medo. Ela estava extremamente gelada, como se seu corpo jamais fosse voltar a se aquecer. Tremendo, tudo o que conseguia fazer era balançar-se para frente e para trás conforme uma onda de dor tomava conta de seu corpo. O calor queimava-a por dentro, consumia seus órgãos, apertava-lhe o coração, os pulmões. Ela rolou da cama até cair com uma forte pancada no chão, tentando proteger seu paciente de qualquer vírus que ela pudesse ter contraído. A toalha abriu-se e os cabelos caíram como se fossem sangue escuro escorrendo de sua cabeça. O abdômen dela estava pegando fogo. Um leve brilho de suor cobria-lhe o corpo. Atravessando sua testa havia uma fina linha escarlate.

Jacques tentou se mover, tentou se aproximar dela, mas seu corpo não respondia aos estímulos. Estava ali, deitado, imóvel, pesado e inútil. Seu braço não conseguia alcançá-la. Cada movimento fazia a dor espalhar-se mais e mais por seu corpo, mas havia tanto tempo que seu mundo era apenas dor que ele já não conhecia nada diferente disso. A dor tinha sido tudo que ele vivera naquela maldita realidade. E a dor só o fazia ter ainda mais vontade de vingança. Ele viveria por toda uma eternidade e encontraria aqueles que tinham tomado seu passado. Jacques se apoiara em toda a sua vontade de ferro para encontrar uma forma de ajudar Shea.

O corpo esguio de Shea contorceu-se, remexeu, contorceu-se novamente. Ela rolou até ficar de joelhos, tentou engatinhar em direção à bolsa de remédios. Não estava pensando; os movimentos eram cegos, instintivos. Não tinha ideia de onde estava ou do que lhe estava acontecendo; só sentia um fogo consumindo seu corpo, um fogo que precisava cessar.

Ele se esforçou, mas apenas conseguiu ficar irritado com sua incapacidade de se movimentar, de ajudá-la. Finalmente, deitou-se, arrastou-se para dentro da mente dela, como tinha feito muitas vezes antes para tentar se salvar.

Venha até mim, para perto de mim.

Aquele sussurro, próximo do limite da sanidade, ecoou na cabeça dela. Shea sabia que ele não tinha falado em voz alta. Ela estava tendo alucinações. Gemeu, rolou para o lado e curvou-se em posição fetal, tornando-se tão pequena quanto possível. Ela não se aproximaria dele. Se aquilo fosse contagioso, ele não sobreviveria a uma doença tão forte.

E se *ela* não sobrevivesse? E se ela o tivesse levado até ali e, sem ninguém para se importar com ele, o deixasse morrer de fome lentamente? Shea precisava encontrar uma forma de dizer que havia sangue no frigobar. Era tarde demais. Mais uma onda de calor acometeu-a, atacando-a internamente, espalhando-se por todos os órgãos. Ela só conseguiu levantar o joelho, como um animal fatalmente ferido, esperando pela morte.

Você precisa vir até mim. Posso ajudar a diminuir a dor.

As palavras penetraram na mente de Shea em seu próximo momento de lucidez. Ele soava tão delicado, tão diferente de sua aparência. Shea não se importava se estava ficando louca, se estava inventando aquilo... O fato é que aquela voz a acalmava tanto quanto o toque dos dedos frios e suaves daquele homem em sua pele.

Ela estava prestes a vomitar. Alguma coisa nela, algum rastro de dignidade, fez com que conseguisse se arrastar até o banheiro. Jacques conseguia ouvi-la lutar contra os infinitos espasmos de seu estômago. Para ele, a agonia de Shea era pior do que sua própria agonia. A raiva por sentir-se impotente cresceu até consumi-lo. Unhas se tornaram garras assassinadas e rasgaram os lençóis.

Do lado de fora, o vento soprava cada vez mais forte, uivava pelas janelas e ricocheteava por entre as árvores. Um rosnado leve ressoou na garganta de Jacques, em sua mente, tornando-se cada vez mais intenso. Ela estava tentando protegê-lo. Ele era um macho de sua raça, sua obrigação era cuidar de si mesmo, embora ela estivesse sofrendo como se tivesse sido lançada às chamas do inferno e recusasse a ajuda dele para não contaminá-lo com uma possível doença. Ele sabia que aquilo era algo dela, que aquele fogo contorcendo-se dentro dela era algo importante. Shea tinha de vir até ele; Jacques não sabia por que, mas todos os seus instintos, todas as células de seu corpo exigiam que ela obedecesse.

Você precisa vir. Não consigo ir até você. Não represento nenhum perigo, ruivinha. Vou insistir. Por favor, me obedeça.

Aquele era um pedido autoritário, a voz era um som delicado, porém incisivo. Trazia consigo um sotaque carregado, característico do Velho Mundo. Ao mesmo tempo, a voz de Jacques parecia bater contra a pele dela, acalmando-a, oferecendo-lhe alento.

No banheiro, Shea jogou água fria no rosto e enxaguou a boca. Ela tinha um ou dois minutos antes de a próxima onda de mal-estar acometê-la. Conseguia sentir as emoções confusas daquele homem selvagem. Ele estava frustrado com sua incapacidade de ajudá-la, estava decidido a ir até ela se ela não respondesse. Shea estava impressionada com o fato de ele sentir aquela necessidade de ajudá-la. Uma emoção arrebatadora vibrava no ar. Ela queria fazer o que ele pedia, mas tinha medo de infectá-lo. O corpo dela se agitava e pulsava com dor e, por isso, ela estava certa de que aquilo poderia matá-lo. Ainda assim, queria o conforto de outro ser.

Não posso ir até você. Você precisa vir até mim.

A voz de Jacques era grave, um veludo negro carregado de sedução. Uma voz impossível de ser ignorada.

Shea forçou-se e cambaleou de volta até o quarto. Seu rosto estava assustadoramente pálido e havia bolsas escuras sob seus olhos. Os ferimentos em sua garganta agora pareciam mais destacados. Seu aspecto era tão frágil que Jacques chegou a achar que ela se estilhaçaria como um bibelô de cristal se voltasse a cair. Ele estendeu a mão para ela. A expressão em seus olhos negros era uma mistura de exigência e brandura.

– Você deve ter me passado raiva – ela murmurou rebeldemente, mas o fogo já voltava a consumir seu baço e seus rins e a se espalhar dos tecidos para os músculos, para os ossos, para o sangue.

Venha agora! Não consigo vê-la sofrer por mais um instante sequer!

Ele usou deliberadamente aquele mesmo tom hipnotizante para que ela sentisse uma necessidade arrebatadora de obedecê-lo. Sua voz parecia ecoar na mente de Shea, forçando-a para frente até que ela chegasse à cama, deitasse em posição fetal, enterrasse o rosto no travesseiro e esperasse pela morte.

A mão dele gentilmente, quase delicadamente, afastou as enormes mechas de cabelos que lhe caíam sobre o rosto. Correu a ponta do dedo por aquele pescoço... Esforçou-se numa tentativa de buscar informações dentro de sua própria mente. Havia um segredo em algum lugar, uma forma de colocar um ponto final no sofrimento daquela mulher. No entanto, como seu passado, aquilo era uma ilusão. Ele a estava enganando, mesmo depois de ela já ter enfrentado tantas provações para assegurar sua sobrevivência. Jacques queria gritar para os céus, rasgar a garganta de alguém. Aquelas criaturas tinham feito aquilo com ele.

Dois humanos e um traidor. Tinham-lhe tomado o passado, tinham-lhe estilhaçado a mente e aprisionado-o em um verdadeiro inferno. Pior do que tudo isso, tinham acabado com sua habilidade de proteger sua companheira. Tinham criado um monstro que nem eles mesmos conseguiriam imaginar.

Ele tocou o pescoço inchado de Shea e examinou os ferimentos. Ela estava ao seu lado, presa em seu próprio mundo de sofrimento. Aquilo era tão errado. A cabeça de Jacques doía como se estivesse prestes a explodir. Ele se xingou e, em seguida, passou um braço em volta da cintura de Shea, oferecendo todo o conforto que podia àquela mulher. O amanhecer já se desenhava do lado de fora do chalé e ele inadvertidamente fez aquilo que precisava fazer: forçou ambos a dormir.

Capítulo 3

O silêncio no chalé foi interrompido pelo som das criaturas noturnas chamando-se umas às outras. O sol estava se pondo e a terra lhes pertencia uma vez mais. O ar enchia os pulmões de Jacques. Seu peito subia e descia; seu coração começava a pulsar. A sensação de angústia envolveu-o, roubando-lhe o fôlego, invadindo-lhe. Ele continuava esperando que sua mente se adaptasse às atrocidades que haviam sido infligidas em seu corpo. A fome era cortante e alimentava um vazio que nunca poderia ser preenchido. A fúria transbordava de seu ser, consumindo-o com a necessidade de matar, de preencher aquele terrível vazio.

Em meio às intensas e violentas emoções, surgiu, de repente, algo doce e suave. Uma imagem. Corajosa. Linda. Uma mulher. Não qualquer mulher. Não. Era a *sua* mulher, sua companheira. Os cabelos dela eram vermelhos como o fogo, e ela caminhava como um anjo onde os homens teriam medo de caminhar, onde até mesmo os homens de sua espécie temiam se aventurar.

Cuidadosamente, ele enrolou uma mecha daqueles cabelos sedosos no punho, com receio de despertá-la, com receio de que ela pudesse estar sofrendo. Shea. Por que ela nunca dizia o nome dele? Relutante, ele despertou-a e observou o ar entrando rapidamente em seu corpo. Escutou o sangue fluindo em seu coração. Piscou. Ela se acalentara junto ao corpo dele, procurando seu calor, confusa por um instante. Com cautela, Jacques tocou a mente dela, procurando por quaisquer sinais de lesões. Apenas alguns momentos depois de despertar, a mente de Shea já tinha começado a assimilar tudo o que lhe tinha acontecido na noite anterior, repassando uma lista de enfermidades e seus sintomas. O corpo estava dolorido. Jacques percebeu a fome, a debilidade e a preocupação que ela sentia pela recuperação dele, não lhe escapando também a prudência e o temor por não saber quem – ou *o que* – ele era. Sentia-se culpada por ter dormido em vez de manter vigília. Sentia também uma necessidade urgente de concluir seu trabalho, sua pesquisa. Compaixão por ele, temor de que não pudesse curar-se e de que possivelmente o tivesse feito sofrer ainda mais. Medo de que eles pudessem ser encontrados antes que ele estivesse suficientemente forte para poder seguir seu caminho.

Ele arqueou as sobrancelhas. *Nosso caminho é o mesmo.*

Ela sentou-se afobadamente e jogou os cabelos ruivos e selvagens para trás.

– Você devia ter me dito que falava inglês. Como faz isso? Como pode falar diretamente em minha mente, em vez de falar em voz alta?

Ele limitou-se a observá-la com curiosidade, com aquele olhar escuro e insondável. Shea, por sua vez, olhava-o com cautela.

– Não está pensando em me morder outra vez, está? Devo avisar que não há um lugar sequer em meu corpo que não esteja dolorido – disse com um sorriso apagado. – Só por curiosidade... Suas vacinas contra raiva estão em dia, não estão?

Os olhos de Jacques provocavam-lhe uma sensação estranha, fazendo ondas de calor fluírem por onde não deviam.

Ele lançou um olhar na direção dos lábios dela. A forma daquela boca o fascinava. A luz que claramente brilhava dentro daquela alma também o fascinava. Jacques levantou uma mão para tocar-lhe o rosto, traçando a delicada curva de seu queixo com o polegar; as pontas de seus dedos deslizaram sobre o rosto dela até encontrarem a sedosa perfeição de seu lábio inferior.

Shea sentiu o coração bater forte e o calor descer pelo ventre, misturando-se com uma dor diferente. A mão dele deslizava agora na direção da nuca. Lenta e inexoravelmente, forçou-a a inclinar a cabeça na direção da cabeça dele. Shea fechou os olhos, tomada pelo desejo, mas também pelo medo de que ele voltasse a beber de seu sangue.

– Odiaria ter de alimentá-lo todos os dias – ela murmurou com um tom rebelde.

E, então, a boca dele tocou a sua. Ligeira como uma pluma, uma leve onda atravessou-lhe o corpo até a ponta dos pés. Os dentes dele mordiscavam-lhe o lábio inferior, provocando-a, tentando-a, excitando-a. Rios de lava corriam por suas veias, e ela sentiu os músculos do abdômen se contraírem.

Abra a boca para mim, ruiva teimosa.

Os dentes mordiam, mas a língua seguia em uma carícia sedativa. Shea ofegou, um gemido suave e curioso como a sensação dos lábios dele sobre os dela. Jacques rapidamente aproveitou-se para juntar sua boca à dela, explorando com a língua cada milímetro daquela cavidade doce e delicada.

Sentindo-se consumida pelas chamas que a envolviam como uma tormenta de fogo, Shea compreendeu o significado da palavra "química". Sentimentos. Puros e simples. Nada tinha importância, salvo a boca dele na dela, levando-a para um mundo que ela nem sequer sabia existir. Shea segurou-se com força nos ombros dele. Aquele homem estava acabando com todas as suas defesas, obrigando-a a responder e desfrutando de sua resposta em uma onda de fome e desejo. De repente, ele apareceu em sua mente, todo calor e posse. Ele era dela. Só dela. Sempre dela.

Shea afastou-se da fortaleza dos ombros daquela criatura e caiu no chão, limpando os lábios com as costas da mão. Olharam-se fixamente até que o riso dele penetrou em sua cabeça. Uma risada rouca, masculina, travessa. A fisionomia de Jacques, no entanto, não mostrava nenhuma reação... Ele sequer piscava. Mas ela sabia que ele estava rindo dela.

Shea demorou um instante até se dar conta de que estava com o roupão entreaberto, oferecendo àquele homem uma generosa vista de sua pele nua. Com toda a dignidade que conseguiu reunir, fechou a veste.

– Acredito que deveríamos esclarecer uma coisa – disse, ainda sentada no chão, tentando desesperadamente manter sua respiração sob controle e jogar um balde de água fria no fogo que corria por suas veias. Ela temia que ele não a levasse a sério. – Sou sua médica, você é meu paciente. Isso... – agitou uma mão enquanto procurava as palavras adequadas. – Isso não é ético. E outra coisa. Aqui quem manda sou eu. Você deve cumprir minhas ordens, e não o inverso. Nunca mais, sob nenhuma circunstância, volte a fazer isso! – involuntariamente, Shea levou os dedos até seu lábio inferior. – Isso não teria acontecido se você não tivesse me transmitido alguma coisa, seja lá o que essa coisa for... Raiva, acredito – olhou-o fixamente para observar sua reação.

Ele limitou-se a observá-la com um olhar desconcertante. Shea suspirou, enrugou o nariz e tentou desviar a conversa para um tema mais seguro. Ela acreditava que ele estivesse meio morto. Deveria ter estado morto. Ninguém seria capaz de beijar DAQUELE JEITO depois da agonia que ele tinha enfrentado. Shea jamais tinha respondido a alguém como respondia a ele. Nunca. O efeito que ele causava nela era realmente incrível.

Um leve brilho tomou conta dos olhos dele, algo entre o dançar de uma chama e um lampejo de diversão.

Você não deve responder assim a nenhum outro homem. Isso não me agradaria.

– Pare de ler a minha mente! – o rosto de Shea enrubesceu até praticamente brilhar vermelho. Furiosa, ela logo acrescentou: – Esta é uma conversa totalmente inapropriada para uma médica ter com seu paciente.

Talvez seja. Mas não é inapropriada para nós.

Shea rangeu os dentes. Seus olhos verdes praticamente soltavam faíscas.

– Cale a boca! – disse com uma voz áspera, ligeiramente desesperada.

Ela tinha de encontrar uma forma de recuperar o controle e aquele homem não estava cooperando em nada. Inspirou profundamente, tentando se tranquilizar e recuperar a dignidade.

– Você precisa de um banho. E seus cabelos definitivamente estão precisando de uma boa lavada – Shea ficou de pé e passou os dedos pela espessa cabeleira de ébano sem se dar conta do quão íntimo aquele gesto parecia. – Você foi o número sete... Eu me pergunto se haverá alguém mais vivo. Deus! Espero que não. Não tenho como encontrá-los.

Quando ela se virou, ele segurou-lhe o pulso.

O que você quer dizer com número sete?

Shea suspirou suavemente.

– Aqueles homens, aqueles que estão me perseguindo, eles tinham fotografias de algumas das vítimas assassinadas há aproximadamente sete anos. Oito corpos foram encontrados, mas parece que havia mais vítimas das quais ninguém sabia. As pessoas referiam-se a esses casos como os "assassinatos de vampiros", porque as vítimas eram aniquiladas com uma estaca de madeira no coração. As fotos que me mostraram estavam enumeradas. E a sua foto era a de número sete. Você... você estava naquela fotografia.

Os olhos de Jacques lançavam mais e mais perguntas. A fome aumentava, transformava-se em uma dor aguda e profunda. Ele estava tão penetrado na mente dela que ela já não sabia qual dos dois precisava tão desesperadamente de sangue.

– Você sabe seu nome?

Um ar de confusão instalou-se nele.

Sabe de uma coisa? Você é minha companheira.

Shea arregalou os olhos, tomada pela surpresa.

– Companheira? Você... Você acha que nós nos conhecemos? Eu nunca o vi antes em minha vida.

Os olhos negros dele cerraram-se e sua mente angustiada entrou mansamente na dela... Aquele homem parecia confuso, subitamente consternado. E ele tinha certeza de que ela estava mentindo.

Shea passou a mão pelos cabelos. O movimento abriu ligeiramente seu roupão, deixando seus seios à mostra.

– Eu sonhava com você. Às vezes, pensava em você... Em certos momentos até sentia sua presença. Mas a verdade é que eu jamais o tinha visto pessoalmente até duas noites atrás – tinha mesmo sido há apenas 48 horas? Para ela, aquilo parecia ser toda uma vida... – Algo me fez atravessar a floresta, ir até aquele porão. Eu não sabia que você estava lá.

Mais confusão.

Não sabia?

Ele estava sondando a mente dela. Ela podia senti-lo dentro de sua cabeça e aquela era uma sensação estranha. Ele era-lhe familiar... Ela reconhecia o contato. Era estranho, comovente até, mas Shea assustava-se ao pensar que alguém tivesse acesso a informações assim tão íntimas a seu respeito. Disse a si mesma que permitiria uma exploração mental unicamente porque ele parecia muito perturbado.

Ela sentia uma necessidade física de tranquilizá-lo, de eliminar toda a dor do seu corpo e da mente daquele homem. E aquela inquietação nada tinha a ver com o modo como ele a fazia se sentir...

Tudo o que a rodeava parecia tão diferente. As cores, mais vívidas, ostentavam uma variedade assustadora de tonalidades. Sentia-se desconfortável por ter aceitado tantos eventos estranhos. Sentia-se um pouco incomodada pela facilidade com a qual ele se infiltrava em sua mente. De repente, os dedos dele fecharam-se em torno de sua mão, formando algo como um círculo de aço.

Meu nome é Jacques. Sou seu companheiro. É meu direito entrar em sua mente. É meu direito. Assim como você também tem o direito de compartilhar a minha. Aliás, isso é mais do que um direito, é uma necessidade para nós dois.

Shea não tinha nem ideia do que ele estava falando, portanto ignorou os comentários, preocupada com a possibilidade de Jacques estar angustiado por ela não saber muito a respeito dele. Sentiu vontade de acariciar-lhe novamente os cabelos.

– Você pode falar em voz alta?

A resposta apareceu nos olhos dele: impaciência, frustração diante de sua própria incapacidade.

Acariciou-lhe a testa com os dedos, acalmando-o como um bálsamo.

– Não se preocupe. Seu corpo sofreu muito. Dê a ele um pouco de tempo. Você está se recuperando impressionantemente rápido... Sabe quem fez isso?

Dois humanos e um traidor.

A voz de Jacques irradiava fúria e, por um momento, na profundidade de seus olhos, ela pôde ver intensas chamas vermelhas.

Shea sentiu o coração quase parar e deu um salto para trás, tentando impor uma distância entre eles. Mas ele foi mais rápido. Seu braço respondeu com precisão e, de repente, os dedos dele estavam fechados sobre o pulso dela, impedindo a fuga. Não havia como se livrar daquela prisão. Ela percebia uma força ilimitada naquele homem, embora ele não lhe fizesse mal.

Com esforço, ele conseguiu afastar seus próprios demônios e, então, irritou-se por tê-la assustado. Massageava serenamente a parte interna do pulso de Shea com o polegar, tomando consciência de que ali também havia um pulso cada vez mais frenético. Com muita, muita delicadeza, puxou-a para junto de si.

Lembro muito pouco de meu passado... Mas, com certeza, desde o começo de meu encarceramento, soube da sua existência. Esperei. Então, passei a chamá-la para perto de mim... E eu a odiava porque você permitia que meu sofrimento continuasse.

Shea envolveu o rosto de Jacques entre as mãos, quase implorando para que ele acreditasse no que ela estava prestes a dizer.

– Eu NÃO sabia. Eu juro que não sabia. Jamais teria deixado você lá... – A dor obstruía-lhe a garganta, a dor por não ter tido a oportunidade de colocar antes um ponto final ao sofrimento dele. O que ele tinha que a atraía como um ímã, que hipnotizava sua mente e a fazia desejar aliviar aquela dor? O impulso era tão forte, tão intenso, que ela mal conseguia suportar vê-lo assim, tão vulnerável.

Sei que você está dizendo a verdade. Você não conseguiria mentir para mim. Foi muito corajosa quando foi ao meu resgate. Mas, como seu companheiro, não posso fazer outra coisa senão proibi-la de se arriscar assim outra vez.

Jacques parecia totalmente satisfeito, como se ela fosse fazer o que ele queria simplesmente porque assim ele o desejava. A cada instante, Jacques tornava-se mais tirano e mais possessivo.

Shea dirigiu-lhe um olhar furioso. Seus olhos verdes ardiam perigosamente.

– Pode parar de me dar ordens, senhor Jacques seja-lá-quem-você-for. Ninguém me diz o que devo ou o que não devo fazer.

O olhar escuro de Jacques deslizou tranquilamente sobre ela. Então ela não tinha feito parte de sua vida antes. A informação o assombrava. De onde havia tirado a força necessária para salvá-lo da maneira como o tinha salvado? Por que tinha voltado a procurá-lo depois que ele quase destroçara-lhe a garganta? Jacques apertou os dedos em volta do pulso dela, acalmando-a até fazê-la relaxar contra seu corpo.

Você é minha companheira.

As palavras surgiram de algum lugar no fundo de seu coração. Ele não tinha nem ideia do porquê precisava dizê-las, apenas sabia que era imprescindível expressá-las. Parecia-lhe que todo o seu ser forçava as palavras a saírem do fundo de sua alma.

Eu a reivindico como sendo minha companheira. Eu pertenço a você. Ofereço-lhe minha vida. Concedo-lhe meu amparo, minha fidelidade, meu coração, minha alma e meu corpo. E aceito as mesmas coisas vindas de você. Sua vida, sua felicidade e seu bem-estar são vitais para mim. Você é minha companheira, está unida a mim por toda a eternidade e estará para sempre sob os meus cuidados.

Shea escutou o eco das palavras em sua mente e sentiu uma onda de calor atravessar, junto com seu sangue, seu corpo. Mas também sentiu medo. Estava muito aterrorizada.

– O que você fez? – sussurrou com os olhos arregalados. – O que você fez conosco?

Você sabe a resposta.

Ela sacudiu a cabeça com força.

– Não! Não sei. Mas alguma coisa mudou dentro de mim, posso sentir. Essas palavras fizeram algo conosco – ela podia sentir, mas era incapaz de descrever.

Sentia um milhão de linhas finíssimas cruzando-se entre si para formar uma forte e sólida rede que unia sua alma à dele, sua mente à dele, tornando-os inseparáveis. Ela tinha deixado de se sentir uma entidade única, um ser único, e dava-se conta de que apenas estaria completa se aquele homem estivesse ao seu lado. O terrível vazio que sempre tinha existido em seu interior havia agora desaparecido.

Relutante, ele soltou o pulso dela e então usou seus dedos para acariciar aquele delicado rosto feminino. Tocou a mente dela e encontrou medo e confusão sinceros.

Estou tão envolvido pela escuridão quanto você. Sei apenas que você acabou com meu sofrimento, que ouviu o meu chamado e que eu encontrei minha outra metade. Você é a luz que ilumina minha escuridão.

Shea afastou-se pouco a pouco dele, assegurando-se de estar fora de seu alcance.

– Sou sua médica, Jacques, e nada mais. O que faço é curar pessoas.

Mas ela disse aquilo mais para si mesma do que para ele. Shea não tinha a mínima ideia de sobre o que ele estava falando. Preocupava-lhe a possibilidade de a mente de Jacques estar engando a si mesma, fazendo-o acreditar em coisas que não passavam de fantasias. Racionalmente, Shea sabia que ninguém podia prender-se a outra apenas com palavras, mas ainda assim sentia que laços invisíveis os uniam. Havia muitas coisas que ela não entendia. Jacques estava meio louco, tinha a mente destroçada e sua memória voltava em pequenas partes, mas, mesmo assim, talvez ele estivesse mais lúcido do que ela. E pensar nisso deixava-a bastante aterrorizada.

Shea estava com muita fome. A necessidade de sangue era quase sufocante. Jamais havia experimentado um desejo tão forte. Não demorou para chegar à conclusão de que o que sentia era a fome de Jacques. Concluiu que, de alguma forma, estava compartilhando de sua angústia. Em seguida, serviu ao homem selvagem duas doses de sangue no grande copo que havia deixado na mesa ao lado da cama.

– Sinto muito, eu devia ter me dado conta de que você estava com fome. Se me permitisse administrar fluidos intravenosos, poderia ajudar...

Assim que deixou o copo, ela voltou para a mesa do computador.

Ele ignorou o comentário. *Por que você não se alimenta?*, perguntou em tom casual, curioso. Seus olhos negros pareciam pensativos enquanto a estudavam.

De sua posição segura do outro lado da sala, ela observou-o atentamente. O mero fato de ele olhá-la fixamente desconcentrava-a e deixava-a sem fôlego. Sentia-se muito possessiva com seu paciente... Não tinha o direito de levar sua vida de acordo com a realidade dele. Era assustador que ela reagisse de forma tão diferente com relação a ele... Sempre tinha se mantido à distância, afastada das pessoas e das coisas que a rodeavam. Sua mente analítica limitava-se simplesmente a registrar os fatos. Mas, naquele momento, ela só conseguia pensar nele, na dor e no sofrimento que ele tinha enfrentado, no modo como os olhos dele observavam-na, semicerrados, atraentes... Shea quase pulou para fora de sua pele. De onde aquele pensamento tinha saído?

Ciente de que Shea não gostaria que ele estivesse lendo sua mente naquele exato momento, Jacques comportou-se como um cavalheiro e simulou estar pouco interessado. Era agradável saber que ela o considerava atraente. Satisfeito consigo mesmo, voltou a deitar-se na cama e fechou os olhos. Seus cílios negros contrastavam com a palidez de sua pele.

Apesar de Jacques estar com os olhos fechados, Shea sabia que ele podia perceber cada movimento que ela fazia.

– Descanse um pouco enquanto tomo um banho e troco de roupa – ela levou as mãos aos cabelos negros, um inútil esforço de tentar domar um pouco aqueles fios.

Ele permaneceu com os olhos fechados, sua respiração agora estava um pouco mais calma.

Posso sentir sua fome. Sua necessidade de sangue é quase tão grande quanto a minha. Por que você tenta esconder isso de mim? Subitamente, deu-se conta de algo e suspirou. *Ou é de você mesma que você está escondendo suas necessidades? É isso... Você não percebe que essa fome* É SUA.

A doçura na voz de Jacques preencheu o corpo de Shea com um inesperado calor. Furiosa e com medo de que ele pudesse estar certo, ela dirigiu-se com passos pesados para o banheiro, despiu-se, e deixou a água quente da ducha cair como uma cascata sobre sua cabeça.

A risada de Jacques era grave e carregada com um tom de provocação.

Está pensando em fugir de mim, ruivinha? Eu vivo dentro de você, assim como você vive dentro de mim.

Shea arfou e virou-se, tentando desesperadamente alcançar uma toalha. Levou alguns segundos até se dar conta de que ele ainda estava na sala. A ligação entre os dois tornava-se cada vez mais forte. Entretanto, agora ela desejava essa ligação, desfrutava dela, embora fosse incômodo aceitar uma intimidade assim tão profunda como normal e natural, quando, certamente, não era.

De repente, ela percebeu que suas funções corporais não eram mais as mesmas. Como sempre, seu lado racional preparou-se para analisar a situação. Começou a processar as informações sem deixar qualquer emoção entrar em seu caminho, classificando as distintas mudanças que experimentava, ligando-as com sua recém-descoberta enfermidade e com o ardor que queimava seus órgãos internos. Era loucura, mas ela sabia que havia algo diferente, fisiologicamente falando. Algo havia mudado a forma de seu código genético.

Shea passou algum tempo trançando seu cabelo. Vestiu uma calça jeans e uma blusa de algodão, permitindo que sua mente se adaptasse ao que havia acabado de reconhecer. Era assustador, mas, ao mesmo tempo, fascinante. Se pudesse, gostaria de ter observado isso em outra pessoa, não em si mesma. Era difícil aceitar racionalmente os fatos quando se estava estudando os acontecimentos ocorridos em seu próprio corpo.

Um corpo muito interessante, a propósito.

Ela quase derrubou a escova.

Vamos parar com isso!, exclamou Shea. O mero contato com aquele voz grave e aveludada fazia com que uma espécie de calor envolvesse todo seu corpo. Aquela voz era praticamente pecaminosa e inconveniente.

Achei que nunca falaria comigo como uma companheira fala. Esperei impacientemente por esse comentário. A voz máscula dele tinha agora um tom de provocação.

Shea permaneceu imóvel. Refletido no espelho, seu rosto estava visivelmente pálido. Ela não havia dito aquelas palavras em voz alta e, mesmo assim, ele as ouvira. Preocupada, ela cravou os dentes em seu próprio lábio inferior. A mudança não afetava apenas seu corpo. Suas habilidades também estavam se tornando mais aguçadas: ela podia falar com ele facilmente usando a mente. Era apavorante que pudesse conceber aquilo como normal. Se não pensasse, se não analisasse, quase podia aceitar. Notou que estava tremendo. Estendendo as mãos, Shea comprovou, zangada, como elas tremiam. Ela era uma médica, nada deveria alterar sua compostura. Mais do que isso, ela conhecia seu próprio valor e tinha completa confiança em si mesma.

Levantou o queixo, dirigiu-se para a sala principal e, evitando olhá-lo, abriu a geladeira e pegou um pouco de suco de maçã. Seu estômago contraiu-se. A simples ideia de ingerir aquilo fazia o estômago de Shea revirar. Algo em seu interior tinha mudado drasticamente, como ela suspeitava. Precisava extrair mais amostras de sangue e examinar o que estava acontecendo em seu corpo. E era a primeira vez em sua vida que estava com medo de analisar os fatos.

O que está fazendo?, perguntou Jacques, curioso.

– Na verdade, não sei ao certo. Pensei em tomar um pouco de suco, mas... – sua voz desapareceu e ela não sabia muito bem o que dizer.

Shea sempre sabia exatamente o que estava fazendo... Mas agora sentia-se completamente perdida. Despejou o suco em um copo e ficou ali, olhando-o, desolada.

Isso vai lhe fazer mal. Não beba.

– Por que eu me sentiria mal com um copo de suco de maçã? – perguntou, curiosa. Será que ele sabia o que estava acontecendo?

Você precisa de sangue. Ainda não está suficientemente forte. Examinei seu corpo. Embora eu ainda não possa ajudá-la, pude perceber a necessidade que você tem de receber uma alimentação adequada. Seu corpo não está suficientemente nutrido para você gastar tanta energia.

– Não quero falar sobre o que eu deveria ou não fazer – Shea sentiu-se perturbada ao perceber que ele parecia tão preocupado, quase dócil. Havia algo na voz de Jacques que a fazia desejar poder fazer tudo o que ele quisesse, inclusive beber sangue. Ela podia sentir isso. Podia ouvir o coração dele batendo e o sangue dele fluindo pelas veias. Por um instante, permitiu que aquele som ecoasse em sua cabeça, alimentando a fome que a corroía. Mordeu com força o lábio inferior. Shea precisava manter certa distância dele. A personalidade daquele homem era extremamente opressiva. De repente, algo que estava profundamente enterrado em seu interior, algo selvagem que ela sequer sabia o que era, clamava por ele. A química era tão forte que o simples ato de olhar para ele a fazia sentir dor. Shea pegou a chave da porta do chalé e começou a abri-la.

Pare. A ordem foi suave, ameaçadora, mas Shea pôde perceber um tom de desespero.

Subitamente, a porta se fechou, como se tivesse sido impelida por uma força desconhecida. Impressionada, ela deixou cair de sua mão o copo com suco de maçã que segurava. O vidro estilhaçou-se contra o chão. Shea ficou observando o suco se esparramar, formando uma grande mancha dourada... O desenho era particularmente estranho, parecia o maxilar de um lobo.

Com esforço, Jacques conseguiu se acalmar. Ser incapaz de se mover, estar preso em um corpo inútil, ah, tudo isso era um absoluto inferno. Inspirou profundamente e deixou sair o ar dos pulmões pouco a pouco, tentando eliminar o terror que aquela ação imprudente tinha lhe causado.

Sinto muito, Shea. Você sequer fez uma sondagem para saber se havia algum perigo por perto. Estamos sendo procurados. Nunca se esqueça disso. Você deve permanecer ao meu lado para que eu possa fazer algo caso surja alguma ameaça. Não foi minha intenção assustá-la.

Ela olhou-o atentamente, com a perplexidade estampada nos olhos verdes.

– Não sei o que quer dizer com isso de "fazer uma sondagem" – disse distraída, como se sua mente estivesse focada em outra coisa.

Venha aqui comigo. A voz de Jacques era como um sussurro contra sua pele. Ele estendeu-lhe uma mão, com o olhar eloquente e faminto. Desejava algo dela, algo em que ela sequer se atrevia a pensar.

– Nem pense nisso! – Jacques era tão sensual, tão atraente, que Shea chegava a ficar sem ar. Ela sentiu a parede atrás de seu corpo e apoiou-se para poder manter-se em pé.

Não estou pedindo muito, só quero que você venha até aqui... São só alguns passos. Aquela voz acariciava-a, seduzindo-a e preenchendo-lhe a mente com uma onda de calor.

Shea olhou demoradamente para ele.

– Você sabe o que há de errado comigo, não é mesmo? Você fez alguma coisa comigo. Sei que fez. Posso sentir. Diga-me o que você fez.

Shea tinha o rosto pálido e seus enormes olhos verdes observavam Jacques com ares de acusação.

Agora somos um. Estamos unidos.

Para Shea, aquilo era como um quebra-cabeça. Ele percebia a confusão dela, pois estava escondido como uma sombra em sua mente. Mas estava tão confuso quanto Shea. Ela realmente não entendia o significado de sondar, algo que para ele era tão natural como respirar. Mesmo assim, Jacques não estava seguro de que conseguiria explicar-lhe adequadamente. Por que ela não sabia essas coisas? Era ele quem estava ferido, com a memória estilhaçada.

Shea esfregou a testa com uma mão trêmula.

– Você fechou a porta, não é mesmo? Arrancou-a das minhas mãos e fechou-a enquanto permanecia aí na cama... Você fez isso com a mente, não foi?

Ela podia fazer muitas coisas, tinha dons especiais, mas aquele homem desconhecido tinha poderes que ela sequer imaginava e os quais não conseguia compreender. Quem era ele? O que mais seria capaz de fazer? Será que a atração ente eles era tão grande a ponto de ela permitir que alguma força externa ditasse suas próprias ações? Shea não tinha as respostas.

Imediatamente, Jacques procurou tranquilizá-la. Ele não sabia o que a havia perturbado tanto, já que a capacidade de mover coisas com a mente era simplesmente parte de sua natureza. No entanto, ele precisava acabar com aquela angústia. Enviou, então, uma onda de tranquilidade e bem-estar para ela.

Sinto muito, Shea, eu só estava tentando protegê-la. Para mim, é difícil saber que estamos sendo perseguidos e que não posso protegê-la, que não podemos deixar este lugar por causa da minha fragilidade. Você está ligada a mim e eu estou colocando-a em perigo.

Jacques fez tudo o que pôde para eliminar o medo que sua insensatez havia causado. Ela merecia muito mais do que apenas um companheiro louco. Parecia que Shea não sabia o que eles realmente teriam de fazer para sobreviver.

Você não tem ideia dos monstros com os quais estamos lidando. É muito importante fazer uma sondagem assim que acordar, antes de sair de casa. Ele tentou soar dócil enquanto transmitia aquelas informações. Para Jacques, era muito fácil ler os medos cada vez maiores de Shea.

– Não sei do que você está falando.

A confusão sincera de Shea provocou em Jacques um impulso protetor tão forte a ponto de sacudir os alicerces de seu pequeno mundo. Ele desejava tomá-la em seus braços e protegê-la para toda a eternidade, guardá-la dentro de sua alma. Shea parecia incrivelmente frágil e delicada e as perguntas em sua mente eram tão fáceis de serem lidas quanto a preocupação estampada em seu rosto.

Em um momento repentino de compreensão, Jacques abriu os olhos negros.

Você não conhece as habilidades do nosso povo, não é mesmo?

– Que povo? Eu sou americana, descendente de irlandeses. Vim aqui para investigar uma estranha doença sanguínea da qual aparentemente você também sofre. Nada além disso – Shea estava mordendo os lábios sem se dar conta e mantinha os punhos cerrados e o corpo retesado, esperando por uma resposta.

Ele detestava aquela sua própria incapacidade de se lembrar de informações fundamentais. Tinha certeza de que essas informações seriam muito importantes para ambos. Se Shea estava tão perdida quanto ele, então os dois estavam em uma grande enrascada. Era frustrante ter uma mente com tantas lacunas, tão fragmentada.

Você pertence a este lugar. Posso sentir sua ligação com esta terra. E posso afirmar, com total segurança, que você é minha, que pertencemos um ao outro.

Shea sacudiu a cabeça.

– Minha mãe era irlandesa. Meu pai nasceu nesta região, mas nunca o conheci. Cheguei aqui há alguns meses. Juro que nunca tinha estado aqui antes.

Não temos nenhuma enfermidade, ou doença... Nada disso. Nosso povo existe desde o início dos tempos. Jacques não sabia a fonte dessa informação, simplesmente sabia que era assim.

– Mas isso é impossível... As pessoas não precisam beber sangue para sobreviver. Sou médica, Jacques. Dedico grande parte do meu tempo à pesquisa e sei do que estou falando... Isto é extremamente raro.

Shea conseguia sentir que o ar se recusava a abandonar seus pulmões.

Você consegue aceitar que permaneci enterrado vivo durante uma eternidade, e ainda assim não consegue acreditar que nosso povo existe?

Shea abaixou-se para recolher os cacos de vidro espalhados pelo chão. Ela precisava se manter ocupada com algo enquanto tentava recuperar o controle. O que ele estava dizendo? Que ele não tinha nenhuma doença sanguínea? Que pertencia a outra raça, a outra espécie?

– Não sabemos quanto tempo você ficou lá... – disse, nervosa, enquanto limpava cuidadosamente o suco derramado.

Há quanto tempo eles mostraram minha foto para você?

Shea levou os cacos até a lata de lixo.

– Há dois anos – confirmou, adotando um ar reticente. – Os assassinatos de vampiros ocorreram há sete anos. Asseguraram-me de que as fotos eram daquelas vítimas... Mas seria impossível, totalmente impossível, que você tivesse sobrevivido enterrado durante todo esse tempo. Isso significaria que você ficou enterrado com uma estaca no peito por sete anos... E isso é algo simplesmente impossível, Jacques – ela virou-se para ele, olhando-o com aqueles enormes olhos verdes. – Não é?

Não se eu fizer meu coração e meus pulmões pararem de funcionar de modo que o sangue não circule, ele explicou, escolhendo cuidadosamente as palavras, tentando não chateá-la.

Mas o efeito foi contrário.

– Você pode fazer isso? Sério? – agora ela parecia entusiasmada. – Você pode controlar seu ritmo cardíaco, reduzi-lo ou acelerá-lo? Pelo amor de Deus! Jacques, isso é incrível! Existem alguns macacos que podem fazer algo parecido, mas nada semelhante ao que você está dizendo.

Posso parar meu coração se isso for necessário. E você também pode parar o seu.

– Não, eu não posso fazer isso... – Shea descartou a ideia acenando com a mão. – Mas, foi realmente ISSO que você fez? Parou seu coração? Foi como sobreviveu enterrado vivo? Santo Deus, isso deve tê-lo deixado quase louco... Ainda não posso acreditar!... E como você se alimentava? Suas mãos estavam amarradas! – em sua empolgação, Shea não parava de fazer perguntas e de pensar em voz alta.

Eu raramente despertava. Somente quando detectava sangue por perto. Eu atraía animais até mim. Tenho certeza de que você também pode fazer isso. Ele estava feliz por, pela primeira vez, conseguir transmitir informações para Shea. *E, de alguma forma, consegui fazer um buraco na madeira para permitir que eles entrassem.*

Shea podia atrair animais, fazia isso quando era garota. E esse talento, que pelo visto ela e Jacques compartilhavam, explicava as carcaças de ratos que ela tinha encontrado enterradas junto a ele naquela parede.

– Você está me dizendo que há mais gente que pode fazer essas coisas? – Shea correu para o computador e o ligou. – Do que mais você se lembra?

Shea estava tão entusiasmada a ponto de fazê-lo desejar poder dar mais informações a ela. No entanto, por mais que ele procurasse em sua mente, as lembranças não vinham e ele apenas conseguiu provocar uma forte dor de cabeça. Shea percebeu a angústia dele. Observou o tênue brilho das gotas de suor que brotavam em sua testa. Seu olhar tornou-se mais suave e sua boca curvou-se sutilmente.

– Sinto muito, Jacques. Foi horrível da minha parte pressioná-lo assim. Não se esforce mais. As lembranças voltarão com o tempo. Você já me deu muitas informações com as quais poderei seguir trabalhando. Agora descanse.

Agradecido por toda aquela compaixão, Jacques deixou os fragmentos de sua memória escaparem-lhe por um momento e então experimentou a sensação de paz. Observou com interesse como Shea extraía amostras de sangue de seu próprio braço e colocava várias gotas sobre pequenos retângulos de cristal. O nervosismo dela era intenso e misturava-se com a extrema felicidade que tomava conta de seu corpo de tal forma que até mesmo a fazia esquecer-se da fome. Sua mente estava totalmente concentrada em fatos, hipóteses e dados. Agora, ela estava longe dele, completamente absorta em seu trabalho. Enquanto a observava, Jacques alcançou penosamente o copo que estava no outro lado da mesa e tomou um gole para aliviar a urgência de sua fome.

Mesmo depois de uma hora de observação, Shea continuava completamente concentrada no que estava fazendo, totalmente absorta em seu trabalho. Jacques a observava. E gostava de observá-la. Achava-a fascinante. Cada movimento de cabeça, cada farfalhar dos cílios quando ela ficava de perfil... Com frequência ela jogava os cabelos para trás quando estava confusa. Os dentes pequenos mordiscavam frequentemente seu exuberante lábio inferior. Os dedos voavam sobre o teclado; o olhar mantinha-se cravado no monitor. Com frequência, consultava notas e vários livros com a testa ligeira e encantadoramente franzida. E Jacques descobriu que gostava daquele pequeno gesto que ela sempre repetia: o hábito de morder o lábio inferior.

Toda vez que ele percebia a fome palpitando no interior de Shea, ela parecia de algum modo ser capaz de ignorar a sensação. Exatamente como ela o tinha afastado de seus pensamentos durante algum tempo. Na verdade, aquilo o irritava um pouco, mas também o fazia sentir orgulho dela. Em tudo o que fazia, ela colocava o coração. Mesmo assim, ela estava ignorando os problemas que poderiam lhe ocorrer. Estava tão absorta em seu trabalho que bloqueava tudo o que havia a seu redor. Jacques pensou em forçá-la a se lembrar dos riscos que eles corriam, mas, em vez disso, optou por permanecer alerta o suficiente a ponto de conseguir sondar os arredores, deslizando-se para dentro e para fora do sono dos mortais.

Quatro horas mais tarde, ele forçou-se a acordar. Então, irritou-se com o movimento desajeitado que fez todo o seu corpo doer. Tinha fome, sentia-se fraco e um pouco enjoado. Seus olhos negros recaíram sobre Shea. Ela estava olhando atentamente para um caderno enquanto mordiscava um lápis. Tinha a pele muito pálida, quase translúcida.

As emoções daquela sala eram de Shea, mas ela parecia não se dar conta disso. Sua mente lutava para se unir à dele. Jacques podia perceber a aproximação, a vibração de necessidade. Mas ela era disciplinada, forte e muito decidida. Mantinha seus pensamentos sob controle, concentrando-se unicamente em seu trabalho.

Jacques sentiu um derreter curioso na área de seu coração. O ódio gelado e a fúria causticante, a necessidade de vingança e punição eram as forças que o tinham mantido vivo. Ele não acreditava que ainda era capaz de sentir ternura, mas Shea havia conseguido provocar também isso nele. Jacques era, acima de tudo, um predador. Shea era a luz de sua escuridão e irradiava beleza como se sua alma brilhasse através da pele. E ela o tinha feito sentir emoções cálidas.

Ela precisava de uma pausa, precisava descansar. E, sobretudo, precisava se alimentar. Para ser completamente sincero, ele precisava sentir o toque dela, precisava que ela lhe desse atenção. De forma deliberada, gemeu baixinho em sua mente, fechando os olhos. E imediatamente percebeu a inquietação, a preocupação de Shea. O farfalhar de papéis indicou-lhe que ela havia deixado as anotações de lado. Jacques tentou diminuir a sensação de triunfo, concentrando-se na dor que consumia seu corpo maltratado.

Shea atravessou a sala sem se dar conta do quão silenciosamente o fazia, nem do quão eficiente se tornara seu corpo, que se movia com graça e agilidade. Passou a mão gelada na testa de Jacques, como se tentasse acalmá-lo. Entrelaçou os dedos naqueles cabelos imundos. O toque era tão suave a ponto de fazer o ritmo de seu coração diminuir. Inclinou-se para examinar as feridas de maneira profissional. Os antibióticos não funcionaram para ele mais do que tinham funcionado para ela. Talvez acrescentar um pouco de terra pudesse ajudar...

– Sinto muito por não poder acabar com a sua dor, Jacques. Se eu pudesse, não tenha dúvida de que o faria – disse Shea, com uma voz carregada de preocupação e de pesar. – Vou conseguir um pouco de terra fresca e também vou lavar os seus cabelos. Não é grande coisa, mas poderia acalmá-lo e ajudá-lo a se recuperar – entrelaçou os dedos novamente nos cabelos dele e depois correu-os em volta do queixo quadrado e masculino, numa suave carícia.

Jacques levantou ambas as mãos e segurou Shea com uma força surpreendente enquanto seus olhos negros prendiam-se aos dela... E ela pressentiu que poderia cair naqueles poços escuros e misteriosos.

Você não se alimentou.

Ela poderia se perder naquele olhar penetrante por toda a eternidade. Podia ouvir o som do coração de Jacques acompanhando o ritmo do seu. Era estranho e, entretanto, parecia-lhe normal que seus corações desejassem pulsar juntos.

– Não bebo sangue humano. Posso fazer uma transfusão quando estou desesperada, mas não sou capaz de beber sangue humano – ela explicou em um tom calmo. Sentiu a presença dele em sua mente, seu contato tranquilizador, suave. Mas também era uma presença carregada de autoridade. E o desejo de Jacques era tão forte a ponto de nada, nem ninguém, conseguir resistir ao que ele queria. Ela queria que Jacques compreendesse.

– Sou humana, Jacques. Beber sangue me parece uma aberração.

Tentar sobreviver sem se alimentar durante o tempo que for é muito perigoso. Você precisa beber.

Embora Jacques tentasse fazer sua voz soar como a de alguém que estava simplesmente expondo fatos, suas palavras acabaram soando como uma ordem. Mais uma vez, ele não sabia de onde vinha aquela informação, apenas sabia que era verdade. Shea evidentemente queria que Jacques a entendesse, que aceitasse aquele regime ridículo que ela estava impondo a si mesma. No entanto, aquilo não fazia nenhum sentido para ele e ele não podia permitir tamanha tolice. Jacques precisava encontrar uma forma de explicar-lhe o que ela estava fazendo consigo mesma.

Ela afastou os cabelos do rosto dele, e o toque de seus dedos provocou intensas reações naquele corpo dolorido. Alheia ao que provocava nele, Shea abriu um sorriso enquanto olhava-o nos olhos.

– Faz muito tempo que aceitei que morreria se não encontrasse a cura. E então, quer que eu lave seus cabelos?

As mãos dele desceram pelos ombros esbeltos de Shea.

Sabe, ruivinha, que como seu companheiro minha obrigação é cuidar de sua saúde. Meu único propósito nesta vida é protegê-la e satisfazer suas necessidades. Você está fraca e é incapaz realizar os atos mais básicos necessários à sua sobrevivência. Isso não pode continuar assim. Você mesma deveria tomar o sangue que está me dando.

Havia algo mágico na voz de Jacques. Shea poderia ouvi-lo para sempre.

– Há muito pouco sangue aqui em minhas reservas. Se continuar assim, terei de ir ao banco de sangue da região muito em breve – Shea já tinha usado grande parte de suas bolsas tentando repor o enorme volume de sangue que ele tinha perdido. – De verdade, Jacques, não se preocupe comigo. Já fiz isso muitas vezes.

Olhe para mim, Shea, ele pediu com voz suave. Grave. Persuasiva. Um feitiço. O negro do olhar de Jacques cruzou-se com o verde dos olhos dela. O calor inundava a mente de Shea, braços rodeavam-na, mantendo-a a salvo. Ela mergulhou ainda mais naqueles poços escuros e penetrantes que irradiavam calor...

Você vai aceitar meu sangue, como deve ser. Deu-lhe a ordem suave, mas firmemente, mantendo suas mentes unidas. A força de seu desejo, dotada de uma prática adquirida ao longo dos séculos e moldada pelos fogos do inferno, convenceu a mulher. Sem vacilar, ele conduziu-a até seu peito, embalando-a em seus braços com ternura.

Parecia tão suave, tão pequena, tão frágil. Ele adorava a curva de sua garganta, a perfeição acetinada de sua pele, de sua boca. Com a unha, Jacques abriu uma pequena ferida nos músculos de seu peito, empurrou Shea naquela direção e sentiu, inesperadamente, um espiral de calor profundo brotar em seu interior. Seu ventre contraiu-se, e o desejo o atravessou, agudo e doce. A sensação da boca de Shea em seu peito era totalmente erótica. Suas mentes estavam unidas enquanto ele a abraçava. Não estava familiarizado com aquele tipo de intimidade. No meio da dor e da escuridão, do ódio e da fúria, havia surgido a luz e a compaixão. Onde antes havia uma desesperada desolação e debilidade, um corpo vazio, ela trazia renascimento, força e poder, uma florescente esperança. Onde havia dor infinita, um inferno eterno, ela trazia beleza e alegria, um prazer tão imenso que quase não podia compreender.

Jacques não desejava terminar aquele contato, mas precisava de cada gota de sangue para tentar recompor seu corpo destroçado e reparar sua mente despedaçada. Não podia permitir que ela bebesse muito dele. Sentia que sua própria fome já estava se tornando mais forte. Necessitava de sangue fresco, fluindo rica e diretamente de sua vítima. Sem um pingo de vontade de agir, ele a conteve, e sentiu as chamas do desejo dançarem sobre sua pele quando a língua dela o acariciou, fechando a ferida.

Por um momento, apoiou a cabeça sobre ela, saboreando a proximidade daquele seu corpo, daquele cheiro, degustando a beleza daquele espírito. Não conseguiria suportar ficar sozinho outra vez, não podia separar-se dela nem por um minuto. Sete anos de escuridão, de solidão absoluta, acreditando que ela, deliberadamente, permitia – e, inclusive, prolongava – seu sofrimento. Saber que isso não era verdade, saber que, de fato, tinha sido a coragem dela que o salvara... Isso o fazia sentir esperança novamente, representava um motivo para continuar vivendo. Jacques não conseguiria sobreviver sem ela. Não podia perdê-la de vista. Não poderia permitir que ela saísse do alcance de sua mente. Ele estava em frangalhos e ela era a única coisa que o mantinha inteiro.

Soltou-a lentamente, observando-a de perto, atento, com olhos negros que a queimavam possessivamente. Os enormes cílios de Shea agitaram-se, e a bruma desapareceu de seus olhos, abrindo espaço para as duas esmeraldas brilhantes, perfeitas e misteriosas. Uma beleza que o fazia arder em chamas.

– O que você fez dessa vez, Jacques? Não pode tomar conta de mim. E eu estou falando sério. Você nem imagina quão próximo da morte você está. Não pode se permitir perder nenhuma gota de sangue.

Aquele sorriso discreto de Jacques invadiu a mente de Shea.

Você é minha companheira, sempre cuidarei de você. Não posso fazer menos do que oferecer tudo o que você precisa.

Ela sacudiu a cabeça lentamente.

– O que vou fazer com você? Você precisa de todo o sangue que possamos conseguir. Estou acostumada a sobreviver ingerindo pequenas quantidades.

Sobreviver não é *suficiente,* ele grunhiu enquanto seus olhos negros resplandeciam.

Shea virou os olhos.

– Pelo menos tenha a decência de tentar parecer culpado. Você não precisa se mostrar tão arrogante ou irritante – ela correu novamente os dedos pelos cabelos dele, empurrando-os para longe da testa. – Eu adoraria saber mais sobre você, Jacques. Onde está sua família?

A confusão refletiu-se nos olhos de Shea, um vazio negro que, de repente, preencheu-a com uma dor imensa. Então, segurou-lhe a mão, compartilhando o atordoamento de sua mente e, por um instante, parte de sua agonia.

– Deixe para lá, Jacques. Não force sua memória. Assim que você estiver bem, vai recuperá-la. Fique tranquilo. Vou limpar suas feridas e lavar seus cabelos. Isso vai ajudá-lo a relaxar.

Os dedos suaves de Shea acariciaram a pele de Jacques, enviando ondas de alívio àquela mente flamejante. O corpo dele logo respondeu. Seus músculos tensos relaxaram, liberando parte da dor que tanto o torturava. Aquele simples contato era como um farol na escuridão, um guia indicando-lhe o caminho, algo que lhe dava esperanças de que, algum dia, a dor chegaria ao fim. Ele fechou os olhos e cedeu aos cuidados de Shea. O som dos ligeiros movimentos dela pela casa era reconfortante. A fragrância natural e o tênue aroma de ervas e flores que emanavam de sua pele e de seus cabelos pareciam envolvê-lo, como se ela o rodeasse com seus braços.

Shea tocava-o suavemente enquanto examinava as feridas. A esponja roçava ligeiramente a carne viva, fazendo-o sentir um estranho formigamento. A água aquecida sobre os cabelos de Jacques enquanto ela segurava sua cabeça com o braço... A sensação era muito agradável, quase sensual. Enquanto as pontas dos dedos de Shea massageavam o xampu no couro cabeludo, ele concentrou-se nas sensações que aquilo produzia. E, durante alguns minutos, Jacques conseguiu se distanciar de seu mundo de dor.

– Você tem cabelos muito bonitos – Shea elogiou quase em um sussurro, enquanto enxaguava a espuma com a água aquecida. O braço dela agora estava dolorido pelo esforço de sustentar a cabeça sobre a bacia de plástico, mas percebeu que estava proporcionando a Jacques um momento de paz. Retirou a bacia, colocou uma toalha sobre o travesseiro, e ajudou-o a voltar para a posição em que estava anteriormente.

Enquanto secava os cabelos de Jacques, suas mãos demoravam-se no couro cabeludo. Shea gostava de tocá-lo.

– Você está muito cansado. Volte a dormir.

Mais sangue.

Aquela voz rouca e sonolenta ressonava em sua mente, aquecendo e suavizando seu interior. Sem vacilar, Shea colocou um pouco de sangue em um copo e, em seguida, foi enxugar o chão. Quando passou ao lado da cama, a mão dele segurou-lhe o pulso, puxando-a para mais perto.

– O que houve? – Shea sentou-se no canto da cama, esboçando um leve sorriso. Seus olhos estavam carregados de ternura e suavidade, embora ela parecesse não se dar conta disso.

Jacques deslizou a mão pelo braço dela, massageando o ombro dolorido com seus fortes dedos.

Obrigado, ruivinha. Você conseguiu me fazer sentir vivo outra vez.

– Você está vivo, Jacques! – tranquilizou-o, enquanto afastava-lhe os cabelos do rosto. – Desrespeitoso, mas não há dúvidas de que esteja vivo. Nunca vi um paciente chamar sua médica de "ruivinha"...

A risada discreta de Shea permaneceu na mente de Jacques por muito tempo depois de ele cair no estado de sonolência dos mortais. De certa forma, ele estava consciente da proximidade de Shea enquanto ela misturava terra, ervas e saliva para aplicar sobre as feridas. E sentir aquela proximidade o acalmava, mantinha-o afastado da fúria, da dor e do terror daquele mundo de solidão.

Capítulo 4

Shea abriu a porta e inspirou profundamente o ar da noite; a quantidade de informação que a cercava era surpreendente. Criaturas vagavam pela floresta, e ela era capaz de localizar a posição exata de cada uma delas, da alcateia que se encontrava a vários quilômetros de distância até os três ratos que corriam entre os arbustos próximos do chalé. Podia escutar a água das cascatas borbulhando ao cair sobre as rochas. O vento brincava com as árvores, com os arbustos e até mesmo com as folhas caídas no chão. As estrelas brilhavam no céu como um prisma de cores, bastante parecidas com pedras preciosas.

Enfeitiçada, Shea saiu do chalé, deixando a porta aberta para que o cheiro de sangue, suor e a dor saíssem, abrindo espaço para o ar fresco e limpo. Escutava a seiva fluindo como sangue nos caules das árvores. Cada planta tinha um cheiro especial, uma cor característica. A sensação era a de ter renascido num mundo completamente novo. Shea levantou rosto para o céu, encheu os pulmões de ar e finalmente pôde relaxar pela primeira vez em 48 horas.

Uma coruja cruzou silenciosamente o céu. Suas asas eram incrivelmente longas, cada pena emitia um brilho bastante forte. Aquele brilho maravilhoso atraiu Shea para dentro da floresta. Gotículas de água brilhavam como diamantes sobre as rochas cobertas de musgo – musgo que parecia esmeraldas espalhadas ao longo do sinuoso curso do rio e dos troncos das árvores. Nunca antes Shea tinha visto algo tão maravilhoso.

Seu cérebro, como de costume, processava todos os dados que recolhia, numa espécie de quebra-cabeça imenso cujas peças começavam a se encaixar. Tinha nascido filha de uma humana que se alimentava de comida normal e caminhava sob o sol. Por outro lado, ela – e algumas outras criaturas – manifestava diferenças consideráveis em termos de sensibilidade, metabolismo e necessidades nutricionais. Era impossível acreditar na existência de vampiros – eles, afinal, eram lendas. No entanto, seriam uma raça distinta de pessoas com dons incríveis e que precisavam consumir sangue para sobreviver? Será que realmente podiam ter vidas incrivelmente longas, será que podiam sobreviver ao impossível e tinham a capacidade de controlar seus corações e pulmões? Se aquilo fosse verdade, então seus organismos deviam processar tudo de uma forma completamente diferente. Seus órgãos teriam de ser diferentes. Tudo devia ser muito distinto entre as duas raças.

Shea correu a mão pelos cabelos. Umedeceu os lábios com a língua e, em seguida, como de costume, mordeu afoita o lábio inferior. Tudo parecia ter saído de um conto de fadas – ou, melhor dizendo, de um filme *noir* de terror. Impossível. Simplesmente impossível, não é mesmo? Um homem não conseguiria sobreviver enterrado durante sete anos, ainda mais com o corpo totalmente ferido. Não. Isso jamais aconteceria. Mas ela o tinha encontrado. Não era nenhuma mentira. Ela mesma o havia encontrado. E como um ser vivo poderia manter--se são depois de ter passado sete anos enterrado vivo, sofrendo uma agonia maior a cada instante? A mente de Shea, involuntariamente, resolveu evitar a pergunta. Não, ela não queria pensar naquilo.

E o que estava acontecendo a seu próprio corpo? Sentia-se diferente. Uma série de mudanças tinha começado sete anos atrás, com aquela dor súbita que a deixara inconsciente. Shea nunca conseguiu explicar aquele episódio. E depois vieram os pesadelos, tão persistentes, tão implacáveis, sem nunca lhe dar um momento de paz. *Jacques.* Sempre Jacques. A fotografia que aqueles assassinos tinham lhe mostrado há dois anos... A fotografia marcada com o número sete. *Jacques.* Alguma coisa a atraíra, alguma coisa a chamara insistentemente até aquele local terrível, carregado de tortura e de crueldade. *Até Jacques.* Eles só podiam estar ligados. De alguma forma. De alguma maneira. Racionalmente, parecia impossível. Segundo todos os padrões do pensamento racional, aquilo seria impossível. Todavia, não seria sua própria existência também estranha? Sua dependência das transfusões de sangue não era psicossomática; Shea tinha tentado, de todas as formas, superá-la. Portanto, talvez houvesse outra explicação, alguma explicação que a mente e as ideias preconcebidas dos humanos não fosse capaz de entender, mesmo quando todos os fatos estavam diante dela.

Shea! O chamado, alto, veio carregado de medo e de confusão. Como uma mistura de sufocamento, escuridão e dor.

Estou aqui, Jacques. Sua resposta saiu com tanta facilidade que ela não teve outra opção a não ser ficar perplexa. Para reconfortá-lo, Shea tentou enviar-lhe imagens mentais de todas as coisas lindas que estava vendo ali fora.

Volte para o meu lado. Preciso de você.

Shea sorriu ao perceber o tom de súplica naquela voz. Seu coração passou a palpitar mais aceleradamente quando ela percebeu a crueza na voz de Jacques. Ele nunca tinha tentado esconder nada dela, nem sequer o medo irracional que sentia com a possibilidade de ela deixá-lo sozinho na escuridão.

Garotinho mimado, respondeu Shea, com ternura. *Você não precisa falar como um senhor feudal. Já estou indo.*

Não havia explicação lógica para a alegria que percorria seu corpo após um simples toque da mente de Jacques. No entanto, ela também achou melhor evitar esse pensamento.

Venha até mim. Agora ele soava mais tranquilo, já não temia tanto a solidão. *Não quero acordar sozinho.*

De vez em quando preciso de um tempo. Como eu saberia que você acordaria neste exato momento?

Shea o provocava. Um calor tomou conta do estômago de Jacques. Ele não se recordava de ter sentido aquilo antes de ter se encontrado com Shea. Não havia vida antes de Shea. Havia apenas desespero. Angústia. Seu mundo era composto por tormentos – um verdadeiro inferno. Neste momento, Jacques viu-se sorrindo.

É claro que você deveria saber quando vou despertar. Isso é sua obrigação.

Eu devia mesmo ter imaginado que você pensa dessa forma...

Shea gargalhou enquanto se apressava pelo caminho de volta até o chalé, impressionada com suas novas habilidades, com aquele golpe repentino de força que nunca antes havia experimentado. Durante um breve instante, sentiu um enorme peso sair dos ombros. Descobriu o que era ser feliz, o que era não ter preocupações.

Jacques deu-se conta de que não podia tirar os olhos de Shea. Aquela mulher era tão linda! Seus cabelos vermelhos, embaraçados e ferozes pareciam implorar pelos dedos de um homem correndo sobre eles. Os olhos de Shea brilhavam enquanto ela atravessava o quarto e se aproximava dele.

– Está se sentindo melhor? – ela lançou a pergunta e, como sempre, examinou as feridas de Jacques para verificar se havia algum sinal de melhora.

Ele levantou uma mão, precisando tocar naqueles cabelos que caíam como uma longa cortina de seda.

Muito melhor. Aquilo era uma mentira descarada, o que levou Shea a fechar uma carranca.

– É mesmo? Estou começando a pensar que você precisa de um monitor como os que usamos com os recém-nascidos. Quero que fique quieto na cama. Já percebi que você andou se mexendo demais.

Tenho pesadelos. Os olhos negros de Jacques nunca se desviavam do rosto de Shea, imprimindo sua marca no coração daquela mulher. Ninguém tinha o direito de ter olhos como os dele. Olhos famintos. Olhos que ostentavam fogo e promessas de paixão.

– Teremos que acabar com eles – disse Shea com um leve sorriso, esperando que seus olhos não revelassem os sentimentos estranhos e confusos que sentia por aquele homem e dos quais logo se livraria.

No entanto, era impossível negar que Jacques era a criatura mais sexy que ela já tinha visto. Ninguém havia precisado dela tanto quanto ele. Nem sequer sua própria mãe. Jacques olhava-a como se sua vida, como se o ar que ele respirava, dependessem exclusivamente dela. Racionalmente, Shea sabia que Jacques sentiria o mesmo por qualquer outra pessoa, mas ela estava se permitindo envolver naquela fome e naquele fogo que emanavam dele. Pela primeira vez na vida, já que vivia só e perseguida, no limite de sua resistência e enfrentando estranhos acontecimentos, ela decidiu que desfrutaria daquela experiência inigualável.

Os olhos negros do Jacques ardiam, provocadores, acariciando-a como veludo negro.

Preciso de um sonho agradável para poder me livrar dos pesadelos.

Shea distanciou-se, colocando a palma das mãos para fora em uma tentativa de se defender.

– Por favor, guarde suas ideias para si mesmo – advertiu. –Você tem esse olhar diabólico que deixa claro que nenhuma mulher está segura ao seu lado.

Isso não é verdade, Shea, ele negou enquanto o canto endurecido de seus lábios se suavizava, adotando um ar tentador. *Só existe uma mulher, e ela é você.*

Shea sorriu.

– Acho que, no fundo, devo agradecer por você não estar em condições de se mover. O sol está nascendo e tenho que fechar o chalé para garantir que a luz não entre. Volte a dormir. Estarei aqui quando você despertar – disse, passando a mão em uma das confortáveis poltronas que tinha em sua casa.

Você vai se deitar ao meu lado, onde deve ficar, informou-lhe.

Shea fechou as persianas com todo o cuidado para evitar a entrada de luz. Sempre era muito cuidadosa na hora de fechar sua casa. Durante o dia, ela estava muito vulnerável. E agora já conseguia sentir seu corpo cada vez mais lento, mais pesado, mais cansado.

Quero que você se deite ao meu lado. A voz de Jacques era uma carícia pecaminosa, irresistível, insistente.

– Acredito que você consiga ficar sozinho – respondeu Shea, negando-se a olhar naqueles olhos escuros hipnóticos enquanto desligava o computador e o gerador e trancava a porta.

Tenho pesadelos, ruivinha. A única forma de mantê-los distantes é ter você ao meu lado. Jacques soava sincero, inocente, esperançoso.

Shea viu-se sorrindo enquanto preparava mais uma dose de sangue para ele. Começava a pensar que o diabo em pessoa tinha batido à sua porta. Jacques era a tentação em pessoa.

– Extraí uma estaca de seu coração há poucas noites, e você tem um ferimento sério na área perto do coração. Se eu me movimentar enquanto você estiver dormindo, poderia acertá-lo acidentalmente e provocar um novo sangramento. E você não quer que isso aconteça, quer?

Ele pegou o copo, colocando os dedos exatamente onde estavam os dedos dela. Jacque sempre fazia esse tipo de coisa, gestos íntimos que faziam Shea sentir borboletas no estômago.

Não em meu coração, Shea. Eles não acertaram meu coração, como deviam ter feito. Ele está aqui, dentro do meu corpo. Você consegue ouvi-lo? Seu coração pulsa no mesmo ritmo do meu.

– Você era um tipo de Don Juan antes de ser enterrado? – perguntou Shea, lançando um sorriso travesso na direção dele. Em seguida, verificou se sua arma estava limpa e carregada. – Você precisa beber isso, Jacques, e não apenas segurar o copo. E depois precisa voltar a dormir. Quanto mais descansar, mais rápido estará curado.

Você insiste em continuar agindo como minha médica quando eu preciso que seja minha companheira. Que se aproxime e que fique ao meu lado. A voz de Jacques voltava a ser pura tentação.

– Beba, Jacques – Shea tentou soar firme, mas isso se tornou impossível quando ele parecia tão desesperado desejando a companhia dela.

Estou desesperado.

Shea não pôde evitar balançar a cabeça em negação.

– Você é ultrajante.

Jacques tentou levar o copo até os lábios, mas seus braços estremeceram.

Não posso fazer isso sem sua ajuda, Shea. Estou muito fraco.

– E devo acreditar em você? – ela disse em voz alta, embora estivesse cada vez mais próxima dele. – Você estava suficientemente forte para me levantar do chão com um braço quando eu o encontrei. Então, não me olhe com essa cara de pobre coitado, Jacques, porque isso não vai funcionar!

Mas estava funcionando.

Jacques precisava sentir o toque de Shea, o roçar dos dedos dela em seus cabelos. Talvez, inconscientemente, ela havia feito a vontade dele, e correu os dedos por aqueles cabelos revoltos. E parecia gostar daquilo tanto quanto ele. Jacques tirou o revólver da mão de Shea e puxou-a para perto de si, faminto por sentir a maciez de seu corpo e o alívio que ela lhe proporcionava. Inspirou o aroma dela – o cheiro da floresta, das flores e do ar da noite. Envolveu-a com um braço e deu-lhe um abraço apertado. Shea relaxou, permitindo que suas pálpebras se fechassem.

*

Ela dormiu um sono irregular. Seu corpo sofria os incômodos da luz do dia. Jacques estava deitado ao lado dela, imóvel, com um braço possessivamente colocado em volta de sua cintura. Durante a tarde, ela tentou se libertar, mas era impossível. Em certo momento, escutou um ruído do lado de fora do chalé e seu coração começou a bater assustado, mas só conseguiu reunir energia para segurar a arma debaixo do travesseiro. Ela sabia que era responsável pela segurança de ambos, mas não conseguia manter os olhos abertos, nem se levantar da cama para verificar os arredores e se assegurar de que não havia ninguém por perto.

O sol já havia se posto atrás das montanhas há bastante tempo quando Shea finalmente conseguiu se levantar. A fome provocava-lhe uma dor aguda e causticante, mas pensar em comida fazia seu estômago se rebelar. Lutou para conseguir acordar. Sentia-se mais fraca do que nunca. Correu uma mão pelos longos cabelos vermelhos.

Os dedos do Jacques fecharam-se em torno de seu braço, deslizando desde o ombro até o pulso. Shea era pequena e delicada, mas tinha uma enorme força interna. Jacques surpreendia-se com a coragem que ela tinha, com a paixão que demonstrava. Achava-a intrigante, até mesmo misteriosa. O mundo tal como ele conhecia tinha nascido sete anos atrás. Dor, isolamento e escuridão. O monstro que carregava dentro de si tinha crescido e tomado o espaço de sua alma. Num primeiro momento, Jacques não tinha emoção, apenas um desejo imortal, uma determinação gelada, uma promessa de vingança por sua alma perdida. Ele os encontraria – o traidor e os humanos assassinos – e os destruiria. No entanto, uma vez que encontrara sua companheira, apesar da distância que os separava, Jacques passou a ter sentimentos. A fúria negra permanecia latente e jamais cessaria até que encontrasse uma forma de vingar a perda de sua alma. Todas as suas emoções eram escuras e terríveis. Até que Shea o transformou. A partir do momento em que suas mentes uniram-se, Jacques sentiu-se no paraíso, transformou-se numa parte dela, uma sombra tão quieta que ela nem sempre percebia sua presença. Ficar longe dela seria insuportável.

Segurou uma espessa mexa daqueles cabelos luxuriantes. Shea despertava nele sensações para as quais ele sequer tinha nome. Jacques jamais encararia lugares fechados outra vez, jamais voltaria a enfrentar a solidão. E nunca permitiria que Shea estivesse em perigo. Lamentando em silêncio as fraquezas de seu corpo, levou as mechas dos cabelos sedosos dela até seu rosto e inalou aquela fragrância.

– Estou tão cansada, Jacques – confessou Shea, enquanto cambaleava ligeiramente para sentar-se na cama.

Ela achou estranho ter alguém com quem conversar, acordar ao lado de uma pessoa e não sozinha. A situação deveria deixá-la desconfortável, afinal, Shea nunca tinha dividido sua vida com ninguém. Ainda assim, com Jacques havia uma estranha familiaridade. Era como se ela o conhecesse desde sempre.

Sua vida tinha sido solitária, sempre houve uma distância entre ela e as outras pessoas. Mas Jacques não respeitava aquela barreira. Pelo contrário: ele entrava e saía da cabeça dela como se pertencesse àquele lugar. Seu toque era possessivo, chegava a ser íntimo. Shea sentia-se confusa com seus próprios sentimentos, sentia-se estranha por aceitar aquela afinidade curiosa. Estava bastante animada por suas descobertas científicas, talvez tivesse encontrado a resposta para a terrível doença que afligia os *Nosferati,* os impuros. Os mortos-vivos. O povo de Shea estava condenado a levar uma vida às escondidas, sempre temendo ser descoberto. Era importante saber se eles realmente constituíam uma espécie diferente ou se a questão estava em um código genético estranho que os levava a precisar de sangue para sobreviver.

Estudou o rosto belo e cansado de Jacques. Parecia jovem – na verdade, parecia ser um rosto eternamente jovem. Jacques tinha ares de atormentado, como se tivesse sofrido muito. Também parecia ter sido entalhado em pedra. Ela agora conseguia ver a força existente nele. Era como uma segunda pele. Mordendo o lábio, Shea distanciou-se e seus olhos verde-esmeralda denunciavam que ela estava pensativa. A força e o poder de Jacques eram cada vez mais evidentes. Seu corpo podia estar se recuperando lentamente, mas suas habilidades incomuns pareciam estar se recuperando de forma muito mais rápida. Shea pensou por um instante que deveria temer a criatura que agora estava deitada sem movimento em sua cama. Estava claro que aquele homem poderia ser extraordinariamente perigoso, capaz de se tornar extremamente violento. Em especial agora, com a mente tão fragmentada, com aquela fúria tão profunda. Jacques suspirou.

Não quero que você tenha medo de mim, Shea. Não gosto disso.

– Se você não insistisse tanto em ler meus pensamentos, Jacques... – ela disse suavemente, temendo magoá-lo. – Bem, se você fizesse isso, não teria que se preocupar com essas coisas que me deixam preocupada. Você é capaz de cometer atos violentos. Não adianta negar. Posso ver isso em você.

Levantou-se em um rápido impulso de energia, e ele permitiu que aqueles cabelos sedosos deslizassem por seus dedos. Com olhos entreabertos, Jacques observou os pensamentos que transpareciam no rosto expressivo de Shea. Ela era incapaz de ter qualquer subterfúgio. Era como um livro aberto, fingir era-lhe impossível.

– Não pensei em tudo, sabe? Simplesmente saí correndo e o resgatei. E causei muita dor em você! – os enormes olhos verdes de Shea permaneciam cravados no rosto dele. Nuvens negras formaram-se quando ela sentiu o tom de zombaria de Jacques ecoar em sua mente. – Como assim? O que você está achando tão engraçado? Algum idiota tentou rasgar o seu coração com uma estaca, e sequer conseguiu acertar o maldito alvo!

Sou muito grato por isso. E ainda mais grato por você ter me resgatado. Não gostei nada, nada de ficar preso, enfrentando tamanha dor.

– Acho que também fico feliz por tê-lo resgatado, mas a verdade, Jacques, é que tenho notado que você tem se recuperado mais rápido que o normal. E agora você também é mais perigoso. Você é, não é?

Para você, nunca.

Shea arqueou uma sobrancelha.

– Isso é mesmo verdade? Eu também estive em sua mente, não se esqueça disso – ela tinha tocado a mente dele e recuado, espantada com a violência feroz e com a fúria sombria que se misturavam lá dentro. – Às vezes, posso até mesmo ler seus pensamentos, assim como você pode ler os meus. Você não tem ideia do que está fazendo em mais da metade do tempo. Você não tem ideia de quem você é.

Talvez não, Shea, mas sei que você é minha companheira. Eu não conseguiria fazer mal a você.

O rosto daquele homem continuava duro como mármore; seus olhos, escuros e frios como gelo. Ela estava certa. Ele era perigoso.

No fundo de sua alma, Jacques sabia disso. Ele não devia ser digno de confiança. Era a presença de Shea que o mantinha calmo, mas a mente de Jacques era um labirinto de caminhos escuros e mortais. Ele não saberia como distinguir a realidade dos pesadelos se aquele precário equilíbrio que tinha alcançado desaparecesse. Seus olhos brilhavam negros como uma rocha obsidiana. Mas ele apressou-se em afastar seu olhar de Shea, envergonhado. Ele devia deixá-la ir embora, dar-lhe liberdade, mas não podia. Shea era sua única sanidade, o único caminho para poder deixar para trás o pesadelo infernal que tinha vivido.

Eu jurei que a protegeria, Shea. Só posso garantir que, de coração, farei tudo que eu puder para protegê-la.

Shea afastou-se da cama e, de repente, viu-se a ponto de chorar. Jacques estava em um labirinto traiçoeiro. Caminhava sobre uma linha tênue entre a sanidade e um mundo que ela não queria tentar compreender.

– Vou protegê-lo, Jacques. Você tem minha palavra, não vou decepcioná-lo. Vou cuidar de você até que esteja recuperado.

E depois? Seus olhos negros deslizaram preguiçosamente pelo corpo dela. *Você pretende me abandonar, Shea? Você me salva agora só para me deixar mais tarde?*

Havia um tom de humor negro na voz de Jacques, uma espécie de diversão oculta que despertava em Shea algo que ela sequer sabia existir. Uma sensação que ia além do medo. Terror.

Shea ergueu o queixo em tom beligerante.

– O que significa isso? É obvio que não vou deixá-lo. Vou ficar ao seu lado até que se recupere completamente e depois procuraremos a sua família.

Era tarde demais. Mesmo que ela tentasse se distanciar dele, não conseguiria desfazer os laços. Pelas veias de Shea, corria o sangue de Jacques; a mente de Jacques conhecia o caminho para invadir a mente dela. Suas almas chamavam uma à outra. E seus corações seguiam o mesmo caminho. Era apenas uma questão de tempo até ele conseguir possuir o corpo dela. Fugir não salvaria nenhum dos dois. Jacques não tinha dúvida alguma com relação a isso. No entanto, contar esse fato a Shea a deixaria ainda mais assustada. Ele sentiu seu coração se revirar, bater acelerado. Shea, sua Shea, temia a morte muito menos do que temia se envolver. E realmente não tinha se dado conta de que eles já estavam unidos. Ela precisaria dele, precisaria dele por perto, tocando sua mente e seu corpo.

Sinto sua necessidade de realizar as tarefas humanas das quais você parece gostar tanto. Vá tomar banho. Não estou com pressa para vê-la examinar meus ferimentos.

Shea piscou. Seus olhos verdes mostraram-se pensativos antes de ela se virar e desaparecer no outro cômodo. Jacques tentava deixá-la à vontade, mas ela conseguiu sentir um arrepio. A voz daquele homem, ela percebeu, carregava um tom que começava a emergir mais e mais. E ela achava aquele tom perturbador. Era possessivo, carregava total autoridade. Shea teve a sensação de que Jaques estava, pouco a pouco, tomando conta de sua vida. Ele estava constantemente em seus pensamentos, em sua cabeça. Na realidade, ele estava por todas as partes. E ela estava permitindo que aquilo acontecesse.

Jacques permaneceu pensativo, olhando fixamente para o teto. Shea estava preocupada com a forma como respondia a ele. Com a forma como seu cérebro – sempre acostumado a enxergar todos os problemas de um ponto de vista científico ou racional, e nunca emocional – deixava-se dominar por ele. Jacques sentiu um sorriso insinuar-se no canto de seus lábios. Ele a conhecia por completo; passava mais tempo na mente dela do que em qualquer outro lugar. Não estava disposto a perdê-la.

Shea tinha tentado acalmá-lo ao comentar sobre a família dele. Todavia, Jacques não tinha outra família além dela. Não queria ter outra família, não precisava de outra família. Ela, todavia, ainda não havia aceitado esse papel. Parte dela insistia em vê-lo como um paciente. Afinal, ela era uma médica em primeiro lugar, e uma pesquisadora em segundo lugar. Jacques frequentava sua mente e sabia perfeitamente que ela nunca tinha gostado da ideia de longos compromissos. Ela não esperava ter uma vida longa e, portanto, não fazia sentido compartilhar a vida com alguém. Aliás, a ideia de dividir a vida com alguém era tão estranha que Shea sequer conseguia concebê-la.

Jacques ouvia a água correndo no cômodo ao lado. Sabia que ela caía sobre a pele nua de Shea. Seu corpo moveu-se, incomodado. Era o início de uma dor implacável. Ele se surpreendia ao perceber que seu corpo estava voltando a ter vida, ao perceber a possibilidade de voltar a sentir impulsos sexuais. Tinha uma sensação vaga de não ter sentido isso durante muitos séculos... E seu corpo estava tão abatido, sua mente tão fragmentada. Shea tinha lhe devolvido a vida. Aliás, muito mais que a vida: ela tinha lhe devolvido mais do que a existência. Jacques não podia esperar para ver o sorriso no rosto de Shea, para ver aqueles cabelos lindos que sempre imploravam por sua atenção. Ele adorava cada gesto que ela fazia, cada movimento de cabeça. Gostava de como o cérebro dela trabalhava, plenamente concentrado. E gostava do fato de a mente dela ser cheia de humor e de compaixão.

Jacques praguejou ao sentir aquela fraqueza. Precisava desesperadamente de sangue fresco. Ajeitou o corpo e a mente, invocando toda a força possível. Levantou uma mão, concentrou-se e fixou sua atenção na porta do chalé. A dor pulsou em sua cabeça. As feridas começaram a queimar intensamente. Praguejando, deixou o corpo cair novamente sobre as almofadas. Jacques podia usar sua força física, mas, quando pedia para sua mente realizar a mais simples das tarefas, não obtinha respostas.

O aroma de Shea foi o primeiro a alcançar-lhe o olfato. Uma fragrância floral, vinda daqueles longos cabelos vermelhos. Ela tinha saído tão silenciosamente do banheiro que ele sequer ouviu o som dos pés descalços no chão. Porém, sua mente nunca se separava totalmente da dela, e ele sabia o momento exato em que ela tinha pegado uma toalha e corrido na direção dele.

– O que houve, Jacques? Você tentou se movimentar e abriu os pontos, ou algo assim? – ela soava ansiosa, mas seu toque era friamente profissional enquanto verificava os ferimentos.

A toalha era grande, um enorme corte de algodão pêssego que lhe envolvia o corpo magro. Enquanto ela se inclinava na direção dele, uma gota de água deslizou por seus ombros e correu por entre seus seios inchados, indo desaparecer debaixo da toalha. Jacques assistiu ao movimento da gota de água e, de repente, viu-se com sede. Os cílios de Shea eram incrivelmente longos e sua boca exuberante estava franzida enquanto ela buscava sinais de danos em meio àqueles pontos pequenos e precisos. Ela era tão incrivelmente linda que ele praticamente ficava sem fôlego.

– Jacques? O que foi? – a voz de Shea era um sussurro que, para ele, parecia mais uma carícia.

Nada de memória, nada de habilidade. Até o mais simples movimento me parece impossível. O polegar de Jacques corria para cima e para baixo na parte interior do pulso de Shea.

– Você vai ficar bem, Jacques. Não seja impaciente. Se precisar de alguma coisa, posso trazer para você.

As carícias de Jacques faziam-na sentir frio no estômago. E Shea estava impressionada por ser tão suscetível aos encantos daquele homem. Ela não era assim.

Embora os traços sensuais de Jacques continuassem parecendo uma máscara, alguma coisa dentro dele derretia. E ele sentiu uma pontada de alegria. Queria sorrir, apesar de tudo. A dor já não lhe era importante. Suas lembranças fragmentadas e seu corpo impotente eram pequenas inconveniências que ele acabaria superando. Shea era tudo que importava.

Abra a porta para mim. Quero respirar o ar da noite, ele pediu, tentando não devorá-la com os olhos. Jacques estava ciente de que Shea começava a perceber que ninguém, e muito menos ela (com sua natureza compassiva), podia contrariar as vontades daquele homem, vontades que pareciam brotar diretamente do fogo do inferno.

Shea fez o que ele pediu.

– Você não tentou se levantar, tentou? Você não pode fazer isso, Jacques. Seria esforço demais para seus ferimentos. E, se você criar mais cicatrizes, vai acabar parecendo o Frankenstein.

Jacques tinha fechado os olhos para inalar o ar fresco e limpo da noite.

Cárpatos nunca ficam com cicatrizes.

As palavras surgiram de repente. Ele estava feliz por se lembrar de alguma coisa. Estava feliz até mesmo por ter se lembrado de quem era Frankenstein.

Shea arqueou as sobrancelhas.

– Ah, é mesmo? Então, o que é essa linha tênue que tem em volta da garganta? É quase invisível, mas está aí.

Os olhos negros de Jacques se abriram. Uma fúria sem qualquer rastro de misericórdia brilhava ali. Shea afastou-se rapidamente. Seu coração martelava. E ela conseguia enxergar as chamas vermelhas brilhando nos olhos daquele homem. Ele parecia um demônio, um predador invencível. A impressão foi tão forte a ponto de fazê-la colocar a mão em volta da garganta em uma tentativa de se proteger.

Jacques já não estava ciente da existência de Shea, de onde eles estavam ou até mesmo de que seu corpo estava debilitado. A sensação de batalha era muito forte dentro de si. Tocou a cicatriz discreta e irregular que se curvava sobre sua jugular. A sensação de perigo era tão forte que ele sentiu a besta dentro de seu corpo gritando por liberdade. Presas apareceram e suas unhas começaram a crescer. Os músculos se contraíam, expondo uma enorme força. Um chiado demorado e letal escapou de seus lábios.

E então a dor em seus músculos lembrou-o de que ele estava deitado, indefeso, em uma cama. Jacques lembrava-se vagamente do rosto ansioso de uma mulher, das lágrimas nadando em seus enormes olhos azuis. Ele devia conhecê-la. Devia conhecê-la. Fechou os punhos e recebeu a dor explosiva que afastou o pensamento de sua memória fragmentada.

Shea viu-o levantar as mãos e segurar a cabeça para tentar conter a dor. E, em um instante, ela estava novamente ao lado dele, usando os dedos suaves para afastar os cabelos da testa de Jacques.

– Jacques, pare de se atormentar. As lembranças voltarão em algum momento. Acredite em mim. Sei do que estou falando. Elas já estão começando a voltar – disse Shea, atravessando o quarto em direção à penteadeira, de onde tirou roupas limpas. – Você insiste em acreditar que seu corpo pode simplesmente ignorar o trauma que sofreu. Mas as coisas não são assim. Seu corpo precisa de repouso para se recuperar. Repouso e alguns cuidados. E a sua mente também.

Não consigo fazer as coisas que preciso fazer. Não me lembro de nada, mas, ainda assim, sinto que há coisas que preciso saber e que são importantes para nós dois.

Shea sorriu ao perceber a frustração de Jacques. Aquele definitivamente era um homem que não estava acostumado a ser ferido ou a adoecer.

– Você disse que é Cárpato. Sabe que nasceu nesta montanha. Você conseguiu se lembrar disso.

Shea dirigiu-se a outro cômodo. Jacques conseguia ouvi-la trocando de roupa, o sussurro da calcinha de seda e da calça jeans deslizando pelas pernas nuas. O corpo dele se retorceu, queimou. E o calor se somava àquele desconforto.

– Jacques? – a voz de Shea era suave e acariciava a pele e todas as terminações nervosas daquele homem. – Por favor, não desanime. Tecnicamente, você deveria estar morto, mas superou todas as adversidades – Shea voltou para perto dele, secando os cabelos com uma toalha – Acho que sou parte do seu povo. Uma mulher Cárpato. Quem é esse povo? Você consegue se lembrar?

Sou um Cárpato. Somos imortais. Podemos... Então, Jacques parou de falar. As informações fugiam-lhe.

Shea apoiou-se contra a parede, observando-o com uma mistura de fascinação e temor. De repente, sua boca secou; seu coração golpeou contra o peito.

– O que você está me dizendo, Jacques? Que você é imortal?

Que tipo de criatura aquele homem era? E por que Shea começava a acreditar no que ele dizia? Sete anos enterrado vivo... Sobrevivendo de sangue de rato. Ela tinha visto aquele brilho vermelho nos olhos dele em mais de uma ocasião. Tinha sentido a força incrível de Jacques, mesmo ferido tão severamente como ele estava.

As mãos de Shea, presas à toalha, tremiam tanto que ela as escondeu atrás do corpo. *Vampiro.* A palavra brotou espontaneamente na mente dela.

– Não pode ser – ela negou em um suspiro. – Não é possível. Eu não sou nada assim. Não vou acreditar em você.

Shea... A voz de Jacques era calma, serena.

Shea, por outro lado, ficava cada vez mais agitada. Ele precisava de todas as suas memórias, não apenas daqueles fragmentos que tanto o frustravam.

– Jacques, talvez você seja um vampiro. Estou tão confusa que poderia acreditar em qualquer coisa. Mas não sou como você.

Shea disse as palavras mais para si mesma do que para ele. Todas as terríveis histórias de vampiros que ela tinha ouvido em algum momento agora pareciam percorrer-lhe a mente, assombrando-a. Levou a mão ao pescoço enquanto se lembrava da forma como ele tinha bebido seu sangue logo que o encontrara. Jacques quase a matara naquela ocasião.

– Você não fez isso porque precisava da minha ajuda – disse ela subitamente, suavemente. Shea não se deu conta de que estava tão acostumada com a ideia de ele ler sua mente que simplesmente supôs que ele saberia do que ela estava falando. Estaria ele controlando-a o tempo todo? Vampiros podiam fazer isso?

Jacques observou-a de perto. Seu corpo permanecia imóvel; seus olhos, negros e gelados, não piscavam. Ele podia saborear o medo dela. Sentia aquele medo golpear sua mente. Mesmo enquanto ela estava assustada, seu cérebro processava informações a uma velocidade extraordinária. O hábito de deixar de lado as emoções para se concentrar no lado racional das coisas era uma forma de se proteger. Jacques havia lhe mostrado parte de seu lado escuro e violento. Para ele, aquele lado de sua personalidade era algo tão natural quanto respirar. Mais cedo ou mais tarde, ela teria de encarar quem - e o que - ele realmente era.

Shea sentiu-se presa na armadilha formada por aqueles olhos negros e sem misericórdia. Sentiu-se um coelho hipnotizado. Seu corpo queria se mover na direção dele, mas estava congelado, como se enfrentasse uma convulsão estranha.

– Responda, Jacques! Você conhece todos os meus pensamentos. Responda!

Depois de sete anos de dor e fome, ruivinha, depois do tormento e do sofrimento, pensei em tomar seu sangue.

– Pensou em tomar minha vida – corrigiu-o com valentia, precisando de todas as peças para formar o quebra-cabeça.

Jacques olhava-a implacavelmente, com os olhos atentos de um predador. Nervosa, Shea contorcia os dedos. Para ela, aquele homem parecia um estranho, um ser invencível sem emoções. Nada além de uma vontade de ferro e os instintos de um assassino. Ela limpou a garganta e acrescentou:

– Você precisava de mim.

Eu não pensava em nada que não fosse me alimentar. Meu corpo reconheceu o seu corpo antes da minha mente começar a funcionar.

– Não estou entendendo.

Quando percebi que você era minha companheira, meu primeiro pensamento foi o de puni-la por ter me deixado tanto tempo em meio àquele tormento antes de nos unirmos para toda a eternidade.

Ele não se desculpou, apenas esperou. Shea sentia o perigo, mas não se deixou intimidar.

– Como você pode me unir a você?

Com a troca de sangue.

O coração de Shea batia tão forte a ponto de lhe causar dor.

– E o que exatamente isso significa?

O vínculo de sangue é muito forte. Estou na sua mente e você está na minha. É impossível mentirmos um para o outro. Sinto suas emoções e conheço seus pensamentos, assim como você sente minhas emoções e conhece meus pensamentos.

Shea sacudiu a cabeça, numa negação veemente.

– Talvez isso seja verdade para você, mas para mim não é. Às vezes, consigo perceber sua dor, mas nunca sei o que você está pensando.

Isso acontece porque você escolheu não se unir a mim. Com frequência, sua mente busca o toque e o conforto da minha, mas você se recusa a permitir que isso aconteça, então eu me uno a você para evitar seu desconforto.

Shea não conseguiu negar a verdade existente naquelas palavras. Ela frequentemente sentia sua mente em sintonia com a de Jacques, buscando por ele. Sempre que estava perturbada por uma necessidade indesejada e nada familiar, ela impunha a si mesma uma disciplina rigorosa. Era algo inconsciente, algo que ela fazia automaticamente como forma de se proteger. Menos de cinco minutos depois que a necessidade surgia, Jacques sempre já havia se unido a ela.

Shea respirou fundo e soltou o ar vagarosamente.

– Parece que você sabe muito mais sobre o que está acontecendo aqui do que eu, Jacques. Então, conte para mim.

Companheiros estão unidos para toda a eternidade. Um não pode existir sem o outro. Um é o equilíbrio do outro. Você é a luz na minha escuridão. Precisamos unir nossas mentes com frequência.

O rosto de Shea estava tão pálido quanto o de um defunto e suas pernas tremeram. Sentou-se abruptamente no chão. Sua mãe... Durante toda a vida, ela tinha condenado a mãe por ter vivido nas sombras. Se Jacques estivesse dizendo a verdade – e algo nela temia que fosse realmente verdade –, então era isso que tinha acontecido com sua mãe. Teria Jacques a sentenciado a sofrer o mesmo terrível destino? Suas mãos encostaram-se na parede. Agora apoiada, ela se levantou.

– Eu me recuso a aceitar isso! Não sou sua companheira. Não fiz nenhum juramento e tampouco farei!

Começou a caminhar lentamente em direção à porta.

Shea, não! Aquilo não era um pedido, mas uma ordem. Os traços duros de Jacques agora formavam uma máscara implacável.

– Não vou permitir que você faça isso comigo. Não estou nem aí se você é um vampiro. Pode me matar se quiser, Jacques, porque não há outra saída.

Você não tem ideia do que é o poder, Shea. Você pode usá-lo para o bem ou para o mal. A voz de Jacques trazia um leve tom de ameaça, fazendo um arrepio correr por toda a espinha de Shea. *Não me desafie.*

Ela levantou o queixo.

– A vida de minha mãe foi um completo desastre. E minha infância foi um inferno. Se meu pai era um homem como você e de alguma forma prendeu minha mãe a ele, depois ele abandonou-a... – Shea se descontrolou por um momento. Então, respirou fundo e recuperou o equilíbrio. – Sou forte, Jacques. Ninguém vai me possuir, me controlar ou abusar de mim. Eu não me suicidaria se um homem me abandonasse. Tampouco deixaria minha filha sozinha no mundo e me afastaria de tudo até me tornar uma casca vazia.

Jacques podia sentir a dor que Shea tinha sentido durante a infância. Suas lembranças eram tristes e horríveis. Ela tinha sido uma criança extremamente solitária, carente de apoio e direcionamento. Como qualquer criança, culpou-se pela solidão. De certa forma, pensou não ser digna de receber amor, pensou ser diferente demais. Distanciou-se de suas emoções – que eram um território inseguro – e treinou seu intelecto para assumir o controle quando ela se sentisse amedrontada ou ameaçada.

Shea caminhou de costas até sair pela porta, com os olhos ainda fixos nos do Jacques. Ele esforçava-se para conter aquela fúria negra, aquela promessa de retaliação. No entanto, era impossível esconder as emoções. Ela estava próxima demais, conhecia-o bem demais agora.

Jacques apenas deixou-a, em silêncio e desviou o olhar dela. Shea deu meia-volta e correu, chorando por causa da mãe, chorando por causa de si mesma. Ela nunca chorava. Nunca. Tinha aprendido havia muito tempo que lágrimas não ajudavam. Como foi tão idiota a ponto de acreditar que poderia interferir naquilo que não entendia?

Correu pela floresta. Seu corpo, leve e ágil, deslizava suavemente entre os troncos de árvore apodrecidos e as pedras cobertas de musgo. Demorou um pouco até se dar conta de que estava descalça e que seu pé em momento algum tinha tocado um galho seco ou um pedregulho. Era mais como se ela flutuasse sobre o chão, em vez encostar seus pés sobre ele. Seus pulmões estavam em boas condições, não havia nenhum sinal de uma necessidade feroz de oxigênio. Havia apenas fome – uma fome intensa, causticante, corroendo-a mais e mais a cada passo.

Diminuiu a velocidade até passar a andar com passos regulares. Então, levantou o rosto para olhar as estrelas. Tudo era tão intensamente belo! O vento carregava os aromas, as histórias. Viu filhotes de raposa, dois cervos, um coelho do mato. Parou abruptamente junto a um pequeno riacho. Ela precisava de um plano. Sair correndo como um animal selvagem era totalmente ridículo. Suas mãos encontraram o tronco de uma árvore. Correu os dedos pela madeira, sentindo cada nó, sentindo a seiva correr como o sangue, como a própria vida da árvore. Viu cada inseto que entrava naquele caule e fazia da madeira sua morada.

Sentou-se na terra suave. A culpa esmagava-a. Ela tinha deixado Jacques sozinho, desprotegido. Não o tinha alimentado. Apoiou a cabeça nas mãos. Tudo aquilo era uma loucura. Nada parecia fazer sentido. A fome invadia seu corpo como um terrível monstro. E ela conseguia ouvir os batimentos cardíacos dos animais na floresta. Era como se eles acenassem para ela.

Vampiros... Essas criaturas existiam? Ela era uma dessas criaturas? Jacques tinha tomado seu sangue com tanta delicadeza, como alguém que realmente tinha prática. Shea sabia o que poderia acontecer com aquele homem: ele poderia ser extremamente frio e impiedoso, explodir com uma fúria tenebrosa. E, embora essa fúria não estivesse estampada em seu rosto ou na forma como ele falava com ela, ela ainda estava lá, fervendo como um rio de lava subterrâneo. Shea pegou uma pedra e a lançou no riacho.

Jacques. O que fazer com ele? O corpo dela estremeceu com todo aquele desconforto. Sua mente estava igualmente tensa. Sentia uma enorme necessidade de estar perto dele, de certificar-se de que ele estava bem. Sua mente tentava entender, acreditar no impossível. Jacques era uma criatura muito diferente dos humanos. Ela não era como ele, mas talvez seu pai tivesse sido.

"Que pensamento é esse, Shea?", sussurrou para si mesma. "UM VAMPIRO? Você acha mesmo que aquele homem é um vampiro? Você só pode estar ficando louca!"

Sentiu um calafrio percorrer-lhe o corpo esguio. Jacques havia dito que a troca de sangue os havia unido. Teria ele conseguido, de alguma forma, transformá-la em um ser como ele?

Correu a língua no interior de sua boca e sentiu seus dentes. Eles pareciam continuar exatamente como antes, pequenos e retos. Sua fome queimava – cada vez mais forte e mais violenta.

Naquele momento, ouviu o palpitar do coração de um pequeno coelho, e seu coração praticamente gritou de alegria. Uma alegria feroz e predatória, que tomou conta de seu corpo e de sua mente. Foi quando se virou na direção da presa. Contra sua língua, presas explodiram – incisivos afiados, famintos e prontos.

Capítulo 5

Jacques percebeu o momento preciso em que Shea descobriu a verdade. O coração dela batia freneticamente; seu grito silencioso de negação ecoou pela mente dele. Ela acreditava ser uma vampira. Acreditava que ele fosse um vampiro. O que mais ela podia deduzir com tão pouca informação? Seus pensamentos eram desesperados, chegavam a refletir sobre uma ameaça de morte. Deitado e paralisado, Jacques reunia todas as forças que seriam necessárias para evitar que ela tomasse qualquer decisão infeliz. Ele simplesmente esperava ela se acalmar, monitorando seus pensamentos e seus sinais corporais.

Estar sozinho era, por si só, uma agonia. Jacques não teria sido capaz de suportar isso se sua mente não fosse uma sombra habitando a mente de Shea. O suor brotou em sua testa e formou um pequeno filme na superfície. Seu primeiro instinto foi o de forçá-la a voltar para seu lado. Ele estava ganhando mais força a cada dia. No entanto, parte dele queria que ela retornasse por vontade própria.

O que ela tinha lhe dito? Que sua mãe era irlandesa. Shea não acreditava ser como ele. E se não fosse? E se ele a tivesse transformado inadvertidamente? Jacques nunca tinha considerado essa possibilidade. A ligação entre os dois era forte, atravessava os limites humanos. Ele acreditava que já a conhecia, por toda sua existência, desde muito antes de o traidor tê-lo entregado aos dois assassinos humanos que o deixaram louco e sem memória. Seu sofrimento, sua agonia, tinham também pertencido a ela. Jacques sentiu-a junto com ele. Não lhe restava dúvida. Ele tinha certeza de que ela era sua companheira. Quando ela não apareceu para resgatá-lo, todos os momentos em que estava acordado tinham sido dedicados a reunir forças para uni-la a ele para toda a eternidade. No inferno. E se ela fosse humana? Ele fora descuidadamente cruel naquele primeiro dia, desejando ligar-se a ela, desejando dominá-la.

Apoiou-se nos fragmentos de memória. *Três trocas de sangue. Habilidades paranormais.* Uma humana com habilidades paranormais poderia ser convertida se três trocas de sangue fossem realizadas nas condições apropriadas. Jacques fechou os olhos, sentiu a culpa e o remorso tomarem conta de sua cabeça. Se ela fosse humana... Isso explicaria os hábitos alimentares estranhos, o jeito humano. Shea nunca tomava as precauções necessárias, nunca analisava os arredores antes de deixar o chalé. *Ela simplesmente não sabia fazer isso!* Tinha dito que não podia simplesmente desligar o coração e os pulmões. Nunca dormira o sono rejuvenescedor de um Cárpatos.

Ele blasfemou contra si mesmo com eloquência. Na noite em que ela passara mal, seu corpo tinha enfrentado uma convulsão. Não havia outra forma de explicar aquilo. Shea acreditava ter contraído algum vírus extremamente forte. E Jacques se detestava por não conseguir se lembrar de informações importantes. Tudo vinha em fragmentos e Shea estava sofrendo por causa da ignorância dele.

Um aroma espalhou-se com a brisa. Uma presa. Ali por perto. Não era humana, mas a carne, o alimento vivo, iria ajudá-lo. Se ele pudesse se alimentar o suficiente, certamente conseguiria se transformar e tentar manter Shea viva. Ela estava se recusando a tomar sangue. Mais perto, mais perto... Na varanda... O primeiro passo dentro do chalé. Um alce, um animal em geral tímido e nervoso, seguiu até a lateral da cama. Os olhos escuros e claros do animal fixaram-se nos dele. Outros dois alces entraram e juntaram-se ao primeiro, esperando para receber a atenção de Jacques.

A fome aumentava. Dentes afiados explodiram em sua boca. Ele capturou o primeiro alce com uma força enorme e encontrou a artéria que pulsava no pescoço do animal. A selvageria cresceu dentro dele, correu por suas veias, e ele acolheu aquele sentimento com prazer. Sangue quente, pulsando com vida, doce e poderoso, invadiu seu corpo abalado, fazendo células contraídas se incharem. Jacques bebia furiosamente. Sua fome era insaciável; seu corpo mutilado desejava aquele líquido escuro – para ele, sinônimo de vida.

*

Shea levantou o rosto e olhou para as estrelas, sentiu as lágrimas correrem pelas maçãs do rosto. Sua garganta queimava e seu peito estava apertado. Se seu pai tivesse sido como Jacques e tivesse contaminado o sangue dela, então Jacques estava prestes a terminar o que o pai dela tinha começado. Shea não tinha misturado as amostras de seu sangue com as de Jacques porque estava muito cansada. Mas os sangues combinavam-se com perfeição.

Esforçou-se para controlar os arrepios. Precisava pensar, essa seria sua única salvação. Seu cérebro poderia vencer qualquer problema. Respirou profundamente, acalmando-se, como fazia em todas as situações ameaçadoras. Naquele momento, pensou em Jacques sozinho e desamparado no chalé. Não podia deixá-lo. Jamais o deixaria enquanto ele estivesse tão indefeso. Ela ajeitaria as coisas para que ele pudesse sobreviver sozinho. E, depois disso, não consumiria nada além de água. Não poderia se arriscar até ter certeza do que estava enfrentando.

Seguiu pela lateral do riacho, distanciando-se ainda mais do chalé. Sentia-se muito sozinha. Dessa vez, sua mente insistia em lhe dizer que ela devia procurá-lo. Shea precisava do calor, da segurança do toque de Jacques. Afastou esse pensamento. Era óbvio que Jacques estava dizendo a verdade. Ela tinha passado a vida toda sozinha. Nunca precisou de ninguém, e precisaria menos ainda de uma criatura com a mente fragmentada e estilhaçada, cuja natureza era a de um assassino. Ainda assim, ela tinha que ter certeza de que ele não estava sofrendo, de que nada tinha lhe acontecido durante sua ausência.

Entrou no riacho, decidida. A água gelada bateu contra sua pele, entorpecendo-lhe o corpo, mas não a mente. Pensando em sua vontade, força e disciplina durante uma infância de solidão, Shea resistia ao desejo de se unir a ele. A água estava tão gelada que ela sequer conseguia sentir os pés, mas, de alguma forma, aquela água ajudou-a a limpar sua mente.

*

Jacques soltou o terceiro animal e inspirou profundamente. Shea tinha uma força de vontade incrivelmente forte. Ele sabia que ela tentaria de tudo para evitar a união deles. A infância daquela mulher tinha sido um inferno mas, mesmo assim, ela sobrevivera. E isso a transformara em uma mulher forte, brilhante e corajosa. Ele queria acalmá-la, confortá-la, mas sabia que ela não acolheria bem aquela invasão. E ela tinha suas razões para temê-lo. Ele se lembrava de algumas coisas. Traição. Dor. Fúria. Jacques era desajeitado quando tentava conversar. E quando tentava fazer qualquer outra coisa.

Agitado, o alce cambaleou e, instável, conseguiu se arrastar para a liberdade da floresta. Jacques os teria matado, utilizado cada gota daquele líquido cheio de vida, mas Shea acharia que ele era um monstro. Seu corpo entrou em sintonia com o dela, desejando vê-la e sentir seu cheiro. Desejando tocá-la. Talvez ele fosse um monstro. Jacques não sabia de mais nada, sabia apenas que precisava de Shea.

E ela vagava sem rumo até não conseguir pensar em nada que não fosse Jacques. O vazio dentro dela abriu-se para o mundo, formando um enorme buraco negro. Sua pele vibrava com a necessidade, sua mente era um caos à procura dele, sempre à procura dele. Até que ela finalmente se cansasse de lutar contra si mesma.

E se alguma coisa acontecesse com ele? Novamente, esse pensamento arrastou-se espontâneo, indesejado, e sua sensação de isolamento aumentou, ameaçadora. A dor tornou-se mais forte, envolveu-a, destruiu-lhe a lógica e o raciocínio, deixando apenas emoções cruas e escancaradas. Shea já não conseguia fazer sua mente funcionar, e estava ciente disso. Independentemente se seu orgulho permitisse ou não, ela não tinha a escolha de não voltar. E isso não era apenas humilhante, mas também assustador. Jacques tinha lhe sugado mais força do que ela acreditava ser possível em um período tão curto. E ela não podia não aceitar aquilo, pelo menos por enquanto.

Caminhou vagarosamente, relutante, à medida que o terror tomava conta dela. A cada passo dado em direção ao chalé, em direção a Jacques, o peso em seu coração aumentava. No limite da clareira antes de chegar ao chalé, três alces descansavam sob os galhos de uma árvore que balançava. Shea estudou-os por um instante, ciente do que tinha acontecido. Depois, colocou os pés na varanda, hesitou por um segundo e finalmente entrou.

Jacques estava deitado imóvel na cama. Seus olhos negros permaneciam arregalados e encaravam-na sem piscar. Ele estendeu-lhe a mão e ela sentiu que estava caindo naquelas profundezas insondáveis e sombrias. Não queria ir até ele, mas foi, pois aquilo era realmente necessário. Era necessário aproximar-se daquele homem. Parte do cérebro dela analisou aquela situação, refletiu sobre como aquilo era possível, mas ela seguiu sem lutar contra a forte compulsão.

Os dedos dele, inesperadamente aquecidos, envolveram a frieza dos dedos dela. Então, ele colocou sua mão em volta da mão dela. Puxou-a suavemente até que não lhe deixasse outra escolha senão deitar-se ao seu lado. Seus olhos negros nunca se desviaram dos dela.

Você está fria, ruivinha. A voz sussurrada contra a pele de Shea hipnotizou-lhe a mente, desfazendo o caos e substituindo-o por uma serenidade relaxante. *Deixe-me aquecê-la.*

Tomou o rosto dela nas mãos, correu os dedos pelos ossos delicados, acariciou-lhe o pescoço. O corpo de Shea continuava paralisado. Mais uma vez, seu cérebro tentava entender tudo, mas ela não conseguia se afastar daqueles olhos hipnóticos. E parte dela não queria se afastar. Queria, pelo contrário, ficar ali, presa, por toda a eternidade. Acolhida por ele, pertencendo a ele.

Ignorando o grito de protesto de seu corpo, Jacques virou-se de modo que seu enorme corpo prendesse o corpo delicado de Shea na cama. Sua mão continuava a acariciar a linha suave e vulnerável da garganta dela. Em seguida, seu dedo desceu até a gola da blusa de algodão.

Sinta como nossos corações batem juntos.

Sua mão empurrou o tecido que escondia a pele nua de Shea, de modo que os seios ficassem totalmente à mostra, brilhando sob a luz prateada lançada pela lua. Sua mente sentiu o protesto vindo da mente de Shea. Sua voz suave murmurava para envolvê-la ainda mais em seu feitiço. Nas profundezas daqueles olhos havia fome, fogo e necessidade. Usando o olhar causticante, Jacques prendeu a atenção daqueles olhos esmeraldas. Um golpe de garras afiadas como lâminas e o algodão foi arremessado no chão. A mão de Jacques encontrou uma suavidade aquecida e, com os olhos negros ainda presos aos dela, ele lentamente abaixou a cabeça.

O ar de Shea ficou preso na garganta enquanto a boca perfeita de Jacques pairava menos de um centímetro acima. Ela quase gritou ao sentir o calor que o toque daquele homem fazia correr-lhe pelo corpo. A boca de Jacques explorou cada centímetro da boca de Shea, acariciando, exigindo, suave e dominador, um leve golpe contra os incisivos dela, um forte domínio masculino.

A boca de Jacques deixou a de Shea e, então, ele traçou um caminho de beijos até o pescoço, até os ombros, descendo para encontrar os seios intumescidos dela. As mãos de Shea entrelaçaram-se nos cabelos dele. Os fios suaves deslizavam por entre seus dedos enquanto a língua dele traçava um caminho sinuoso até o pulso dela. O corpo de Shea contorcia-se, esperando ansiosamente para recebê-lo. Os dentes de Jacques mordiscavam-lhe suavemente, indo e vindo, fazendo-a estremecer de prazer. A boca dele sugava-lhe a pele macia.

Eu quero você, Shea. Preciso de você.

E era verdade. O corpo de Jacques não parecia entender que desejá-la era como desejar o impossível. Ele sentiu a dor, uma dor tão forte quanto todas as outras. Sua pele queimava e estava insuportavelmente sensível. Relutante, ele soltou os seios de Shea e voltou a acariciar seu pescoço com o pulso.

Shea... Ele murmurou o nome dela antes de cravar os dentes ali.

Shea gemeu com aquele golpe. Ela gemeu com a dor feroz, mas a onda de prazer intenso logo tomou conta. Seu corpo arqueou enquanto ela acolhia a cabeça de Jacques entre suas mãos.

Aquilo era puro êxtase. Abraçá-la assim, alimentar-se daquela doçura, explorar a suavidade dela com as mãos. O prazer era tanto que o corpo abatido de Jacques agora estava inchado. Todos os músculos agora estavam enormes e rígidos. Ela tinha um sabor quente, apimentado, viciante. Ele precisava enterrar-se nela enquanto se alimentava. Todos os seus instintos naturais, de homem e de animal, demandavam com urgência que eles se unissem de todas as formas possíveis, selando aquele relacionamento por toda a eternidade.

Os seios de Shea eram suaves, tão perfeitos a ponto de deixá-lo à beira da loucura. Por que o tórax dela tinha de ser tão pequeno e delicado e a cintura tão fina? Jacques não apenas a desejava: ele precisava dela. Levantou a cabeça, acariciando suavemente a pequena ferida com a língua. Relutante, fechou o ferimento.

Os olhos de Shea estavam cerrados. Seu corpo era leve e flexível.

Você precisa, meu amor. Ele a beijou suavemente. *Me beije, beije meu peito. Quero ver se sua necessidade é tão grande quanto a minha.*

Era como magia negra, um sussurro erótico de sedução ao qual ela parecia não conseguir resistir. A boca de Shea saboreou a pele de Jacques, a garganta, os enormes músculos de seu peito. Jacques sabia que estava brincando com fogo. Seu corpo não aguentaria muito mais. Ele segurou a nuca de Shea e empurrou sua cabeça contra ele.

Você está faminta, meu amor.

A autopreservação intercedeu e o corpo de Shea ficou rígido.

A voz de Jacques era inocente.

Você vai aceitar o que estou oferecendo. É meu direito e você não pode negar.

O toque da língua de Shea fez fogo correr pelo sangue de Jacques. Quando os dentes dela perfuraram-lhe a pele, ele gritou extasiado. Entregou-se ao prazer sensual, acariciando-lhe os cabelos, encorajando-a a se alimentar. Ele precisava daquela proximidade, daquela intimidade erótica. Se não pudesse tê-la por completo naquele momento, poderia pelo menos garantir uma ligação entre eles.

Jacques segurou-a, cobrindo o corpo daquela mulher em uma forma de dominação antiga de seu povo. Contudo, ainda assim, havia suavidade naquelas mãos que a acariciavam. Deslizou lentamente as mãos pelos cabelos sedosos dela, acariciou-os, hesitante, enquanto corria os dedos pelas linhas delicadas que desenhavam o rosto de Shea. Então, cuidadosamente, começou a inserir suas mãos entre a boca dela e o próprio peito.

Chega, Shea. Feche a ferida com a língua.

Jacques contorceu o abdômen aquecido. Seu corpo estremeceu enquanto ela o obedecia. Ele desejava-a, necessitava dela, até mesmo ansiava por aquela união. Por um instante, sentiu que aquela necessidade o atormentava muito mais do que as feridas.

Segurou-lhe os cabelos com ambas as mãos e arrastou a cabeça dela em direção à sua – mesmo enquanto todas as suas forças gritavam para que ele a forçasse para baixo, para que ele a foçasse até ela lhe oferecer algum alívio. Jacques sentia que estava novamente no inferno. Sua boca uniu-se à dela e ele provou seu próprio sangue. Alguma coisa dentro dele levantou a cabeça e rugiu, selvagem, indomável. Algo prestes a se libertar daquele controle cerrado que Jacques exercia. A mente dele instintivamente procurou a dela.

Shea!

A palavra saiu forte, beirando o desespero. Shea piscou, encontrou-se presa à cama, com Jacques, sua pele esfregando-se contra a dele. Os braços daquele homem estavam contraídos, envolvendo-a como duas ligaduras irrompíveis. A boca de Jacques recebia a língua dela com uma destreza que fez todo o seu corpo estremecer por ele. Jacques era agressivo, dominador, prendia-a em posição de submissão. Quando ela olhou para cima, para ele, os olhos dele passaram de desespero, fome, desejo e afeto para um brilho celestial, o brilho de um animal selvagem tomando para si o que lhe pertencia. Ela reconheceu aquelas chamas vermelhas crepitando, traindo a violência existente dentro dele. Quando ela se ajeitou, tentou lutar, e um rosnado de aviso escapou pela garganta de Jacques.

Shea ficou totalmente paralisada, forçou sua mente a deixar de lado o pânico e o medo e tentar agir com lógica. Ele a tinha chamado em um momento de necessidade. Quando ela percebeu isso, relaxou, abraçou-o como um sinal de aceitação. Jacques precisava dela, e ela não podia fazer nada que não fosse ajudá-lo. As mãos dele estavam em todos os lugares, ásperas a ponto de chegar a ferir. Seus dentes a mordiam com força.

Jacques. Decidida, ela buscou a bruma vermelha na mente dele. Estava calma, tranquila, aceitava aquela natureza bestial. *Volte para mim.*

Ele se apegou a ela como um náufrago, misturando as mentes. Respirava com dificuldade, como se aquilo lhe causasse grande dor. Shea conseguia sentir a escuridão do desejo tomando conta dele, conseguia sentir aquele homem exigindo o que alegava ter direito de possuir. Jacques lutou para controlar o monstro que havia dentro de si. Shea beijou-lhe a garganta, a linha marcada daquele maxilar. Era um toque relaxante, suave.

Está tudo bem. Volte para mim.

Ele enterrou o rosto no pescoço dela, apertando-a com força contra o corpo. Estava exausto, dolorido, temendo ter forçado Shea a ir ainda mais além. Agora era a vez de Shea acariciar-lhe os cabelos, murmurando coisas sem sentido, mas que o acalmavam. Shea, a mulher deitada suavemente perto de seu coração. Ela envolveu o rosto de Jacques entre as mãos, exercendo contato físico enquanto sua mente se unia firmemente, completamente, à dele.

Sinto muito. Jacques descansou seu queixo sobre a cabeça dela, incapaz de encarar a condenação que temia estar refletida nos olhos daquela mulher.

Shh, fique quieto. Eu jamais devia tê-lo deixado sozinho.

Você não é responsável por isso. Os braços dele a apertaram por um instante. *Shea, não pense isso. Você não é a culpada por minha loucura. Meu corpo precisa do seu. A ligação entre companheiros como nós não é como a dos humanos. Eu quase a feri, Shea. Sinto muito.*

É você quem está sentindo dor, Jacques, ela disse delicadamente. Percebeu que estava usando a ligação mental existente entre eles e aceitou-a como natural. Então, suspirou, ajeitou-se e o beijou.

Eles se abraçaram como se fossem duas crianças se abraçando depois de um terrível susto, confortando-se um ao outro naquela proximidade. Levou algum tempo, mas Shea percebeu que sua pele estava tocando a dele, nua, sensível. Seus seios encostavam-se à lateral do corpo de Jacques.

– Acho que você não vai me dizer o que aconteceu com minha blusa – ela ficou deitada, paralisada, sonolenta e feliz. Estar tão perto dele devia chateá-la, mas aquilo simplesmente parecia normal. Então, avistou o tecido rasgado em pedaços, destruído no chão ao lado da cama. – Acho que você teve um ataque de fúria – ela apontou, esforçando-se para se levantar e se vestir.

Quando Shea tentou se afastar, Jacques se recusou a soltá-la. Em vez disso, puxou preguiçosamente a colcha e a jogou em volta dela. E deixou um sorriso escapar dentro da mente dela.

Conte-me sobre sua infância, disse ele em silêncio, sentindo o choque, a dor e o afastamento dela. *Quero que você me conte com suas próprias palavras, Shea. Eu poderia fazer uma busca em suas memórias, mas isso seria diferente de saber se você confia em mim a ponto de me contar algo tão pessoal.*

Na verdade, Jacques já tinha visto a infância de Shea, já sabia que ela fora uma criança terrivelmente solitária. Mas ele queria que ela dividisse esse fato com ele, queria que ela lhe desse aquele presente inestimável que era sua confiança.

Shea conseguia ouvir o batimento forte e compassado do coração de Jacques, um ritmo que a acalmava. Parecia justo que ela compartilhasse seu pesadelo quando já tinha visto a mancha escura existente na alma dele.

– Ainda muito cedo, percebi que havia alguma coisa errada com minha mãe. Ela parecia não ter consciência do que acontecia a seu redor, passava semanas assim, sem nunca se preocupar se eu comia ou dormia ou sentia dor. Ela não tinha amigos. Quase nunca saía de casa. E raramente demonstrava algum sinal de interesse ou de afeição.

Jacques deslizou a mão pelos cabelos dela, acariciando-a. Encontrou sua nuca e fez ali uma massagem reconfortante. A angústia na voz de Shea era quase mais forte do que ele poderia suportar.

– Aos seis anos, descobri que eu também era diferente. Descobri que precisava de sangue. Minha mãe me esqueceu durante várias semanas. Ficou deitada na cama, olhando para o teto. Eu ia até o quarto dela todas as manhãs e a beijava antes de ir para o colégio. Ela parecia nem notar. Conforme os dias se passavam, fui ficando tão fraca a ponto de sequer conseguir atravessar o quarto. Ela veio até mim e eu a vi se cortar e derramar seu sangue em um copo. Então, ela me disse para beber... Disse para eu beber sangue sempre. Depois que ela morreu, passei a fazer transfusões, mas...

Shea ficou em silêncio por tanto tempo que Jacques tocou sua mente, sentiu o ódio que ela sentia por si mesma durante a infância, seus medos e sua sensação de isolamento. Ele apertou-a em seus braços, trouxe-a para mais perto de seu corpo forte, querendo abrigá-la para sempre. Ele sabia o que significava ficar sozinho. Totalmente sozinho. E não queria que ela voltasse a sentir aquilo. Nunca.

Shea sentiu o toque suave da boca de Jacques percorrer-lhe a testa, a têmpora, os cabelos. A suavidade dele aqueceu-a quando ela estrava tremendo por dentro.

– Minha mãe não era como eu. Ninguém era como eu. Nunca pude dizer a ninguém, nunca pude perguntar a ninguém sobre aquilo. Ela me levou para a Irlanda para me esconder porque, quando nasci, meu sangue era tão estranho que despertou interesse de médicos e de vários outros cientistas. Eu precisava de transfusões diárias e, ainda assim, ficava cada vez mais fraca. Quando já tinha alguns anos de idade, dois homens vieram até nossa casa e fizeram à minha mãe muitas perguntas. Eu podia ouvir as vozes deles, e devo admitir que fiquei com medo. Eu me escondi debaixo da cama, com medo de que minha mãe me levasse para vê-los. Mas ela não fez isso. Aqueles dois homens deixaram minha mãe tão assustada quanto eu estava. Ela fez nossas malas e nós nos mudamos.

Você tem certeza que sua mãe nunca tocou em sangue? Ele sondou com cuidado, temendo que ela deixasse de compartilhar memórias que obviamente eram doloridas. Jacques não podia diminuir a dor de Shea, então apenas ofereceu a força de seus braços e a proximidade de seu corpo.

– Nunca. Ela era como uma bela sombra já longe deste mundo. Ela só pensava nele... Em Rand, meu pai.

Aquele nome tocou em um fragmento dolorido da memória de Jacques. A sensação foi íntima e intensa, mas o pensamento se desfez antes que ele pudesse perceber do que exatamente se tratava.

E você nunca o conheceu?

Só de pensar naquele homem que ela chamava de "pai", Jacques sentiu cacos de vidro cortando sua cabeça.

– Não. Ele era casado com uma mulher chamada Noelle.

Reconhecimento assustador, dor inconsolável, uma mulher certa vez linda, decapitada, uma estaca atravessando-lhe o coração. A memória era tão viva, tão intensa, que Jacques engasgou numa tentativa de afastar a informação de sua mente. Mas ele a reconheceu.

Noelle...

Shea levantou a cabeça. Seus olhos verdes procuraram os olhos negros de Jacques.

– Você a conhece – ela sondou a memória na mente dele, viu fragmentos de imagens.

E as imagens deixaram-na enjoada com a brutalidade daquela morte. A mulher tinha sido assassinada com técnicas que estavam ligadas a um ritual próprio para exterminar vampiros. Degolada. Atravessada por uma estaca.

Ela está morta, disse ele sem qualquer sinal de dúvida. *Ela era minha irmã.*

O rosto de Shea empalideceu.

– Ela tinha um filho?

Um filho homem.

– Ah, meu Deus! – Shea afastou-se bruscamente dos braços de Jacques como se ele a queimasse. Levantou-se da cama, cobrindo os seios com os braços. Seus olhos ostentavam um ar selvagem. – As coisas pioram a cada minuto. Meu pai provavelmente era marido da sua irmã.

Ela se distanciou da cama, horrorizada.

Nunca se sabe... Este mundo é tão grande.

– Quantos Rands existem nas Montanhas Cárpato? Quantos como você? Quantos casados com uma mulher chamada Noelle e com um filho homem? Tudo isso estava no diário da minha mãe.

Os caçadores de vampiros perfuraram o coração dela com uma estaca. Anos atrás. Anos antes de eles me pegarem. Não me lembro de mais nada. E talvez nem me importe em lembrar.

Shea encontrou outra blusa, vestiu-a.

– Sinto muito por ela. E sinto muito por minha mãe. Tudo isso é tão errado! – disse, acenando com a mão, andando em volta da cama. – É provável que estejamos ligados de alguma forma.

Companheiros nascem um para o outro, Shea. Só existe um parceiro definido para cada parceira. O que seus pais ou minha irmã escolheram fazer com suas vidas não tem nada a ver com a gente.

– É claro que tem. Não sabemos quem você realmente é. Não sabemos quase nada a seu respeito. O que estou fazendo aqui com você vai contra as regras da minha profissão. Nós nem sabemos se você é ou não é casado.

Só há um companheiro, Shea. Sei que tudo isso é novo e assustador para você, mas você deve ser paciente enquanto estou aqui, frustrado e preso nesta cama. Estamos descobrindo as informações aos poucos. Não consigo me lembrar de detalhes que acredito serem importantes para nós. Peço-lhe que seja paciente enquanto ajeitamos as coisas.

Desconfortável, Jacques tentou ajeitar o corpo. O movimento trouxe-a de volta a si mesma, acalmou-a como nada mais poderia acalmá-la.

– Você não está se cuidando, Jacques. Não pode ficar se movimentando.

Ela inclinou-se sobre ele, encostando as mãos frias na pele ardente daquele homem. O buraco abaixo de seu coração começava a se curar. Os longos cabelos de Shea caíram por sobre ombros, tocando o abdômen abrasador. O calor da respiração de Shea, enquanto ela se inclinava para examinar a ferida, era como uma chama dançando na pele dele.

Jacques fechou os olhos enquanto cada músculo de seu corpo se retorcia. Sua reação a ela, mais do que qualquer outra coisa, dizia-lhe que ele estava se curando. A mão de Jacques prendeu-se àqueles cabelos sedosos.

Sei que você pensa em me deixar, Shea, quando eu estiver forte outra vez. Os enormes olhos dela quase pularam de seu rosto, observando-o afastar aqueles fios vermelhos da área da boca. *Você tem medo de mim. Posso ver esse medo em seus olhos.*

Ela correu a língua pelo lábio inferior, umedecendo sua boca. Parecia pensativa. Jacques pegou-a usando a habilidade de deixar de lado as emoções, como ela fazia quando se sentia ameaçada. O lado racional dela assumia o controle, avaliando a situação entre eles.

– Não sei o que você é, Jacques. Não sei o que você é capaz de fazer quando não está ferido. Não sei nada sobre seu passado ou sobre seu futuro. Sou uma pesquisadora da área médica e, quando você se recuperar, é muito possível que não tenhamos nada em comum.

Os olhos negros de Jacques nunca deixaram de encarar o rosto dela. Olhos duros e atentos. Até mesmo o corpo dele parecia completamente endurecido.

Você tem medo de mim. Ele queria que ela encarasse aquele fato, em vez de ignorá-lo e deixá-lo de lado. *Você não tem motivos para ter medo de mim.*

Shea inclinou a cabeça para o lado. Seus cabelos vermelhos voaram em todas as direções.

– Você acha que eu realmente não tenho motivos? Jacques, você ameaça desfazer tudo que eu sabia sobre a vida. Você me mudou. Se eu era apenas metade Cárpato, ou seja lá o que for isso... Talvez vampiro, já não sei de mais nada... Enfim, se eu era apenas metade ISSO, você fez alguma coisa para me trazer para o seu mundo. Sou diferente agora. Não consigo comer, não tenho nenhuma função corporal humana e minha audição tornou-se ainda mais aguçada. Todas as minhas habilidades. Tudo. Você tirou de mim a vida que eu conhecia e a substituiu por alguma coisa que nenhum de nós dois conhece bem. – Shea sacudiu a cabeça e então entregou-se ao desejo de passar seus dedos por aqueles cabelos negros como a noite. – Não vou ser como minha mãe, Jacques. Não vou viver para um homem e nada mais. Quando meu pai deixou-a, ela esperou até achar que eu já não precisaria mais dela, e então se matou. Isso não é amor, isso é obsessão. Nenhum filho meu vai sofrer o que sofri por causa da obsessão de minha mãe por Rand.

Jacques inspirou o cheiro de Shea e, mais uma vez, sentiu aquele calor sobre seu corpo queimando-o com uma necessidade urgente de enterrar seu corpo no dela, de eles tornarem-se apenas um.

Preciso de você, Shea. É tão impossível assim pensar que você realmente me ama? Sinto que você me aceita por completo. Sei que isso existe aí, dentro de você. Rand e sua mãe não têm nada a ver com a gente. Você viu meu lado escuro, a besta que luta para me controlar, e ainda assim continuou aqui. Talvez aquela prisão tenha destruído tudo o que eu era originalmente. Talvez agora eu já nem saiba quem sou. Mas sei que preciso de você. Você realmente seria capaz de me abandonar?

Ela sentiu o desespero nele.

– Não comece a acreditar que você é um monstro. A forma como você toca em mim em certos momentos, com tanta delicadeza... Um monstro não faria isso – o corpo de Shea era implacável, uma necessidade tomava conta dela... Uma necessidade que ela nunca havia sentido antes. – Você me queria, Jacques, e ainda assim se conteve. Você não é nenhum monstro.

Talvez minhas feridas, e não meu autocontrole, tenham me impedido. Ela o tinha contido ao aceitar a besta existente dentro dele.

– Você está cansado, Jacques. Durma um pouco.

Jacques segurou a mão de Shea, passou o polegar pela parte interna daquele pulso suave.

Não sou um vampiro. Eu não fui transformado.

– Não estou entendendo.

Ele fechou os olhos, sorriu mentalmente. Ela tinha voltado a usar aquela voz profissional, científica.

Você estava preocupada com a possibilidade de eu tê-la transformado. Mais cedo, na floresta, você estava com medo de eu ser um vampiro. E você acabou de pensar que nosso povo poderia ser composto de vampiros. Somos Cárpatos, não somos mortos-vivos. A não ser que nos transformemos...

– Você poderia ficar fora da minha cabeça e esperar até ser convidado?

Se eu esperasse um convite seu, ruivinha, bem... Alguns séculos passariam antes de isso acontecer. O sorriso na mente dele era um pouco sexy demais para a paz de espírito dela. *Eu só estava tentando acalmar seus medos.* Agora ele soava inocente.

Ela sorriu suavemente.

– Está escrito "boba" na minha testa?

Alguém já reclamou da sua postura de médica?

Shea arqueou as sobrancelhas.

– Sou uma cirurgiã. Não preciso ser simpática. E, a propósito, nunca tive um paciente tão grosseiro antes. Pare de me chamar de "ruiva". E de "ruivinha". E de todos os outros nomes pelos quais você me chama. Dra. O'Halloran, é assim que você deve me chamar.

Pela primeira vez, a boca sensual de Jacques amoleceu, curvou-se em um sorriso. O efeito que isso causou nela foi avassalador. Não era certo um homem ser tão lindo, tão sexy assim. Ele devia ser proibido de estar ao lado de todas as mulheres do mundo.

Lindo e sexy. Devo estar chegando a algum lugar, afinal de contas. O tom dele era preguiçoso, provocador, um pouco grosseiro.

Shea riu discretamente. Era impossível irritar-se com aquele homem quando ele estava com aquele humor.

– Você é lindo e sexy, mas não deixe isso subir à sua cabeça. Você também é arrogante, dominador e selvagem demais para o meu gosto – ela deixou claro, sem sentir qualquer receio de fazer isso.

Jacques segurou a mão dela, puxando-a para perto da cama para poder trazer a mão dela mais perto do calor de sua boca.

Sou exatamente o que você gosta.

Ela puxou a mão como se ele a tivesse queimado. Esfregou a palma na coxa. A sensação não desapareceu, e nem o frio que ele tinha causado em seu estômago.

– Como você sabe que não é um vampiro? – ela precisava distraí-lo. Distrair a ambos. – Talvez você simplesmente tenha se esquecido. Porque não há dúvida de que você pode agir como um vampiro.

Dessa vez, ele riu, assustando ambos. O som era rouco, baixo e estranho até mesmo para os ouvidos do próprio Jacques. Era como se tivesse esquecido o que era sentir aquilo. Os olhos negros focaram o rosto dela, quase temeroso.

– Nada mal, homem selvagem. Primeiro, um rosnado; agora, uma risada. Estamos progredindo – disse ela, lançando um olhar reconfortante para ele.

A alegria se sobressaiu em meio à dor. Shea. Ela tinha criado um mundo onde a alma de Jacques podia, de alguma forma, tocar a luz.

Vampiros não sentem nada além da alegria momentânea trazida pela morte. Eles são criaturas amorais, depravadas.

Ela levantou o queixo. Concentrada, franziu as sobrancelhas.

– Pela morte?

Eles sempre matam as presas quando se alimentam. Não as anestesiam ou as deixam em transe. Ver o desespero da vítima é o que os deixa mais excitados. Eles não discernem entre homens, mulheres ou crianças. O vampiro escolhe trocar sua alma pela emoção passageira.

– Você mata? – Shea entrelaçou seus dedos e sua respiração parecia se prender nos pulmões. Por que ela tinha perguntado aquilo? Ela já sabia a resposta; tinha vislumbrado a escuridão existente nele em mais de uma ocasião.

Com muita facilidade, se for necessário, mas nunca minhas presas humanas. Ele respondeu aquilo como sendo apenas um fato, sem precisar pensar. Era seu instinto, sua natureza predatória.

– PESSOAS, Jacques – ela o corrigiu. – Nós somos PESSOAS.

Cárpato. Você é uma mulher Cárpato.

– Eu nem sei o que é uma mulher Cárpato. Você sabe? Sinceramente, você sabe? Talvez você de fato tenha uma doença sanguínea rara que lhe oferece, de alguma forma, dons extraordinários.

No fundo, Shea já tinha perdido a esperança de que isso fosse possível. Ela certamente já conhecia a verdade: Jacques pertencia a outra espécie.

A exaustão estava vencendo a batalha contra Jacques. O sono dos mortais não era rejuvenescedor, mas até Shea se acostumar com sua nova vida, ele não a deixaria desprotegida. Jacques fechou os olhos:

Eu existo há mais de oito séculos. Eu existia antes de Leonardo Da Vinci. As palavras arrastavam-se na mente dela.

Shea afastou-se da cama até estar contra a parede. Mais de 800 anos? Ela apertou a cabeça com as mãos. O que ele faria em seguida? Do jeito que as coisas iam, logo Jacques se transformaria em um morcego. Talvez em um lobo? Nada a surpreenderia agora.

Se eu tiver escolha, prefiro o lobo. Havia um sorriso claro na voz dele, roçando a mente dela. Aquilo amoleceu os cantos endurecidos da boca de Jacques, dando-lhe um ar sensual, ao qual ela não conseguiria resistir.

É mesmo?, ela enviou a mensagem de volta para ele. Os sentimentos inexplicáveis que ela tinha por Jacques espalhavam-se por sua mente e por seu coração.

Havia tantas coisas que ela não sabia a respeito dele. Quão forte e poderoso ele seria? Se os vampiros realmente existiam, teriam eles nascido nas Montanhas Cárpato, como Jacques insinuara? Isso significava que a natureza de um assassino frio e impiedoso estava entranhada em Jacques, esperando para chegar à superfície? Sete anos enterrado vivo deviam realmente ajudar a trazer as hostilidades latentes à tona. Shea tampouco podia deixar de lado a possibilidade de ele ser completamente louco. Ela sentia a loucura nele, aquela luta para encontrar as memórias e a verdade, para suprimir a violência existente dentro de si mesmo. Suspirou suavemente, tocou-lhe os cabelos com a ponta dos dedos. Seu coração derretia-se ao vê-lo ali, tão vulnerável quanto um garotinho. Alguma coisa naquele homem rasgava seu coração toda vez que ela pensava no fato de que ele melhoraria e ela teria de deixá-lo e cada um seguiria sua vida. Mas por quê?

Sou muito forte e poderoso.

Assustada, Shea olhou para ele. Jacques não tinha se movimentado. Seus olhos continuavam fechados.

– Tenho certeza de que é.

Ele precisava de confirmação?

Não tenho intenção de permitir que você me deixe.

Ela riu baixinho.

– Eu estava pensando em como você parece um garotinho vulnerável enquanto dorme. E agora acho que você é um pivete mimado.

Sou mais poderoso do que um vampiro, ruivinha. Eu os caço e os destruo. Não terei problema nenhum em mantê-la ao meu lado.

– Só vou precisar irritá-lo até você se sentir feliz em se livrar de mim – dizendo isso, Shea colocou a última bolsa de sangue em um copo para ele. – E eu sei irritar, sabia? Meus pacientes sempre ficam felizes quando me veem pela última vez.

Talvez eu seja louco, Shea. Pensei a respeito disso por um bom tempo. Sei que tenho a natureza de um predador. Ele soava bastante pensativo, dava uma atenção específica a cada uma de suas palavras. *Mas se eu realmente for louco, então não poderei ficar sem você. Vou precisar de você ao meu lado a cada minuto. Essa é a única garantia de segurança para toda a humanidade.*

Shea começou a rir, mas o tom sério de Jacques fez seu sorriso desaparecer. Ele não a estava provocando. Ele estava sendo o mais sincero que podia. Jacques não sabia se era ou se não era louco.

– Às vezes, homem selvagem, você parte meu coração – disse Shea com uma voz suave.

Você quer me deixar, Shea. Sinto sua necessidade de estabelecer uma distância entre nós.

– Passei mais tempo com você do que com qualquer outra pessoa na minha vida. Ao seu lado, eu disse coisas a meu respeito, falei, ri... e... e... – ela hesitou por um instante. E não demorou muito para ficar extremamente enrubescida. Jacques abriu os olhos. Virou a cabeça para encará-la. Então, Shea continuou, agora com um tom decidido: – Outras coisas... Não quer dizer que eu o esteja deixando. Mas preciso estar em um espaço aberto de vez em quando. Você não precisa?

Ele abraçou-a imediatamente. Naquele momento, Shea sentiu um vazio extremo. Percebeu a existência de um buraco negro que jamais seria preenchido. Seu coração batia acelerado, martelava com uma sensação próxima do terror. O mundo era cinza e sombrio, escuro e horrível. Não havia alívio nem esperança, apenas um vazio carregado de desespero.

O ar ficou preso em sua garganta. Ela tocou os cabelos de Jacques com dedos suaves, correu a ponta do dedo pelo maxilar em leves carícias.

– Você realmente *tem aversão* à ideia de estar sozinho...

Temo que "aversão" não é forte o suficiente, ele respondeu secamente. *Eu não consigo respirar se você não estiver ao meu lado.*

– Não percebi que isso era tão terrível para você. Sinto muito por ter sido tão insensível, Jacques. Não foi minha intenção. Tenho tendência a planejar as coisas com antecedência. O que você está vendo em minha mente é algo totalmente diferente. Nossa situação está se tornando desesperadora. Preciso ir até uma das vilas aqui em volta para trazer algumas coisas. Sangue, roupas para você – explicou Shea, levantando a mão.

O fato de eles estarem compartilhando as mentes permitiu que ela percebesse imediatamente que Jacques estava rejeitando os planos dela.

– Não temos escolha, Jacques. Vou precisar deixá-lo por um instante para ir até a vila assim que o dia começar a clarear.

Não! Não é seguro. E eu não vou permitir que você faça algo desse tipo. É arriscado demais.

Ela ignorou o protesto.

– É a única forma de eu conseguir estar aqui quando a noite voltar a cair. Não quero deixá-lo sozinho durante as horas do dia, mas nós precisamos de sangue, Jacques. Você não está se curando tão rápido quanto o esperado porque não temos a quantidade de sangue de que você precisa. E, por mais que eu deteste pensar nisso, sei que você está me sustentando com seu sangue. Eu estava fraca antes; agora estou mais forte. Você me deu o seu sangue, não deu?

Você não pode ir.

Ela entendeu aquele medo terrível, o vazio que ele sentiria se ela o deixasse sozinho. O buraco negro e horrível que o engolia quando ele estava sem ela. O coração de Shea doeu por ele. Ter passado todos aqueles anos preso debaixo da terra, sem memória, com apenas dor e escuridão e fome, certamente tinha deixado cicatrizes na mente daquele homem.

Não posso ficar sem você. A mão dele encontrou a dela, os dedos entrelaçaram-se, criando uma ligação. Para ele, tudo era muito simples: Shea era seu equilíbrio, sua sanidade e tudo o que restava de si mesmo. Ela era a luz da sua escuridão e não podia deixá-lo. Ele levou aqueles dedos aquecidos até a boca.

Shea sentiu uma energia carregada de desejo sexual correr até os dedos de seus pés.

A mente de Jacques estava aberta à dela, à maior das intimidades, e assim ela poderia sentir cada uma das emoções dele, ler cada um de seus pensamentos, se assim desejasse. Desejos sombrios misturavam-se a uma necessidade turbulenta de mantê-la ao seu lado. O isolamento formava um enorme buraco negro e vazio. Tão sozinho. Tanta dor. Vazio. Fome. Sempre aquela fome terrível que o consumia. Shea percebeu que lágrimas agora corriam por seu delicado rosto. Abraçou a cabeça dele, balançou-o suavemente.

– Você não está mais sozinho – ela murmurou. – Estou aqui com você, Jacques. Não vou deixá-lo sozinho assim.

Mas, na sua mente, você ainda pensa em me deixar. É impossível esconder suas intenções de mim, Shea. Eu já expliquei infinitas vezes: você é minha companheira e não pode existir traição entre nós.

Ela suavemente encostou a cabeça na dele. As emoções obscuras girando dentro daquele homem estavam se tornando alarmantes para ambos. Violência misturada com terror.

– Eu nunca tentei traí-lo. Você sabe disso. Não menti para você, não me envolvo em joguinhos. Precisamos de sangue. Você não vai melhorar sem sangue. Não há outra saída!

Você não pode me deixar, Shea. Dessa vez, a voz dele era uma exigência, já não carregava o prazer comumente presente quando eles conversavam. De repente, ele estava se mostrando extremamente poderoso, arrogante e dominador.

Shea suspirou, usando os dedos para acariciar os ossos fortes que moldavam o rosto de Jacques.

– Não comece a ficar todo autoritário comigo, homem selvagem. Precisamos nos concentrar em nossos problemas. Precisamos de sangue. E eu não tenho roupas que sirvam em você. Você tem alguma ideia melhor?

Espere até eu ficar mais forte e aí poderei ir junto, para protegê-la.

Shea negou com a cabeça.

– Você está o tempo todo confundindo as coisas. Sou eu quem deve protegê-lo. Eu sou sua médica!

Você é minha companheira. Só há uma. Você é minha. A única.

Ela levantou a cabeça. Seus olhos verdes procuravam o rosto dele.

– Você nunca viveu com uma mulher? Você já deve ter transado...

Cárpatos não vivem com mulheres que não sejam suas companheiras. O sexo é um simples compartilhamento do corpo, um prazer que desaparece com as emoções depois de 200 anos se não encontrarmos nossa companheira verdadeira.

– Não entendo. Sem a companheira, o Cárpato não sente nada?

Nada, Shea. Nem paixão, nem remorso; nem certo, nem errado. E certamente não sente desejo. Depois de 200 anos, os Cárpatos não conseguem sentir absolutamente nada.

O rosto de Shea enrubesceu violentamente.

– Você sente desejo quando está comigo. Talvez eu não tenha experiência, mas definitivamente tenho treinamento médico e consigo reconhecer.

Os dedos dele apertaram-se em volta dos dedos dela. Shea pôde sentir o ar quente que saía das narinas de Jacques bater contra suas articulações.

Eu a desejo com cada célula que tenho em meu corpo, com minha mente e meu coração. Sua alma é a minha outra metade. Quando você está comigo, eu me torno capaz de sentir. Sinto alegria, desejo, fúria e até mesmo vontade de rir. Você é minha companheira. Esperei mais de 800 anos para encontrá-la. Eu não via cores até você entrar em minha vida. Os olhos negros, desgastados por todo o sofrimento, prenderam-se às esmeraldas no rosto de Shea. *Não posso perdê-la. Não posso ficar sozinho outra vez. Se eu perder você, Shea, mortais e imortais estarão em perigo.*

Shea não queria falar sobre aquele assunto. Ela murmurou suavemente o nome dele e beijo-lhe a têmpora, quase sem perceber que estava fazendo aquilo.

Não posso existir sem você, ruivinha. Há escuridão em mim. A fera é forte. Luto a cada momento para não perder o controle. Minha companheira é minha âncora. Somente você pode me salvar. Somente você pode evitar que eu fique completamente louco.

Shea afastou os cabelos do rosto dele com dedos suaves.

– E como você sabe disso? Quero dizer, você já admitiu que não se lembra de muita coisa.

Eu abri minha mente para você. Você sabe que é verdade. Você é minha âncora, e não posso fazer nada que não seja garantir sua felicidade.

Shea não conseguiu se conter e sorriu.

– Você não tem ideia de como isso soa arrogante. Você não é responsável pela minha felicidade. Eu sou responsável por minha própria felicidade. E, neste momento, independentemente de se seu orgulho masculino vai aceitar isso ou não, eu sou a responsável pela sua saúde e pela sua segurança. Não podemos esperar até que você melhore. Preciso ir agora. Cada dia que esperamos dá a Don Wallace mais um dia para nos encontrar. Quando você puder se movimentar, deixaremos este lugar – ela acariciou os cabelos dele. – Preciso ir, Jacques. Não vou deixá-lo. Só vou buscar algumas coisas.

Ele distanciou-se dela por um momento e, como sempre, era impossível ler a expressão no rosto daquele homem. Os olhos negros piscaram.

Eu vou com você.

Shea sentou-se, relutante, detestando ter de provar que estava certa, mas sabendo que devia frustrar a decisão dele.

– Então vamos tentar ir até a varanda. Deixe-me fazer a maior parte do trabalho.

Você acha que não consigo.

– Acho que sua vontade é forte, Jacques, mas seu corpo está fraco. Talvez eu esteja errada, e espero estar.

Shea ficou em silêncio enquanto preparava as coisas. No fundo, ela sabia que Jacques não conseguiria fazer aquilo, não sem sentir uma dor terrível. A maca era estreita e desconfortável. Ela cobriu-a com um cobertor. Enquanto o ajudava a passar da cama para a maca, ele começou a suar muito, mas não emitiu um ruído sequer. Com o coração afundado, Shea empurrou-o no ar da noite. É claro que ele iria tolerar todos os movimentos em silêncio. Jacques tinha enfrentado tanta tortura e tantas horas de cirurgia sem analgésicos ou anestésicos... Se estivesse decidido a fazer aquilo, ele o faria sem reclamar.

Jacques deixou a dor de lado, olhou para as estrelas, inalou o ar da noite. Seu mundo – o ar, o bater de asas, o gorjear dos morcegos, o chamado dos insetos. Fechou os olhos para absorver melhor os cheiros, as histórias. Seu corpo resistiu ao esforço físico, engatinhou com dor, uma faca cega serrava seu peito.

– Jacques, por favor, não seja teimoso. Eu sinto o que você sente.

Não precisa, Shea. Não compartilhe as mentes. Não quero que você sinta isso.

– Por favor, deixe-me levá-lo para dentro e colocá-lo na cama. Nós quase nem fizemos movimentos e isso já lhe causou dor. Não vou levá-lo até o vilarejo, não importa o que você diga. Se as circunstâncias fossem inversas, você não me levaria.

Um leve sorriso formou-se na boca de Jacques.

Se as circunstâncias fossem inversas, não haveria necessidade de ir até o vilarejo. Eu chamaria os humanos aqui em volta para alimentá-la. Havia um tom de ameaça na voz dele, um tom sutil, mas presente. E ela conseguiu entender o eco do pensamento que ele censurou. Nenhum humano estaria seguro se Shea fosse ferida.

Ela tocou a testa dele suavemente.

– Estou decidida, Jacques. E por enquanto estou no controle.

Ele fez algo que seria o equivalente a uma risada mental de escárnio.

Eu conheço este lugar. Ele estava pesquisando os arredores agora, um brilho peculiar tomava conta daqueles olhos negros. *Eu conheço este lugar. Alguma coisa aconteceu aqui há muito tempo, alguma coisa da qual eu devia me lembrar.* A mão dele mexeu-se por vontade própria ao longo de sua garganta, correndo pela linha branca quase imperceptível em volta de sua jugular. *Só uma ferida mortal muito grave pode deixar uma cicatriz,* ele murmurou quase em voz alta, como se dissesse para si mesmo.

Shea permaneceu totalmente quieta, paralisada, querendo permitir que qualquer memória possível surgisse para Jacques.

Estive aqui algum tempo atrás. Talvez há um quarto de século. A cabeça dele doía, mas a memória brilhou, solidificou-se em vez de fugir. Aqueles olhos negros moviam-se sem descanso pela clareira. *Houve uma briga aqui. Um vampiro, grande e poderoso, que recentemente tinha cometido um assassinato. Eu nunca tinha lutado antes, era minha primeira vez. Eu não estava preparado para a força dele, para a ferocidade dele. Talvez eu simplesmente não pudesse acreditar que alguém da minha espécie, mesmo transformado, fosse capaz de fazer tanto mal.* Jacques franziu a testa, concentrado, tentando agarrar mais fragmentos de sua memória e prender-se a eles. *Eu estava cuidando de alguém, de alguém importante, alguém que não poderia cair nas mãos do vampiro. Há tão poucos...*

O último pensamento pareceu se perder. Shea prendeu sua mente firmemente à dele, sentiu a confusão, a frustração de Jacques por ser incapaz de encontrar e reter as informações. Colocou uma mão na testa dele, tentando acalmá-lo. O toque dela era suave. Seus olhos verdes estavam ansiosos.

Tão familiares. Não verdes, mas azuis.

Uma mulher. São poucas as mulheres Cárpatos. Devemos guardá-las, protegê-las. Era uma mulher que eu estava guardando, e ela era especial. Nossa esperança de um futuro.

O coração de Shea quase parou. Jacques tinha brigado por outra mulher, quase perdido sua vida, se é que aquela cicatriz fosse indicadora de alguma coisa.

Qual mulher? De forma totalmente inconsciente, Shea usou o método de comunicação que companheiros Cárpatos usavam.

Em meio à dor em seu corpo e ao palpitar em sua cabeça, a alegria e a empolgação masculina tomaram conta de Jacques. Sua médica ruivinha não gostava da ideia de haver outra mulher na vida dele.

Ela tinha olhos azuis e havia lágrimas neles, assim como agora há lágrimas nos seus. Ele tocou a lágrima com a ponta do dedo, e levou-a até a boca para saborear. Seu corpo, sempre vorazmente faminto, absorveu aquela gota como se estivesse absorvendo a própria essência de Shea.

Quem era ela, Jacques? Ou quem é ela?

Um homem como Jacques, tão lindo, tão sensual, tão intenso... É claro que ele teria uma mulher escondida em algum lugar. Shea mordeu os lábios com tanta força que duas gotas de sangue brotaram ali.

Jacques tentou prender os fragmentos de memória que entravam e saíam de sua cabeça. Sentiu que a informação era muito importante para eles dois.

Ela pertencia a outro. Ele é... A dor tomou conta da cabeça de Jacques, uma dor feroz e brutal.

Shea entrelaçou seus dedos aos dele.

– Deixe para lá, Jacques. Não precisamos disso – Shea afastou seus cabelos da testa dele. – As informações virão com o tempo. Veja só quantas coisas você já lembrou!

Shea impressionou-se ao se dar conta de quão aliviada sentiu-se ao descobrir que a tal desconhecida importante pertencia a outro homem.

Se não for uma fantasia... As palavras eram parcialmente carregadas de humor, parcialmente carregadas de uma espécie de autocensura. Ele levantou a mão, apoiou-a na nuca de Shea e a puxou para baixo, para poder beijar aquela boca suave e trêmula. Correu a língua pelas gotículas escarlates que brotavam como pequenas cerejas no lábio inferior carnudo.

– Eu disse para você ficar longe da minha cabeça! – ela suavemente retribuiu o beijo, tomando cuidado para não feri-lo ainda mais. – Vamos deitar e eu vou colocá-lo em um lugar confortável – aparentemente, era mais difícil para ela suportar aquela dor do que era para ele.

Mais um minuto. Ouça a canção da noite. Os lobos chamam uns aos outros com alegria. Você consegue ouvir?

Shea ouvia. E como não ouviria? Perto dali, uma matilha levantava seus focinhos na direção do céu e despejava sua felicidade uns para os outros. Era impossível conter aquela felicidade em seus corpos, a alegria que fluía de seus corações, passava por suas gargantas e espalhava-se pela noite. As notas, cada uma diferente da outra, exclusivas de animais, flutuavam pela floresta, erguiam-se aos céus. Shea pertencia àquela terra. Pertencia à matilha, às montanhas, à noite. Virou a cabeça para olhar para Jacques, encontrou-o segurando a cabeça enquanto as memórias fluíam, fragmentos irregulares, que provocavam e frustravam, que pareciam cacos cortantes de vidro.

Eu devia me lembrar dele. Alguém importante. Eu me lembro da luta. Jacques levantou a mão mais uma vez, levando-a até a garganta. *O vampiro cortou minha garganta. A mulher salvou minha vida. Ela fingia estar histérica, mas passou uma mistura de terra com saliva na ferida e chorou em cima de mim. O vampiro a pegou. Por que não consigo me lembrar das informações importantes?*

– Pare com isso agora! – Shea deu a ordem com veemência enquanto limpava a mancha escarlate na testa de Jacques. – Vou levá-lo de volta para dentro agora mesmo.

Shea... O nome dela era um talismã mágico, um bálsamo para a mente dele.

Estou aqui com você, Jacques. Ela entrou imediatamente na mente dele, abraçou-o fisicamente. *Tudo vai se ajeitar com o tempo, eu prometo.*

Ele esfregou a mão na garganta dela. As feridas, abertas e em carne viva, se recusavam a cicatrizar. Sem a quantidade adequada de sangue e o sono rejuvenescedor de seu povo, o corpo de Shea não se curaria.

Olhe para você, veja o que fiz com você. E eu não posso guardá-la, como devo, como é minha obrigação. Não sirvo para nada, Shea.

Shea puxou os cabelos dele, uma leve punição.

– Não sei, Jacques. Você é mais do que eficiente em dar ordens – disse ela, enquanto levava a maca para dentro do chalé.

Em seguida, aproveitou a oportunidade para colocar lençóis limpos na cama antes de ajudá-lo a se deitar novamente.

– Você sabe que preciso ir – disse ela suavemente.

Jacques deitou-se, quieto, aguentando a dor, misturando-se a ela, agradecido pela cama confortável e pelo toque suave e relaxante de Shea. Ele adorava sentir os dedos dela acariciando seus cabelos, sua testa, afastando sua dor.

Não posso permitir que você saia por aí desprotegida. O tom decidido de Jacques começava a desaparecer. Ela já percebia que ele não gostava da ideia, mas já tinha percebido que sair era um mal necessário.

– Vou deixá-lo desprotegido também. Mas vamos sobreviver. Afinal, nenhum de nós vai estar realmente sozinho. A distância é tão importante assim? Nossa ligação é forte, será que não podemos usá-la se houver alguns poucos quilômetros nos separando? Afinal, você me chamou a milhares de quilômetros de distância.

Os olhos negros de Jacques refletiam a dor, mas ele estava se tornando mais resignado com a ideia de Shea precisar ir ao vilarejo.

É verdade. Podemos tocar a mente um do outro à vontade, mas isso consome minha energia. E fica mais difícil quando há uma grande distância nos separando.

– Só porque sempre deixo você fazer todo o trabalho – Shea verificou se a espingarda e o rifle estavam carregados e deixou duas caixas de munição ao lado das armas, perto da mão dele. – Estou ficando boa nessa coisa de ler mentes. Parece que minha mãe era sensitiva, e que herdei o dom dela. Quem sabe... Talvez seja verdade.

Nossa ligação está se tornando mais forte a cada troca de sangue, a cada momento que passamos juntos.

– Então, se ficássemos separados, talvez eu não quisesse estar perto de você? – ela provocou. – Se eu soubesse que era simples assim, teria passado a maior parte do tempo sentada lá fora.

Jacques acariciou aqueles cabelos ruivos sedosos.

Vou permitir que você faça isso, mas não... ele interrompeu abruptamente o pensamento. Mas não antes de Shea ouvir o eco do macho primitivo que havia dentro dele. Ela arqueou abruptamente as sobrancelhas. Em certos momentos, Shea achava-o mais parecido com um animal selvagem do que com um homem.

– Menos dessa coisa de "permitir". Isso ofende minha natureza de mulher independente.

Ela estava sorrindo novamente, provocando-o de leve. E Jacques sentia-se cercado de luz. Uma luz que parecia brilhar daqueles olhos verdes e levá-lo para longe daquele vazio massacrante. O que ela dizia fazia sentido e, naquele momento de lucidez, ele não podia fazer nada além de concordar. Ainda assim, como ele ficaria sem ela, mesmo que por um período tão curto? Como ele sobreviveria a cada minuto, a cada segundo que se arrastasse? Jacques fechou os olhos. Uma fina camada de suor cobria sua pele enquanto ele pensava na escuridão que teria de enfrentar. Na agonia. Na solidão.

– Jacques, não! Você disse que pode desligar seu coração e seus pulmões. Se fizer isso, você ainda pensa ou sente? Sonha? Tem pesadelos?

Não, mas eu não me atreveria a dormir como nosso povo dorme. Quando você está separada de mim, ou quando escolhe o sono dos mortais, preciso permanecer alerta.

– Eu vou ficar bem. Durma e use o sono como uma forma de escape durante algumas horas. Vou sair e voltar assim que puder, esta noite.

Você não deve permitir que nada aconteça com você, Shea. Você não seria capaz de entender a importância de você voltar sem nenhum ferimento. Não posso ficar sem você. Você me trouxe de volta à vida. Sei que minha mente não está funcionando bem. Você não pode me deixar quando mais preciso de você. Eu não seria capaz de encontrar um caminho para me livrar da loucura e da fera que vive em mim.

– Não tenho a intenção de deixá-lo, Jacques – assegurou-lhe Shea.

Não se esqueça de que você deve unir sua mente à minha dessa vez. Havia um traço de medo na voz dele.

– Vou verificar com frequência se tudo está bem com você, Jacques. E me diga se algo errado acontecer por aqui. Está bem? Chega dessa coisa de bater no peito e se achar o machão.

Capítulo 6

A alvorada começava a se desenhar no horizonte quando Shea conseguiu finalmente vencer a viagem pelo terreno irregular e chegar até o vilarejo mais próximo. Ela precisava de combustível, ervas, suturas, vários produtos, mas, acima de tudo, precisava de sangue. Sangue puro. Shea sempre tinha de lutar contra a fadiga durante o dia, mas agora era mais do que apenas uma fadiga. A médica estava exausta. Temia ser pega sozinha em tal estado de fraqueza. Sabia que seria praticamente impossível se proteger. Mais do que qualquer outra coisa, temia que algo ou alguém pudesse atacar Jacques enquanto ela estava longe.

Estacionou a caminhonete no posto de gasolina da vila e desceu. Sentiu-se quase imediatamente desconfortável, sem saber por quê. Poucos habitantes locais vagavam por ali tão cedo. Encostou-se casualmente no veículo e, então, olhou em volta. Não percebeu ninguém, mas sentia olhos observando-a, alguém ou alguma coisa estudando-a cuidadosamente. A sensação era intensa. Levantou o queixo e forçou-se a ignorar sua imaginação hiperativa enquanto enchia o tanque do veículo, o galão de reserva e os dois galões para abastecer o gerador.

A sensação de estar sendo observada tornou-se tão forte a ponto de causar-lhe arrepios. Sem aviso, alguma coisa invadiu sua mente. Não era Jacques. Não era o toque conhecido dele. O medo invadiu-a, mas ela manteve sua máscara fria e profissional, manteve-se fiel a seu objetivo único de concluir suas tarefas o mais rápido possível. Fosse o que fosse, a força desconhecida recuou, incapaz de avançar.

Shea dirigiu a caminhonete pelas ruas desertas e estacionou ao lado de uma pequena clínica médica. Dessa vez, enquanto saía do veículo, analisou com cuidado as sombras à sua volta, usando todos os sentidos que podia. Visão. Olfato. Audição. Instinto. Havia algo. Havia alguém. Alguma coisa a tinha seguido, estava por perto. Ela podia sentir, mas não podia encontrar.

Jacques?, ela tocou a mente dele com suavidade. Temeu estar sentindo algo que pudesse estar acontecendo naquele momento com ele.

Estou esperando você voltar. Ela sentiu o cansaço de Jacques. A luz da manhã fazia mais mal a ele do que a ela. E ela detestava estar longe daquele homem.

Vou voltar logo. Shea respirou fundo mais uma vez e olhou em volta, decidida a encontrar o que a estava deixando tão desconfortável. Um homem descansava preguiçosamente na sombra de uma árvore. Era alto, moreno e não se movimentava. Parecia um caçador. Shea sentiu o impacto daqueles olhos quando ele lançou-lhe um olhar casual.

O coração de Shea saltou. Quem seria aquele estranho? Será que Wallace a tinha encontrado? Shea afastou-se. Primeiro, antes de qualquer outra coisa, ela teria de terminar seu trabalho. Pegou o *laptop* e digitou os comandos para acessar o banco de sangue da clínica. Se tivesse de remover Jacques para algum outro lugar, eles precisariam desesperadamente de sangue.

Em outro momento, sentiu-se boba. A porta da mercearia do outro lado da rua abriu-se. O dono do estabelecimento, baixo e corcunda, saiu com o avental preso em volta da cintura larga, com uma vassoura na mão. E acenou claramente para a pessoa imóvel debaixo da árvore.

– Byron, bom dia! É um pouco cedo, não?

Ela reconheceu o dialeto local.

O homem alto e com cabelos negros respondeu na mesma língua, mas sua voz era baixa e tinha um tom agradável. Ele saiu das sombras. Era jovem e bonito. Lançou um sorriso rápido e amigável para o dono da mercearia que o havia cumprimentado. Eles claramente conheciam, tratavam-se amigavelmente. O homem com cabelos escuros obviamente não era estranho na região. E tampouco mostrou o menor sinal de interesse em Shea. Ela observou enquanto Byron inclinava a cabeça solicitamente para o homem mais velho, ouvindo-o com atenção enquanto passava-lhe o braço por sobre o ombro.

Shea suspirou aliviada. A sensação de estar sendo perseguida desapareceu e ela não sabia se aquilo tinha sido real ou imaginado. Observou por um momento enquanto os dois homens penetravam mais na sombra até se tornarem apenas uma mancha escura misturada com as árvores.

Uma risada chegou até ela. O homem mais alto e mais jovem inclinou a cabeça na direção do dono da mercearia para poder ouvi-lo melhor. Shea apressou-se para dentro da loja e, sendo atendida pelo assistente, comprou um cobertor e um travesseiro, vários blocos de gelo e algumas peças de roupa para Jacques.

A caixa de primeiros-socorros de Shea estava pronta, com vários suprimentos médicos. Foi atendida por um balconista amigável, que lhe fez perguntas sobre sua clínica móvel e a tratou como uma cliente valiosa. Sentindo-se ligeiramente culpada, ela completou rapidamente as transações. Shea precisava voltar para a caminhonete e encontrar uma área escura para dormir até que fosse seguro voltar para Jacques. Saiu apressadamente da loja.

Como mil agulhas, a luz feria-lhe os olhos. Shea tropeçou, e então sentiu uma mão forte fechar-se com força em seu braço, evitando que ela caísse. Murmurando um agradecimento, ela enfiou a mão no bolso, tentando pegar os óculos escuros para proteger seus olhos lacrimejantes.

– O que você está fazendo aqui sozinha, desprotegida? – a voz era grave; o dialeto e o sotaque assustadoramente parecidos com os de Jacques.

O ar ficou preso na garganta de Shea e ela tentou se soltar. O homem alto e com olhos escuros puxou-a na direção das sombras, deixando-a de costas para o muro da mercearia. O físico enorme dele bloqueava-lhe a visão e tornava-a invisível para os que, eventualmente, passassem por ali.

– Quem é você? – ele perguntou. – Você é pequena demais e branca demais para ser um de nós – ele ergueu-lhe o queixo de modo que ela conseguisse olhá-lo nos olhos, apesar dos óculos escuros. – Seu cheiro me parece familiar, mas indefinível. Como eu nunca soube da sua existência? – por um instante, a satisfação fez os lábios do homem curvarem-se. – Você está livre. Isso é bom.

– Eu não o conheço, senhor, e o senhor está me assustando. Estou com muita pressa, então, por favor, deixe-me ir – Shea usou sua voz mais fria, mais desdenhosa, e escolheu falar em inglês. O homem era enorme e musculoso. E aquilo a aterrorizava.

– Sou Byron – ele só disse o primeiro nome, como se aquilo fosse suficiente. – Sou um homem da sua raça, e você é uma mulher solteira. O sol está subindo no céu e você não se deu tempo suficiente para buscar refúgio da claridade. O mínimo que posso fazer é ajudá-la, oferecer-lhe minha proteção – o homem agora falava em inglês com um sotaque carregadíssimo.

A voz dele parecia deslizar dentro dela. Ele transmitiu a aparência ilusória de ser um cavalheiro, tão amigável... De qualquer forma, não a soltou. Não se moveu um centímetro sequer para permitir-lhe passar. Inspirou, puxando o cheiro dela para dentro de seus pulmões. De repente, o comportamento daquele homem transformou-se. Seu corpo enrijeceu. Seus dedos apertaram-lhe o braço com mais força. Seus dentes brilharam com o aviso de um predador.

– Por que você não me respondeu quando falei com você?

Ele falava baixo e em um tom ameaçador. O estranho civilizado agora se tornava um homem ameaçador.

– Solte-me – Shea mantinha uma voz uniforme. Sua mente trabalhava na velocidade mais alta possível, tentando encontrar uma forma de escapar. Ele parecia segurar todas as cartas, mas...

– Me diga quem você é! – o homem exigiu saber.

– Solte-me agora – Shea abaixou a voz, adotou um tom que mais parecia uma melodia suave e hipnótica. – Você quer me soltar.

O estranho negou com a cabeça, estreitou os olhos, reconhecendo o lance de coação na voz dela. Então, ele inspirou mais uma vez, consumindo a fragrância dela. Dessa vez, o rosto dele pareceu paralisado.

– Reconheço este cheiro... Jacques. Ele está morto há sete anos e, ainda assim, o sangue dele corre em suas veias – a voz de Byron agora era arrastada e trazia consigo um tom de ameaça de morte.

Por um instante, Shea ficou congelada, amedrontada. Seria esse o traidor de quem Jacques tinha falado? Ela virou a cabeça para o lado, tentando afastar os dedos de Byron de seu queixo.

– Não sei do que você está falando. Agora me solte!

Byron soltou o ar em um chiado baixo e ameaçador.

– Se quiser chegar viva à noite de hoje, é melhor me dizer o que você fez com ele.

– Você está me machucando.

Ele a puxava mais para perto, inclinava-se na direção de seu pescoço, enquanto ela tentava se desvencilhar, enganá-lo. A respiração de Byron batia quente contra o pescoço de Shea, e ela arfou ao sentir dentes afiados como agulhas perfurando sua pele. Com um grito, ela o empurrou. Seu coração batia acelerado.

Sem avisar, ele a puxou pela gola da blusa para examinar os ferimentos em sua garganta. Shea pôde perceber que aquele homem estava confuso. E aproveitou-se dessa distração momentânea. Com toda força que conseguiu reunir, deu-lhe uma joelhada nas partes íntimas e gritou o mais alto que pôde. Byron parecia tão assustado que Shea quase sentia vontade de rir. Ele estava totalmente certo de que ela não queria atrair qualquer atenção. O chiado de Byron, uma promessa mortal de retaliação, foi a única coisa que ela ouviu antes de ele desaparecer.

E ele literalmente desapareceu. Shea nunca o viu se movimentar. Em um instante ele estava ali, com o corpo preso ao dela, contra a parede; no instante seguinte, tinha desaparecido. Uma névoa fina misturava-se à neblina que cobria o chão até aproximadamente a altura do joelho.

Dois homens que estavam ali na região aproximaram-se correndo ao ouvi-la gritar. Shea, com a palma da mão sobre o ferimento em uma tentativa de escondê-lo, permitiu que eles a acalmassem, que lhe assegurassem que o animal que ela viu espreitando nas sombras era muito provavelmente um vira-lata, e não um lobo. Saíram balançando a cabeça e rindo do quão tolas e impressionáveis as mulheres podem ser.

Shea levou as compras até a caminhonete, usando todo o tempo necessário. Se o sol a atingisse, seria tão letal quanto aquele homem que a tinha abordado. Ela nunca tinha pensado que poderia ter de lutar com um vampiro. Don Wallace tinha sido seu pesadelo, mas ela suspeitava que aquilo poderia ser muito pior.

Colocou cuidadosamente o sangue no centro do enorme isopor, cercando as bolsas com blocos de gelo. Ela tinha de encontrar uma forma de levar sangue para Jacques sem deixar qualquer rastro que aquele vampiro pudesse seguir.

Ela esperou, prorrogou, demorou-se antes de sair. O sol estava mais alto. Atravessava a fina camada de algodão de sua roupa e atingia-lhe a pele. Um chapéu de abas largas e óculos escuros ofereciam um pouco de alívio. Ainda assim, Shea sentia que era mais seguro ficar o máximo de tempo possível entre pessoas. Até suas fraquezas se dissiparem, ela não tinha alternativa que não fosse buscar um local para descansar em sua carroceria escura, sob a sombra das árvores da floresta.

Sentiu um impulso mental, um caminho familiar que instantaneamente reconheceu, aliviada. Então, uniu-se mentalmente a Jacques. Ele estava fraco, tinha apenas o pouco de força que lhe restava depois do nascer do sol. Shea estava furiosa consigo mesma por não fazer esforços para entrar em contato com ele antes. Ela devia saber que ele sentiria seu medo, mesmo à distância.

Você está bem?

Sim, Jacques. Sinto muito por não ter entrado em contato antes. Ela se esforçava para parecer calma e esconder o medo que sentia por ele. A última coisa que ela queria agora era obrigá-lo a tentar um resgate. E ela sabia que ele tentaria. Ele se mataria para tentar estar ao lado dela.

Você está no sol. Sinto seu desconforto. Era uma repreensão, como aquelas às quais Shea já estava ficando acostumada. A arrogância nas ordens de Jacques tornava-se mais e mais assustadora conforme sua saúde parecia melhorar.

Shea respirou profundamente, expirou aos poucos, e finalmente introduziu o assunto:

Havia um cara da sua espécie aqui. Pelo menos, eu acho que era da sua espécie.

A reação de Jacques foi explosiva. Uma fúria impetuosa, um medo estrondoso por ela. Uma ira que beirava o ciúme descontrolado. Esforçou-se para permanecer em silêncio e ouvi-la. Ele sabia que suas emoções, intensas como um vulcão, assustavam-na. A verdade era que essas emoções assustavam até mesmo a si próprio. Elas eram desconhecidas, até mesmo para ele, e podiam ser esmagadoras em alguns momentos.

Ele reconheceu seu cheiro e até o chamou pelo nome. Exigiu saber onde você estava. Por favor, tome cuidado, Jacques. Tenho medo de ter deixado você totalmente desamparado. Acho que aquele homem vai procurá-lo.

Ele tocou em você? Sugou seu sangue? A pergunta era imperativa; ela sentia a cólera negra pulsando na sua cabeça de Jacques. Então, levou a mão até a ferida, ainda sangrando, em seu pescoço.

Você teria sabido, ela respondeu calmamente.

Parte da fúria de Jacques se dissipou. *Onde você está?*

Estou segura agora, mas ele vai me procurar ao anoitecer. Tenho certeza disso. E não quero levá-lo até você.

Você vai voltar esta noite. Direto para mim. Ele não pode tocá-la, não pode haver uma troca de sangue.

Vou ficar bem. É você quem deve ser cuidadoso, Jacques. Ela tentou reconfortá-lo. Temo por você, tenho medo de guiar esse estranho até você, ou de ele encontrar uma forma para chegar até aí enquanto estou longe.

Você não entende o perigo em que está. Você deve vir até mim.

Talvez Shea não compreendesse por completo, mas ela conseguia sentir a convicção nas palavras de Jacques, o medo que ele sentia por ela. E ela estremeceu ao se lembrar da força com a qual aquele estranho a segurava, dos sussurros carregados de uma promessa de morte.

Não se preocupe. Já estou chegando. Agora vá dormir, Jacques. Isso é desgastante demais para você.

Shea... Um momento de pausa instalou-se, um momento carregado de saudade. *Prometa que vai voltar para mim. Se você não acreditar em mais nada do que eu disser, pelo menos acredite que preciso de você.*

Eu prometo.

Shea abaixou a cabeça no volante. Ela estava muito cansada e seus olhos estavam inchados. Os vidros escurecidos ajudavam a evitar que bolhas se formassem em sua pele, mas o efeito não duraria por muito mais tempo. Seu corpo estava lento e atrapalhado. Shea só conseguia esperar e torcer para que o vampiro já estivesse em seu antro e fosse incapaz de avistá-la.

Ela dirigiu pelas montanhas. Num primeiro momento, para economizar tempo, tomou a estrada e dirigiu o mais rápido que se atrevia na faixa de terra. Quando a luz do sol tornou-se insuportável, Shea fez seu próprio caminho, seguindo os rastros de um cervo, sempre tentando entrar mais fundo na floresta. As densas copas das árvores ofereciam-lhe algum alívio para a luz do sol que parecia implacável, que parecia perfurar seu crânio. Quando seu corpo simplesmente estava pesado demais, ela estacionou em uma área com uma vegetação particularmente densa e arrastou-se para a carroceria. Só teve energia para trancar a porta e colocar a pistola ao lado de sua mão antes de seu corpo se tornar pesado como chumbo. Ficou ali, paralisada, com o coração batendo acelerado, aterrorizada com as próprias fraquezas.

Ela precisava de Jacques, precisava tocar aquele centro de poder inacreditável existente nele. Precisava tocar aquela vontade de ferro. Imaginou-o em sua mente, percebeu uma diminuição considerável em seus próprios batimentos cardíacos. Se pelo menos pudesse abraçá-lo, sentir seus braços em volta de si...

Então, de alguma forma ela sentiu os braços dele, totalmente fortes, envolvendo-a, protegendo-a. Ouviu os batimentos cardíacos de Jacques, fortes e compassados, seguindo o ritmo dela. Correu a ponta dos dedos pelo rosto dele enquanto mantinha os olhos fechados, enquanto recriava mentalmente cada detalhe daquele rosto sensual. Eles dormiam separados, mas, de alguma forma, também estavam juntos, durante o desconfortável sono dos mortais. Estavam sempre cientes dos perigos que os cercavam, sempre cientes da paralisia de seus corpos. Pela primeira vez, Shea sentiu o poder gerado pela união das mentes, o poder de nunca estar sozinha. Sentiu a força que brotava da união deles.

O longo dia passou vagarosamente. O sol moveu-se de um lado ao outro do céu brilhante, austero e quente. E então se pôs devagar na direção das montanhas, afundando-se graciosa e encantadoramente no mar.

*

A caverna, a poucos quilômetros do chalé de Shea, estava muito abaixo da terra. A estreita passagem que levava ao labirinto de câmaras subterrâneas e lagoas aquecidas era confusa e, em alguns pontos, quase intransponível. Na menor das cavernas, abaixo do solo rico, um único coração começava a pulsar. A poeira espalhou-se como um gêiser quando Byron saiu do fundo do solo. Houve um breve momento de desorientação e, em seguida, seu corpo brilhou, dissolveu-se, tornou-se uma bruma morna em direção ao céu que se tornava cada vez mais escuro. Imediatamente tomou a forma de um enorme pássaro, e grandes asas levantaram a criatura aerodinâmica na direção do céu. O animal circulou a vasta área, passando por sobre as copas das árvores, e então partiu como uma flecha lançada por um arqueiro valoroso.

Sozinho no chalé, Jacques sentiu a perturbação, mesmo confinado dentro de quatro paredes. Sentiu o poder vibrar no ar e soube que alguma coisa perigosa estava à sua procura. Manteve a mente perfeitamente na forma de um humano, ciente de que, se outras pessoas tentassem sondá-la, acreditariam que a criatura no chalé era um humano. Sentiu uma sombra escura e alada passar sobre seu corpo, o toque rápido de outra criatura em sua mente. Logo depois, sentiu a criatura se distanciar.

Jacques?, chamou Shea, preocupada.

Ele está por perto.

Shea leu facilmente a mente de Jacques. Ele queria tê-la ao seu lado, por perto, para poder protegê-la, para que nenhum outro homem sentisse vontade de possuí-la, assim como ele havia sentido. Temia que, se ela voltasse para ele, cairia diretamente na armadilha do vampiro. Ainda assim, Jacques não conseguia suportar a separação, não conseguia conceber a ideia de deixá-la assim desprotegida. A mente dele começava a se desfazer, estilhaçar-se, e a necessidade de ter Shea ao seu lado era enorme.

Ela saiu da caminhonete e apressou-se até o banco do passageiro.

Logo estarei com você. Shea sentiu o sorriso de Jacques correr até seu coração. Ele começava a se lembrar do que é ter bom humor. *Você realmente gosta de quando eu sigo meu próprio caminho e tomo minhas próprias decisões, não gosta?*, provocou, tentando manter a mente dele o mais estável possível até estarem juntos para finalmente poder funcionar como uma âncora.

Não aposte nisso, ruivinha. A obediência instantânea é o ideal.

Até parece... Shea pegou-se rindo, apesar de ainda sentir medo. Era uma tolice sentir-se tão leve quando eles estavam diante de um perigo tão grande e prestes a encarar a situação difícil que estava por vir. Para onde iriam tão em cima da hora assim? Quando Shea chegasse ao chalé, três ou quatro de suas preciosas horas estariam perdidas.

Jacques espreguiçou-se lenta e cuidadosamente. Seu corpo protestou com veemência. A dor tinha sido seu mundo por tanto tempo que ele simplesmente permitiu que ela tomasse conta. Ele poderia viver para sempre com aquela dor, mas não conseguiria viver muito tempo sem Shea. Empurrou-se até conseguir se sentar. O quarto pareceu girar descontroladamente antes de Jacques se ajeitar, e ele pôde quase imediatamente sentir o sangue quente e viscoso correr. Conhecia intimamente a dor, mas tinha se esquecido da agonia destruidora. Não importava. Nada lhe importava, nada além de proteger sua companheira.

Shea dirigia como uma mulher possuída, encontrando trilhas onde elas não existiam, por entre toras de madeira apodrecidas e fatais desfiladeiros rochosos. Às vezes, seguia aceleradamente; outras vezes, não via opção a não ser diminuir a velocidade. Dirigir à noite era interessante. Shea já não precisava de faróis, enxergava claramente, como se fosse dia. A luz da lua derramava-se leitosa, banhando as árvores e os arbustos com um tom prateado. A paisagem era encantadora, trazendo todas as cores do espectro de forma viva e detalhada.

*

Longe dali, uma enorme coruja procurava proteção. Circulou uma casa enorme e destruída em uma colina, aproximou-se cuidadosamente. Enquanto pousava em uma rocha que funcionava como muro, fechando as asas e assumindo a forma de humano, a matilha na floresta ali em volta começou a uivar em tom de alerta. Quase no mesmo instante, um homem saiu da casa. Preguiçosamente, atravessou a varanda coberta por neblina e foi até o portão. Era alto e tinha cabelos escuros. Emanava poder por cada um de seus poros. Movia-se com a graça de um enorme gato selvagem e com a elegância de um príncipe. Seus olhos, tão negros quanto a noite, guardavam centenas de segredos. Embora ele não ostentasse expressão alguma em seu rosto perfeito e sensual, havia perigo, uma ameaça silenciosa na forma como ele se portava.

– Byron. Muito tempo se passou desde a sua última visita... E você não nos avisou antes – nenhum tom de censura maculava a voz aveludada, suave e musical, mas a censura estava ali, talvez no volume da fala.

Agitado, Byron limpou a garganta. Seus olhos escuros não se direcionavam ao olhar penetrante do outro homem.

– Sinto muito, Mikhail, por meus modos. Mas a notícia que trago é perturbadora. Vim o mais rápido que pude e ainda não consegui encontrar as palavras para lhe contar.

Mikhail Dubrinsky acenou graciosamente com a mão. Um dos anciãos, um dos mais poderosos. O tempo havia lhe ensinado a ter paciência.

– Eu estava atrasado para entrar no solo esta madrugada. Não tinha me alimentado, então fui até a vila e atraí um dos habitantes locais em minha direção. Quando entrei na região, senti a presença de uma mulher da nossa espécie. Ela não tinha a mesma aparência que temos: era pequena, magra, com cabelos vermelhos escuros e olhos verdes. Percebi que estava fraca, que não tinha se alimentado recentemente. Usando nosso caminho mental comum, tentei me comunicar com ela, mas ela não respondeu.

– Você tem certeza de que ela é uma de nós? Isso não me parece possível, Byron. Nossas mulheres são poucas, uma delas não estaria andando por aí desprotegida, descuidada, no amanhecer, desconhecida por nós.

– Ela é uma mulher Cárpato, Mikhail, e não foi reivindicada.

– E você não ficou ao lado dela, para guardá-la e trazê-la até mim? – a voz agora saía uma oitava abaixo, tão suave a ponto de parecer um sussurro carregado de ameaça.

– Isso não é tudo: havia ferimentos em sua garganta, feridas abertas... Várias. Os braços também estavam feridos. Aquela mulher foi usada de uma forma asquerosa, Mikhail.

Uma chama vermelha brilhou nas profundezas dos olhos escuros de Mikhail.

– Diga-me o que você está tão relutante em revelar – a voz de veludo negro nunca fora mais dura ou mais alta.

Byron permaneceu em silêncio por um longo instante. Por fim, olhou diretamente naqueles olhos penetrantes.

– O sangue de Jacques corre nas veias dela. Eu reconheceria o cheiro dele em qualquer lugar.

Mikhail não piscou, seu corpo permaneceu totalmente paralisado.

– Jacques está morto.

Byron sacudiu a cabeça.

– Eu não estou enganado. Era o cheiro de Jacques.

Os olhos negros correram por Byron uma vez mais. Então, Mikhail levantou o rosto, saboreando a noite. Enviou um chamado poderoso por um caminho familiar e encontrou o vazio, o vácuo.

– Ele está morto, Byron – repetiu suavemente, um aviso claro de suas palavras deviam colocar um ponto final naquele assunto.

Byron permaneceu na mesma posição, ereto como um militar.

– Eu não estou enganado.

Mikhail estudou-o por um longo instante.

– Você está dizendo que Jacques usou essa mulher da forma errada? Está sugerindo que ele talvez tenha transformado uma humana? – Havia um leve sibilar acompanhando a pergunta. Naquele momento, o poder de Mikhail fluía de seu corpo e preenchia o ar, envolvendo os dois.

– Ela é uma mulher Cárpato, não uma vampira. E visitou o banco de sangue da clínica da região. Não sei que tipo de ligação ela tem com Jacques, mas sei que eles estão ligados. – Byron continuava inflexível.

– De qualquer forma, Byron, não temos outra opção além de encontrar essa mulher misteriosa e protegê-la até chegar a hora de ela receber um parceiro de verdade. Vou avisar Raven de que partirei com você. Não quero que ela ouça nada sobre Jacques. – A frase foi dita no mais suave dos tons, mas, ainda assim, aquele era um tom totalmente ameaçador, um decreto absoluto.

Sob aquelas palavras havia uma promessa assustadora. Se Mikhail encontrasse Jacques vivo, incapaz ou indisposto a responder o chamado, uma vingança rápida e mortal seguiria. E se a mulher fosse parte disso... Byron suspirou e olhou para o céu enquanto Mikhail dissolvia-se na neblina. As nuvens começavam a se mover por entre as estrelas e a terra agitou-se sem parar, perturbada por um perigo invisível.

Mikhail saiu da névoa já transformado, seu corpo forte movendo-se rapidamente. Byron nunca tinha dominado a mesma velocidade de Mikhail e teve de se transformar na coluna de pedra antes de se lançar na direção do céu. O pássaro maior voou silenciosamente na direção da terra. Suas garras eram tão afiadas que ele parecia sempre estar prestes a cometer um assassinato. No último instante, voltou a subir, batendo fortemente suas asas.

A mulher, qual era a idade dela?

Jovem. Vinte anos, talvez um pouco mais. Seria impossível dizer. Ela sabia nossa língua, eu percebi, mas falou em inglês. O sotaque era claro. Contrações e forma de falar americanas, embora eu tenha percebido um leve sotaque irlandês. Ela escolheu chamar atenção para nós. Ninguém da espécie deles faria algo desse tipo. *Fui forçado a deixá-la, como ela sabia que aconteceria. A mulher conseguiu ficar mais tempo do que eu sob a luz da manhã. Sei que ela não era uma vampira. Se fosse, as coisas não teriam acontecido dessa forma.*

As duas corujas ganharam velocidade no céu escuro, cortando o ar da noite. Um leve sibilo denunciava a força cada vez maior do vento. Abaixo deles, as árvores balançavam, e suas copas pareciam tentar alcançar o chão. Pequenos animais apressavam-se nervosamente em direção às suas moradas e as nuvens uniam-se, tornando-se mais pesadas e escondendo ameaçadoramente as estrelas.

*

Os braços de Shea começavam a doer enquanto a caminhonete cambaleava pela trilha irregular. Seus dedos tinham segurado o volante com tanta força a ponto de ficarem quase dormentes. Ela começava a suspeitar de que tinha, de alguma forma, se perdido quando a caminhonete estremeceu ao passar por um riacho raso. Então, percebeu a trilha discreta que levava até o velho chalé. Suspirando aliviada, tomou aquele caminho. A pista, com áreas cobertas de grama, tinha buracos e muitas pedras, mas Shea já estava familiarizada com as curvas e com os possíveis problemas que estavam por vir, então atravessou o caminho rapidamente.

Tentou duas vezes fazer contato com a mente de Jacques, mas ele resistiu aos esforços. Aquilo a preocupava. Ela tentou se convencer de que ele não estaria em perigo. Estava certa de que saberia se o tal sujeito chamado Byron tivesse encontrado Jacques. Todavia, era impossível não temer por ele. Suspirou um ar carregado de alívio quando finalmente avistou o chalé. Precisou de alguns instantes para conseguir soltar os dedos do volante e alongar os músculos das pernas. Quando conseguiu sair do veículo, tropeçou, tão instáveis estavam suas pernas.

O vento já se tornava mais acelerado, jogando folhas e gravetos por toda a volta, formando pequenos redemoinhos. Lá em cima, a copa das árvores dançava e balançava. Faixas negras e acinzentadas passeavam diante do brilho das estrelas, extinguindo-as uma a uma. As nuvens começavam a se aproximar, pesadas e escuras. Estremecendo, Shea olhou para cima, certificando-se de que o temporal era um presságio do perigo.

A fome a consumia, sempre presente, sempre implacável. Parecia piorar a cada dia. Sua fraqueza crescia, era como se ela já não tivesse mais sangue. Naquele momento, todavia, nada além da segurança de Jacques lhe importava. Ajeitando os ombros, ela atravessou a varanda. O chalé estava escuro. Jacques não conseguia abrir as persianas ou acender a luz. Shea destrancou a porta e a empurrou, ansiosa por vê-lo.

Jacques estava de pé, encostado na parede. Usava calça jeans e nada mais. Estava pálido, enfraquecido, com linhas de abatimento marcando aquele rosto lindo. A ferida abaixo do coração gotejava um fluxo constante de sangue. Seus pés estavam descalços; seus cabelos grossos, selvagens e embaraçados, como sempre. Uma fina película de suor cobria-lhe o corpo. Havia uma mancha vermelha em sua testa, e gotas escarlate pontilhavam sua pele.

– Meu Deus! – o coração de Shea quase parou. Ela podia sentir o sabor do medo em sua boca subitamente seca. – Jacques, o que você fez? O que você estava pensando?!

Ela atravessou quase correndo a pequena distância que os separava, sem sequer notar quão rapidamente podia se movimentar. Podia sentir as lágrimas queimando em sua garganta e atrás de seus olhos. O que Jacques estava fazendo consigo mesmo a estava deixando fisiologicamente doente.

– Por que você fez isso? – as mãos de Shea eram suaves enquanto ela examinava o ferimento. – Por que você não esperou por mim? – ainda enquanto tentava segurá-lo, o mais tolo dos pensamentos passou por sua cabeça. Onde ele tinha arrumado aquelas calças que lhe serviam? Mas a resposta a essa pergunta pouco importava naquele momento.

Ele virá hoje à noite e eu preciso protegê-la.

– Não, desse jeito você não vai me proteger. Caso não tenha percebido, há um buraco em seu corpo. Você está colocando força demais nesses pontos. Jacques, você precisa se deitar.

Ele está vindo.

– Eu não me importo, Jacques. Podemos sair daqui, viajaremos a noite toda se for necessário. Temos armas. Talvez não possamos matá-lo, mas podemos deixá-lo mais lento – a verdade é que Shea não estava certa de que poderia atirar em alguém.

Ela era uma médica, uma cirurgiã, uma mulher que curava. Pensar em tirar uma vida era algo por demais horrível para ela. Shea queria fazer os curativos em Jacques e se apressar em tirá-lo dali. Evitar problemas parecia ser mais fácil do que enfrentá-los.

Jacques não precisou se esforçar muito para ler a mente, a relutância, de Shea.

Não se preocupe, Shea. Eu consigo matá-lo. Ele balançou contra o corpo dela, quase derrubando os dois.

– Não sei se devo considerar isso uma boa notícia – ela respondeu, rangendo os dentes. De alguma forma, eles tinham conseguido dar alguns passos em direção à cama. – E, se você pudesse se ver agora, talvez não tivesse tanta certeza de que seria capaz de matar uma mosca.

Jacques estendeu o enorme corpo sobre os lençóis, sem jamais emitir um ruído sequer. Manteve a mente fechada, pois não queria compartilhar sua agonia com Shea. Não importava; Shea podia ver a agonia estampada no rosto dele, nas linhas brancas em volta de sua boca e no vazio apático naqueles olhos negros.

– Sinto muito por tê-lo deixado sozinho – ela se desculpou novamente enquanto empurrava os cabelos grossos de Jacques para trás, correndo os dedos pelas mechas preto-azuladas.

Com o coração pesado, começou a reunir seus instrumentos. Mover Jacques causaria dor novamente, e seria ela quem estaria causando essa dor.

Não é você quem está me torturando, ruivinha.

– Sei que você pensa isso, Jacques – ela respondeu, cansada, desajeitada, segurando os fios de cabelo vermelhos que lhe caíam em volta do rosto e pela nuca abaixo. – Eu o feri quando o trouxe para cá, eu o feri quando o operei sem analgésicos, e vou feri-lo novamente agora – Shea colocou sua bandeja com os instrumentos ao lado da cama. – Você está perdendo sangue demais outra vez. Deixe-me dar um jeito nisso e aí lhe darei sangue – disse ela. Então, mordeu o lábio com força enquanto limpava o líquido vermelho e examinava a ferida aberta.

Do lado de fora, o vento fazia as janelas sacudirem, uivava em tom baixo, fazia os arbustos esfregarem-se nas paredes. O som era perturbador e os pelos na nuca de Shea arrepiavam-se. Um leve sussurro, como o toque da morte contra sua pele. Jacques segurou-a pelo braço, pegou em sua mão quando ela começou a trabalhar na ferida.

Ele está aqui.

– É o vento.

Shea não acreditava em suas próprias palavras, mas não havia nada que pudesse fazer antes de fechar aquela ferida.

O vento ganhou força, tornou-se um grito assustador. Um trovão berrou enquanto um raio dançava e acendia seu caminho pelo céu. A pesada porta da entrada rachou, dividindo-se. Shea deu meia-volta, com agulha e suturas nas mãos cheias de sangue. Jacques, sangrando e agonizando, muito pálido e com gotas escarlate de suor cobrindo seu corpo, tentou se sentar.

Dois homens encostaram-se no vão da porta. Ela reconheceu Byron, mas foi o homem à frente dele quem atraiu seu olhar aterrorizado. Aquele era o homem mais forte que ela já encontrara. Seus olhos brilhavam com um vermelho selvagem. Havia alguma coisa vagamente familiar nele, mas Shea estava tomada demais pelo pânico para tentar identificar o que era. Um grito de medo escapou-lhe. Então, ela virou-se e pegou a espingarda.

O golpe de velocidade de Mikhail transformou-o em uma mancha. Ele rapidamente tomou a arma das mãos de Shea e jogou-a descuidadamente para o lado. Os olhos daquela criatura continuavam brilhando, agora fixos em Jacques. Um sibilo lento e maldoso escapou da garganta de Mikhail.

Os olhos de Jacques, carregados com uma mistura de cólera e determinação assassina, encontraram-se com os dele. Jacques tentou uma investida contra o homem, mas Mikhail pulou para trás, segurou Shea pela garganta e jogou-a com tanta força contra a parede a ponto de deixá-la sem ar. Ela nunca tinha sentido tanta força em uma única mão. Mikhail segurou-a um pouco acima do chão e prendeu-a à parede enquanto seus dedos tiravam-lhe a vida.

Até mesmo o ar no chalé pareceu se tornar mais espesso, pesado, pareceu vibrar com a violência, com a malevolência. Ainda enquanto Byron rugia um aviso, uma cadeira, aparentemente por vontade própria, elevou-se, pairou no ar e, em seguida, lançou-se pela sala, como se quisesse atingir a parte de trás da cabeça de Mikhail. No último segundo, o homem forte inclinou a cabeça para o lado, evitando a cadeira, que então bateu contra a parede e se desfez em pedaços bem ao lado do rosto de Shea.

Mikhail virou o rosto na direção de Jacques e puxou Shea, afundando ainda mais os dedos no pescoço dela.

– O que você fez com ele? – perguntou o homem, com uma voz baixa, ameaçadora, enquanto a sacudia como uma boneca de pano. Sua voz desceu uma oitava. Grave. Insidiosa. Envolveu Shea em uma atmosfera de veludo.

Diga-me o que você fez com ele.

Agora a voz estava na cabeça dela, embora não tivesse entrado pelo mesmo caminho usado por Jacques.

Com toda a força que lhe restava, Shea lutou contra ele, tentando recuperar o fôlego, tentando evitar que ele entrasse em sua mente. Mais uma cadeira voou na direção de Mikhail, dessa vez vinda do lado esquerdo. Com um leve aceno de mão, ele fez a cadeira parar no ar. Ela pairou por alguns segundos antes de cair inofensivamente no chão. Durante todo o tempo, aqueles dedos terríveis não soltaram a garganta de Shea e jamais diminuíram a pressão. Ele mantinha-na presa com facilidade, estrangulando-a com uma mão.

Shea respirava penosamente. O quarto girou, tornou-se negro, machas brancas surgiam em todas as direções. Jacques sentiu que sua companheira estava perdendo a consciência, e a fera existente dentro dele se libertou. A mente de Jacques entrou em um frenesi assassino. Ele pulou da cama, uma mancha de fúria letal no ar. A necessidade de defender Shea, de matar aquela criatura que a estava atacando, era forte demais. Mikhail foi forçado a se jogar para o lado, soltando Shea, que caiu, incapaz de fazer qualquer coisa que não fosse ficar ali, deitada, desesperada, tentando respirar.

– Jacques – a voz de Mikhail era baixa e constrangedora. – Sou seu irmão. Você não me reconhece? – Mikhail tentou várias vezes tocar a mente fragmentada de Jacques, mas encontrou apenas um feroz desejo assassino. Lançou um olhar de desamparo para Byron, mantendo um ar de interrogação nos olhos.

Byron sacudiu a cabeça. *Você consegue controlá-lo?*

Não há nenhum caminho, nenhum fragmento que eu possa capturar. Mikhail teve de atravessar o quarto com agilidade para evitar o próximo ataque de Jacques. Duas lâmpadas se chocaram uma contra a outra na altura de sua cabeça, com a velocidade de balas de revólver. Mas Mikhail sumiu e reapareceu do outro lado da sala, correndo a mão pelos cabelos pesados.

Jacques arrastou-se pelo chão, até alcançar Shea e sentou-se apoiado contra a parede, tentando usar o próprio corpo como um escudo para protegê-la. Shea sentiu o cheiro de sangue fresco e então percebeu que uma quantidade considerável havia caído em seu braço e na lateral de seu corpo. Olhou em volta, confusa e aturdida, antes de se dar conta do que estava acontecendo.

Jacques! Em questão de segundos, ela estava sobre ele, apertando a ferida, esquecendo-se de tudo que não fosse a necessidade de salvá-lo.

– Vocês têm três escolhas – disse ela, olhando para os intrusos por sobre o ombro. – Matar a nós dois agora e terminar logo com isso, deixar a gente em paz ou me ajudar a salvá-lo – Shea só ouviu o silêncio como resposta. – Caramba! Escolham logo! – a voz dela era rouca e feroz. Mesmo depois de quase ter sido estrangulada, Shea ainda conseguia adotar aquela voz fria, característica de uma profissional.

Mikhail correu para ajudá-la. Jacques, pressentindo um ataque, empurrou Shea para trás e, rugindo como um animal selvagem, jogou seu corpo sobre o dela.

– Afaste-se! – gritou Shea para Mikhail. E então uniu sua mente à de Jacques. O coração dele pulou com tanta força que ela ficou com medo de seu peito explodir. Não havia nada além de uma névoa vermelha de violência, uma fúria assassina que ela não conseguiria atravessar.

Mikhail instantaneamente se dissipou em névoa, reaparecendo um pouco mais distante.

Jacques, deixe-me ajudá-lo, implorou Shea com uma voz suave, tentando entrar na mente dele, tentando acalmá-lo.

Ele rosnou para ela, mostrando as presas, um aviso claro para que ela ficasse atrás dele.

– Ele se transformou, Mikhail – murmurou Byron. – Ele é perigoso até mesmo para a mulher. E não podemos nos permitir perdê-la.

Shea os ignorou, sussurrou palavras sem sentido em sua própria mente, tentando desesperadamente trazer Jacques de volta à realidade. Suas mãos mais uma vez encontraram a ferida.

Eles não vão tocar em mim, homem selvagem. Vão ficar longe de nós. Por favor, deixe-me ajudá-lo ou não terei como me proteger deles. Estarei sozinha.

Ela se recusava a perdê-lo. Outras pessoas poderiam matá-lo, mas ela jamais permitiria que as feridas ou a insanidade dele a derrotassem. Shea temia por Jacques, e também temia Jacques, mas jamais o abandonaria.

– Do que você precisa? – perguntou Mikhail em um tom suave.

– Minha bandeja com os instrumentos – ela respondeu, sem olhar para ele. Sem sequer virar o rosto. Toda a sua concentração estava direcionada para acalmar Jacques.

– Seu tipo de cirurgia é primitivo. Vou chamar nosso cirurgião – Mikhail enviou imediatamente uma convocação mental imperativa.

– Ele vai morrer até seu médico chegar. Que droga! Saia daqui se você não for me ajudar! – gritou Shea, furiosa. – Não consigo lutar contra vocês dois, e não vou deixá-lo morrer simplesmente porque você não aprova meus métodos.

Cuidadosamente, de modo a evitar desencadear a ira de Jacques, Mikhail empurrou a bandeja pelo chão. O objeto deslizou até ficar a poucos centímetros da mão de Shea.

Jacques em momento algum tirou os olhos dos dois homens, apenas os encarava com ódio e com promessa de retaliação. Quando Shea se movimentou, ele seguiu os movimentos dela, como se soubesse o que ela faria antes mesmo de ela fazer. No fundo, ele queria continuar usando seu corpo como um escudo para protegê-la dos outros, mesmo se para isso tivesse de amassá-la contra a parede.

– Tragam-me um pouco de terra fresca – a voz de Shea era rouca, mas autoritária. Ela mantinha todos os movimentos lentos e cuidadosos, para evitar assustar Jacques.

Byron deu de ombros e, relutante, fez o que ela pediu. Olhou para Mikhail quando já estava do outro lado da sala. Byron obviamente acreditava que Jacques representava um perigo para todos eles.

Shea tossiu várias vezes. Sua garganta inchada ainda ostentava a marca dos dedos de Mikhail, embora as marcas agora estivessem um pouco mais claras. Lentamente, levantando-se para se ajoelhar ao lado de Jacques, mantendo as mãos firmes, a concentração total, Shea usou pinças pequenas e linha para reparar meticulosamente a ferida que tinha voltado a se abrir. Era um trabalho lento e tedioso, e ela se esforçou para manter a ligação mental com Jacques enquanto reconstruía os pontos, dividindo sua mente entre manter um contato tranquilo para prendê-lo a ela e assegurar-se de que ele não começaria a sangrar. Jacques era um caldeirão fervente de emoções violentas. Seus olhos, duros e atentos, nunca desviaram dos outros dois homens. Quando finalmente levantou a mão, Jacques afastou os cabelos sedosos de Shea e usou a ponta dos dedos para acariciar a têmpora que ele tinha ferido ao fazê-la bater contra a parede. Quando a mão de Jacques desceu, Shea estava receosa de que ele tivesse levado consigo a única ligação existente entre eles dois.

Ela colocou terra e saliva sobre a ferida e lentamente ajeitou o corpo.

– Você precisa de sangue, Jacques – disse suavemente, gentilmente, quase como um convite. Ele tinha de sobreviver. Precisava sobreviver. Cada célula do corpo dela exigia isso.

Jacques não desviou seus olhos sem alma de Mikhail e de Byron. Shea nunca tinha visto um ódio tão implacável nos olhos de alguém. Ele nem olhava para ela, nem reconhecia seus esforços. Em momento algum demonstrou sinal de dor.

– Meu sangue é antigo, poderoso – disse Mikhail suavemente. – Vou dar meu sangue para ele – então, aproximou-se com uma graça fluida, sem realizar qualquer movimento que pudesse assustar Jacques.

Shea sentiu o triunfo feroz de Jacques, sentiu-o reunindo suas forças. Antes que Mikhail pudesse chegar muito perto, Shea posicionou-se entre eles.

– Não! Ele vai matá-lo! Ele está planejando...

A pegada de Jacques era assustadora. Segurando Shea pelos cabelos, ele a empurrou para baixo. Sua fúria era palpável. Com os olhos fixos nos de Mikhail, ele inclinou a cabeça escura e afundou os dentes no pescoço de Shea.

– Não faça isso! – Byron apressou-se para frente, mas Mikhail o fez parar ao erguer a mão, ainda com seus olhos negros fixos nos de Jacques.

Um calor extremamente forte, um calor que chegava a queimar. Shea entendeu que Jacques estava furioso com sua interferência. Essa demonstração tinha como objetivo tentar convencer os outros a intercederem. Jacques buscava atraí-los para dentro de seu cruel alcance. Shea ficou perfeitamente paralisada, aceitando a natureza violenta de Jacques. Ele estava tão próximo da fúria completa que qualquer passo em falso poderia deixá-lo completamente insano. Shea estava cansada e ferida. Todo o seu corpo doía. Seus cílios abaixaram, uma pesada letargia pousava sobre ela. E ela entregaria facilmente sua vida pela vida de Jacques. Ele não aceitando nada que ela não estivesse disposta a dar.

– Você a está matando, Jacques – disse Mikhail discretamente. – É isso que você quer? – ele ficou ali, paralisado, com os olhos negros observadores e pensativos.

– Faça-o parar! – exclamou Byron entre os dentes. – Ele está sugando sangue demais. Está decidido a feri-la.

Os olhos frios e negros de Mikhail correram por Byron apenas uma vez, mas aquilo era uma ordem suficientemente clara, um aviso suficientemente inteligível. Byron sacudiu a cabeça, mas permaneceu em silêncio.

– Ele não vai matá-la – disse Mikhail com a mesma voz discreta. – Ele está esperando que um de nós tente detê-lo. Somos nós quem ele planeja matar. Jacques está pensando em nos atrair para mais perto. Ele não vai arriscar sair de perto dela, e nós não vamos ser tão idiotas a ponto de nos aproximarmos dele. Ele não vai feri-la. Fique lá fora. Enquanto você estiver lá, encontre alguma coisa para consertar a porta. Vou logo em seguida.

Relutante, Byron saiu e foi esperar na varanda. Em seguida, Mikhail juntou-se a ele.

– Você está arriscando a vida dela, Mikhail. Ela não é uma vampira e ele está claramente abusando dela. Esta mulher não pode suportar perder uma quantidade tão grande de sangue. Jacques era meu amigo, mas esse cara que está aí dentro já não é um de nós. Ele não reconhece nenhum de nós. Você não pode controlá-lo. Ninguém pode.

– Ela pode. Ele não se transformou. Está ferido, doente – disse Mikhail suavemente, com um tom de certeza permeando aquela sua voz aveludada.

Furioso, Byron se afastou, praguejando:

– Eu devia tê-la pego.

– Não se engane, Byron. Fraco como está, Jacques ainda é extremamente bárbaro. Antes de desaparecer, ele passou muitos anos estudando. Durante os últimos anos, caçou. Com a mente tão fragmentada, ele é mais uma fera do que um homem... Um predador, mas com a inteligência e a astúcia de um predador experiente. E você não estava prestando atenção lá dentro. Seja quem for aquela mulher, ela está lutando para salvá-lo, mesmo que isso custe muito para ela. Acredito que ela tenha sido escolhida.

– O ritual ainda não está completo. Ela não se deitou com ele. Nós saberíamos – disse teimosamente Byron, que começou a caminhar com impaciência. – Há muitos de nós sem uma companheira, e você ainda permite esse risco.

– Só há uma companheira para cada um. E essa mulher obviamente pertence a Jacques.

– Nós não sabemos se isso é verdade. Se ele não fosse seu irmão... – começou Byron.

Um rosnado baixo o interrompeu.

– Não vejo motivos para você questionar meu bom-senso com relação a esse assunto, Byron. Eu já tive outros irmãos e nunca permiti que a fraternidade se colocasse no caminho do que é certo e do que é justo.

– Foi Gregori quem caçou seu irmão mais velho – apontou Byron.

Mikhail virou lentamente a cabeça. Seus olhos negros refletiram o raio que queimava através do céu.

– Porque eu mandei.

Capítulo 7

Jacques sentou-se no chão, ciente da parede em suas costas e da mulher deitada tão imóvel em seus braços. Emoções obscuras e violentas giravam em sua mente; seu corpo agitava-se com a necessidade de matar os inimigos. Um golpe de sanidade tomou conta de sua mente, chamando-lhe a atenção. Ambos os intrusos estavam familiarizados com ele. *Alguém que ele conhecia e em quem confiava.* Um rosnado silencioso fez suas presas saltarem. *Às vezes os traidores andam em grupos.* Eles tinham pensado que Jacques estava enfraquecido, mas ele era mais rápido do que todos, exceto os anciões. Tinha aprimorado suas habilidades de luta, seus poderes mentais. Aqueles homens não conseguiriam torturar e matar sua mulher.

SHEA. O nome dela era suave, uma brisa fresca soprando em sua mente. SHEA. Uma vela acesa, uma luz para guiá-lo por entre aquelas camadas de cólera negra.

Ele sentiu-a, pequena e delicada, em seus braços. A pele dela era suave; os longos cabelos deitados em seu peito eram como fios de seda. Ele desceu o queixo até a parte superior da cabeça dela e acariciou-a leve e carinhosamente. Foram necessários alguns minutos antes de ele se dar conta de que seu corpo estava vacilante, frio, quase sem vida... Precisando de sangue.

Um grito de angústia escapou-lhe quando afastou a cabeça de Shea e viu os ferimentos e a carne viva naquela garganta.

Shea! Não me deixe! O apelo saiu de seu coração. Ele tinha feito aquilo? As marcas não eram de seus dedos, mas e a carne aberta? Ele tinha feito aquilo com ela? Uma onda de mal-estar saiu de seu corpo e percorreu a terra, fazendo o chão estremecer.

Não me deixe, Shea!

Jacques rasgou o pulso com os dentes, pingou um pouco daquele fluido vermelho na boca dela.

Vamos, ruivinha, reaja. A força vital de Jacques desceu pela garganta de sua parceira. Ele massageou o pescoço dela, forçando-a a engolir.

Você não pode me deixar na escuridão.

Não conseguia se lembrar de tê-la atacado, mas, de alguma forma, sentindo o coração pulsar em sua garganta, Jacques sabia que tinha feito aquilo. Ele era louco.

*

Do lado de fora, o vento corria entre as montanhas. Trovões arrebentavam. Nuvens escuras uniam-se umas às outras e a chuva caía torrencialmente. Um enorme lobo saiu de trás de uma árvore. Seus olhos eram claros e flamejantes. Ao se aproximar da pequena varanda, aquele corpo enorme contorceu-se, esticando-se, e transformou-se em um homem com músculos pesados, ombros largos, cabelos negros e olhos acinzentados. Saiu da chuva pesada e observou os outros dois que o encaravam. A tensão entre Mikhail e Byron era palpável. Mikhail, como sempre, mantinha-se impenetrável. Byron parecia a própria tempestade. O recém-chegado levantou as sobrancelhas e aproximou-se de Byron.

– Da última vez em que alguém irritou Mikhail, as coisas ficaram horríveis. Não quero tentar transplantar órgãos vitais em seu corpo, então vá andar um pouco para refrescar a cabeça – a voz era agradável, tinha uma cadência ligeiramente monótona. Convincente, até mesmo relaxante. Mas, mesmo assim, era claramente uma ordem. Aquela voz era tão fascinante, tão hipnótica, que até mesmo aqueles de sua espécie sentiam-se atraídos pelo poder que dela emanava.

Gregori, o sombrio. Ancião, poderoso, instrumento da justiça. Dispensou Byron simplesmente dando-lhe as costas e virando-se para Mikhail.

– Quando você me enviou o chamado, disse que era Jacques e, ainda assim, não consigo detectá-lo. Tentei tocar a mente dele, mas me deparei com o vazio.

– É Jacques, mas ele já não é mais o mesmo. Não se transformou ainda, mas está severamente ferido. Não nos reconhece e está extremamente perigoso. Não consigo contê-lo sem feri-lo ainda mais.

– Ele lutou com você? – a voz de Gregori, como sempre, era gentil, até mesmo terna.

– Sim, e vai lutar outra vez se eu voltar lá. Ele está mais parecido com um animal selvagem do que com um homem, e é impossível se comunicar com ele. Ele vai nos matar se conseguir se fortalecer.

Gregori inspirou o ar da noite selvagem.

– Quem é a mulher?

– Ela é Cárpato, mas não conhece nossos costumes, nem responde de acordo com nossos meios comuns de comunicação. Parece ter sido treinada com práticas humanas de cura.

– Médica?

– Talvez. Ele a protege, mas é abusivo. Como se não conseguisse separar o que é certo do que é errado. Acho que está preso em um mundo de loucura.

Os olhos acinzentados piscaram. Havia um tom de crueldade latente nos traços escuros e lascivos de Gregori, marcas claras de um terrível predador.

– Você não tem ideia do que aconteceu com ele?

Mikhail acenou uma negação, sacudindo lentamente a cabeça.

– Não tenho ideia, não tenho explicação. Não perguntei à mulher. Eu a ataquei, e até a teria matado, pensando que ela era a agressora de meu irmão – Mikhail confessou sem mudar o tom, apenas admitindo friamente. – Ele está com uma aparência péssima, claramente agonizando, suando sangue... E ela ficou em cima dele, escavando a ferida. Havia tanto sangue que cheguei a pensar que ela fosse uma vampira, uma louca, atormentando-o, tentando arrancar suas vísceras.

Um leve silêncio instalou-se, apenas o vento e a chuva se atreveram a lançar comentários. Gregori simplesmente esperou com o corpo tão rígido quanto as montanhas.

Mikhail deu de ombros.

– Talvez ele não esteja pensando, apenas reagindo. Não consegui tocar sua mente. O sofrimento no rosto dele era mais forte do que eu poderia suportar.

– A tempestade não é sua – declarou Gregori. – Jacques tornou-se muito mais poderoso do que eu imaginava. Há uma escuridão nele, maior do que qualquer outra que eu já tenha visto. Ele não é um vampiro, mas tornou-se verdadeiramente perigoso. Vamos entrar e ver se posso reparar os danos.

– Seja cuidadoso, Gregori – advertiu Mikhail.

Os olhos prateados brilharam, refletindo a chuva torrencial.

– Tenho fama de ser cuidadoso, não tenho?

Gregori passou pela porta quebrada. Mikhail sacudiu a cabeça diante de uma mentira tão absurda, e logo o seguiu um passo atrás.

A cabeça de Jacques levantou-se, uma fúria negra esfumaçava-lhe os olhos enquanto ele os observava. Um sibilo longo e lento, um claro sinal de aviso, escapou das profundezas de sua garganta. Gregori parou, levantando as mãos, fazendo o antigo sinal para demonstrar que estava ali com fins pacíficos. Mikhail apoiou o corpo contra o batente da porta, tão completamente parado a ponto de chegar a parecer parte da própria parede. Estava completamente ciente de que tinha cometido um enorme erro quando atacou aquela mulher.

– Jacques... Sou eu, Gregori – a voz emanava poder, mas era, ao mesmo tempo, suave e relaxante. – O médico do nosso povo.

Shea estava deitada sobre Jacques, apoiando sua cabeça nos ombros dele, com olhos fechados. Ela gemeu – um som baixo e rouco que só tornou a fúria de Jacques ainda maior. Seus dedos correram pelas manchas escuras ao longo da garganta inchada de Shea. Em seguida, lançou um olhar assassino para Mikhail.

– Deixem-nos em paz! – a voz de Shea era praticamente um sussurro, rouca e feroz. Ela não abriu os olhos ou tentou se mover.

– Posso ajudá-lo – explicou Gregori, usando o mesmo tom hipnotizante. Parecia óbvio que a mulher era o caminho para se chegar até Jacques. Isso estava escrito na forma como ele a abraçava, na postura protetora de seu corpo, na forma como seus olhos se moviam possessivamente, talvez carinhosamente, na direção do rosto dela. As mãos de Jacques afagavam-na de forma contínua, acariciando-lhe os cabelos e a pele.

Ao ouvir a ordem subjacente na bela voz de Gregori, os longos cílios de Shea levantaram-se e ela estudou o rosto daquele homem. Ele era selvagemente lindo, uma mistura de elegância e animalidade indomável. Parecia mais perigoso do que os outros dois. Shea tentou engolir a saliva em sua boca, mas sentiu dor.

– Para mim, você parece um psicopata assassino.

Essa aí tem cérebro. A risada suave de Mikhail ecoou dentro da cabeça de Gregori. *Ela enxerga além desse seu rostinho bonito.*

Você é tão engraçadinho, príncipe. Gregori deliberadamente lembrou Mikhail do quarto de século de diferença entre suas idades. *Jacques está se preparando para o ataque. Ouça o vento cada vez mais forte lá fora.* Ficou em silêncio por um momento, buscando todos os caminhos conhecidos. *Não consigo encontrar um único fragmento de memória para alcançá-lo e ela é muito resistente à compulsão mental. Posso usá-la, mas ele vai saber o que estou fazendo. Vai lutar contra mim, temendo que eu esteja tentando tirar algo dela. E ela está fraca demais para sobreviver a um combate desse tipo.*

Você consegue imobilizá-lo? Fazê-lo dormir?

Não nesse estado de agitação em que ele se encontra. Jacques está mais parecido com um animal do que com um homem e está mais perigoso do que você imagina. Gregori inclinou a cabeça ligeiramente na direção de Shea, e continuou a conversa em voz alta com ela:

– De qualquer forma, ao contrário do que você possa pensar, sou um médico do nosso povo. Posso ajudar Jacques, mas vou precisar de informações.

A palma da mão de Jacques deslizou pela garganta de Shea, por seu ombro. Então, apertou-se em volta do braço dela.

Não ouça o que ele diz. Eles conversam um com o outro sem que nós saibamos. Não devemos confiar neles. As palavras eram sussurradas, graves e com um tom de ordem. O momento de sanidade de Jacques estava prestes a chegar ao fim agora que havia outros homens tão próximos de Shea.

Se ele é um médico do seu povo, pode curá-lo mais rapidamente do que eu. Vamos pelo menos escutar o que ele tem a dizer. Shea manteve sua voz o mais calma e destemida que conseguia. Estava cansada e queria repousar, mas não poderia deixar Jacques.

– Você fala com Jacques usando o método de nosso povo – comentou Gregori. – É uma verdadeira companheira – com os olhos nos dedos de Jacques, que agora envolviam o braço de Shea, Gregori continuou: – Você não pode dormir. Você é a sanidade dele. Sem você, não podemos ajudá-lo.

Shea colocou a língua para fora e correu-a pelo lábio inferior. Seus dentes pequenos mordiscavam nervosamente.

– Diga algo sobre Jacques para nós – desafiou. – Prove que você o conhecia antes e que era seu amigo.

– Ele é irmão de Mikhail. Estava desaparecido há sete anos. Nós o procuramos e, quando concluímos que ele estaria morto, passamos a procurar pelo corpo. Todos nós, Mikhail, Byron e eu, trocamos sangue com Jacques. Isso fortalece nossa comunicação telepática. Em teoria, deveríamos ser capazes de nos comunicar com ele. Quando nenhum de nós conseguiu senti-lo, acreditamos que ele estava morto.

Shea respirou profundamente, um ar que a acalmava e que acalmava Jacques. Aqueles homens eram poderosos e perigosos. Embora o médico parecesse ser o próprio príncipe das trevas, havia um ar de sinceridade envolvendo-o. No entanto, suas palavras estavam provocando uma fúria mortal em Jacques. Shea tentou manter o parceiro o mais calmo possível.

– Eu o encontrei enterrado no porão de uma casa destruída, a cerca de dez quilômetros daqui.

Jacques apertou seus dedos em volta do braço de Shea, causando-lhe dor. *Não conte nada para eles.*

Jacques. Ela disse o nome dele suavemente. *Você está me machucando.*

Gregori assentiu.

– Ele passava temporadas lá antes de desaparecer. Aquele chalé é de Mikhail. Anos atrás, Jacques protegeu a esposa de Mikhail ali, lutou contra um traidor para salvá-la. Ele quase morreu naquele local – Gregori viu uma faísca de esperança brilhar nos olhos de Shea.

Ele sabia que, embora ela controlasse Jacques, ali também havia uma linha muito tênue. Precisava chegar até ela, trazê-la para seu lado. Então, continuou:

– Depois daquele incidente, deixamos a região por algum tempo. Cerca de oito anos atrás, Jacques retornou à sua casa, perto daquele chalé. Havia muito perigo naquele ano, assim como no ano seguinte. Humanos e Cárpatos estavam sendo assassinados. Mikhail, Jacques, Aidan e eu procurávamos os assassinos. Jacques deveria nos reencontrar em três dias, vários quilômetros ao sul daqui. Quando não apareceu e não respondeu aos nossos chamados, fomos até a casa dele. Estava completamente destruída. Não conseguimos sentir a força vital dele, e ele não respondeu aos nossos chamados – o sibilar intenso de Jacques chamava aquele homem de mentiroso. Chamas vermelhas queimavam dentro de seus olhos.

Eu chamei e chamei, Shea. Não acredite neste traidor. A força que Jacques colocava contra o braço dela aumentou, ameaçando quebrar os ossos de Shea.

Talvez eu possa tirar alguma informação dele que nos ajude. Shea sacudiu o corpo, sendo forçada a se apoiar no peito de Jacques. *Meu braço está doendo.* Ela estava com tanto sono... Se pelo menos pudesse dormir um pouco... Tudo parecia formar uma única mancha. As vozes desapareciam. Era como se estivessem vindo de muito, muito longe.

O olhar acinzentado de Gregori encontrou-se com os olhos negros de Mikhail.

A mulher está fraca, talvez precisando mais de ajuda do que Jacques precisa. Se a perdermos, ele também estará perdido. Não há dúvida de que ela é tudo que está nos mantendo ligados a ele. Essa mulher é a única coisa que aproxima Jacques da sanidade.

– Agora é sua vez de me contar as coisas... – Gregori pediu a Shea enquanto Mikhail assentia, um sinal claro de que estava compreendendo. Eles tinham percebido que Jacques a segurava com força. Gregori precisava mantê-la consciente e disposta a ajudá-los. – E quanto às feridas de Jacques?

– Ele estava torturado, queimando. Uma estaca de madeira do tamanho do seu punho atravessou todo o corpo dele. É o pior dos ferimentos. Ele se lembra de dois humanos e mais alguém a quem ele chama de "traidor" – relatou Shea, com uma voz extremamente fraca.

Mikhail emitiu um único som: um rosnado ameaçador que fez a espinha de Shea estremecer.

Um vampiro, sussurrou Mikhail para Gregori. *Um vampiro o entregou para humanos para ser torturado e assassinado.*

Sem dúvida, disse Gregori com um tom factual. Ele nem sequer olhou na direção de Mikhail. Todo o seu foco estava voltado para a mulher. Gregori tinha de evitar que Shea caísse no sono, e ela estava muito próxima de dormir. Era a determinação dela em salvar Jacques que a evitava de sucumbir à perda de sangue, à fadiga e à dor.

– Ele estava preso por correntes e algemas, nos pulsos e nos tornozelos. Enterrado de pé em um caixão na parede do porão – Shea realizou um esforço deliberado para falar claramente, mas sua garganta estava inchada demais, e ela estava cansada demais. – Havia mais de cem cortes profundos no corpo dele, além de vários outros mais superficiais. Ele viveu como um prisioneiro da terra, em uma agonia terrível que se estendeu durante todas as horas que passou acordado ao longo de todos esses sete anos. Isso gerou efeitos na mente dele. Jacques se lembra de muito pouca coisa de seu passado. Só consegue recuperar fragmentos de sua memória. A maior parte de suas lembranças envolve dor e loucura – Shea fechou os olhos, exausta. Ela queria que todos eles fossem embora para que ela pudesse dormir. Seu coração batia pesado, gotas de suor brotavam por todo seu corpo e seus membros agora estavam pesados como chumbo. Era quase difícil demais manter os olhos abertos. – A pessoa que o traiu era alguém que ele conhecia e em quem confiava.

– Jacques... – a voz de Gregori desceu mais alguns tons, de modo a parecer um sussurro. Grave, convincente, agradável. – Sua mulher precisa de cuidados. Ofereço meus serviços de curandeiro a vocês dois. Dou minha palavra de que não vou feri-la.

Aceite, Jacques.

Não! É uma armadilha.

Shea esticou-se, tentou sentar-se sozinha, mas estava fraca demais.

Veja em que condições estamos, homem selvagem. Eles poderiam facilmente nos matar. Estou tão cansada que sequer consigo ficar de pé.

Jacques refletiu sobre o assunto. Ele sabia que havia algo errado consigo, mas não confiava em ninguém. E só aceitou porque sentia que a saúde de Shea estava em situação ainda pior do que a dele.

Fique perto de mim.

Shea ergueu a mão trêmula. Fraca, afastou os cabelos de seu rosto.

– Ele disse que vocês podem ajudá-lo...

– Teremos de colocá-lo na cama, Jacques – a voz de Gregori dissipou a pesada tensão que havia se instalado no ambiente, substituindo-a por um ar limpo e agradável. – Mikhail, vou precisar de ervas. Você sabe quais. Diga a Byron para me trazer bastante daquele solo rico das câmaras de vaporização nas cavernas.

Gregori aproximou-se do casal. Sua elegância graciosa não conseguia ocultar a força de seus músculos e a força que emanava de seu corpo. Parecia totalmente confiante, relaxado, destemido.

O rugido suave na garganta de Jacques tornou-se mais acentuado. Seus dedos apertaram-se possessivamente, comprimindo os ossos e os tendões no braço de Shea. Gregori parou de se mover imediatamente.

– Sinto muito, mulher. Sei que você está fraca, mas terá de ir para o outro lado dele, ou então ele não vai me deixar ajudar – instruiu calmamente Gregori.

O que precisamos, Mikhail, é da influência calma de Raven. Você parece quase tão reconfortante quanto um tigre.

Ah, e você parece um coelhinho, caçoou Mikhail.

– Você podia ter trazido Raven – queixou-se Gregori. – Você sempre a faz nos acompanhar quando estamos em alguma missão arriscada, da qual ela não deveria participar – aquelas palavras eram claramente uma reprimenda. – Devia tê-la trazido aqui, onde ela poderia fazer alguma coisa produtiva.

De repente, uma mulher delicada passou pela porta. Seus longos cabelos, negros como o ébano, formavam uma trança intricada. Seus enormes olhos azuis piscaram para Mikhail. Enquanto Byron entrava, ela ofereceu-lhe um sorriso amigável e ficou na ponta dos pés para beijá-lo.

Mikhail enrijeceu o corpo, e então imediatamente envolveu a cintura dela com um braço possessivo.

– As mulheres Cárpato não fazem esse tipo de coisa – ele a reprimiu.

Ela ergueu o queixo para ele, de forma alguma sentindo-se intimidada.

– É porque os homens Cárpato têm uma mentalidade um tanto quanto possessiva demais... Sabe, uma coisa meio Tarzan... De bater no peito e balançar nos cipós – ela inclinou a cabeça para observar o casal deitado no chão. Sua inspiração era audível.

– Jacques... – ela sussurrou o nome dele, lágrimas corriam em sua voz e em seus olhos azuis. – É mesmo você! – ignorando o braço estendido de Mikhail, ela precipitou-se na direção de Jacques.

Deixe-a ir, Gregori convenceu-o. *Olhe para ele.*

Os olhos de Jacques estavam presos no rosto da mulher, as chamas vermelhas começavam a desaparecer conforme ela se aproximava.

– Jacques... Sou eu, Raven. Você não se lembra de mim? Sou a companheira de seu irmão, Mikhail – Raven ficou de joelhos na frente do casal. – Graças a Deus você está vivo! Não acredito que temos tanta sorte! Quem fez isso com você? Quem o levou de nós?

Shea sentiu o golpe de consciência em sua mente. O choque de Jacques. A curiosidade. Ele tinha reconhecido aqueles olhos azuis cheios de lágrimas. Shea reconheceu-a de um fragmento de memória: a mulher inclinada sobre Jacques, com suas mãos na garganta dele, passando terra e saliva em um ferimento. Shea segurou a respiração, esperando. O grito silencioso de Jacques ecoou em sua cabeça. Ela se forçou a se mover, segurou a mão dele, silenciosamente apoiando-o enquanto encarava a mulher ajoelhada ao seu lado.

Você não me disse que ela era tão bonita, Shea claramente o reprimiu.

Em meio à dor e à agonia de Jacques, em meio àquela fúria possessiva e loucura maníaca, alguma coisa pareceu derreter o cerne gélido da força assassina de Jacques. A necessidade de sorrir para aquele tom feminino e desafiador surgiu de repente. Os rosnados pela liberdade desfizeram-se e a tensão diminuiu visivelmente.

É ela?, perguntou Jacques inocentemente.

Os olhos verdes de Shea encararam o rosto de Jacques e o calor espalhou-se ainda mais em seu interior. Agora a fera estava temporariamente sob controle.

– Ela é sua companheira, Jacques? – perguntou Raven docemente.

Shea olhou para ela, para aquela mulher que tinha sido parte da vida de Jacques.

– Sou Shea O'Halloran – a voz saiu, rouca e irregular. – Jacques não consegue usar a voz desde que o encontrei.

Raven tocou a garganta ferida de Shea com dedos suaves.

– É melhor alguém me dizer o que aconteceu por aqui! – exclamou Raven, analisando as manchas escuras com seus olhos azuis.

– Ajude-nos a colocá-la na cama – intercedeu Gregori, distraindo Raven para fora daquela análise. *Você me deve uma, meu velho amigo,* disse ele a Mikhail.

Raven sorriu muito gentilmente para Jacques.

– Você se importa se eu ajudar Shea? Ela está muito fraca.

Sem esperar uma aprovação, Raven passou um braço pela cintura de Shea, apoiando-a enquanto tentava se levantar.

Shea instantaneamente sentiu uma onda de desconforto atravessar a mente de Jacques. Os demais sentiram esse desconforto pelo chão, que parecia tremer. As chamas nos olhos dele faiscaram vermelhas, e um sibilar lento escapou-lhe pela boca entreaberta.

Raven olhou para Mikhail por sobre o ombro. Ele deu de ombros, impotente.

Não sou eu fazendo isso, querida. Jacques está instável. Ele não quer ficar longe da companheira.

Fazer birra parece estar no sangue da sua família. Raven foi cuidadosa ao manter Shea por perto enquanto Gregori levantava Jacques pelos braços. Com sua enorme força, o curandeiro carregou Jacques como se ele fosse um filho e cuidadosamente colocou-o sobre a cama.

Jacques sequer olhou para Gregori. Em vez disso, manteve seus olhos em Shea. Raven assegurou-lhe que Shea estava a seu lado durante todo o tempo.

– Deite perto dele, Shea – instruiu Gregori.

Então, deu um passo para trás, para que Raven pudesse ajudá-la a subir na cama. Ela estava muito fraca e não sobreviveria a mais um ataque. Todos eles tinham de tomar cuidado para não provocar a fúria de Jacques.

Raven acendeu a vela que Mikhail encontrara e, em seguida, queimou as ervas picantes. Mikhail, Byron e Raven uniram-se, recitando e murmurando cantos antigos de cura na língua de seu povo. Gregori colocou suas mãos em Jacques, fechou os olhos e saiu de seu corpo para entrar no de seu paciente. As feridas físicas tinham começado a se fechar, com a exceção daquela que Shea tinha tentado curar. Gregori examinou o trabalhou dela e percebeu que não havia falha alguma. Aquela mulher era uma médica de verdade, humana ou não. Poucos tinham todo aquele talento. Em seguida, Gregori deu início ao processo meticuloso de curar Jacques de dentro para fora.

Jacques estava desconfortavelmente ciente da presenta de outra pessoa em seu corpo, em sua mente. Percebeu aquela sensação queimando dentro de si. A presença era vagamente familiar. O canto, o aroma das ervas e a luz da vela também pareciam-lhe estranhamente familiares. No entanto, ele não conseguia encontrar a memória e manter-se preso a ela. As lembranças passavam com muita agilidade em sua mente, giravam, desafiavam-no, cristalizavam-se – mas logo se dissolviam.

Em meio à frustração e ao desespero, ele automaticamente procurou Shea, o único caminho que sua mente conhecia e ao qual era capaz de se prender. Ela estava desaparecendo, flutuando, enquanto observava atentamente Gregori, tentando seguir cada um dos movimentos daquele homem, mesmo sentindo uma enorme fraqueza física. Como sempre, as informações acumulavam-se, eram processadas na mente de Shea com uma velocidade que sempre impressionava Jacques. Ele concentrou-se nela, achou-a terrivelmente fraca, com uma quantidade baixa de sangue. Alarmado, livrou-se do transe parcial que o ritual de cura havia criado e prendeu a mão com força em volta do antebraço do curandeiro.

Gregori instantaneamente deixou as feridas do corpo de Jacques para trás. O ambiente permaneceu em silêncio. Era como se o próprio ar tivesse se tornado mais pesado, mais espesso. As chamas das velas apagaram-se, mergulhando a sala na escuridão total da noite, embora aquela não fosse uma escuridão desconhecida para o grupo. Pequenas gotas de suor brotaram na testa de Gregori, o único indício de quão difícil o processo de cura estava sendo para ele.

Os olhos acinzentados correram na direção da mão de Jacques, encararam aquele rosto desolado. Havia o brilho da morte nos olhos que Gregori encontrou. A mente de Jacques lutou para entrar em sintonia, para encontrar um caminho. Quando não conseguiu, tentou usar a voz. As palavras se formavam em seu cérebro, mas se perdiam antes de serem encontradas pelas cordas vocais. A fúria sombria tomou conta quando ele sentiu-se incapaz, mas ele conseguiu afastar o sentimento. Shea precisava de sangue, precisava de ajuda. Ele já tinha causado dor suficiente nela.

– Sangue.

A palavra era mais um rosnado do que qualquer outra coisa, mas o curandeiro conseguiu ouvi-la.

Gregory olhou para Jacques em silêncio por um instante, sem demonstrar qualquer sinal de emoção. Seus movimentos eram tranquilos quando, com a mão livre, ele calmamente rasgou o próprio pulso, logo acima de onde estavam os dedos ameaçadores de Jacques. Os olhos acinzentados de Gregori continuavam fixos nos de Jacques. O sangue daquele homem era poderoso, antigo como o de Mikhail. Aquilo aceleraria o processo de cura como nada mais poderia acelerar. O sangue pingou enquanto ele silenciosamente oferecia o líquido precioso para o homem ali deitado, destruído – e, ainda assim, tão disposto a lutar.

A fome cresceu tão rapidamente dentro de Jacques a ponto de quase tornar-se uma compulsão. Ele puxou o pulso cortado em direção à boca e alimentou-se com voracidade. Finalmente estava diante do sangue quente e rico do qual tanto precisava para sobreviver, para se curar e para se fortalecer. Para dividir com Shea. O líquido nutritivo correu por seu corpo faminto, espalhando-se por cada uma das células até agora sem vigor. Tecidos e músculos dilataram-se, ganhando força. A força corria por ele, mais e mais intensa, até que ele sentiu-se vivo, realmente vivo. Até que as cores ganharam vida, até mesmo brilho; até que os sons da noite espalharam-se e convidaram-no a se tornar parte daquilo. *Criatura da noite.*

– Já chega – a voz de Gregori era um sussurro de beleza, de pureza, tão atraente a ponto de ser quase impossível desobedecê-lo.

Jacques fechou a ferida no pulso de Gregori e, no mesmo momento, estendeu a mão, tentando encontrar Shea. Pegou-a em seus braços, balançando aquele corpo leve, quase insubstancial, em sua direção. Concentrou sua atenção, deixou de lado a própria dor, e entrou na mente dela.

Você precisa se alimentar.

Jacques conseguia sentir a onda de desconforto que corria pelo corpo dela.

Não posso, Jacques, não aqui, com eles. Estou muito cansada. Deixe-me dormir.

Você precisa se alimentar, ruivinha. Ele adotou uma voz mais severa. *Precisa se alimentar.*

Embora estivesse muito fraca, Shea resistiu, levando a mão até a cabeça, que ainda martelava.

Não me faça fazer isso na frente deles.

Ouvir a voz dela fez a alma de Jacques se aquecer. As palavras criavam uma intimidade entre eles, uma intimidade que pertencia apenas a eles. Jacques tinha estado louco, uma escuridão insana tinha tomado conta dele. Mas ela estivera ali, ao seu lado, lutando por ele, acreditando nele. E ele devia àquela mulher mais do que sua vida; devia sua sanidade.

Só há eu e você, meu amor. Alimente-se agora. Você precisa se alimentar para sobreviver, para que nós dois possamos sobreviver.

Não havia como negar. A vontade de Jacques era forte como aço. Sua voz, hipnótica; sua mente estava presa à dela e reforçava a ordem. Shea estava fraca, cansada e dolorida. Então, entregou-se à compulsão, procurando o pescoço de Jacques, sua garganta. Os lábios dela eram como fitas de cetim suave correndo pelo peito dele.

Jacques inclinou-se para dar a ela o máximo de privacidade possível enquanto os outros ainda estavam ali na sala. O corpo dele estremeceu, inesperadamente aquecido, enquanto ela corria a língua por sua veia. Os dedos dele apertaram-se nos cabelos dela, e ele olhou para cima, furioso com o fato de aqueles intrusos estarem testemunhando um momento tão íntimo para os dois.

Gregori estava no canto oposto, apoiado contra a parede. Sua cabeça estava inclinada na direção do punho de Mikhail, claramente reabastecendo seu próprio suprimento de sangue. Raven estava de joelhos, recolhendo os vidros estilhaçados de um lampião, limpando o óleo com uma toalha. Byron tentava consertar a porta. Seus olhos deslizaram pelo casal, estacionaram-se na curva do quadril de Shea, naqueles enormes cabelos vermelhos como o vinho.

Havia uma inveja clara nos olhos de Byron, e Jacques deliberadamente protegeu o rosto de Shea daquele homem, ciente de que ela ainda sentia certa aversão ao processo natural e necessário de sugar sangue. A língua dela acariciou o pulso que batia regular no pescoço de Jacques e, como resposta, o coração dele pulou. Seu corpo estava inquieto, a necessidade era cada vez maior. Um veludo suave acariciava-o, úmido e erótico. O sangue de Jacques corria aquecido.

Shea tinha paixão demais dentro de si para simplesmente render-se à compulsão. Ali estava Jacques, e o corpo dela desejava o dele. Suas inibições naturais desapareceram. Seus dentes, pequenos, mal raspavam a pele daquele homem, mas aquilo já era o suficiente para fazer chamas correrem pela corrente sanguínea dele. Jacques precisou conter um gemido quando um calor fortíssimo furou sua pele. Ele fluía nela, sua força vital, sua alma. A mão dela curvou-se na nuca dele, mais uma intimidade que os ligava, como os fios de seda daqueles cabelos. Shea não apenas bebeu, ela se regozijou. Sua boca se movia sedutoramente. Seu corpo, incansável e deliberadamente, seduzia-o. Jacques desejava-a com uma fome que nem ele mesmo acreditava ter. Ele abaixou a cabeça para acariciar as têmporas dela com os lábios.

Então, Gregori... A voz de Mikhail era apenas um ruído na mente do curandeiro. *Diga-me o que você descobriu.*

A mulher acabaria curando os ferimentos dele, mais cedo ou mais tarde. Ela é uma excelente médica. É um milagre ele ter se mantido vivo até ela encontrá-lo. A mente dele está totalmente estilhaçada, Mikhail. Muito sombria e muito violenta. Ele se ligou a ela, e os laços são fortes. A resposta de Gregori veio em um tom sério.

Por que escuto um "mas" inevitável aí? Mikhail, um pouco fraco após ter doado sangue, sentou-se para descansar.

Gregori ajeitou uma cadeira e sentou-se de frente para ele.

Acho que ele a transformou, talvez acidentalmente, talvez propositadamente. Ela é Cárpato, mas é também humana. Está fraca, como se seus órgãos internos tivessem sofrido algum trauma muito recente.

Como você sabe disso se não a tocou?, questionou Mikhail.

A mente dele nunca deixou completamente a mente dela. Ela funciona como uma âncora para ele. Jacques está extremamente perigoso, Mikhail. A fúria ferve dentro dele. Boa parte dele é puro instinto animal. A natureza deste homem é predatória, você sabe disso. O que foi feito a ele acabou influenciando sua vida. E isso eu não posso mudar.

Mikhail esfregou a mão na testa, inconscientemente buscando ligar a mente de Raven com a dele. Ela imediatamente estava ali, preenchendo-o com calor, envolvendo-o em amor. Sua companheira podia desfazer todas as tristezas com apenas um movimento daqueles olhos azuis, com apenas um toque de sua mente.

Mikhail mentalmente entrelaçou os dedos aos de Raven, ainda enquanto virava-se para Gregori.

Você acha que ele vai se transformar?

Gregori fez um movimento mental que seria o equivalente a encolher os ombros.

Acho que Jacques é perigoso de qualquer maneira. Somente a mulher pode exercer algum tipo de controle sobre ele. Ela é a resposta para isso. Se eu estiver correto e ela realmente não souber nada sobre nossos costumes, as coisas serão difíceis. Ela está determinada a fazê-lo sobreviver, mas sinto que já aceitou que sua própria morte é inevitável. Ela não tem ideia de com o que está comprometida.

Mikhail olhou para seu irmão, observando-o acariciar suavemente os cabelos vermelhos de Shea. O gesto tocou seu coração.

Gregori suspirou.

Ele claramente sabe como se sente, mas nem sempre sabe o que está fazendo. E é capaz de feri-la se alguma coisa libertar a fera dentro dele.

Mikhail esfregou novamente as costas da mão na testa. O Jacques que ele conhecia e amava estava tão diferente... Seu riso brotava prontamente e a compaixão sempre surgia em meio à sua natureza predatória. Jacques era tão inteligente, tão facilmente amável. Muito depois de ter perdido sua habilidade de sentir emoções, Jacques ainda mantinha a memória delas. Frequentemente ajudava homens mais velhos a se lembrarem de suas memórias engraçadas. Quem tinha feito aquilo com ele? Ser forçado a sentenciar à morte outro irmão... Mikhail não conseguiria fazer isso. Era hora de se distanciar, hora de passar a alguma outra pessoa o peso da responsabilidade por sua raça em extinção.

Mikhail sentiu Raven envolver seu pescoço com os braços.

– Jacques é forte, meu amor. Ele vai encontrar um caminho de volta para nós.

Mikhail virou a palma da mão de Raven para cima, beijando-a suavemente.

Gregori pensa que Jacques transformou Shea O'Halloran sem o conhecimento ou o consentimento dela. Os olhos negros dele encontraram os olhos azuis dela, cheios de culpa, mas carregados de ternura. *Ele acha que a mulher não sabe nada dos nossos costumes.*

Jacques vai...

Não, pequenina, Jacques lembra-se de muito pouca coisa. Ódio, raiva, vingança, a mulher... Ele só pensa nisso. Nem sabemos se ele é capaz de cuidar dela.

Veja-o com ela, sugeriu Raven. Então, ela repetiu em voz alta:

– Veja-o com ela.

Jacques queria que os estranhos fossem embora. Eram homens demais próximos de Shea, e aquilo o mantinha no limite da sanidade. Ele não confiava em nenhuma daquelas pessoas, com a possível exceção da mulher de olhos azuis. Mal podia suportar olhar para aquele que afirmava ser seu irmão, aquele que tinha atacado e quase assassinado Shea. Por mais estranho que pareça, ele sentia dor quando olhava para aquele homem. Sua cabeça parecia querer se desfazer toda vez que os olhares se entrecruzavam. Memórias. Fragmentos. Pedaços de nada.

Chega, ele sussurrou para Shea com um leve tom de ordem. A língua dela correu pelo ferimento, para fechá-lo, gerando um efeito de pura sedução.

Shea saiu do transe lentamente, com um sabor doce e acobreado em sua boca. A fome terrível que a consumia havia desaparecido, mas seu corpo estava queimando, leve e flexível, sentindo uma necessidade extremamente forte. Subitamente ciente da presença de outras pessoas na sala, ela se agarrou ainda mais em Jacques, em busca de proteção. Se todos eles simplesmente fossem embora, ela poderia dormir e tentar entender as coisas depois. Poderia analisar todos os dados que tinha e decidir quem eram aquelas pessoas.

O medo tomou conta de seu corpo. Sua boca secava mais e mais conforme seu coração começava a bater mais forte, um claro sinal de aviso. Shea conseguia sentir as mãos de Jacques segurando seus braços cada vez com mais vigor. Um transe hipnótico que Jacques criou. Os olhos verdes lentamente se abriram, analisando o corpo dele, realizando um estudo lento e aterrorizado. Por que, então, ela não estava alegre, em êxtase, por ele ter encontrado seu povo, sua família? Por que ela não tinha ficado feliz com a chegada de um médico?

Havia algo errado. A única esperança de Shea era conseguir sair daquela situação, deixar Jacques com sua família. Havia agora muitas pessoas que poderiam cuidar de Jacques sem que ela estivesse por perto. Aquele curandeiro era, claramente, muito mais habilidoso do que ela. Shea tremia, constrangida por saber que as pessoas em volta estavam vendo-a exatamente como ela temia. Durante sua vida, ela sempre tinha estado no controle. E agora só precisava de distância para recuperar esse controle.

Não! A voz de Jacques agora era muito mais forte e muito mais assustadora. *Você não pode me deixar!*

Shea sabia que aquele homem seria capaz de fazer coisas muito mais poderosas do que ela sequer poderia imaginar. E ele a estava manipulando, tinha feito isso durante todo o tempo. Pela primeira vez, ela permitiu que os fatos corressem por sua cabeça. Vampiro. Jacques era um vampiro. Todas aquelas pessoas eram vampiros. Levou a mão até a garganta. Agora ela provavelmente também era uma vampira.

– Solte-me! – ela lutou, agora com força, assustada com quão forte Jacques tinha se tornado desde a infusão do sangue de Gregori.

Jacques rosnou. A fúria dentro dele crescia com o medo de perdê-la, com o medo de que ela não sobrevivesse sem ele, com o medo de estar novamente sozinho na escuridão absoluta. Segurou-a ali, com facilidade, mas o som do coração acelerado dela era alarmante e fazia-o quase perder a sanidade.

No turbilhão de emoções violentas, surgiu a voz do curandeiro:

– Ela não entende os costumes do nosso povo, Jacques. Você precisa ser paciente com ela, guiá-la como seu irmão guiou Raven.

Shea lutou contra a voz hipnotizante, contra aquele homem capaz de enfeitiçar.

– Eu quero ir embora. Vocês não podem me manter aqui.

Jacques, por favor, não faça isso. Não me faça ficar quando nós sabemos que é impossível para mim. Você me conhece, você sabe como sou por dentro e por fora.

Pare com isso, Shea, pediu Jacques, ciente de que era agora ela quem estava a um passo de perder a razão e a sanidade. *Nada mudou.*

Tudo mudou. Essas pessoas são sua família. Ela tentou respirar profundamente para se acalmar. *Jacques, eu era sua médica e nada mais. Não pertenço a este mundo. Não sei viver assim.*

Você é minha companheira! As palavras vibraram com firmeza na cabeça dela. *Você está cansada, meu amor. Cansada e com medo. E tem o direito de estar assim. Sei disso. Sei que a assustei, mas nós pertencemos um ao outro.* Jacques tentou com todas as suas forças fazer sua voz soar como um suave sussurro racional, mas era difícil quando a fera dentro de si queria se libertar e os fragmentos em seu cérebro confundiam-no mais e mais.

Shea ficou deitada, olhando para aqueles traços fortes, duros e teimosos de Jacques, observando o tom de advertência naqueles olhos furiosos.

Eu nem sei o que quer dizer com "ser sua companheira", Jacques. Você sabe que desejo o melhor para você. Quero que você fique bem e com saúde outra vez, mas não posso ficar aqui com todas essas pessoas. Preciso de tempo para processar o que aconteceu neste local. Preciso de tempo para entender o que sou. Neste momento, eu mal consigo respirar, imagine então refletir sobre tudo isso.

Shea estava dizendo a verdade. Com as mentes unidas como estavam, Jacques pôde sentir o *modus operandi* típico do cérebro dela, o lado racional apressando-se para protegê-la de qualquer emoção arrebatadora. Shea estava cansada demais para realizar qualquer tentativa bem-sucedida. Ele tentou reconfortá-la mais uma vez:

Você é minha companheira. Isso significava que devemos ficar para sempre juntos, e nunca separados.

Ela negou com a cabeça, demonstrando inflexibilidade.

– Não, mesmo – os olhos enormes de Shea focaram-se naquelas outras pessoas. Todos pareciam sinistros, seres poderosos demais para ela. – Quero sair deste lugar.

As palavras saíram com um tom que estava entre uma ordem e um pedido de ajuda. Shea instintivamente olhou para Mikhail. As marcas dos dedos dele ainda estavam na garganta inchada dela. Aquela mulher tinha salvado a vida do irmão dele. Mikhail tinha uma dívida com ela.

Raven entrelaçou os dedos aos de Mikhail, sentindo a tensão e a indecisão que o envolvia. A mulher estava claramente pedindo ajuda e Mikhail não podia fazer nada menos do que oferecer sua proteção. No entanto, Jacques já tinha enviado um aviso, um rosnado baixo que ecoou no fundo de sua garganta. Ele sentia que Shea estava olhando para os outros como forma de pedir ajuda, e isso desencadeou seus instintos predatórios. De repente, Jacques tornou-se perigoso, a violência chegava perto da superfície. Ele começava a ficar agressivo com Shea, claramente exigindo obediência.

Byron quase deu um passo para frente, mas ao ver as presas de Jacques brilharem, ficou paralisado. Olhou para Mikhail:

– Eu disse que ela não tinha escolhido. Tire-a dele. Ela deve ser protegida! – a esperança brilhou nos olhos de Byron.

– Jacques... – a voz de Gregori era como um veludo negro, uma carícia, um tom hipnotizante impossível de ser ignorado. – A mulher está cansada. Ela precisa descansar, precisa de um sono reparador. Vocês dois devem ir para a terra.

O coração de Shea quase parou. Ela empurrou com força o peito imóvel de Jacques, imaginou a cena da terra se abrindo, aceitando-os. Enterrados vivos. Um grito de medo prendeu-se em sua garganta. Ela pulou da cama em uma tentativa de fugir.

Jacques segurou seus dois punhos frágeis e a prendeu contra o colchão.

Não lute contra mim, Shea. Você não terá como vencer.

Jacques lutava para permanecer no controle. Shea estava tremendo, sua mente estava cheia de medo dele, do que ele era e do que ele representava: a perda da liberdade, o terror de ser uma vampira buscando vítimas humanas para se manter viva, como via nos romances e nos folhetins, o medo de precisar de um homem, como sua mãe precisara, para sobreviver.

– Tire-a dele – ordenou Byron.

Jacques virou a cabeça. Seus olhos brilharam, negros e glaciais. Sua voz era rouca, um rosnado vindo daquelas cordas vocais que tinham passado tanto tempo em silêncio. Ele fez um esforço extremo para permanecer no controle. Por Shea. Ela tinha estado lá por ele; ele tinha de fazer a mesma coisa por ela.

– Ninguém que tentar tirá-la de mim vai sair vivo.

E não havia dúvida de que aquilo era verdade. Shea ficou ali, em choque, incapaz de absorver o fato de Jacques ter falado em voz alta. Uma luta sangrenta teria início aqui, e alguém sairia morto.

Por favor, Jacques, deixe-me ir embora. Não posso viver assim.

Havia lágrimas nos olhos dela, lágrimas no coração dela.

Jacques tentou alcançá-la, acalmá-la com sua voz, mas Shea estava em pânico, petrificada demais para conseguir pensar.

– Faça-a dormir. Ela está fraca e cansada. Você precisa cuidar da saúde dela – a voz de Gregori era sempre a mesma, tão pura quanto o som da água cristalina que corria pelas rochas.

– Não! – Gregori assustava-a mais do que qualquer outra coisa. Shea sempre tinha estado no controle. Sempre. Ninguém jamais tinha tirado a decisão de suas mãos, nem mesmo sua mãe. Ela só precisava ficar sozinha, só precisava de um pouco de tempo para refletir. Ela lutava desesperadamente contra Jacques, mas ele recusava-se a soltá-la. – Solte-me!

A pureza da voz de Gregori começava a encontrar fios de pensamento na cabeça de Jacques e a trazê-lo para mais perto. Shea estava tão amedrontada e vulnerável deitada debaixo dele, presa ali, desamparada.

Está tudo bem, meu amor. Jacques inclinou a cabeça e beijou-a na têmpora. *Você vai dormir e vai se curar. Vou garantir que ninguém lhe faça mal. Pode confiar em mim.*

A ordem foi firme e forte. Jacques ouviu o eco da angústia de Shea gritar em sua mente, um eco que desaparecia conforme ela sucumbia à sua ordem.

Capítulo 8

A tempestade movia-se lentamente, cobrindo as montanhas com uma garoa peculiar e sombria. Durante todo o dia, não houve como ver o brilho do sol, e a cordilheira permaneceu coberta por uma chuva torrencial e por uma mortalha espessa de neblina. Em um chalé abandonado, três homens amontoavam-se em volta do fogo enquanto tentavam escapar da água que respingava pelos buracos espalhados pelo telhado.

Don Wallace deu um gole no café escaldante e olhou com desconforto pela janela, observando o início do crepúsculo.

– Incomum para esta época do ano... – seus olhos encontraram-se com os do homem mais velho, e então os dois encararam-se longamente.

Eugene Slovensky arqueou os ombros para tentar se proteger do frio e olhou para seu sobrinho com ares de repreensão.

– O tempo fica assim quando a terra está abalada. Como você pôde permitir que aquela mulher escapasse quando ela já estava em suas mãos, Donnie?

– Bem, você a teve em suas mãos quando ela era apenas um bebê – foi a resposta seca de Don Wallace. – E você deixou-a escapar. Não conseguiu nem mesmo seguir os rastros deixados pela mãe dela entre a Irlanda e os Estados Unidos. Fui o único quem conseguiu encontrá-la, quase vinte anos depois. Portanto, não aja como se eu tivesse arruinado nossas chances.

O homem mais velho encarou-o com olhos furiosos.

– Não fale comigo nesse tom. As coisas eram diferentes anos atrás. Não contávamos com os benefícios da tecnologia moderna que vocês têm à disposição. Maggie O'Halloran contou com ajuda para fugir com aquele cachorro demoníaco – ele suspirou e olhou mais uma vez pela janela, observando a neblina e a chuva. – Você tem ideia do risco que estamos correndo por termos entrado no território deles?

– Fui eu quem perseguiu e matou aqueles vampiros alguns anos atrás, enquanto você estava completamente seguro na Alemanha! – esbravejou Don, irritado.

– Você não sabia separar muito bem quem era e quem não era vampiro, Don – apontou Eugene, também irritado.

– Eu era o único que estava me arriscando. No mínimo, devia ter o direito de me divertir um pouco – respondeu Don.

– Bem, desta vez, concentre-se no porquê de estarmos aqui. Este trabalho é perigoso.

Os olhos de Don estavam estreitados, endurecidos.

– Eu estava com você quando encontramos o corpo do tio James, lembra? Feliz aniversário de 15 anos, Donnie. Em vez de um vampiro de verdade para cravar uma estaca, recebo o corpo do meu tio enterrado em uma pilha de pedras. Acho que sei quão perigoso isso tudo é.

– Nunca se esqueça daquela imagem, garoto. Nunca – avisou Eugene. – Já se passaram 25 anos e ainda não encontramos os assassinos dele.

– Pelo menos nós os fizemos pagar – apontou Don.

Os olhos de Eugene ardiam.

– Não o suficiente. Nunca será suficiente. Temos que acabar com eles. Com todos eles. Exterminá-los.

Jeff Smith virou-se e olhou para Don Wallace. O velho homem era louco. Se vampiros realmente existissem, Jeff iria querer tirar vantagem da oportunidade de se tornar imortal. Eles tinham matado 14 supostos vampiros, e Jeff estava bastante certo de que alguns eram realmente vampiros. Nenhum humano poderia viver tempo depois de receber o tipo de punição que Wallace tão ansiosamente aplicou. A maior parte das vítimas, porém, tinha sido humanos... Inimigos de Don Wallace. E Don tinha realmente desfrutado daquelas sessões.

Jeff também estava certo de que Shea O'Halloran não era vampira. Ele a tinha estudado com muito cuidado. Shea frequentara normalmente a escola durante o dia, comia na frente das outras crianças.

Era uma cirurgiã de confiança, respeitada em sua profissão. Todos os professores falavam bem dela. Aquela mulher tinha sido uma garota prodígio. Jeff não conseguia tirá-la da cabeça. A voz dela, seus olhos... A maneira fluida e sexy com que seu corpo se movia...

O velho estava obcecado com a ideia de encontrá-la, e Don sempre fazia o que o tio mandava. Seu tio, o velho Eugene Slovensky, controlava os gastos, e o dinheiro era considerável. Se eles encontrassem a mulher, Jeff não permitiria que eles a matassem. Ele a queria para si.

– O que o leva a crer que ela está por aqui? – questionou Slovensky.

– Ela sempre usa dinheiro, então não podemos rastrear as transações financeiras dela. Mas ela costuma deixar uma assinatura, de qualquer forma – Don abriu um sorriso diabólico. – Ela só precisa ajudar as pessoas nessas vilas isoladas. E isso é um tanto quanto divertido, na verdade. Ela se acha tão sábia, mas sempre comete os mesmos erros.

Eugene Slovensky anuiu.

– Essas pessoas brilhantes nunca têm um pingo de bom-senso – então, limpou a garganta, nervoso. – Avisarei Vulture.

A mão de Don Wallace tremeu e café quente escorreu por seu punho.

– Você está louco, tio Eugene? Na última vez que nós o vimos, ele ameaçou nos matar se não deixássemos as montanhas. Vulture é realmente um vampiro, e o que ele sente por nós não poderia exatamente ser chamado de “gostar”.

– Você matou a mulher – disse Eugene. – Ele te avisou, disse para você não matá-la. Eu também avisei. Mas você precisava se divertir, não é mesmo?

Furioso, Don jogou a caneca contra a parede do outro lado da sala.

– Estamos caçando uma mulher agora. Nós a seguimos durante dois anos e agora que estamos próximos, você entra em contato com aquele assassino. Eu devia ter enfiado uma estaca no coração dele quando tive a oportunidade. Ele não é um vampiro bondoso. Como todos os outros vampiros, aliás.

Slovensky sorriu e sacudiu a cabeça, negando:

– Não como todos os outros. Ele odeia Donnie, meu garoto. Odeia-o com uma intensidade que jamais vi antes. E isso pode sempre nos ser útil. Ele quer uma determinada mulher dessa vez, aquela com cabelos negros e longos. Ele a quer, e também quer aqueles que estão envolvidos com a morte dela. Tem a confiança deles e vai entregá-los em nossas mãos. Talvez ele seja desprezível, um traidor, mas ainda assim é muito poderoso.

– Todas as mulheres deles têm cabelos pretos e longos. Como vou saber qual é? – Don fechou uma carranca. – Você se lembra daquele garoto? Aquele de mais ou menos 18 anos? Ele odiava aquele garoto. Queria que ele sofresse – continuou, abrindo um sorriso de satisfação. – Ele também queria o garoto. E, acima de tudo, odiava aquele último que nós pegamos, aquele de olhos escuros. Ele ordenou que eu o torturasse, que eu o queimasse. Queria que a tortura durasse um bom tempo, então garanti que isso acontecesse. Vulture é demoníaco, tio Eugene.

Slovensky assentiu:

– Use-o. Faça-o acreditar que você o respeita, que é ele quem está no comando, dando ordens. Prometa-lhe a ruiva também. Diga que entregaremos os dois se ele nos entregar os assassinos de James. Meu pobre irmão, James...

– Pensei que você tivesse dito que precisávamos estudá-la, que ela não era tão forte quanto os outros, e que tínhamos uma chance maior de controlá-la. De qualquer forma, ela não tem cabelos escuros.

Don levantou-se abruptamente e atravessou a sala para esconder sua expressão dos demais. Muito tempo já havia se passado desde a última vez em que ele tivera uma mulher totalmente sob seu controle. Seu corpo se aquecia e enrijecia com a memória de sua última vez, no porão. O episódio durara três deliciosas semanas, e durante todo o tempo ele sabia que a mataria no final. A mulher tentava de tudo para agradá-lo, fazia o possível e o impossível para que ele sentisse prazer.

Don queria ter Shea O'Halloran em suas mãos por muito, muito tempo. Ela aprenderia o significado de respeito. O desprezo frio nos olhos verdes vívidos daquela mulher seria substituído por prazer e por súplica...

Ele se esforçou para conseguir se controlar e praguejou contra os demais com quem dividia o chalé. Aqueles malditos que o impediam de se entregar à sua fantasia. Don virou a cabeça e percebeu que Smith o observava. Então vestiu novamente sua máscara de sorriso amigável. Smith era um fraco, vivia reclamando. Adorava ver Don em ação, mas raramente tinha coragem de fazer qualquer coisa exótica. Certo dia, Don decidiu que lhe mostraria o quão fraco ele realmente era. A parceria de longa data estava prestes a chegar ao fim.

Slovensky puxou um cobertor e colocou-o sobre os ombros. Com sessenta anos, sentia o frio da chuva penetrar-lhe nos ossos. Detestava aquelas montanhas e todas as memórias que elas carregavam. Vinte e cinco anos antes, ele trouxera o irmão mais jovem, James, para caçar vampiros com outros membros de uma sociedade secreta dedicada a acabar com aquelas criaturas desprezíveis. Eles conseguiram pegar um vampiro, mas ele matou James.

Shea O'Halloran agora era a chave de tudo aquilo. Ele a usaria para chegar até os assassinos de seu irmão e, assim, poder aplicar a vingança que eles tanto mereciam. Donnie enfiaria uma estaca no coração de Vulture e pouparia o mundo daquele verme detestável. E, então, a sociedade poderia estudar Shea e obter as provas de que eles necessitavam para serem reconhecidos como cientistas – algo que tanto mereciam.

– Quanto tempo você vai ficar preso neste inferno? – perguntou Smith.

Wallace e Slovensky trocaram mais um longo olhar. Wallace deu de ombros, puxou um maço de cigarros, acendeu um e disse:

– Você já devia saber que não é para sair enquanto a terra está tão instável. Isso significa que eles devem estar por aí esta noite.

– E nós ficamos trancafiados toda vez que chove? Que saco, Don! O mínimo que devíamos ter feito era encontrar um lugar decente para nos acomodarmos.

– Pare de resmungar! – esbravejou Slovensky. – A última coisa que queremos é alertá-los de que estamos aqui. Eles controlam os locais, ligando-se aos moradores daqui de uma forma que os torna leais.

Jeff afastou-se deles e olhou para a escuridão. Slovensky era completamente louco. Don Wallace conhecera-o na faculdade. Don era tudo o que Jeff não era: arrogante, seguro de si, bonito e forte. Wallace tinha prendido um dos caras que atormentavam Jeff frequentemente, e então encorajou Jeff a espancá-lo até a morte. A sensação de poder era incrível e, a partir daí, os dois tornaram-se inseparáveis. Don era sádico, violento. Gostava de assistir a filmes *snuff**, experiência que dividia com Jeff – gostava a ponto de se tornar obcecado pela ideia de produzir vídeos desse tipo. Jeff filmava as atuações privadas de Don, e cada uma delas era uma verdadeira aula de tortura. Inicialmente, usaram prostitutas, mas depois conseguiram atrair uma estudante até o local das filmagens. Depois que acabava, Don passava semanas melancólico, às vezes até mesmo um ou dois meses, em especial quando gostava das sessões.

Jeff sabia que a necessidade de matar de Don andava acentuada e, portanto, era melhor que as pessoas à sua volta mantivessem a calma.

Quando o homem mais velho saiu para se aliviar, Jeff aproximou-se de Don:

– Você já imaginou como seria, quão poderosos nos tornaríamos, se forçássemos um deles a nos transformar? – ele sussurrou suavemente, assegurando-se de que Slovensky não ouvia aquelas palavras, que inevitavelmente consideraria um sacrilégio. – Seríamos imortais, Don. Poderíamos ter qualquer coisa que quiséssemos, qualquer mulher que desejássemos. Poderíamos fazer tudo.

---

* Filmes *snuff* mostram mortes ou assassinatos reais, sem adição de efeitos especiais.

Wallace permaneceu em silêncio por alguns minutos.

– Precisamos descobrir mais sobre eles. A maioria das coisas que sei é o que aquele velho e seus amigos loucos me disseram, e provavelmente é tudo mentira.

– Tem certeza?

– Ladainhas carregadas de superstição. Todas as pessoas aqui são supersticiosas. Elas acreditam que esses vampiros podem controlar sua mente e até mesmo mudar de forma. Se eles têm todos esses poderes mesmo, Jeff, por que não os usaram enquanto nos divertíamos com eles?

Jeff deu de ombros, desapontado.

– Talvez você esteja certo. Mas eles vivem durante tanto tempo... – ele não terminou a frase.

– O ódio os mantém vivos – Don riu, preparando-se para continuar. – Eles são quase tão divertidos quanto as mulheres – adotou um ar pensativo. – Mas tem Vulture...

*

O sol desistiu de lutar; a tempestade e a noite finalmente venceram sua luz insignificante. O céu escureceu ainda mais, e as nuvens tornaram-se mais carregadas. O vento ganhou força, controlando a chuva e fazendo-a cair com tanta força que chegava a ferir a vegetação. Um leve gemido surgiu, ecoou pelos arbustos que balançavam grotescamente.

O vento acelerou para o norte, uivando ao passar por um desfiladeiro. Correu pela floresta escura enquanto subia a montanha íngreme, até finalmente encontrar um chalé sombrio e silencioso. Lá dentro, longe da chuva torrencial e do vento assombroso, dois corpos descansavam imóveis, entrelaçados, sobre a cama. Shea estava curvada, pequena e esguia. Seus cabelos vermelhos espalhavam-se como sangue sobre o travesseiro. O corpo de Jacques, muito mais imponente, protegia o dela. O braço dele estava firmemente preso em volta da pequena cintura, prendendo-a junto de si. O coração de Jacques começou a bater em um ritmo forte e regular que quebrava o silêncio. Ele puxou o ar e inflou os pulmões, reiniciando as funções normais.

Esperou pelo golpe de agonia que o despertar lhe causava nesses últimos sete anos: ele correria por seu corpo como o primeiro ciclo da vida, aquecendo seu sangue, suas células e suas terminações nervosas. Todavia, o golpe não veio. E, apesar de estar inchado e com os músculos doloridos, ele sentia-se novamente forte e vivo. O sangue daquele curandeiro era incrível, e sua cura interna estava acontecendo em um ritmo que superava até mesmo a melhor de suas expectativas. *Gregori, o sombrio.* As palavras surgiram do nada, como um daqueles fragmentos ilusórios que Jacques parecia nunca conseguir prender. Tentou conservar o pensamento, queria ter acesso àquela informação, sabia que ela era importante. No entanto, uma dor explodiu extremamente forte em sua cabeça.

Não importava. Ele calmamente permitiu que o fragmento desaparecesse e pouco a pouco soltou-se de Shea. Antes de dar o comando para que ela acordasse, olhou em volta, tentando perceber possíveis ameaças. Havia outros de sua espécie ali por perto. Aquilo o deixava desconfortável. Era imperativo que um macho dos Cárpatos encontrasse sua mulher, sua verdadeira companheira. Se ele não obtivesse sucesso em unir-se a Shea, os homens dos arredores tentariam estabelecer uma ligação romântica com ela, esperando, com isso, encontrar sua companheira. Como acontecia com todas as informações que lhe chegavam, Jacques sentiu a verdade e a exatidão dessa ideia, e soube que era algo real. Não era apenas sua imaginação.

Um rosnado abafado o fez erguer o lábio, revelando seus dentes brancos. Espreguiçou – um movimento lento, lânguido, que o colocava novamente em contato com seus músculos e com sua força. Seu corpo ainda estava um pouco dolorido, mas estava vivo outra vez.

Conforme se movimentava, sentia a suavidade do corpo de Shea roçando toda a rigidez do seu. E o corpo dele respondia: uma dor deliciosa, durante séculos desconhecida, agora estava constantemente presente. Virou-se para o lado e olhou para o rosto paralisado e pálido daquela mulher.

O corpo de Jacques endureceu agressivamente. Sua mão correu até os botões da blusa dela; seus dedos esfregavam-se naquela pele fresca e macia. Seu coração pulou e sua respiração ficou presa na garganta. Um tormento tão delicioso... Jacques não sabia que uma coisa assim podia ser tão suave. Conforme empurrava a blusa de Shea para fora dos ombros, aproximou-se do ouvido dela.

– Acorde, ruivinha. Acorde precisando de mim – ele beijou-a na área dos olhos, na boca, saboreando a primeira respiração dela, fechando a mão sobre o seio farto para sentir como o coração dela acelerava em sua palma.

O sangue correu apressado, uma sinfonia de sensações enviando calor e necessidade e uma dor pungente que se espalhava pelo corpo de Shea. A boca de Jacques era mágica e reverente e exalava uma lenta sedução. Sua mão corria pelas curvas do corpo dela. Ele a sentia acordando, abrindo sua mente para a dele. As emoções de Shea eram mistas – saudade, necessidade, um cuidado relutante por ele, um medo esmagador pelo que ela poderia ser, e uma amargura profunda. Ele correu a mão pelo rosto dela, contornando cada uma daquelas linhas adoráveis, já ligadas por toda a eternidade à sua mente, a seu coração. O rosto de Shea estava úmido. Jacques inclinou a cabeça e seguiu o caminho das lágrimas até chegar ao pescoço delicado. A pele dela era mel aquecido fluindo do gelo derretido, uma combinação irresistível. A língua dele deslizou pelo pulso dela, e a necessidade de bebê-la o acometeu com tanta força que seu corpo começou a latejar de dor. Shea emitiu um som, um leve gemido, uma mistura de desespero e consentimento. O corpo dela já estava arqueado para encaixar-se ao dele. A pressão e a fome cresciam e afogavam qualquer sinal de bom-senso.

– Você está segura comigo, minha pequena Shea – Jacques falou alto, sua voz era uma mistura de calor e veludo. Estava disposto a usar todas as armas de seu arsenal construído ao logo de séculos de experiência para ligar aquela mulher maravilhosa a ele. – Preciso de você – seu corpo movia-se implacavelmente, agressivamente, e sua boca encontrava a garganta dela, enquanto sua mão deslizava pelas costelas estreitas, dedos possessivos apoiados sobre a barriga esbelta de Shea. – Sei que você está com medo. Posso sentir em minha mente. Permita-se sentir o que estou sentindo. Não há dúvida, não posso amar outra mulher. Sei que você é minha outra metade. Entregue-se... – a voz rouca de Jacques saía suavemente, um tom áspero conforme o fogo começava a se espalhar. Chamas queimavam-no por dentro e a fome aumentava conforme a fera dentro dele lutava para se libertar. Uma intenção obscura começava a brotar conforme os instintos de Cárpato lutavam contra o homem.

O esforço para controlar os desejos selvagens, a necessidade de dominar, um frenesi acalorado pelo acasalamento, a necessidade de possuir... Tudo isso tomava conta de Jacques. Ele percebeu que a boca dela estava um pouco desesperada e puxou-a ainda mais fundo em sua mente, sem esperar uma aceitação completa, temendo que isso nunca surgisse. A mente de Shea era uma mistura de lágrimas e tristeza e neblina e chamas e um desejo ardente.

Jacques. O nome dele era um sussurro ecoando em sua própria cabeça. As mãos dela estavam sobre a dele, evitando que ele lhe arrancasse a calça jeans.

Beijou-a mais profundamente, possessivo, erótico, deliberadamente compartilhando aquela fome urgente, aquele desejo que ardia em sua mente.

Você me devolveu a vida, Shea. Agora me dê a minha alma. Preciso de você, só de você. Faça-me completo outra vez.

Ela soltou um pouco as mãos, e foi o suficiente para que Jacques conseguisse descer suavemente a calça dela pelo quadril, pelas pernas, expondo a beleza daquele corpo e deixando-o à mercê de suas masculinas mãos exploradoras.

Shea ouviu-o respirar rapidamente, sentiu o coração dele pular no corpo selvagem tão necessitado, na mente tomada por uma nuvem vermelha de fome ardente. A intensidade das emoções de Jacques era esmagadora para Shea, chegava a ser ameaçadora. Ela fechou os olhos, colocando seus braços em volta do pescoço de Jacques, ciente de que não conseguiria encontrar forças para recusar aquela necessidade enorme que havia dentro dele. Se fosse outro homem, talvez sim. Mas ele, nunca.

Jacques inalou mais profundamente, levando o cheiro de Shea para dentro de seus pulmões, entregando-se a ela, lutando contra a fera que queria possuí-la imediatamente. Ele já a havia ferido demais, já havia tomado dela fragmentos de uma vida que não poderia devolver. Queria, portanto, que a primeira vez deles fosse um momento bonito, o melhor que ele pudesse oferecer.

– Não chore, meu amor – ele sussurrou suavemente, com a boca encostada na garganta dela.

A língua dele golpeava o ritmo frenético da pulsação dela. O corpo de Jacques contorceu-se. A dor e a fome cresceram até ele não suportar mais, até ela não suportar mais. Jacques esfregou os dentes no pescoço de Shea, um tormento delicioso para ambos. Afundou o nariz nos seios intumescidos, impressionado com a maciez dela, com a perfeição. Os ossos de Shea pareciam pequenos diante das mãos que os exploravam, mas os músculos eram firmes. E a pele era tão delicada como cetim.

Agora Jacques tremia, esforçando-se para conter sua natureza selvagem. Uma fina camada de suor envolvia seu corpo. Sensações e texturas dançavam com cor e calor. Depois de séculos sem qualquer emoção, sem qualquer sentimento, depois de sete anos de desgraça e dor, Jacques jamais se esqueceria do que estava sentindo naquele momento. A imagem de Shea, seu cheiro, a sensação do toque dela em seu corpo, o amor relutante, a tristeza, a fome e o desejo na mente dela estariam para sempre gravados na alma de Jacques.

Ela sentiu a mudança nele, na forma como aquelas mãos acariciavam suas coxas, na convicção absoluta que ele tinha na mente. Sentiu a fome feroz, a chama ardente, a necessidade urgente. O corpo de Jacques envolvia o dela, aprisionava-a. Os joelhos dele mantinham as pernas dela afastadas e ela estremeceu com uma onda de calor quando ele se deitou sobre seu corpo, duro e insistente. O coração dela acelerou em uma rebeldia repentina, mas a boca daquele homem estava em seus seios, afastando todo e qualquer sinal de sanidade. Com cada sugada, o calor úmido fazia Jacques entregar-se mais, até que ele encontrou uma resistência inocente.

Relutante, a boca de Jacques soltou-lhe o seio e encontrou seu pulso, acariciando-o eroticamente com a língua.

– Você é minha companheira – disse Jacques, esfregando os dentes na pele suave e macia. O calor que o banhava era convidativo. – Eu a quero como minha companheira. Eu pertenço a você. Ofereço minha vida a você – as mãos dele encontraram o delicado quadril de Shea, e ele colocou-as em forma de concha ali. Seu corpo estava tomado pela angústia implacável e selvagem gerada pela fome ardente. – Ofereço a você minha proteção, minha fidelidade, meu coração, minha alma e meu corpo. E aceito as mesmas coisas vindas de você, para que eu possa cuidar. Sua vida, sua felicidade, seu bem-estar serão colocados acima das minhas necessidades para todo o sempre.

– Pare com isso, Jacques – ela sussurrou desesperadamente, sentindo cada palavra, cada respiração que os trazia mais próximos, tão próximos a ponto de ela já não saber onde ele terminava e onde ela começava.

– Você é minha companheira, está ligada a mim por toda a eternidade e estará sempre sob meus cuidados – os dentes de Jacques entraram mais fundo, seu corpo uniu-se ao dela. Uma dor feroz explodiu em ambos, fazendo-os arder.

O grito de Shea perdeu-se na garganta. Ela envolveu os braços na cabeça dele e puxou-o para perto. Juntos, corpo, mente e coração. A mente dela fluía na direção dele, o corpo dele comandava o dela. Ele se moveu – um teste lento e cuidadoso para avaliar a resposta dela. Shea estava quente e enrijecida e aquela fricção ameaçava absorvê-lo e lançá-lo no frenesi desinibido típico do acasalamento dos Cárpatos. Com esforço, ele conseguiu se controlar, saboreou o sangue doce, quente e apimentado, o fogo aveludado que agora entrava em seu corpo.

Movia-se lentamente, suavemente, movimentos certeiros criados para convencê-la, para acalmá-lo. Os músculos de Shea estremeciam em volta de Jacques, e ele avançou, enterrando-se profundamente no coração dela. A boca dele sugava a essência da vida dela. O mundo se estreitou, recuou até que ela fosse a respiração dele, o coração dele, o sangue fluindo nas veias dele. Não havia escuridão, não havia sombras, só havia o corpo de Shea, com o calor e as cores que emanavam dele, com as chamas que ardiam nele.

Os gritos suaves de Shea eram abafados pelo corpo de Jacques, mas ecoavam em sua mente. O corpo dele desejava o dela, mais e mais, mais rápido, mais profundamente. Continuou explorando-a, querendo chegar às estrelas, ao universo, querendo a união das almas. O sangue de Shea satisfazia sua fome insaciável. Nenhum outro sangue tinha um sabor tão bom. Era tão erótico, tão perfeito que ele mal conseguia se controlar, entregando-se à luxúria e à dor e às ondas e mais ondas de prazer imensurável.

O corpo de Shea aceitou o dele, estremecendo. E a terra pareceu estremecer também. O calor dos corpos era um vulcão. Então, Jacques se viu gritando, lançando sua mente para dentro dela. Viu seu corpo ardendo na chama dela.

Ele não se deu conta do sangue gotejando entre os seios de Shea. No êxtase do momento, acabou não fechando as pequenas aberturas que havia criado. Sua língua golpeou suavemente, correndo pelo líquido brilhante, e seu corpo reagiu tão rígido e necessário quanto sempre. A fome de Shea estava na mente dele, o desejo dela misturava-se àquela necessidade antiga do Cárpato.

– Sim, meu amor – ele sussurrou contra a garganta dela. – Precise de mim como eu preciso de você. Deixe-me entregar a você tudo o que sou. Aceite o que posso lhe oferecer.

A boca de Shea moveu-se pelo pescoço e pela garganta de Jacques, enquanto o corpo dele estremecia, inchava e tornava-se rígido para preenchê-la por completo. O coração dele pulava enquanto os lábios dela acariciavam-lhe o peito. A língua de Shea correu em volta dos mamilos dele, sobre o coração, mordiscando-os. Jacques afastou-se, esperou, sem ar. Esperou enquanto seu corpo gritava para se enterrar novamente nela, mais e mais fundo.

– Só uma vez, Shea, diga que você também precisa de mim – ele sussurrou.

Shea levantou a cabeça. Seus olhos verdes corriam pelo rosto sensual de Jacques, encontrando-se com os olhos negros dele. Ela lançou um sorriso lento, sexy e extremamente sacana. Então, desceu a cabeça novamente na direção do peito dele, acariciando-lhe os músculos pesados com a língua. Esfregou os dentes uma vez, duas vezes, provocando... E, então, afundou-os ali.

A voz de Jacques era um gemido mental em meio à escuridão daquele quarto. A sensação era inimaginável. O corpo dele afundou selvagemente no dela enquanto ela bebia dele. Usando a palma da mão, Jacques puxou a cabeça de Shea em sua direção, trazendo-a para mais perto, unindo-se cada vez mais profundamente à ela. Para ele, aquilo nunca era demais. As cores giravam e dançavam e a terra tremia. Ele estava cada vez mais perto do céu, levando-a consigo em corpo, mente e alma. Naquele momento perfeito, ela era dele, a vida dela ligava-se totalmente à dele por toda a eternidade. Duas metades que formavam uma entidade única e que jamais seriam separadas. O orgasmo de Jacques foi intenso. Shea estava com ele em todos os passos do caminho. Eles subiram até os céus e flutuaram juntos de volta em direção à Terra. Jacques os ancorava com segurança.

A língua de Shea fechou a abertura no peito dele, e eles então deitaram, cansados, abraçados, tão próximos que mentes e membros ainda tremiam. Leves choques faziam-nos tremeluzir de prazer.

Shea deitou-se, paralisada, incapaz de entender a maravilha do que tinha acabado de acontecer. Sabia que aquilo era para sempre. Sabia que, de alguma forma, tinha concluído o ritual que os ligava. Seu corpo parecia não lhe pertencer mais. Era como se Jacques tivesse possuído alguma parte intrínseca dela e não tivesse devolvido. Por fora, Shea parecia calma, mas a verdade era que seu pânico crescia. Medo, terror. Ela sempre tinha estado sozinha e não conhecia outra forma de viver.

A mão de Jacques acariciou aqueles cabelos ruivos, indo apoiar-se contra as nádegas redondas e macias dela.

– Nunca senti algo desse tipo – ele declarou suavemente, tentando encontrar palavras para evitar que ela entrasse em pânico.

Shea engoliu em seco, ouvindo o bater frenético de seu coração.

– Como você sabe, seu bobo? – provocou-o, tentando desesperadamente parecer normal. – Você não consegue se lembrar do seu passado.

O bater do coração de Shea chegava aos seus ouvidos como um rugido. Nada voltaria a ser como antes. Ela sentia-se fraca. Talvez Jacques tivesse tomado mais sangue do que ela havia sugado dele. Aquilo estava afetando sua mente, deixando seus pensamentos mais lentos. A não ser que fosse seu medo, paralisando sua habilidade de pensar... Mas isso nunca tinha lhe acontecido antes. Seu lado racional sempre fora dominante. No entanto, agora suas emoções tinham se sobreposto a todo o seu bom-senso, e ela sentia-se totalmente perdida.

Com muito cuidado, Shea afastou-se ligeiramente de Jacques, e sentiu a distância como uma dor terrível. Ela queria estar com ele o tempo todo. Precisava dele ao seu lado. Talvez até o amasse. Sua garganta se fechou e ela se sentiu sufocada. Ela tinha deixado isso acontecer, tinha deixado aquele homem controlá-la. Fora tão insensata quanto sua mãe tinha sido. O amor não devia fazer parte daquele mundo cuidadosamente controlado em que ela vivia. Aquela necessidade, tampouco.

– Shea – ele disse o nome dela suavemente, gentilmente, talvez até carinhosamente, como se conversasse com um animal selvagem preso em uma armadilha.

Ela sentou-se abruptamente, tentando recuperar o fôlego. Seus olhos estavam arregalados, selvagens; seu coração palpitava ferozmente. Ela saltou da cama, seus cabelos longos balançavam em volta de seu corpo magro formando uma capa majestosa. Correu descalça na direção do banheiro.

Jacques vestiu a calça jeans, abotoou-a apressadamente e correu atrás de Shea. Seus olhos nunca desviaram daquele corpo magro e frágil. Ela tinha um aspecto tão frágil que era como se o menor dos golpes pudesse estilhaçá-la. Shea fazia gestos e movimentos humanos. Escovava os dentes, de pé no chuveiro, deixando a água cair sobre o corpo enquanto olhava pela janela. Jacques sondou a mente dela com cuidado, procurando evitar que ela percebesse a invasão. O medo de Shea não diminuía enquanto realizava aquelas atividades humanas. Em vez disso, o pânico crescia em proporções avassaladoras. Jacques apoiou a lateral do quadril contra a parede. Seus olhos humanos observavam, atentos, simplesmente esperando o inevitável.

– Não posso fazer isso, Jacques – a voz de Shea era tão baixa que ele quase não conseguia ouvi-la. Vestiu-se com mãos trêmulas; calça jeans, blusa de algodão, botas de caminhada. E não olhou para ele.

Jacques esperou em silêncio, sentindo o medo e a confusão que tomavam conta dela, querendo confortá-la, mas instintivamente recuando. Ela era uma mulher forte, corajosa o suficiente para salvar um demônio, um homem louco que a atacara violentamente. Ainda assim, pensar em amar Jacques, em precisar dele ou em desejá-lo... Isso a assustava.

– Preciso deixar este lugar, preciso ir para a Irlanda. Tenho uma casa lá – Shea prendeu os cabelos em uma trança abundante e casual. Seu olhar saltava da janela para o computador, para a porta e de volta para a janela. Na verdade, ela olhava para qualquer canto, exceto para Jacques. – Você está seguro agora, ao lado da sua família e dos seus amigos. Já não precisa mais de mim.

Ele, então, movimentou-se como um Cárpato. Silencioso, rápido demais para o olho humano perceber. De repente, estava atrás dela, com o corpo contra o dela, as mãos apoiadas na parede, uma de cada lado da cabeça de Shea, formando uma gaiola com seu próprio corpo viril. Aproximou-se e deixou seu cheiro masculino invadir os pulmões dela, até que ele finalmente se tornou o ar que ela respirava.

– Sempre precisarei de você, Shea. Você é meu coração e minha alma. Você é minha sanidade. Anos já se passaram desde que fui à Irlanda pela última vez. É um belo país.

Ele sentiu Shea inspirar duramente, lutando por ar, lutando contra uma sensação de sufocamento. Em sua própria mente, ela negava as palavras dele. Procurava com desespero uma forma de dissuadi-lo. Ela não apenas tremia por fora, mas também por dentro. E Jacques conseguia literalmente sentir o cheiro do medo de Shea.

Shea passou os braços sobre o estômago, que estava se revirando.

– Ouça, Jacques, isso... – ela acenou com uma mão instável, virou-se de modo a apoiar o corpo contra a parede, tentando manter-se de pé.

Encará-lo era um erro. O corpo sólido e musculoso, os traços sensuais ainda devastados pela dor, a intensidade daqueles olhos negros... A fome. O desejo. A necessidade. Shea inclinou o queixo para ele. A dor que ela sentia era tão profunda que ele queria puxá-la para mais perto, mas, para ela, era necessário que ela mesma permanecesse no controle.

Jacques controlou sua natureza predatória, conseguiu se manter completamente paralisado. O corpo de Shea continuava ali, preso entre ele e a parede.

Ela limpou a garganta, e tentou novamente:

– Não vai funcionar. Eu tenho obrigações. Não posso entrar em um relacionamento agora. E você está procurando algo intenso, cheio de paixão, laços eternos. Eu não sou assim. E não tenho tudo isso para oferecer a ninguém – os dedos dela contorciam-se agitados; Jacques sentiu seu coração se contorcer em resposta. O sorriso profundo na alma dela, criado pelas palavras tolas de Shea, nunca encontrou o caminho para chegar até seu rosto.

Aquela mulher tinha uma natureza passional. A necessidade que ela sentia era tão grande quanto a necessidade que ele sentia. Ela sabia disso e estava aterrorizada. Mais do que qualquer coisa, era isso que a fazia sentir que devia fugir dele. Ela tinha ensinado a si mesma como ser uma pessoa solitária, não tinha ideia do que seria compartilhar a vida com alguém. E nunca seria, nunca conseguiria ser, como sua mãe.

– Você está me ouvindo, Jacques?

Ele se aproximou, pressionando o corpo esbelto de Shea. Os braços dele a puxaram mais para perto, quase a amassaram.

– É claro que estou ouvindo. Ouvi que você está com medo. Eu sinto isso – sua respiração quente acariciou o pescoço dela. Jacques segurava-a de uma forma completamente protetora, suave, doce. – Eu também tenho medo. Não tenho passado, Shea, apenas o inferno que vivi e que deu forma a este homem louco que sou agora. Aquelas pessoas que você chama de minha família não significam nada para mim. Não confio nelas. Qualquer um ali poderia ser o traidor – ele encostou sua cabeça à dela, num gesto que demonstrava união. – Eu nem sempre posso distinguir a realidade da loucura. Só existe você, meu amor, para manter minha sanidade. Se você escolher me deixar, temo por mim e por qualquer um que se atrever se aproximar.

Shea piscou os olhos mareados, segurou o punho de Jacques com dedos trêmulos, estabelecendo o mais leve dos contatos, uma ligação entre eles.

– Formamos um casal perfeito, Jacques. Pelo menos um de nós deveria ser estável, você não acha?

Ele levou a mão de Shea até o calor de sua boca:

– Você veio até mim. Percorreu milhares de quilômetros. Você me encontrou.

Ela conseguiu abrir um sorriso.

– Alguns anos atrasada...

Alguma coisa se acalmou perto do coração de Jacques. Ele sabia que não havia escapatória para nenhum deles. Talvez não entendesse aquilo completamente, mas sabia que eles estavam irrevogavelmente ligados para todo o sempre.

– E existe algum ditado melhor do que "antes tarde do que nunca"? – disse ele, correndo o polegar pela cintura de Shea, até alcançar o punho.

A mente de Shea estava muito mais calma agora, aceitando melhor a união entre eles. Ela descansou a cabeça no ombro dele.

– Sinto-me tão mal por não ter ouvido você em meus sonhos. Se eu pelo menos...

Ele cobriu a boca dela com a mão, contendo as palavras.

– Você salvou minha sanidade. Você me encontrou. Isso é tudo o que importa. Agora precisamos encontrar nosso caminho juntos.

Ela levou a mão dele até seu pescoço e abraçou-o com força contra sua pele acetinada:

– Aqueles homens estão me seguindo, Jacques. Sem mim, você tem mais chance de escapar. Você sabe que isso é verdade.

A fera dentro dele tomou vida, suas presas cresceram triunfantemente em antecipação. Ela jamais poderia aceitar a ânsia dele de encontrar os dois humanos que o tinham torturado e aprisionado. Shea não tinha ideia do poder imenso de Jacques, de sua fúria, de quão perigoso ele poderia ser. Ela estava ligada a ele, mas era tão compassiva a ponto de não conseguir realmente enxergar sua natureza. Ela continuaria fugindo, evitando confrontos durante toda a vida, se assim fosse necessário. Já ele preferia ser o agressor. E ele seria o agressor.

– Não se preocupe com o que pode vir a acontecer, ruivinha.

Shea tocou o maxilar de Jacques com seus dedos suaves.

– Obrigada por me observar enquanto eu estava inconsciente. Você não deixou aquelas pessoas me matarem.

Ele levou novamente a mão dela até sua boca.

– Sei que você não desejaria algo assim.

Os olhos escuros de Jacques analisaram o outro lado do quarto. Ele ergueu a mão e, com um comando mental, abriu a porta.

O vento instantaneamente correu pelo chalé, um gemido agudo que entrava após debater-se contra os arbustos lá fora. Shea tremeu, aproximou-se do calor e da proteção do corpo de Jacques. Lá fora, a situação era violenta: a chuva caía furiosa e torrencialmente. Shea não precisava que aqueles relâmpagos iluminassem a floresta para conseguir ver claramente a mistura profunda e vívida de verde e marrom, as gotas de chuva caindo como milhares de cristais, refletindo a beleza das árvores e dos arbustos. Mais do que com olhos de um humano, ela viu com olhos de um animal. Podia sentir o tom feroz da tempestade em seu próprio corpo.

Jacques abraçou-a mais apertado quando percebeu que ela estava tentando rejeitar aquela intensidade e aquelas emoções vindas de fora.

– Não, minha ruivinha, olhe lá fora. Este é nosso mundo. Não há nada feio neste mundo. Ele é limpo e honesto e belo – ele murmurou as palavras na orelha dela, encostando a boca naquela pele aquecida. Então, acariciou o pulso de Shea com a língua.

Um estremecer de excitação, de consciência sensual, correu pelo sangue de Shea. Tudo nela parecia querer alcançá-lo. O corpo, o calor, a mente. O medo arrastava-a como se ela reconhecesse a necessidade que sentia por ele. A vida dela estava diferente agora. Ela estava diferente. Se seu pai tivesse sido como Jacques, o sangue daquele homem estranho tinha se diluído em suas veias. Jacques tinha, de alguma forma, levado-a totalmente para o mundo dele.

Shea viu-se inspirando profundamente, bebendo as imagens e os sons. Alguma coisa selvagem dentro de si parecia crescer, tentando igualar-se à fúria da tempestade.

– É tudo nosso, Shea. O vento, a chuva, a terra debaixo dos nossos pés.

As palavras de Jacques bateram contra a pele dela como uma mão em uma luva de veludo. Os dentes dele roçaram sua garganta, sedutores, fazendo-lhe o sangue correr ainda mais inveterado.

– Podemos ir embora esta noite? Agora? – a fúria dentro dela crescia e espalhava-se.

Sua necessidade de tê-lo estava se tornando cada vez mais forte. Ela queria fugir da floresta, escapar do que quer que houvesse dentro de si mesma, escapar da possibilidade de aquele sentimento ganhar força a cada momento que passava ali.

– Vamos precisar pensar sobre onde encontraremos abrigo – disse ele, suavemente. – Sair correndo às cegas vai acabar nos matando.

Cansada, Shea fechou os olhos.

– Não há para onde fugir, não é mesmo? – o lado dela que tão perfeitamente processava os dados dizia-lhe que ela estava tentando fugir de si mesma.

Ele envolveu-a em seus braços, balançou-a delicadamente.

– Você não teria vivido muito mais naquela vida incompleta que levava. E você nunca foi realmente feliz naquela realidade. Você nunca foi feliz, Shea.

– Não é verdade. Eu amo meu trabalho, amo ser uma cirurgiã.

– Você não nasceu para ter uma vida solitária, ruivinha.

– Um médico raramente tem uma vida solitária, Jacques.

– Um cirurgião não precisa interagir com os pacientes, menos ainda com um pesquisador. Estou em sua mente, conheço seus pensamentos, e você não pode escondê-los de mim.

Os olhos verdes de Shea brilharam para ele.

– Você já cogitou a ideia de que posso não gostar de tê-lo dentro da minha cabeça? Você é como uma arma descontrolada. Nenhum de nós sabe quando você pode resolver atirar. – a voz de Shea trazia um leve tom de bom humor, e seu corpo começou a relaxar.

Jacques conteve um suspiro de alívio. Ela estava voltando para ele, vagarosamente encontrando-o.

– Esse é o jeito do nosso povo.

Shea virou-se de costas para observar a tempestade pela porta.

– O tempo todo?

As informações surgiam facilmente dessa vez, sem a dor da curiosidade pulsando na cabeça dele.

– Não. Todos os Cárpatos podem se comunicar em um caminho comum, se assim quiserem – enquanto dizia isso, Jacques esfregou os dedos sobre a cartilagem do nariz. – Não sei se consigo fazer isso. Não lembro exatamente o caminho, mas sei que existe um.

– Os outros tentaram falar com você... – ela supôs, astuta.

– Cada um usou um caminho diferente quando tentaram me encontrar. Eu conseguia sentir o toque, mas não conseguia estabelecer a sintonia. Quando Cárpatos trocam sangue, a ligação mental torna-se mais forte. Cada troca gera um caminho exclusivo, que somente as duas pessoas que trocaram sangue podem usar – mais uma informação que surgia de repente. – Os homens raramente trocam sangue, a não ser quando têm uma companheira.

Por quê? A pergunta invadiu a mente de Jacques. Shea nem se deu conta e Jacques fez o que mentalmente equivaleria a encolher os ombros.

– Uma vez que o sangue foi tomado, podemos buscar pistas. Quanto mais forte a ligação, mais fortes os rastros. Se a troca realmente acontece, cada um pode facilmente encontrar e "conversar" com o outro. Os homens podem se transformar depois de terem passado muitos séculos sozinhos.

– Não entendo o que você quer dizer com "transformar".

– Depois de 200 anos, nós perdemos todas as emoções, toda a nossa capacidade de sentir. Somos predadores naturais, Shea. Precisamos de uma companheira para nos trazer de volta os sentimentos, para nos equilibrar. Conforme os séculos passam, fica mais fácil entregar-se à necessidade de sentir alguma coisa, mesmo que apenas momentaneamente. Matar alguém durante a alimentação traz uma sensação de poder, mas também transforma. E, uma vez transformado, o Cárpato nunca mais pode voltar atrás. Ele torna-se aquela coisa descrita pelas lendas dos humanos: um vampiro. Um assassino amoral, com sangue frio, sem um pingo de compaixão. Esse vampiro deve ser caçado e destruído – um sorriso amargurado brotou em sua boca, mas seus olhos negros denunciavam que ele não estava achando graça nenhuma naquilo. – Você entende por que os machos solitários raramente correm o risco de realizar uma troca de sangue? É incrivelmente fácil ser rastreado depois de uma troca e, se ele se transforma...

Os dentes brancos de Shea alisaram o lábio inferior. Abaixo dos dedos de Jacques, o pulso dela acelerava.

– Não quero acreditar no que você está dizendo.

– Você me salvou desse destino. Sei que minha mente ainda está fragmentada, mas estou salvo de andar pelo planeta como um morto-vivo.

– Aqueles homens, aqueles que vieram atrás de mim...

– Eles são assassinos humanos – havia desprezo na mente e na voz de Jacques. – As pessoas que eles destruíram eram Cárpatos, e não vampiros.

– Então, aquele que você chama de traidor...

– É um Cárpato... um Cárpato que se transformou em vampiro.

Capítulo 9

Vindo de fora, uma rajada de vento uivou, atravessando o cômodo e arrastando consigo gotas de chuva ao passar pela porta. Com cuidado, Jacques puxou Shea para trás de si.

– Os outros chegaram – ele avisou-a.

Shea tentou encostar as mãos na parede atrás de seu corpo. Aquelas pessoas definitivamente pertenciam a uma espécie diferente. Seu pai também tinha sido um deles. Uma parte dela estava intrigada e excitada. Se pudesse estudá-los do ponto de vista científico, então estaria fazendo o que lhe era natural. No entanto, agora que estava envolvida em todo aquele drama, já não conseguia observar os acontecimentos com o distanciamento necessário para um estudo científico. Shea segurou o punho de Jacques:

– Vamos embora daqui. Vamos para longe dessas pessoas, deste lugar.

– É importante que saibamos o máximo possível – disse ele, com uma voz suave, hipnotizante e carinhosa, que a envolvia no casulo de sua proteção. – O curandeiro vem com aquele que afirma ser meu irmão. A mulher está com eles – Jacques sentia-se desconfortável por não saber onde estava o terceiro homem. E não confiava totalmente em nenhum deles. Em algum lugar profundo de sua alma, ele sabia que seus torturadores tinham-lhe tirado alguma coisa preciosa que ele jamais voltaria a ter.

As mãos de Shea correram pelo braço dele. A testa dela descansou nas costas largas de Jacques, num gesto suave e adorável de solidariedade. Como Jacques não suportaria retirar-se por completo da mente dela, Shea conseguia facilmente ouvir o eco dos pensamentos dele quando ela assim desejasse. Sentiu dor por ele. Sentiu dor por ambos.

– Seja lá o que lhe foi roubado, Jacques, isso só o deixou mais forte. Aquele homem que o curou era um verdadeiro milagreiro – ela sussurrou suave e sinceramente. – Nunca vi nada assim. Mas, no fundo, foi a sua determinação que o manteve vivo, Jacques.

Jacques tentou ouvi-la consolando-o, mas, em vez disso, notou o interesse existente naquela voz, um traço de inveja por Gregori ter conseguido curá-lo de forma tão mágica, tão rápida. Aquele Cárpato tinha conseguido realizar, em uma sessão relativamente rápida, o que Shea não tinha conseguido. E, antes que Jacques pudesse responder, dizendo-lhe que ela salvara sua vida, o vento trouxe novamente a chuva, dessa vez acompanhada pela neblina, para dentro da porta.

O curandeiro Gregori apareceu, seguido rapidamente por Mikhail e, em seguida, Raven. Jacques estreitou os olhos e fragmentos de memória surgiram imediatamente. Voar no corpo de uma coruja, correr pela floresta no corpo de um lobo, tornar-se névoa. Atrás dele, Shea ficou sem ar e olhou para os visitantes, em seguida para Jacques, impressionada e intimidada pelas transformações, pelo poder que Gregori apresentava com tanta naturalidade.

Os olhos cinza pálidos de Gregori examinaram cada polegada de Jacques.

– Você parece bem melhor. Como está se sentindo?

Jacques assentiu lentamente com a cabeça.

– Muito melhor, obrigado.

– Você precisa se alimentar. Sua mulher ainda está pálida e parece desgastada. Ela devia estar descansando. Se quiser, posso curar as feridas dela – Gregori fez a oferta usando aquele seu tom casual, até mesmo indiferente. Sua voz era tão convincente, tão bonita, que era quase impossível dizer não para ele. Havia pureza, era como um sussurro negro aveludado. Gregori nunca alterava o tom e jamais demonstrava outro estado senão serenidade. Mostrava-se sempre imperturbável.

O coração de Shea começou a bater dura e ritmicamente. Ela se pegou ouvindo atentamente, querendo que ele continuasse falando, querendo fazer o que quer que ele pedisse. Mentalmente, ela negava com a cabeça. As habilidades de Gregori intrigavam-na, mas ele era poderoso demais. Jacques não tinha usado qualquer tipo de alteração mental, compulsão ou sugestão hipnótica. Aquela voz por si só era uma arma. Shea sentia que Gregori era o mais poderoso Cárpato naquela sala. Muito tempo já havia se passado desde a última vez em que ela tinha estado tão próxima de tantas pessoas. Shea precisava ficar sozinha com Jacques, dar tempo a si mesma para poder ajustar-se a tudo aquilo.

– Agradecemos sua oferta, mas Shea não está familiarizada com nossos costumes – disse Jacques. Aliás, nem mesmo ele se lembrava direito... Ele sentia-se desconfortável com a presença de outros Cárpatos próximos de Shea. Seus olhos negros brilharam como gelo, analisaram o reflexo de um raio que cruzou o céu. – O outro homem não está com vocês...

– Byron – completou Mikhail. – Ele foi um bom amigo para você durante séculos. Byron está convencido de que você completou o ritual e de que essa mulher é sua verdadeira companheira. Busque em sua mente, Jacques. Lembre-se de como a realidade é difícil para nossos homens descomprometidos.

Shea ruborizou, deixando para trás sua palidez extraordinária. A referência ao ritual só podia ser um sinal de que eles sabiam que Jacques e ela tinham feito amor. A falta de privacidade deixava-a extremamente incomodada. Shea queria entrar na frente de Jacques e recusar fortemente o rótulo de "essa mulher". Ela tinha nome. Era uma pessoa. Sentia que eles pensavam nela como sendo uma histérica. Shea certamente não tinha conseguido mostrar a eles seu lado "normal" e calmo.

Jacques deu um passo para trás e estendeu o braço para prendê-la contra a parede. Em momento algum tirou os olhos do trio diante deles. Ele sabia que estava instável, ainda lutava para se manter racional enquanto seu instinto era o de atacar. Não confiava em nenhum deles e não permitiria que Shea corresse qualquer perigo.

Ela retaliou, beliscando-o com força. Não estava disposta a se acovardar atrás de seu homem selvagem como se fosse uma heroína típica do século XVII, depressiva e complacente. E daí se ela estivesse cercada por alguns vampiros? Grande coisa!

Cárpatos. Jacques corrigiu-a, como se estivesse se divertindo.

Se você continuar zombando de mim, Jacques, pode ser que eu encontre outra estaca de madeira e comece a correr atrás de você, ela o avisou em silêncio.

– Ah, pelo amor de Deus! – Shea soava exasperada enquanto falava com o grupo. – Todos nós aqui somos civilizados, não somos? – ela empurrou as costas largas de Jacques. – Não somos?!

– Não há dúvida – Raven deu um passo para frente, ignorando a mão de Mikhail que a segurava. – As mulheres são, pelo menos. Os homens daqui é que ainda não deixaram as cavernas.

– Devo pedir desculpas por ontem à noite, senhora O'Halloran – Mikhail disse, com aquele charme característico do Velho Mundo. – Quando a vi agachada em cima do meu irmão, pensei que...

Raven bufou.

– Ele não pensou, ele reagiu. Ele é um bom homem, mas é superprotetor com aqueles que ama – havia muito amor no tom provocador de Raven. – Francamente... em se tratando de Jacques, você não pode mantê-lo aprisionado, trancafiado como uma freira em um convento.

Shea estava mortificada.

Jacques, mexa-se! Você está me deixando encabulada!

Com uma relutância enorme, Jacques deu um passo para o lado. Shea conseguiu sentir a tensão na sala, uma nuvem vermelha se formando na mente de Jacques. Para reconfortá-lo, ela segurou sua mão, mantendo sua mente firmemente ligada à dele. Assim que foi exposta aos demais, sentiu os olhares examinando cada centímetro de seu corpo.

Raven olhou para Gregori, claramente preocupado.

Insegura, Shea correu a mão pelos cabelos. Ela nem mesmo tinha se olhado no espelho. Jacques segurou a mão dela com um pouco mais de força.

Não! Você está linda assim. Eles não têm o direito de julgá-la, de forma alguma.

– Jacques – chamou Gregori suavemente. – Sua mulher precisa se alimentar para conseguir se curar. Você deve permitir que eu a ajude.

Shea ergueu o queixo. Seus olhos brilhavam como chamas verdes.

– Sou perfeitamente capaz de tomar minhas decisões. Ele não PERMITE que eu faça ou deixe de fazer nada. Obrigada pela oferta, mas vou me curar com o tempo.

– Você vai se acostumar a eles – disse apressadamente Raven. – Eles se preocupam demais com a saúde das mulheres. Os cuidados de Gregori poderiam ajudá-la, Shea. Posso chamá-la de Shea? – Raven sorriu quando Shea acenou com a cabeça, aceitando ser chamada por seu primeiro nome. – Ficaríamos felizes em responder quaisquer perguntas que você quiser fazer. Seria interessante poder conhecê-la. Afinal, somos parentes, de certa forma – apontou Raven.

O golpe de adrenalina gerado pelo medo que percorreu o corpo de Shea simplesmente por Raven ter comentado que ela e Jacques estavam ligados desencadeou uma reação agressiva em Jacques. Raios cortaram o céu e, queimando e dançando, atingiram furiosamente o chão. O vento uivou pelo chalé, bateu contra as janelas e as paredes. Um rugido baixo e amedrontador ecoou na garganta de Jacques. Shea sentiu a fera ganhar força dentro dele, sentiu-o aceitar aquela força, buscá-la com um intuito assassino. Virou-se para observá-lo, bateu a palma de suas mãos contra aquele peito largo e empurrou-o com toda a força que conseguiu reunir, acompanhando-o até um canto afastado.

Você não vai fazer isso, Jacques. Preciso que você esteja são agora. Estou fazendo meu melhor para dar conta de tudo isso, mas, se houver uma briga aqui, eu vou ficar louca. Eu juro. Por favor, ajude-me. Por favor. Havia lágrimas na mente de Shea, uma vulnerabilidade que Jacques jamais tinha observado naquela bela mulher.

Os braços de Jacques envolveram-na, trazendo-a para perto enquanto ele lutava para recuperar o controle. A angústia de Shea parecia dar-lhe forças. Jacques levantou a cabeça, os olhos negros apontaram cautelosamente para os dois outros homens. Mikhail e Gregori pareciam perfeitamente tranquilos, mas, mesmo assim, Jacques percebeu um sinal de alerta neles. Ele forçou-se a sorrir e, em seguida, deu de ombros casualmente.

– Receio que minha mente não tenha se curado como meu corpo se curou. Vocês vão precisar ter paciência comigo. Por favor, entrem e fiquem à vontade – as palavras, expressas em um tom formal, surgiram do nada.

Mikhail fechou violentamente a porta.

– Obrigado, Jacques. Só queremos ajudar você e sua companheira – sentou-se decidido, colocando-se em uma posição vulnerável.

Raven apoiou-se confortavelmente no braço da cadeira. Gregori moveu-se pela sala com passos enganosamente preguiçosos. Ele caminhava com uma graça fluida, com uma sensualidade animal. No entanto, Jacques sabia que o curandeiro estava sutilmente colocando-se entre o casal e ele mesmo.

Gregori. O ancião. O sombrio. As palavras brotaram na mente de Jacques. Gregori era um homem muito poderoso.

– Lembro-me de poucas coisas do meu passado – admitiu em um tom suave. – Talvez fosse melhor para todos se Shea e eu mantivéssemos isso apenas entre nós. Sei que estou bastante instável e não quero que ninguém saia ferido.

Ainda nos braços de Jacques, Shea virou-se para encarar os Cárpatos.

– Apreciamos sua ajuda, mas isso tudo é tão novo para nós dois...

Os olhos acinzentados de Gregori estudaram o rosto pálido de Shea, aparentemente tentando encontrar o caminho para sua alma.

– Você é médica?

Shea estremeceu. A voz daquele homem era incrivelmente convincente. Ele tinha muito poder.

– Sim. Sou cirurgiã.

Um sorriso formou-se nos lábios sensuais de Gregori. Ele era carismático, mas Shea estava muito consciente de que aqueles olhos acinzentados não eram nem um pouco calorosos. Eram frios e estavam sempre alertas.

– Você é muito boa. Os Cárpatos não costumam reagir bem aos métodos de cura humanos. E, ainda assim, Jacques estava se curando. Todos devemos muito a você.

– Você conseguiu fazer em uma hora o que vários dias de cuidados meus não conseguiram – contra sua vontade, havia um tom de admiração na voz de Shea.

– Como você conseguiu encontrar Jacques, se nós não conseguimos? – a voz de Gregori era novamente casual, mas ela sentiu que a pergunta era, na verdade, uma armadilha.

Shea ergueu o queixo; seus olhos verdes adotaram um tom desafiador.

– Muitos anos atrás, enquanto estudava, fui tomada por uma dor. Uma dor para a qual não havia explicação médica ou científica. A agonia durou horas. Daquela noite em diante, tive sonhos com um homem sendo torturado, sentindo dor e me chamando.

– Onde você estava? – perguntou Gregori.

– Nos Estados Unidos – Shea correu os dedos pelos cabelos mais uma vez. Percebendo que suas mãos estavam trêmulas, escondeu-as atrás do corpo. Aqueles olhos pálidos eram desconcertantes, pareciam enxergá-la diretamente na alma, pareciam ver todos os erros que ela tinha cometido durante a vida. – Sei que isso soa bizarro, mas é verdade. Eu não tinha ideia de que realmente havia um homem enfrentando todo aquele sofrimento – naquele momento, a culpa tomou conta dela. – Eu devia tê-lo encontrado antes, mas não acreditei... – Shea não conseguiu terminar a frase. Lágrimas corriam por seu rosto.

Não faça isso, meu amor, ordenou Jacques, abraçando-a mais apertado, protegendo-a. *Eles não têm o direito de julgá-la. Nenhum deles foi ao meu resgate. Você foi, você cruzou um oceano. E eu não a tratei com polidez.* Jacques encostou o calor de sua boca na garganta ferida de Shea.

– E, ainda assim, você voltou para mim, mesmo depois da maneira como eu a ataquei – ele continuou, agora deliberadamente em voz alta, num aviso para que os Cárpatos parassem de interrogá-la.

– Você deve ter ficado aterrorizada – comentou Raven com sua voz delicada.

Shea assentiu e abriu um leve sorriso para Jacques.

– Ele definitivamente era um caso diferente de tudo o que eu tinha encontrado ao longo da minha carreira – Shea tentava parecer normal em um mundo que estava virado de cabeça para baixo.

– Você é bastante jovem para ser médica – observou Mikhail.

Shea forçou-se a olhar para ele pela primeira vez. Jacques e Mikhail tinham o mesmo corpo forte, os mesmos cabelos desgrenhados, os mesmos olhos negros e gelados. Ambos tinham um ar duro de autoridade, autoconfiança e arrogância. Os traços perfeitamente esculpidos de Jacques estavam cansados depois de tudo que ele tinha enfrentado.

– Você parece jovem para ter centenas de anos – rebateu Shea, lembrando-se da sensação de ter os dedos daquele homem apertando sua garganta.

Mikhail respondeu acenando sombriamente com a cabeça.

Ao lado de Shea, Jacques tentava acalmar a fera que a memória do ataque de Mikhail provocava. Shea ignorou-o.

– Uma mulher chamada Noelle teve um filho do sexo masculino com um homem chamado Rand. Você sabe onde está esse rapaz? – perguntou Shea. – Ele deve ter 26 anos agora.

O rosto de Mikhail ficou paralisado. Transformou-se em uma máscara. Um suspiro suave escapou-lhe. Ao perceber isso, Jacques aproximou-se de Shea, posicionando-se na frente dela.

Seja cuidadoso, Mikhail, avisou Gregori.

– Noelle era nossa irmã – declarou Mikhail. – Nossa irmã, morta apenas semanas depois que a criança nasceu.

Shea assentiu. A informação confirmava o que Jacques já tinha lhe dito.

– E a criança?

Não gosto nada disso, Gregori. Por que ela quer saber sobre o filho de Noelle? Os humanos a mataram. Eles têm uma rede com tentáculos que está fora do nosso alcance. E talvez essa mulher seja parte disso. A voz de Mikhail brotou na mente de Gregori.

Se fosse isso, Jacques saberia. Gregori respondeu sem hesitar.

Talvez não. A mente dele está estilhaçada.

Ele saberia. Ela não conseguiria esconder. Você teme por seu irmão e, por isso, não está olhando para esta mulher com os olhos e com a mente aberta. Há muita dor, há um tom de tragédia nos olhos dela. Ela está presa a um homem que não conhece, um homem extremamente perigoso, que a feriu em mais de uma ocasião. Ela é muito inteligente, Mikhail. Sabe o que se tornou e está se esforçando para aceitar essa nova realidade. Ela não é nenhuma assassina.

Mikhail inclinou a cabeça diante da avaliação de seu velho amigo.

– O filho de Noelle foi assassinado sete anos atrás, provavelmente pelos mesmos assassinos que torturaram meu irmão.

Se fosse possível Shea ficar mais pálida, aquele certamente teria sido o momento. Seu corpo cambaleou ligeiramente – foi quando Jacques abraçou-a mais apertado. O garoto era sobrinho dele, mas Jacques não tinha memória da criança ou do irmão morto; então a dor que ele sentiu era de Shea. O meio-irmão dela, sua única possibilidade de ter uma família...

Eu sou sua família, Jacques confortou-a com delicadeza, esfregando seu queixo carinhosamente na parte superior da cabeça dela.

Ele era o jovem na segunda fotografia que Wallace e Smith me mostraram. Sei que era. Shea encostou a cabeça cuidadosamente no peito dele. *Senti essa dor dilacerante quando vi a fotografia.*

Sinto muito, Shea. Tanta coisa aconteceu. Você precisa de tempo para absorver tudo isso.

Intrigado pela angústia estampada no rosto de Shea, Mikhail olhou para Gregori, que encolheu o ombro largo de uma forma bastante elegante.

– E quanto a Rand, o pai dele? – Jacques verbalizou a pergunta para Shea, embora dizer aquele nome fizesse sua cabeça doer, evocando um buraco negro e vazio onde as memórias deviam estar.

– Rand passou um quarto de século debaixo da terra. Depois desse período, ele se levantou, mas manteve-se em segredo. E dorme durante a maior parte do tempo – respondeu Mikhail.

Os dedos de Shea entrelaçaram-se nos de Jacques.

– Ele não criou o filho?

Quando Mikhail negou com a cabeça, Shea engoliu o enorme nó de protesto que bloqueou sua garganta. Em seguida, olhou para Jacques com ares de acusação.

As crianças e as mulheres que vivem com elas parecem ser facilmente deixadas sozinhas por sua raça.

Nós não somos Rand e Maggie, declarou Jacques com firmeza.

Shea mordeu o lábio enquanto estudava Mikhail.

– O que significa estar "debaixo da terra"?

– Os Cárpatos rejuvenescem no solo – explicou Gregori, observando-a de perto. – O sono humano não permite que nos curemos ou que descansemos de verdade. Realizamos algumas práticas humanas, como tomar banho, usar roupas... Enfim, todos esses hábitos que protegem o que somos, mesmo que essas coisas não nos sejam necessárias. Mas dormimos o sono dos Cárpatos. A terra nos cura e nos protege durante as horas em que estamos mais vulneráveis, quando há sol.

Shea já negava com a cabeça e levava uma mão até a garganta em um gesto curiosamente indefeso. Seus olhos encontraram-se com os de Jacques, ostentando um medo inocente.

Não posso. Você sabe que eu não posso.

Tudo bem. Eu também não aceitaria muito bem a ideia de ser enterrado outra vez. E era verdade. Jacques tinha começado a se sentir sufocado, a associar a terra profunda com dor e tormento. *Eu não a forçaria a tomar uma decisão desse tipo.*

Raven ajeitou-se contra o ombro de Mikhail.

– Eu durmo acima do solo em uma cama muito confortável. Bem, o quarto está no subsolo, mas é um quarto lindo. Você precisa visitá-lo qualquer hora dessas. Não gosto de dormir enterrada no chão. Eu era humana, Shea, como você. E a sensação é a de ser enterrada viva.

– Rand é meu pai – ela admitiu subitamente.

Um silêncio assustador tomou conta do quarto. Até mesmo o vento parou, como se a própria natureza estivesse segurando a respiração. Em seguida, Mikhail moveu-se, pareceu fluir da cadeira. Seu poder era inconfundível. Seus olhos negros cobriam cada centímetro de Shea.

Gregori?

Se for verdade, Mikhail, Rand fez o que pensei ser impossível. A não ser que...

Mikhail entendeu o raciocínio. Gregori suspeitava que a mãe de Shea fosse a verdadeira companheira de Rand.

– O que você está dizendo é de uma importância enorme para nossa raça, Shea. Sua mãe é humana?

– Era. Ela cometeu suicídio há oito anos. Não conseguiu enfrentar a vida sem Rand – Shea ergueu o queixo e adotou um ar desafiador. – Minha mãe era obcecada por ele, não tinha mais nada para oferecer à filha – declarou aquilo como um fato, como se não tivesse sofrido, como se não tivesse passado a vida toda sozinha.

– Ele transformou sua mãe? – perguntou Mikhail, furioso com a mulher desconhecida que negligenciara a própria filha, especialmente por se tratar de uma filha do sexo feminino. O mínimo que a mãe de Shea devia ter feito era ter levado o bebê para que a comunidade dos Cárpatos cuidasse dele. – Ela era Cárpato?

– Não, ela não era como você, nem como eu. Minha mãe definitivamente era humana. Era bonita, irlandesa e passava a maior parte do tempo distante do mundo real. Eu soube de Rand e Noelle por meio do diário dela.

– Sua mãe tinha algum dom sobrenatural? – perguntou Gregori, pensativo.

Raven olhou para Mikhail.

- Ela tinha uma habilidade sobrenatural.

A resposta de Shea era extremamente importante para o futuro da raça. Ela ofereceria a prova do que eles há muito tempo suspeitavam, há muito tempo esperavam. Shea mordeu o lábio.

– Ela sabia das coisas antes de elas acontecerem. Sabia quando o telefone estava prestes a tocar ou se alguém estava prestes a aparecer. Mas ela raramente falava. Me deixava esquecida por dias, às vezes semanas, então eu não sabia muito a respeito dela. Não posso dizer que minha mãe compartilhava muitas informações comigo...

– Mas você tem certeza de que Rand é seu pai? – insistiu Mikhail.

– Quando nasci, meu sangue causou uma enorme confusão na comunidade médica. Em seu diário, minha mãe escreveu que Rand era meu pai e que ele tinha uma doença estranha. Ela pensou que eu tinha herdado aquilo. Então, mudou-se comigo para a Irlanda e me escondeu, porque os médicos e os cientistas a assustavam com suas perguntas. Minha mãe tinha certeza de que Rand estava morto.

Mikhail e Gregori trocaram um olhar. A raça estava se extinguindo. A última mulher tinha sido Noelle, nascida cerca de 500 anos atrás. Sem as companheiras, os homens estavam escolhendo colocar um fim à sua existência ou se transformarem em vampiros. Mikhail e Gregori há muito tempo suspeitavam que um grupo de mulheres, aquelas com talentos sobrenaturais, tinham a habilidade de se tornarem uma companheira, assim como tinha acontecido com Raven. Nunca houvera um caso de criança nascida meio-humana, meio-Cárpato. A única explicação possível seria a mãe de Shea ter sido a verdadeira companheira de Rand. Todos sabiam que ele não tinha sentimentos verdadeiros por Noelle. Mas Rand não transformara a mãe de Shea.

Nenhuma mulher Cárpato permitiria que sua filha crescesse sozinha, como a mãe de Shea tinha feito. Por que Rand não tinha dito nada? Seu povo teria cuidado da criança.

Rand não comentou nada sobre suicídio quando acordou, refletiu Gregori. *Ele fica muito sozinho, mas isso não é incomum.*

– Nós poderíamos ver esse diário? – perguntou Mikhail para Shea, educadamente.

Ela negou com a cabeça, triste.

– Eu estava sendo caçada e precisei destruí-lo.

– Sua vida deve ter sido difícil, sem ninguém para guiá-la – comentou Gregori, serenamente. – Mas você não perdeu sua habilidade. Você realmente é capaz de curar.

– Estudei por muitos anos – disse ela, sorrindo ligeiramente para ele. – Na verdade, dediquei-me a isso durante muito tempo.

– Você nasceu com o poder da cura – ele corrigiu. – É um dom raro – os olhos acinzentados de Gregori correram pelo corpo magro de Shea. – Jacques... – ele abaixou a voz para que aquele som parecesse entrar na corrente sanguínea e aquecer como uma boa aguardente. – Shea está cada vez mais fraca. O corpo dela treme. Sei que você não compreende totalmente a importância dela para nossa raça, e entendo que seus instintos são fortes e continuam intactos. Você é o companheiro dela, jurou proteção e cuidados a essa mulher.

A mão de Shea apertou Jacques com força.

– Não ouça o que ele está dizendo. O que escolhemos não tem nada a ver com nenhum deles.

– Confie em mim, meu amor. Eu jamais deixaria esse homem feri-la – garantiu Jacques, reconfortando-a. – Ele só está preocupado por você estar tão fraca.

– Sou médico como você, Shea – Gregori parecia deslizar para frente. Seu corpo fluía sem o mínimo sinal de movimento ou de ameaça. E, de repente, ele estava mais perto. – Eu jamais feriria uma mulher. Sou um Cárpato, um homem que procura apenas proteger e cuidar de nossas mulheres – estendeu a mão na direção do pescoço dela. O toque daqueles dedos era impressionante. Luz. Calor. Uma sensação de formigamento. – Você precisa se alimentar, Shea – a voz estava em volta dela, dentro dela, trabalhando a favor dela. – Jacques precisa que você esteja forte para acompanhá-lo no que está por vir. Nosso povo precisa de você. Meu sangue é antigo e poderoso. Ele vai ajudá-la, vai curá-la, vai fortalecer vocês dois.

– Não, Jacques! Não! Diga a ele que não! – por algum motivo, ela sentia-se atemorizada com aquela ideia.

– Vou alimentá-la – Jacques objetou tranquilamente, sua voz ainda mais ameaçadora por conta daquela calma.

Olhos pálidos correram na direção dele.

– Você precisa conservar a sua força para curar seu corpo. Mikhail vai oferecer o que você precisa. Houve um momento, não muito tempo atrás, em que você se oferecia livremente a seu irmão.

Jacques analisou Shea cuidadosamente. A pele dela estava tão pálida a ponto de quase tornar aquele corpo translúcido. Os ferimentos e as manchas assustadoras em sua garganta não tinham se curado. Shea parecia cansada, seu corpo estava magro demais. Gregori estava certo. Ela estava tremendo. Por que Jacques não via a fraqueza dela? Ele certamente tinha contribuído para que ela chegasse àquela situação.

O sangue dele é muito puro, Shea. Foi o que me ajudou e me curou tão rapidamente. Não fico nada feliz com a ideia de outro homem enxergar suas necessidades, mas ele é nosso médico. Quero que você faça o que ele disser para você fazer.

Não vou fazer nada disso, Jacques. Ela negou com a cabeça, inflexível. *Quero ir embora agora. Você me prometeu que iríamos embora.*

Você precisa se alimentar, Shea. Ele está certo. Você está mais fraca a cada dia.

Não precisamos da ajuda deles. Ela levantou a mão para conter o avanço de Gregori.

– Sei que você está tentando nos ajudar, mas ainda não estou pronta para isso. Preciso entender as coisas e me acostumar ao que tenho que fazer para sobreviver. É claro que isso não é nada irracional – ela entrelaçou os dedos novamente nos de Jacques, mantendo-os em contato. Shea precisava dele ao seu lado, entendendo que ela precisava de tempo.

– E dar tempo para que você morra por falta de cuidados? Sua saúde já anda negligenciada há algum tempo. Você é médica, devia saber disso. Você se convenceu de que sua vida seria curta. E ela não pode ser! – exclamou Gregori. Aquela voz era cativante, hipnotizante. – Nossas mulheres são nossa única esperança. Não podemos perdê-la, Shea.

Ela conseguiu sentir Jacques rejeitar a possibilidade de aquilo acontecer. A violência da fera dentro dele aproximou-se da superfície, mas ele conseguiu se controlar. Seus olhos negros encararam os olhos verdes de Shea.

Sei que o que ele está dizendo é verdade, Shea. Já senti você aceitar sua morte em mais de uma ocasião. Você estava disposta a trocar sua vida pela minha.

Isso é diferente, e você sabe disso, ela afirmou, carregada de desespero. As mãos de Jacques estavam em volta dela, puxando-a para perto dele. *Não me force, Jacques. Deixe-me fazer isso quando eu sentir por mim mesma que é a hora certa.*

Shea. Ele ardia com a vontade de fazer o que ela pedia. Shea conseguia sentir essa dor na mente dele, a necessidade de oferecer-lhe o que fosse necessário para ela ser feliz. Ainda assim, ao mesmo tempo, a ideia de que ela podia estar se afastando dele aterrorizava-o. Todos os instintos de Jacques insistiam para que ela fizesse como o curandeiro sugeria, buscando assegurar que ela ficasse bem. Ele lutou para permanecer no controle, para não permitir que seus instintos animais tomassem a decisão.

Por favor, ruivinha, faça isso para que nós dois possamos ficar mais fortalecidos. Uma vez feito, poderemos seguir sozinhos e tomar nossas próprias decisões.

Não estou pronta, Jacques. Tente entender. Preciso de tempo para compreender o que está acontecendo comigo. Preciso me sentir no controle. Não vou morrer. Aceitei que, independentemente do que você for, independentemente do que meu pai era, eu me tornei inteira. Sei que, de alguma forma, você conseguiu nos ligar. E estou tentando lidar com tudo isso do meu jeito e ao meu tempo.

Estou tentando fazer o que é certo para você.

E como você pode saber o que é certo para mim? Você decidiu por mim. Você tomou minha vida sem que eu consentisse. Você não tinha o direito de fazer isso, Jacques.

Não, eu não tinha, ele admitiu. *Quero pensar que, se eu não fosse o que me tornei, gostaria de tê-la cortejado, gostaria de ter tido a chance de conquistar seu amor e sua lealdade. Gostaria de não ser o tipo de homem que força suas vontades.*

Isso não é diferente, Jacques. Você não consegue enxergar?

– Shea está fraca demais, Jacques, e muita coisa aconteceu tão rápido – a voz aveludada de Gregori era sedutora. – Ela não é capaz de tomar uma decisão racional. Como você vai ajudá-la? Se tentar doar seu sangue, não vai ser capaz de protegê-la da forma adequada. Ela precisa ser curada. Você é o companheiro dela, Jacques. Procure dentro de você, bem lá no fundo. Essas coisas foram impressas em você antes do seu nascimento. Um homem não pode fazer nada menos do que cuidar da saúde de sua companheira.

Mikhail, chamou Raven. *Ela está sendo pressionada demais. Não permita isso.*

Ela é importante demais para todos nós. Precisamos que ela se fortaleça para que possa controlar Jacques enquanto esperamos até que a mente dele esteja totalmente curada. Nenhum de nós pode fazer isso. Não queremos ser forçados a destruí-lo. No final, ela escolheria segui-lo, e nós também a perderíamos. Você deve ter percebido que ela pensa em Jacques em primeiro lugar, e só depois em si mesma. Ela certamente o seguiria. Precisamos fazê-la aceitar, Raven. Sinto muito se isso a deixa angustiada.

Jacques inclinou a cabeça para encontrar a têmpora de Shea, transmitindo calor e carinho. Envolveu-a com os braços e puxou aquele corpo resistente para mais perto do seu.

– Shea, acredito que o curandeiro está certo dessa vez.

Não acredito que você esteja me traindo assim. Você está passando para o lado deles. Por que, Jacques? Você me deve mais respeito.

Porque, sem você, sou perigoso demais para o mundo. Porque o que sinto por você está além de qualquer emoção humana, até mesmo do amor.

Jacques empurrou cuidadosamente o queixo dela para cima e forçou aqueles olhos verdes a olharem em seus olhos negros. Naquele momento, Shea podia sentir que Jacques queria que ela fizesse sua vontade. Ela estava entrando cada vez mais fundo no interior daqueles olhos. Jacques murmurava na cabeça dela, uma ordem discreta à qual ela tentava tão terrivelmente resistir.

Você vai aceitar o que o curandeiro está oferecendo.

Gregori já estava se movimentando para frente, sua voz suave acrescentava ainda mais poder à voz de Jacques. Mordeu cuidadosamente o próprio pulso e o colocou diante da boca de Shea. O cheiro era extremamente forte e desencadeou uma fome e uma necessidade fortíssimas dentro dela. A mão de Jacques empurrava-a, forçando-a na direção daquele líquido poderoso que era sinônimo de vida, o sangue antigo com poderes de cura que lhe preencheria o corpo com força e poder.

– Ela tem uma força enorme, Jacques – comentou Gregori.

Shea lutava contra a compulsão de se alimentar. Aquele sangue tão rico e poderoso fluindo por seu corpo faminto não enfraquecia sua resistência – apenas deixava-a mais forte. Gregori podia ver que Jacques mostrava-se hesitante enquanto observava Shea lutar contra a compulsão. A mente de Jacques podia estar fragmentada, talvez ele até tivesse momentos de loucura, mas seus sentimentos por Shea eram fortes e saudáveis. O médico propositalmente fez sua voz descer uma oitava e usou a pureza de seu tom para persuadir Jacques.

– Nossas mulheres são poucas e representam a esperança para nosso povo. A única forma garantida de acabar com nosso povo é destruir nossas mulheres. Elas devem ser guardadas o tempo todo. Os assassinos voltaram à nossa terra. Até mesmo o solo geme sob os sapatos deles.

– Shea os viu – Jacques observava atentamente enquanto Mikhail aproximava-se, ainda sem confiar no homem que tinha estado tão próximo de estrangular Shea. – Eles quase a pegaram duas vezes.

– Alimente-se, Jacques. Ofereço minha vida gratuitamente a você, como você fez tantas vezes por mim – Mikhail cortou o pulso e o estendeu para seu irmão.

No momento em que aquele líquido rico chegou à sua boca, o sabor e a onda de poder trouxeram alguns fragmentos de memórias. Mikhail rindo, empurrando Jacques de um galho de árvore em uma brincadeira. O corpo de Mikhail agachado, protetor, na frente dele enquanto as unhas de um vampiro com dentes manchados de marrom começavam a crescer, tornando-se longas e afiadas como adagas. Mikhail segurando o corpo inerte de Raven, um rio de sangue, a terra e o céu se abrindo em volta deles enquanto Mikhail olhava para Jacques, decidido a unir-se à sua companheira para todo o sempre.

Os olhos de Jacques pularam na direção do rosto de Mikhail, examinaram cada centímetro daquela face. Aquele homem era um líder, um predador perigoso e poderoso que tinha habilidosamente conduzido a raça em extinção durante séculos de emboscadas. Era um líder que homens como Gregori escolhiam seguir por vontade própria. Alguma coisa brotou dentro de Jacques: a necessidade de proteger aquele homem, de transformar-se em um escudo para ele.

Mikhail.

Mikhail virou a cabeça. Ouviu seu nome ecoar claramente dentro de sua cabeça. O caminho tinha estado ali por um instante, familiar e forte. Em seguida, desapareceu com a mesma velocidade com que surgiu.

Jacques estava tão distraído com as memórias que flutuavam em sua cabeça que acabou soltando Shea. Ela sentiu a falta de atenção de Jacques e se recompôs, esperando, esperando... No momento em que a compulsão cresceu, ela tirou a cabeça do pulso de Gregori e fugiu. Abriu a porta violentamente e correu em meio à fúria da tempestade.

O ar no chalé ficou paralisado, tornou-se pesado, com uma espécie de escuridão malevolente. Os traços de Jacques eram uma máscara de granito; seus olhos estavam duros e paralisados. Tomou um último gole do líquido poderoso, fechou a ferida com cuidado e levantou a cabeça.

– Obrigado pela ajuda, mas agora devo pedir a você que vá embora. Talvez amanhã à noite você possa tentar fazer minha mente melhorar, doutor – o olhar de Jacques direcionou-se para a noite, e um propósito sombrio brotava em seu tom de voz.

– Jacques... – hesitante, Raven ousou chamá-lo.

Aquele estranho parecia mais uma besta do que um homem, definitivamente não era o cunhado gentil que ela conhecera. No passado, Jacques sempre trazia um bom humor preguiçoso, dava muitas risadas e contava piadas como se fosse um eterno garoto. Agora, ele era um ser sem misericórdia, perigoso, talvez louco.

Mikhail silenciosamente levou Raven para fora do chalé. O corpo dele já estava fraco.

Eles precisam resolver isso sozinhos, meu amor.

Ele parece tão perigoso...

Mas não pode ferir sua companheira.

Mikhail queria realmente acreditar nisso. Havia uma escuridão em Jacques, um vazio realmente assustador que nenhum deles poderia preencher.

Gregori hesitou no vão da porta.

– Tome precauções quando dormir, Jacques. Nós somos a caça.

Dizendo isso, Gregori também desapareceu na noite.

Gregori, ele vai feri-la? Apesar de ter tranquilizado Raven, Mikhail sentiu que não podia arriscar a saúde de Shea. Se alguém ali pudesse avaliar os danos na mente de Jacques, esse alguém era o curandeiro.

Ele pensa em punir o comportamento impetuoso dela, respondeu Gregori, suavemente. *Mas posso sentir a mente dele aproximando-se da dela, aceitando as emoções sobrecarregadas da companheira. Jacques tenta ficar bravo com aquela mulher, mas esse sentimento logo se desfaz na mente dele.*

O sangue dos anciões tinha dado a Jacques uma força enorme. Ele sentiu seu imenso poder crescer, provando-o novamente. Descalço, caminhou pela sala e inspirou profundamente. Mesmo com todo aquele temporal, ele sabia exatamente onde Shea estava. Ele estava na mente dela o tempo todo – os dois nunca se separavam, afinal. Ele podia sentir as emoções selvagens daquela mulher, o pânico e o desespero, a necessidade de escapar das montanhas, de deixar os Cárpatos para trás. De escapar dele.

Você vai voltar para mim, Shea. As palavras formavam uma ordem clara, e ele esperava que ela o obedecesse. Esperava não precisar forçá-la.

Shea deu a volta em um tronco de árvore já apodrecido e parou abruptamente sob a copa de uma enorme árvore. A ordem era assustadora, impressionante em sua falta de emoção. Ela reconheceu a fúria em si mesma. Aquilo era novo para ela. Totalmente novo. Ela não se lembrava de ter sentido fúria antes. Ela era, em geral, muito cuidadosa para não sentir nada. Preferia simplesmente analisar os fatos.

Por favor, tente entender, Jacques. Eu não vou ser parte disso.

Não vou discutir à distância com você. Venha até mim agora.

Tentando resistir, Shea agarrou-se a um galho de árvore acima de sua cabeça. A falta de inflexão na ordem de Jacques assustava-a ainda mais do que aquela fúria dentro dela mesma. Shea sentia o poder nele, uma confiança total.

Não vou voltar. Não posso. Apenas viva sua vida, Jacques. Você a tem de volta agora.

Se Jacques não tinha sentido emoções durantes séculos, então ele devia estar lutando tanto quanto ela lutava para permanecer no controle. Tudo parecia tão insano! Shea queria o mundo calmo e tranquilo que conhecia, um mundo no qual seu cérebro reinava sobre as emoções.

Você não vai conseguir vencer esta batalha, Shea. Aquilo era um aviso, nada menos do que um aviso. O tom, desprovido de qualquer sentimento.

Por que isso precisa ser uma batalha? Você precisa aceitar minha decisão. Tenho o direito de ir embora.

Venha até mim, Shea. Havia uma força de ferro na ordem de Jacques. Dessa vez, ele exerceu uma pressão sutil, porém assustadora.

Shea apertou a cabeça com as duas mãos.

Pare com isso! Você não pode me forçar!

É claro que posso.

Ainda enquanto as palavras ecoavam na cabeça de Jacques, ele percebeu que elas eram verdadeiras. Ele poderia fazer quase tudo. Deixou a varanda para trás, seguiu para debaixo da chuva, e alongou preguiçosamente seus músculos, que responderam com uma sensação agradável. Jacques estava realmente vivo outra vez. Poderia facilmente trazê-la para ele, forçá-la a fazer o que ele quisesse. Shea precisava aprender que as mulheres dos Cárpatos deviam ficar o tempo todo sob a proteção de seus companheiros. Ela nunca tomava precauções, nunca analisava os arredores, nunca cuidava de sua própria proteção.

Era esse o tipo de homem que ele tinha se tornado? Será que ele tinha sido sempre assim? Alguém disposto a forçar sua vontade na única pessoa que se importava com ele, que tinha arriscado a vida por ele? Seria demais dar-lhe tempo para se acostumar à vida nova? Pensativo, Jacques apertou a cartilagem do nariz.

Shea era tão frágil, tão vulnerável. Ela poderia desafiar o mais selvagem dos rios ou a mais alta das montanhas. Tinha força para enfrentar qualquer crise, mas não sabia o que fazer diante de suas próprias emoções. A ruivinha de Jacques estava atemorizada pelos sentimentos que tinha por ele. Sua infância já tinha sido um pesadelo; ele não poderia permitir que a vida dela se tornasse a mesma coisa.

Então Jacques sentiu um derreter curioso perto de seu coração, uma onda de calor que correu por sua corrente sanguínea.

Minha pequena, por que você insiste em brigar comigo? A voz dele, sussurrando com tanta delicadeza na mente dela, vinha carregada de doçura. *Você sabe o que vai lhe acontecer sem mim?*

Shea, com todo o seu ser, respondeu à carícia aveludada da voz dele, à maré crescente de amor. Se Jacques continuasse discutindo com aquele tom apático, talvez ela tivesse alguma chance. No entanto, assim que ele falou usando esse tom suave e doce, ela perdeu-se. E sentiu um desespero opressor. Ela jamais conseguiria ficar livre dele. Nunca.

É um destino tão horrível assim, meu amor? A voz de Jacques fazia o coração de Shea revirar. *Ficar ao meu lado é um destino tão horrível assim?* Dessa vez, havia um leve tom de dor. *Sou um monstro tão horrível assim?*

Não sei ficar com você. Me sinto presa em uma emboscada, como se não pudesse me movimentar ou pensar. Shea apertou os dedos contra as têmporas e apoiou as costas contra a árvore. *Não quero precisar de você. Não quero estar com nenhum deles.*

Ele se movia com passos constantes na direção dela. Nem rápido demais, nem lento demais. A chuva caía contra os ombros largos de Jacques, corria por suas costas. O frio só fazia seu corpo parecer ainda mais quente. Shea, por sua vez, parecia tão pequena e indefesa. A cada passo que Jacques dava em direção à noite, com o solo sob seus pés e o sangue antigo correndo em suas veias, sua força aumentava.

Preciso de você para respirar, Shea, ele admitiu assustadoramente. *Sinto muito se isso a aterroriza. Eu gostaria de ter mais controle, mas não posso ficar sozinho assim, não outra vez. Tento manter minha presença em você, mas como sombra. Talvez com o tempo eu consiga me soltar um pouco. Estar comigo a aterroriza, mas estar sem você me aterroriza.* Um tom mais relaxado tomou conta. *Somos tão compatíveis um com o outro...*

Shea sabia que ele estava vindo em sua direção. Ela percebia pela forma como seu coração batia, esperando-o, pela forma como seu corpo ganhava vida. Enterrou o rosto no braço, e então se segurou novamente no galho sobre sua cabeça.

Você não me conhece, Jacques.

Estou em você. Conheço você. Você está com medo de mim, do que eu posso fazer. Está com medo da minha instabilidade, do meu poder. Você teme o que sou e o que me tornei. Ainda assim, você é forte e sabe que nenhum ferimento vai me atingir. Você também sabe que seu cérebro está entusiasmado com as possibilidades da existência de nossa raça. Neste momento, Jacques riu, suave e convidativo. *Sou seu companheiro, cuidar de você é minha obrigação. Devo protegê-la e sempre buscar sua felicidade. E você tem as mesmas habilidades que eu.*

Seu primeiro pensamento era o de me foçar de volta até você, ela acusou-o.

Shea, meu amor, você nunca se lembra de verificar se há perigo. E você não pode viver sem mim. É minha obrigação e meu direito protegê-la.

O que acontece comigo se você morrer? O que acontece com você se eu morrer? Ela conhecia a resposta, tinha visto a vida vazia de sua mãe...

– Isso é obsessão – ela disse as palavras em voz alta para que o vento pudesse levá-las até as montanhas. – Não vou ser como ela – ergueu o rosto na direção da chuva para que as gotas corressem junto com as lágrimas em seu rosto.

Era tarde demais. Ela não conseguiria sobreviver sem Jacques. Então ela era como sua mãe?

Jacques saiu da escuridão da noite tão lindamente masculino a ponto de deixá-la sem ar. Os olhos negros moveram-se possessiva e curiosamente com ares de um predador na direção dela.

Shea sacudiu a cabeça.

– Não estou forte o bastante, Jacques.

O vento chicoteou-a, quase deslocou-a à força para o lado.

– Escolha a vida por nós, Shea, por nossos filhos. Não vai ser fácil viver comigo, mas juro que ninguém poderia amá-la mais do que eu a amo. E farei qualquer coisa para vê-la feliz.

– Você não vê? Você não pode fazer outra pessoa feliz. Sou a única que poderia fazer isso por mim mesma. E não posso.

– Você só está com medo. Nós dois temos alguns problemas, Shea. Você teme a intimidade e eu temo a falta dela. É só uma questão de chegarmos a algum ponto intermediário.

A voz de Jacques era tão suave que ela a sentia tocar em sua pele, como se as pontas dos dedos dele fizessem-lhe a mais suave das carícias. Jacques aproximou-se, posicionando-se debaixo da copa da árvore. Seus olhos negros agora estavam intensos.

– Escolha-me agora, Shea. Precise de mim. Me deseje. Me ame. Escolha a vida por nós.

– As coisas não deviam ser assim.

– Nós não somos humanos. Somos Cárpatos, somos criaturas da terra. Comandamos o vento e a chuva. Os animais são nossos irmãos. Podemos correr com os lobos, voar com as corujas e nos transformar na própria chuva. Não somos humanos, Shea. Não nos alimentamos de carne como os humanos, e não amamos como os humanos. Somos diferentes.

– Somos caçados o tempo todo.

– E também caçamos. É o ciclo da vida. Shea... Olhe para mim.

Capítulo 10

Shea levantou seus olhos esmeralda até que eles encontrassem a intensidade perturbadora dos olhos negros de Jacques. Ele estava tão perto que ela podia sentir o calor de sua pele encostando-se à dela. As pontas dos dedos de Jacques correram pela bochecha de Shea, descendo até a boca. A necessidade que ele tinha dela era tão natural quanto a própria tempestade. Queimava-o como o calor intenso da eletricidade, como o calor de lava derretida espalhando-se pouco a pouco.

– Precise de mim, Shea! – a voz dele transmitia dor. – Precise de mim da mesma forma que eu preciso de você. Eu daria minha vida por você. Viva por mim. Encontre uma forma de viver por mim. Me ame a esse ponto.

Os cílios de Shea farfalharam. Gotas de chuva brilhavam nas pontas daqueles fios enormes.

– Você não tem ideia do que está me pedindo.

Ele usou as mãos para envolver o rosto dela. Em seguida, correu os polegares por seu pulso frenético. Cada leve carícia fazia chamas dançarem pelo corpo de Shea. Seu olhar, preenchido com algo que parecia falta de esperança, mostrou-se mais uma vez relutante em encontrar-se com o dele.

– É claro que sei o custo disso para você, ruivinha. Sinto sua relutância, sua repulsa aos nossos hábitos alimentares – afirmou Jacques, levando a mão até o pescoço de Shea, puxando-a para mais perto.

– Eu tentei me ajustar – ela protestou. – Mas preciso de mais tempo.

– Sei disso, Shea. Eu devia ter encontrado outra forma de ajudá-la a se curar. Eu mesmo estou tentando descobrir que tipo de companheiro eu sou. Quero ser o que você precisa, alguém que você possa respeitar e amar, e não alguém que impõe suas vontades e que sempre toma as rédeas. Há formas de alimentá-la com amor, sem gerar toda essa repulsa – a boca de Jacques encontrou o pulso de Shea e ele sentiu a veia dela saltar sob o arranhar aveludado de sua língua.

Os lábios dele moveram-se até o queixo dela e, depois, até o canto dos lábios. A voz de Jacques era rouca, dolorida.

– Me deseje, Shea. Me deseje não só com seu corpo. Me deixe entrar em seu coração – ele apertou a boca contra a dela sem gentileza, selvagemente, faminto. A fome estava presente em seus olhos quando ele ergueu a cabeça para olhar para baixo, na direção dela. – Abra sua mente para mim. Me deseje em sua mente, assim como me deseja em seu coração. Me deseje entrando furiosamente em você, com uma necessidade que só você pode satisfazer. Me leve até a sua alma e me deixe viver lá.

A boca dele vagava por cada centímetro daquele rosto, pescoço, ombros... O corpo de Jacques queimava e doía e ardia de tanta necessidade. Seu coração encontrou a sintonia perfeita com o dela. Sua mente eram nuvens de desejo, imagens eróticas e necessidades sensuais. Estava cheia de amor e carinho. Aquela intensidade queimava tanto quanto a fome que ardia nele. O calor da boca de Jacques encontrou os seios de Shea, mesmo através do leve algodão da blusa. Ele a desejava. O corpo de Jacques reagiu violenta e dolorosamente, sua calça jeans agora estava apertada e desconfortável.

Então ele puxou-a para mais perto. A tempestade estava dentro dele, em volta dele, era parte dele.

– Me faça inteiro, Shea. Não me deixe assim. Me deseje outra vez. Sinta a necessidade de ter meu corpo no seu. Sinta a necessidade de me tocar, assim como eu preciso tocá-la.

Shea podia sentir a fúria, o desejo selvagem, a fome sensual e sombria brotando nele. Os olhos de Jacques carregavam tanta necessidade que era praticamente impossível rejeitá-lo. Sem perceber, as mãos dela já estavam descendo por aqueles músculos definidos e esculpidos, numa vontade animal de explorar cada pedaço daquele homem – uma vontade tão forte quanto o furacão em volta deles.

A boca dela alimentou-se da boca dele. Shea puxou as roupas de Jacques, puxou suas próprias roupas, tentando se livrar delas. Mas ela não podia se aproximar tanto quanto queria: pele com pele não seria o suficiente. Jacques tirou a blusa dela, atirando-a para o lado, e quase a inclinou para trás para se alimentar avidamente dos seios de sua companheira. Deslizava a mão para cima e para baixo na lateral do corpo dela, no tórax, na cintura fina.

– Me deixe entrar em seu coração, Shea – Jacques murmurou, tendo diante de si aqueles seios inchados e macios, o coração dela num ritmo frenético, em sintonia com o dele. – Bem aqui, meu amor, me deixe entrar – os dentes dele rasparam a pele de seda enquanto a língua fazia carícias leves.

Ele abriu a calça jeans dela e puxou-a para baixo, deslizando pela curva daquele quadril elegante. Caindo de joelhos, Jacques envolveu os quadris de Shea com os braços, passou o nariz pela calcinha de seda e, em seguida, enterrou-o mais fundo. Shea gritou o nome dele, e o vento carregou o grito consigo para depois trazê-lo de volta, envolvendo-a com o cheiro e a força do desejo.

– Me deseje, Shea. Assim. Como é para ser. Assim. Preciso ter você. Bem aqui, no meio desta tempestade. Preciso ter você agora – ele puxou a calcinha, apoiou o corpo dela no seu e alimentou-se daquele calor que fluía adocicado. O corpo de Shea estremeceu de prazer quando ela se entregou à boca agressiva de Jacques. Mas ele não parou. Em vez disso, levou-a para mais e mais perto da loucura.

Shea só conseguiu puxar os cabelos negros e grossos de Jacques e sentir o mundo estremecer sob seus pés enquanto a chuva batia contra o solo. De alguma forma, ele conseguiu tirar os sapatos de Shea e, em seguida, também tirou-lhe as calças. Agora ela estava nua debaixo da chuva forte, tão quente a ponto de temer que a água chiasse ao tocar sua pele.

– Você me quer, Shea? – dessa vez, a voz de Jacques soou hesitante. Era como se, mesmo com toda aquela força, com todo aquele poder, ele pudesse desmoronar com uma única palavra dela.

Jacques estava de joelhos aos pés dela. Aquele seu rosto adorado – tão devastado pelo furacão, tão lindamente masculino, tão sensualmente típico de um Cárpato – encarava-a viril. Ele estaria perdido sem ela, e ela podia ver isso estampado no rosto dele, se quisesse. Selvagem. Assustador. Toda a vulnerabilidade de Jacques. Por um único momento, o vento pareceu cessar e a tempestade parou. Era como se os céus estivessem esperando a resposta de Shea.

– Você não tem ideia de quanto eu o quero, Jacques! Mesmo se você estiver lendo minha mente agora, você não imagina... – ela ajudou-o a levantar, inclinou-se para frente, para encostar seus lábios nos dele. – Quero você em meu coração. Sempre quis – a respiração de Shea batia aquecida contra o peito musculoso dele. Ela saboreava a pele de Jacques com a língua. Em seguida, correu a mão pelo botão da calça, lentamente libertando seu membro do confinamento apertado.

Um relâmpago rasgou o céu e, por um instante, o perfil de Jacques acendeu-se. Seu corpo enorme, com músculos fortes e aquela necessidade terrível de tê-la revelaram-se assustadoramente no meio da noite. Em momento algum ele deixou de olhar para ela com aqueles olhos negros, intensos e famintos. Os braços de Shea envolveram-no suavemente, e ela levou sua boca até os músculos rígidos da barriga de Jacques. Ele pulou como se ela o tivesse queimado. Shea desceu pelos contornos torneados do quadril de seu parceiro e ali parou um minuto, como se tentasse gravar a imagem daquele corpo em sua mente. Então, ela estava de joelhos, envolvendo-o com as mãos, golpeando, acariciando aquele mastro aveludado. Cada movimento de Shea era como chamas que o sugavam, fazendo-o estremecer de prazer.

Jacques segurou uma mecha dos cabelos vermelhos, encharcados e escurecidos pela chuva torrencial. Ele puxou-a para frente, forçando seu quadril agressivamente, consumido pela necessidade daquele toque. Shea ria com suavidade, extremamente sensual, enquanto o interior aquecido e molhado de sua boca deslizava pelo membro dele.

Jacques gemeu e a segurou ali enquanto levantava o rosto na direção da forte tempestade.

– Você precisa ser sincera, Shea. Você não pode fazer isso e não ser sincera – as palavras saíram como se rasgassem a garganta de Jacques, cruas e ferozes, vindas de dentro da alma.

Shea exerceu mais força no membro de Jacques, permitindo que ele guiasse sua cabeça. E passou a deliberadamente provocá-lo ainda mais. Segurando a cintura de sua parceira com as mãos, Jacques levantou-a.

– Coloque suas pernas em volta da minha cintura, meu amor – ele mordiscava suavemente a garganta dela. Seus dentes tinham urgência; sua língua acariciava para aliviar a dor.

Ela passou os braços em volta do pescoço de Jacques e ajeitou as pernas em volta dele. Sentiu-o ereto e enrijecido, tentando encontrar o caminho. Aquele membro parecia grande demais, tão quente a ponto de fazê-los arder em chamas. Antes que ela conseguisse relaxar, ele deu um golpe, rasgando-a, preenchendo-a tão completamente que ela gritou seu nome. O som perdeu-se na violência da tempestade que os cercava.

A chuva corria pelo rosto e pelos ombros pálidos de Shea, descendo até que pequenas pérolas se formassem sobre os mamilos rosados e intumescidos. Com a boca, Jacques sugou a água, enquanto seu corpo entrava ainda mais profundamente no corpo dela. As chamas da paixão os queimavam, consumiam, crepitavam entre eles. Ela era puro fogo prendendo-se a ele, puxando-o para mais perto, trazendo-o mais e mais para dentro de seu sexo.

A boca de Jacques, um pouco brutal, encontrou-se com a dela. Alimentou-se voraz e possessivamente, exigindo que ela fosse sua o tempo todo.

– Abra sua mente para mim – o sussurro bateu mais uma vez contra a garganta de Shea.

Ela sentiu a boca de Jacques em seu ombro. Sentiu seus dentes, seu calor e sua fome intensos.

– Me dê a sua mente, Shea. Me deixe entrar e me mantenha lá dentro – o sussurro era como a magia de um feiticeiro. Ele estava lançando um feitiço tão forte que ela não podia sequer pensar em negar.

Ele penetrou mais fundo, atravessou a barreira da mente dela e buscou seu coração. Em questão de instantes, tudo mudou. Ele sentiu o prazer de Shea, tão intenso que ela já estava quase pegando fogo. Shea sentiu o prazer dele, tentando alcançar as estrelas. Sentiu o corpo dele tentando reunir forças – sua necessidade de satisfazê-la estava acima da necessidade dele mesmo. Ele queria tudo para ela, desejava fazer com que ela o amasse como ele era: quase um homem louco. Shea podia ver, na alma dele, a fera que mal conseguia ficar presa e que tentava dominá-lo sem sucesso. Ela via o medo que Jacques tinha de perdê-la, de tornar-se um vampiro para sempre, detestado e caçado por sua própria espécie. E conseguia ver a necessidade terrível que ele tinha de protegê-la, de mantê-la segura e de agradá-la. Jacques queria conquistar o respeito e o amor de Shea, e queria ser digno disso tudo. Ele não fazia esforços para esconder o demônio existente dentro de si, escuro e terrível, sedento por vingança, que tanto precisava ser mantido preso.

Shea permitiu que sua infância, assustadora e solitária, fluísse pela mente dele. Jacques viu seu medo de compartilhar a vida, sua necessidade de controle e de disciplina, o desejo total que sentia por ele e seu sonho secreto de ter filhos e uma família.

Os braços de Jacques a seguraram mais forte. Então, Shea riu suavemente, triunfantemente. Ela tinha visto o pior dele, e seu corpo recebia cada golpe de Jacques com uma fricção apertada e ardente. A mente de Shea estava consumida pela fome e pela necessidade de tê-lo – e também pelo compromisso frágil que ela estava decidida a levar a cabo. Ele tomou a boca e o corpo dela, selvagem, louco e completamente desinibido. Trovões estouraram e Shea ajoelhou-se, segurando-se nele. Seu corpo estremecia e explodia em direção às estrelas. O grito rouco de Jacques perdeu-se na fúria da tempestade, e todo seu ser pareceu se desintegrar, subir e irromper com a força de um vulcão.

Exausta e saciada, Shea descansou a cabeça no ombro de Jacques enquanto ele se apoiava no caule judiado da árvore mais próxima. A chuva resfriou o calor daqueles corpos, finalmente penetrando o desejo selvagem e a fome aquecida deles.

Muito lentamente, Jacques desceu-a até o chão, mantendo as mãos em volta da cintura dela, num claro sinal que indicava posse, até que suas pernas trêmulas conseguissem sustentá-la. Ela ergueu a mão para empurrar os cabelos encharcados para trás. Jacques entrelaçou seus dedos aos dela e levou a palma da mão de Shea até sua boca.

– Você é a visão mais bela que já tive.

Ela sorriu, sacudindo a cabeça para ele.

– Você é louco, sabia? Essa foi uma das tempestades mais maravilhosas que já presenciei, e eu nem tinha percebido até agora.

Ele sorriu para ela, sugestivo, e esfregou a mão no nariz:

– Isso deve significar alguma coisa.

– Exatamente – ela concordou. – Você é louco e eu também devo ser.

As mãos dele repousaram sobre as nádegas dela, puxando-a para mais perto. Em seguida, Jacques apoiou a cabeça no ombro de Shea, saboreando aquele momento. Ele jamais se esqueceria de como tinha se sentido, da imagem de Shea, bela e selvagem, de que ela o tinha aceitado por completo, mesmo com a mente fragmentada e com mil demônios dentro dele.

– Isso nunca vai desaparecer, Shea. Isso que sentimos um pelo outro... Pelo contrário, só se torna mais forte com o passar dos séculos. Você nunca terá que se preocupar com a possibilidade de a intensidade do sentimento desaparecer ou diminuir. Isso não vai acontecer.

Ele a sentiu sorrir. Em sua pele nua, Jacques sentiu o leve beijo que Shea deu em seu peito.

– Talvez eu não sobreviva. Não sei se posso sobreviver sozinha.

– Acho que posso ajudá-la com isso – havia um tom provocador e insinuante na voz dele.

Shea sentiu Jacques aproximar-se, enrijecido, pressionando seu estômago.

– Você realmente é louco. Odeio ser estraga-prazeres, mas está chovendo em nós – Shea estava rindo enquanto protestava. Seu corpo movia-se sutilmente contra o dele, incapaz de acreditar que eles pudessem fazer mais do que se agarrarem um ao outro depois de um encontro tão selvagem.

Ele virou-a, encostando-a na árvore. O enorme corpo de Jacques a protegia da chuva torrencial. Colocou o rosto dela entre suas mãos e inclinou a cabeça na direção dela. Com suavidade e carinho, beijou-lhe a boca inchada.

– Eu nunca vou me cansar de você, mesmo se vivermos durante séculos – ele correu a mão pelos seios de Shea e abriu os dedos naquela barriga delicada, sempre agindo de forma possessiva. – Mal posso esperar para sentir nosso filho crescendo dentro de você – seus olhos pareciam ainda mais escuros. – Nunca pensei que poderia dividi-la com ninguém, mas pensar em um filho me faz desejá-la ainda mais.

– Devagar, homem selvagem. Acho que precisamos nos conhecer melhor antes. Somos um casal com muitos problemas emocionais, e não acho que seríamos bons pais agora.

Jacques soltou uma risada leve antes de beijá-la novamente.

– Sei o que se passa na sua cabeça e no seu coração, ruivinha. Para mim, as coisas já não são tão assustadoras. Quando você se convencer, vai passar a acreditar nisso. É isso que faz de você uma pesquisadora tão boa.

– Não pense que vai me ganhar apenas com sexo. Do mesmo jeito que você estava na minha mente, eu estava na sua. Acha que não percebi sua tendência a querer dominar?

As mãos dele mergulhavam nas sombras, encontrando todos os tipos de lugares secretos e sensíveis. A boca de Jacques deslizou pela garganta de Shea, criando um caminho conforme ele corria a língua pela água, até finalmente chegar aos seios dela.

– Você não acha que sexo é uma boa ideia em situações assim? – Jacques correu a língua pelo mamilo dela; seus dentes roçavam carinhosamente o contorno daquele inchaço cremoso, seguindo até o vale criado entre os seios. – Seu sabor é uma delícia... – Jacques correu a mão pelos cabelos ondulados de Shea e sentiu o fogo que brotava dentro dela. – E você é uma delícia.

– Você é louco! – ela não conseguia evitar o riso enquanto se empurrava em direção à mão dele e usava sua própria mão para acariciá-lo e excitá-lo ainda mais. – Eu juro, Jacques, nenhum de nós será capaz de suportar.

Ela devia ter sentido frio, mas a chuva só tornava aquele momento mais erótico, só alimentava a intensidade das chamas que cresciam entre eles.

Rindo, feliz, Jacques levou Shea até um tronco de árvore caído e virou-a de modo que ela não pudesse olhar para ele. Colocando as mãos contra o tronco coberto de musgos em uma tentativa de se equilibrar, ele inclinou-a para frente para beijá-la na base da espinha. O toque suave fez um arrepio de prazer correr pelo corpo de Shea. Ele também sentiu um arrepio quando usou os dedos e percebeu que ela estava pronta para ele.

Segurando aquele quadril delicado com suas mãos enormes, Jacques ficou paralisado por um instante, maravilhado com a perfeição do corpo feminino, com a perfeição do corpo de Shea. As nádegas de sua companheira eram redondas e firmes, com músculos definidos e convidativos.

– Você é tão linda, Shea. Incrivelmente linda! – Jacques forçou seu membro na direção dela, prolongando o momento da entrada, assistindo à chuva deslizar pela pele suave como cetim até se encontrar com seu membro enrijecido.

– Jacques! – ela empurrou o corpo contra o dele, excitada. Um corpo suave e submisso, molhado e receptivo.

Ele penetrou o orifício apertado, quente e aveludado, tão perfeitamente adequado para seu corpo. Shea sentiu-se extasiada novamente – uma experiência da qual Jacques nunca se cansaria. Ele entrou mais fundo, cada vez mais enrijecido, querendo preenchê-la por completo, precisando ouvir os gemidos suaves e cheios de desejo de Shea. Aquilo o deixava louco, aqueles gemidos leves que vinham da garganta dela, a forma como ela ajeitava o corpo para recebê-lo. A chuva parecia ser parte de tudo aquilo, envolvendo-os como um véu, deslizando por sobre seus corpos aquecidos, tornando as peles deles mais sensíveis. Jacques sentiu Shea envolvendo-o, tornando-se parte dele. Um único corpo, realmente juntos, com a terra movendo-se em volta deles. Uma paixão capaz de rasgar os céus. Jacques podia sentir cada músculo de seu corpo retesado e pronto, esperando. Esperando o momento perfeito em que o corpo dela estremeceria contra o dele, aceitando suas sementes conforme ele entrava mais e mais profundamente nela, numa mistura de cores e beleza e um prazer indescritível. Ele sentiu Shea abrir-se, mente, coração e alma, suavemente feminina. Uma mulher extraordinária, totalmente dele. O prazer de Shea era tão intenso quanto o de Jacques: gemido por gemido, estremecimento por estremecimento. Ele precisou abraçá-la para conseguir se manter em pé, e então os dois caíram contra a vegetação encharcada. Abraçados, enquanto a chuva resfriava os corpos, eles riram como crianças.

– Eu esperava que saísse vapor de nossos corpos dessa vez – disse Jacques, puxando-a para perto de si.

– Você consegue? – Shea ajeitou a cabeça no ombro dele, deslizando uma mão sobre o peito musculoso do parceiro.

– Nos deixar tão quentes a ponto de transformar a chuva em vapor? – ele lançou um sorriso quase infantil para ela, pela primeira vez com ar despreocupado, como se tivesse se esquecido de todo o tormento que sofrera. Ela o fazia invencível. Ela o fazia vulnerável. Mas, acima de tudo, ela o fazia vivo.

– Não. Estou falando sério... O que eles fizeram, os outros... Eles eram como uma névoa ou uma neblina. Você consegue fazer aquilo? – insistiu Shea. – Quer dizer, você disse que podia, mas pensei que talvez estivesse delirando.

Ele arqueou abruptamente as sobrancelhas.

– Delirando? – Jacques abriu um sorriso arrogante, estendeu o braço e observou os pelos eriçarem enquanto seus dedos curvavam-se e transformavam-se em garras. Ele teria de agarrar Shea quando ela tentasse fugir, afinal, os olhos dela já estavam arregalados. Jacques foi cuidadoso para não feri-la com sua força.

– Pare de rir de mim, seu bruto. Isso não é, digamos... exatamente normal! – um sorriso lento começava a se formar na boca suave de Shea. Ela não podia fazer nada que não fosse sentir-se feliz pela alegria inocente que Jacques sentia quando reencontrava cada informação dentro de si, cada nova memória de seus dons.

– É normal para nós, meu amor. Podemos nos metamorfosear sempre que quisermos.

Shea fechou uma carranca.

– Você está me dizendo que todas aquelas histórias horríveis são verdadeiras? Ratos, morcegos e vermes?

– E por que eu iria querer ser um verme? – Jacques ria abertamente. O ruído o assustou. Ele não conseguia se lembrar de ter soltado uma risada tão alta antes.

– Muito engraçado, Jacques. Fico contente por você estar achando isso engraçado. Aquelas pessoas transformaram-se numa espécie de neblina, algo parecido com o que se vê no cinema – Shea deu um soco no braço de Jacques para enfatizar. – Explique!

– É fácil se transformar quando você está forte. Quando eu disse que nós corremos com os lobos, eu dizia literalmente. Corremos com a matilha. Podemos voar com as corujas e nos transformar em ar – Jacques usou as mãos para afastar os cabelos molhados que emolduravam o rosto dela. – Por que você não está com frio?

Shea sentou-se, impressionada com tudo aquilo. Ela não estava com frio. Realmente não estava. Passou a sentir frio quando Jacques lançou a pergunta, mas não estava com frio antes.

– Por que eu não estava?

– Os Cárpatos regulam naturalmente a temperatura do corpo. O ilusionismo também é fácil de ser dominado. Não precisamos comprar roupas, exceto se quisermos. Na maior parte do tempo, somos muito cuidadosos para seguir os costumes humanos – Jacques beijou-lhe a testa. – Você pode fingir estar com frio, se se sentir melhor assim.

– Não gosto da ideia de ficar aqui, tão perto dos outros, Jacques. Sinto-me sem ar. Talvez seja porque eu não vejo pessoas se transformando em névoa todos os dias... Talvez a gente deva ficar um pouco mais para aprender mais algumas coisas com eles.

– Posso ensiná-la a se transformar – disse ele, parecendo irritado.

Shea sentiu um nó se formar em sua garganta.

– Eu definitivamente não quero aprender isso. Ainda sou uma principiante, aprendendo a compartilhar minha vida e meu corpo com outra pessoa. Mas se em algum momento eu quiser me tornar um rato ou algo assim, prometo que você será o único a me ensinar. Quando digo aprender, estou falando de outras coisas, como por exemplo como o médico o curou de forma tão rápida.

Jacques rapidamente engoliu seu protesto. Na verdade, Shea soava impressionada e não atemorizada. Ele não gostava nada da ideia de outro homem aproximando-se de sua parceira, passando tempo com ela. Mas, considerando que Shea era uma médica, Gregori tinha muito a lhe ensinar. E Jacques queria que ela fosse feliz.

Ele tentou acessar suas memórias. *Gregori, o sombrio.* Ancião e poderoso. Solitário.

– Ele está sempre sozinho – Cárpatos sempre sussurravam ao falar dele, raramente usavam seu nome ou diziam-no em voz alta. – O curandeiro sempre anda pela terra buscando conhecimento. Ele não fica em meio à nossa espécie. Não há ninguém mais perigoso, nem ninguém mais dedicado a preservar nossa raça. Mikhail é amigo dele. Eles se entendem e se respeitam.

Shea aproximou-se ainda mais de Jacques, protegendo-se da tempestade.

– Não acredito que você está se lembrando de tudo isso. É incrível, Jacques! Você está com dor de cabeça?

Ele esfregou a mão na testa enquanto fazia um sinal de negação. A verdade era que a dor fazia sua mente parecer que ia explodir. Para ela, Jacques era capaz de enfrentar qualquer coisa.

– O aprendiz dele era apenas meio século mais jovem do que Gregori e Mikhail. Ele tinha até mesmo uma aparência diferente. Era um solitário, assim como Gregori. Ele também buscava conhecimento. Falava muitas línguas com a fluência de um nativo e serviu como soldado em vários exércitos diferentes. Era alto e tinha ombros largos, tão musculosos quanto os de Gregori. Seus cabelos eram longos e loiros, algo raro entre nosso povo. Seus olhos eram dourados como ouro puro. Gregori permitiu que aquele homem aprendesse a arte da cura. Eles foram vistos juntos várias vezes ao longo dos anos, em diversos lugares ao redor do mundo.

– Quem é ele? Será que ainda está vivo? – Shea estava intrigada.

– O nome dele é Aidan, e ele tem um irmão gêmeo. Costumava caçar com a gente... – enquanto Jacques dizia isso, sua cabeça martelava e ameaçava explodir se ele continuasse.

– Caçava o quê? – Shea ficou sem ar, temendo a resposta de Jacques.

– Mulheres bonitas, minha querida. E, no final, fui eu que a encontrei – os dentes brancos de Jacques brilharam para ela. Ele lançou um olhar que declarava um desejo sexual.

– Não me faça sentir nojo – Shea já tinha tomado vantagem, deslizando para dentro da mente dele e observando as imagens de perigo e repulsa. Até mesmo de medo. Não tanto do adversário, mas de eles próprios tornarem-se criaturas como aquelas que buscavam destruir.

Jacques, despreparado para recebê-la em sua mente, estava confiante de que poderia manter o lado mais cruel de sua existência de lado por ela. Shea sempre tinha se mostrado relutante em entrar em sua mente e, portanto, Jacques não tinha se dado conta de que ela poderia fazer isso sempre que quisesse.

A expressão de Jacques era tão pesarosa que fez Shea rir.

– De onde eu vim, dizemos que isso é "ser pego com as calças abaixadas".

Ele olhou para baixo, para seu corpo, que brilhava por conta da chuva. Seu sorriso denunciava um certo escárnio de si próprio. Seus olhos negros pareciam estar se divertindo.

– Literalmente.

– Então, onde está Aidan agora? Ele foi morto?

Num primeiro momento, a mente de Jacques recusou-se a entregar a informação. Ele precisou analisar várias vezes as peças do quebra-cabeça em busca de uma resposta. E, como sentia dor, Shea começou a esfregar a mão no braço dele.

– Não precisa forçar.

– Estados Unidos. A última coisa de que me recordo era dele e de seu povo indo para os Estados Unidos para resolver uns problemas com vampiros. Os vampiros já não ficam aqui, nas montanhas, onde são facilmente encontrados. Se Aidan ainda está vivo, ou se não se transformou... – Jacques franziu a testa ao pensar naquela possibilidade. – Se isso aconteceu, então ele ainda deve estar lá, muito distante de nossas terras.

– O que você quer dizer com "povo"? Uma companheira? Um filho? Até a última vez que o vi, ele não tinha companheira. E era quase tão velho quanto Gregori e Mikhail; então, o perigo aumentava. Quanto mais velho o Cárpato, mais difícil é manter a civilidade.

– Então Gregori também é um risco – pensar nessa ideia fez Shea estremecer.

– Gregori é o maior de todos os perigos, embora Aidan não esteja muito atrás. Mas Aidan tem, de certa forma, uma família. Humanos, gerações que o serviram fielmente. Ele lhes deu uma fortuna, então eles escolheram ficar com ele. Mães e filhas, pais e filhos. Ele é o único Cárpato que conheço que tem uma família desse tipo.

Um relâmpago brilhou no céu e um trovão estourou logo depois. Shea enrijeceu; o sorriso desaparecia de seus lábios e de seus olhos. Sua mão aberta seguiu na direção do peito de Jacques, mantendo-o distante. De repente, a floresta e a tempestade de vento já não formavam um playground sensual, mas um mundo sombrio e sinistro. Shea levantou-se e olhou em volta, estudando a floresta escura. Jacques levantou-se em seguida e, com movimentos graciosos e fluidos, passou seu braço protetor pela cintura de Shea.

– O que é isso? – ele estava instantaneamente inspecionando a área ao redor deles, procurando inimigos. Entrou na frente de Shea para evitar qualquer ameaça. Não encontrou nada que o deixasse alarmado, mas a mente dela carregava um medo esmagador.

Shea saiu de trás de Jacques e olhou ansiosamente a floresta em volta. Pegou a blusa e segurou-a como um escudo.

– Os outros estão longe – anunciou Jacques. Mesmo assim, ele voltou a se movimentar e a se colocar na frente dela, num esforço para protegê-la do inimigo invisível.

– Tem alguma coisa aqui, Jacques. Tem alguma coisa ruim nos observando – Shea enfiou a blusa rapidamente. – Eu sei. Eu sempre sei. Vamos embora daqui!

Jacques esperou Shea colocar a calça jeans antes de se vestir. Cada um dos seus sentidos estava atiçado, buscando qualquer sinal que pudesse provar que Shea estava certa. Ele não conseguia detectar nada, mas o desconforto dela já começava a penetrar em sua corrente sanguínea. Jacques arrepiava-se como um lobo pronto para atacar.

– Descreva para mim o que você sente. Deixe-me entrar totalmente em sua mente – as palavras não eram um pedido, mas uma ordem.

Shea obedeceu sem pensar. Sombrio, malevolente, alguma coisa que não era nem humana, nem Cárpato, esperava na tempestade, observava com olhos vermelhos e ferozes. Observava e trazia ódio. Shea sentia que a criatura devia ter presas enormes e garras violentas. Não era um animal.

Vampiro, Shea. Ele está por aí. As palavras eram um sussurro suave na mente dela. Jacques "viu" pela mente dela, absorveu as impressões que identificavam o assassino que os seguia. *Você deve me obedecer desta vez, deve fazer tudo o que eu disser. Entendeu?*

Sim, é claro. Onde ele está?

Não sei. Não posso ouvi-lo nem sentir seu cheiro. Mas isso que você sente é um vampiro. Como você nunca viu um antes e as impressões são tão fortes em sua mente, não tenho outra opção a não ser acreditar que isso é real. Fique perto de mim, Shea. E, se ele atacar, fuja.

Eu jamais o deixaria. Ela levantou o queixo, um movimento que lhe fez parecer rebelde. *Sou perfeitamente capaz de ajudá-lo.*

Ele usaria você para me derrotar. Já lutei contra eles antes. O corpo de Jacques envolvia o de Shea, implorando que ela voltasse para o chalé. Ele não a olhava apenas com os olhos, mas com todo o seu ser.

Shea movimentou-se rapidamente, tentando se concentrar naquela sensação forte dentro dela.

A criatura que os seguia silenciosamente pela densa floresta exalava um ódio tão pesado a ponto de fazer Shea se sentir fraca. O coração dela batia forte, alarmado. A coisa era sinistra, tão ruim e perversa que Shea podia sentir um peso no ar limpo, recentemente lavado pela chuva.

À direita do casal, uma neblina estranha brilhava misteriosamente, fluía entre a chuva e as árvores. Atingia a altura do joelho e movia-se espontaneamente na direção deles.

Shea sentiu o coração na garganta. Tocou as costas de Jacques em uma tentativa de se sentir segura. Ele conteve-se, aparentemente sentindo-se relaxado mas com os músculos prontos, como uma pantera esperando o momento de atacar. Shea conseguia sentir isso naquele homem, sua prontidão e confiança.

Conforme a neblina aproximava-se, agora a poucos metros de distância, o vapor elevou-se, as gotículas se ligaram e tomaram a forma de um homem. Shea queria gritar de pavor, mas ficou completamente paralisada, com medo de distrair Jacques.

O contorno de Byron brilhou por um instante. Shea conseguiu ver a árvore atrás da bruma e, então, Byron solidificou-se. Estava ali, de pé, com a elegância curiosa de um Cárpato. Levantou o olhar até alcançar os olhos negros e frios de Jacques.

– Somos amigos há séculos, Jacques. Não consigo me lembrar de um momento em que não corremos juntos. Para mim, é estranho e triste você me olhar e não me reconhecer.

Shea, atrás de Jacques, agitou-se desconfortavelmente. A dor de Byron parecia mais do que ela poderia suportar. Ela queria estender a mão para ele, queria tentar ajudá-lo a aliviar aquele sofrimento tão evidente.

Não faça isso! O comando brotou de forma bastante clara na mente dela, em um tom que não abria espaço para discussões. Jacques continuou parado como se fosse uma escultura de pedra. As palavras de Byron não pareciam tocá-lo de forma alguma.

Byron encolheu o ombro. Em seu rosto, a dor estava estampada.

– Quando pensamos que você estava morto, procuramos seu corpo. Durante meses, anos... Você esteve o tempo todo em nossos pensamentos. Você era minha família, Jacques. Você era meu amigo. Foi difícil aprender a ficar completamente sozinho. Gregori e Mikhail, e até mesmo Aidan sobreviveram ao longo dos séculos porque, por mais que estivessem sozinhos, tinham algum tipo de ligação, uma âncora que os matinha fortes durante os séculos desoladores. Você era a minha âncora. Quando você se foi, minha luta tornou-se imensa.

Quando Jacques permaneceu em silêncio e atento, Shea cutucou-o nas costas.

Você não ouviu a dor desse homem? Ele está nos pedindo ajuda. Mesmo que você não consiga se lembrar dele, ajude-o.

Você não sabe se ele se transformou ou não, Jacques a reprimiu. *Você sentiu a presença estranha, e esse homem está aqui. Um vampiro pode transmitir qualquer ilusão que quiser, inclusive pureza. Fique atrás de mim!*

– Eu só queria dizer que fico feliz por você ter voltado, e estou feliz por você ter encontrado sua companheira. Foi errado da minha parte sentir inveja. Eu devia ter sido mais cuidadoso para não julgar o que não entendo – Byron correu a mão por seus cabelos escuros. – Vou passar algum tempo distante. Preciso ganhar forças para sobreviver ao longo dos anos.

Jacques assentiu lentamente. Em seguida, disse:

– Estou indo ao curandeiro para tentar reparar os danos causados à minha mente. Percebi que a relação de Gregori com Mikhail parece ser forte, embora Mikhail tenha uma companheira. Eu só desejo que, se o que você está dizendo for verdade, possamos ser amigos quando eu estiver curado.

Os ventos selvagens agora estavam mais fracos. A chuva caía, emitindo um zumbido constante, e o ar parecia pesado e opressor. Byron assentiu, cansado, e conseguiu lançar um sorriso sem graça que definitivamente não fez seus olhos acenderem.

– Desejo o melhor para vocês dois, e espero que tenham muitos filhos. Tentem ter filhas mulheres, por favor. Em nome da minha sanidade.

– Quando você vai voltar? – perguntou Jacques.

– Quando eu for capaz – a imagem de Byron começou a tremeluzir, desaparecendo aos poucos, e então eles conseguiram enxergar através da forma transparente.

Jacques abaixou-se, permanecendo de prontidão para atacar, num movimento fluido, quase indiscernível. Instintivamente, Shea moveu-se para trás, para dar-lhe mais espaço. Parecia boa ideia permanecer do lado da precaução. Jacques nunca tinha baixado sua guarda para permitir que Shea tentasse confortar Byron e demonstrar um pouco de compaixão.

Ela inalou o ar da noite e subitamente sentiu-se deprimida. Com o vento veio o ódio opressivo que a floresta parecia exalar. Procurou o rosto impassível de Jacques. Sem perceber, ele manteve sua atenção na bruma que se distanciava. Ele sentia? Se não era Byron causando aquilo, por que Byron não tinha sentido a mesma coisa? A mente analítica de Shea examinava a questão. Ela presumiu que Jacques não conseguia sentir a presença porque sua mente estava muito debilitada.

– Vamos retornar por outro caminho, Shea. Não podemos ficar no chalé – Jacques segurou a mão dela e a puxou em meio às árvores. – Ficar lá já não é seguro.

Shea teve a vaga impressão de ter visto um sorriso confuso e maldoso. Uma risada silenciosa, com um humor macabro. Sacudiu a cabeça para tentar se livrar da imagem, com medo de estar tendo alucinações.

Jacques? A voz dela tremia por conta da incerteza.

Os dedos dele seguraram os dela com mais força.

– Não precisa se preocupar. Encontraremos um abrigo adequado. Eu jamais permitiria que você corresse perigo – ele levou a mão de Shea até o calor de sua boca, sempre realizando movimentos extremamente dóceis. – Você sente o morto-vivo. É Byron?

– Não sei se é Byron. Só sei que é alguma coisa muito, muito ruim. Vamos deixar este lugar, vamos para uma cidade onde haja luzes e multidões.

Em uma tentativa de protegê-la, Jacques passou seu braço em volta do pescoço de Shea e acompanhou o passo dela. Instintivamente, ele sabia que os dois estariam vulneráveis em uma cidade. Afinal, eram Cárpatos, e não humanos. Inspirou profundamente e soltou o ar aos poucos para dar a si mesmo tempo de encontrar as palavras corretas:

– Se o vampiro nos seguir, acabaremos apenas colocando humanos inocentes em perigo. Eles têm pouquíssimas formas de se defender dos mortos-vivos.

– Ele está nos observando, Jacques. Sei que você não consegue sentir, mas ele está por aí.

Jacques acreditava. Buscou mais uma vez imagens na mente dela, ouviu o som misterioso de um riso provocador ecoando na cabeça de Shea. Praguejou em voz baixa.

– Quando Byron a encontrou no vilarejo, você tem certeza de que ele não tomou seu sangue?

– Se ele tivesse feito isso, eu teria te contado. Ele inclinou a cabeça na direção da minha, e pude sentir a respiração dele no meu pescoço, os dentes tocando minha pele, mas consegui me soltar antes. Ele mal perfurou a pele – Shea usou a mão para cobrir o ponto onde as picadas estavam. – De qualquer forma, ele pediu perdão a ela. Você não viu a tristeza nele? Aquilo partiu meu coração.

O braço de Jacques apertou-a por um momento, e ele beijou-a no topo da cabeça.

– Você tem muita compaixão, meu amor, e muita confiança. Um vampiro pode parecer a personificação da beleza, pode parecer a própria ingenuidade.

Ela precisou se apressar um pouco para manter o passo cada vez mais acelerado de Jacques.

– Acho que não, Jacques. Reconheci a beleza em você quando você parecia ser um monstro. Sabia que havia alguma coisa além do que eu via. Acredito que também conseguiria enxergar o mal.

– O que você reconheceu foi nossas almas chamando uma à outra. Somos companheiros, estamos ligados mesmo quando separados fisicamente.

– Dê o nome que você quiser, mas acho que eu saberia se Byron fosse realmente a criatura maldosa que sinto nos observar. Essa criatura que sinto é cheia de ódio.

– Só Gregori deu sangue a você. Gregori e eu.

– Se eu fosse você, não lembraria que me forçou a tomar o sangue daquele médico lançador de feitiços – ela distanciou-se de Jacques, novamente irritada. – Como você pôde me trair daquele jeito?

Com um ar de superioridade masculina, ele olhou para o rosto dela.

– Sua saúde vem antes do seu orgulho – a verdade era que Jacques estava envergonhado por tê-la forçado a escolher aquilo, mas, ao mesmo tempo, estava feliz por tudo ter chegado ao fim e por Shea não estar mais tão fraca quanto antes.

– É o que você diz... Espero que ele tenha sangrado muito antes de aquela maldita ferida se fechar. E não fale mais comigo, porque você está sendo arrogante e eu não suporto quando você adota essa postura ridícula – Shea cambaleou, suas pernas já estavam fracas.

– Se tivesse feito como eu disse, estaria completamente fortalecida. Seu corpo curou-se daquela provação – apontou Jacques com um ar masculino e presunçoso, escolhido a dedo para provocá-la.

Shea parou de andar abruptamente. O braço de Jacques forçou-a para frente.

– Você tem ideia para onde estamos indo? Estou perdida aqui. Tudo está começando a parecer igual para mim. E pode parar com esse sorrisinho que você sempre lança na minha mente. Você acha que vai me ganhar com isso, mas não vai.

Jacques puxou-a pelo braço. Seus olhos negros continuavam incansavelmente fazendo buscas na floresta que os cercava. Ele ainda podia sentir, por intermédio de Shea, aquela energia ruim.

– Sempre posso ganhá-la, ruivinha – ele respondeu com carinho. – Você é incapaz de guardar ressentimentos.

A sensação de cólera era sufocante, mas as provocações de Jacques eram confortantes, e Shea sentia-se estranhamente agradecida. Ela correu o dedo pelo braço dele.

– Não conte com minha boa índole, Jacques. Você sabe muito bem o que dizem por aí das pessoas ruivas.

– Que são boas amantes?

Shea caiu na risada, mesmo com aquelas ondas obscuras que a acometiam continuamente.

– É o que você acha.

Quando Shea riu, o ar em volta deles tornou-se mais pesado por um instante, e ela então se sentiu afogada pelo ódio. Incapaz de suportar mais um minuto, sem pensar nas consequências, virou-se para a floresta lúgubre atrás deles.

– Se você nos quer tanto, seu covarde, apareça aqui e se apresente para nós! – inclinou o queixo e disse para Jacques: – É isso. Ele pode vir ou não vir. Não estou com um pingo de vontade de ser caçada como um animal.

Jacques conseguiu senti-la tremer ao seu lado. Estava preocupado por ter inadvertidamente forçado Shea a estar em uma posição em que tinha que aceitar muitas coisas novas de uma só vez. Passou a mão pela nuca dela e puxou-a mais para perto. Os dois trocaram um longo olhar flamejante.

– Ninguém jamais irá feri-la. Nunca! Eles podem até tentar, mas não vão sair vivos – Jacques respirou fundo antes de confessar: – Eu não sabia que você não era Cárpato. Não fui capaz de discernir naquele momento. Eu a transformei sem pensar. Gostaria de dizer que sinto muito, mas isso não seria a verdade. Eu não sabia o que estava fazendo e, se tivesse mais informações, talvez tivesse feito escolhas diferentes. Mas você é minha vida, Shea. Não existo sem você. Sem você, não teria nada além de vingança em minha vida, e teria me tornado um morto-vivo. Não quero ser um vampiro, não quero transformar humanos e Cárpatos em vítimas. Você é minha salvação.

Shea empurrou-o para longe. A chuva corria por seu rosto enquanto ela levantava seus olhos esmeralda carregados de bom humor.

– É isso? Esse é seu grande pedido de desculpas? Já vi que você não vai ser o tipo de homem que traz chocolates e rosas – ela logo explodiu: – Não fale comigo, seu maníaco selvagem. Não quero ouvir o som da sua voz!

Jacques forçou o sorriso que começava a se formar em sua boca a se recolher. Shea tinha um jeito de transformar até a mais perigosa das situações em uma brincadeira. Conseguia encontrar formas de fazer a loucura de Jacques, a forma terrível e imperdoável com que ele a tratou no primeiro encontro, parecer casual.

– Posso colocar meu braço em volta de você? – ele pediu. Mesmo enquanto os olhos de Jacques observavam o local, eles ostentavam um ar de bom humor.

– Você está falando. Eu disse para não falar comigo – Shea tentou empinar o nariz, mas sentiu-se ridícula. Então apenas caiu na gargalhada.

O braço de Jacques curvou-se em volta da cintura fina de Shea e ele prendeu-a ali.

– Sinto muito. Eu não queria falar quando você me pediu para ficar quieto. Vire-se para cá. Vou ter que carregá-la.

– Pare de falar. Você sempre dá um jeitinho – Shea caminhou com ele mais alguns metros e então parou, olhando para a colina íngreme que parecia se estender infinitamente. Não havia nenhum sinal indicando que a floresta chegava ao fim e a montanha começava.

– Subir? Não essa montanha! – a sensação obscura tinha desaparecido. Independentemente do que ou de quem fosse, a criatura já não os estava observando. Ela sabia.

– Sinto outra discussão surgindo... – o ar de deboche de Jacques podia não estar estampado em seu rosto, mas Shea conseguia senti-lo em sua mente. Jacques simplesmente levantou-a e jogou-a sobre seu ombro.

– Pare com isso, seu selvagem. Você não é o Tarzan. Não gosto de alturas. Me coloque de volta no chão!

– Feche os olhos. Quem é Tarzan? Espero que não seja "o outro".

O vento correu pelo corpo de Shea e ela sentiu que eles estavam se movimentando tão rápido que o mundo agora parecia não passar de uma mancha. Ela fechou os olhos e agarrou-se a Jacques, com medo de fazer qualquer outra coisa. A risada dele era feliz e livre, e aquilo aqueceu o coração de Shea, apagando qualquer resíduo de medo que ela ainda pudesse trazer consigo. Para ela, ouvi-lo rir, ouvi-lo realmente feliz, era um milagre.

O Tarzan é o maior dos homens. Ele usa os cipós para se deslocar entre as árvores e leva sua mulher para dentro da floresta.

Ele se inspirou em mim.

Ela esfregou o nariz nas costas dele.

Ele tenta.

Jacques podia ouvir o amor na voz de Shea. Podia perceber o carinho. O coração dele estava entregue. Eles tinham um longo caminho a percorrer antes de se conhecerem por completo, mas o amor entre Jacques e Shea tornava-se mais forte a cada momento que eles passavam juntos.

Capítulo 11

A passagem para a caverna era tão estreita que Shea tinha de prender a respiração e se encolher para conseguir passar. Aquilo parecia durar para sempre – as paredes ásperas raspando sua pele, a sensação opressiva de ter toneladas de rocha sobre sua cabeça e em torno de seu corpo, esperando para esmagá-la. Ela não conseguia olhar para Jacques, que de alguma forma tinha conseguido fazer seu corpo enorme parecer magro e estranho. Aqueles Cárpatos conseguiam fazer coisas que ela nem queria pensar... Como ela foi se meter naquela enorme confusão?

Sexo. Um homem ardente e belo, com olhos negros e famintos. Shea sentiu-se como uma cadelinha apaixonada. Sexo. O sexo arruinava muitas mulheres sensatas.

Posso ler seus pensamentos. O tom de voz era suave e carinhoso. Jacques a envolvia em braços firmes.

Eu era perfeitamente sensata e consciente até conhecer você. Agora, olhe para mim! Estou rastejando dentro de uma montanha. De repente, ela ficou completamente imóvel. *Estou ouvindo algo. Por favor, me diga que você não está me levando para uma caverna cheia de morcegos. Diga agora, Jacques, ou eu dou o fora daqui.*

Não estou levando você para uma caverna cheia de morcegos.

Shea sentiu-se visivelmente relaxada. Não havia muitas coisas que a deixavam enjoada, mas morcegos eram criaturas que certamente deviam permanecer longe dela. A quilômetros de distância, mais especificamente. Morcegos eram umas daquelas coisas em que ela podia fixar os olhos durante a noite e pensar o quanto eles eram interessantes e maravilhosos – contanto que ficassem lá em cima, no céu, bem longe dela. Shea enrugou o nariz. Os sons que ela tentava ignorar estavam cada vez mais fortes. Seu coração começou a agitar-se.

As paredes da passagem eram tão estreitas que a impossibilitavam de se movimentar com agilidade. Subitamente, sentiu-se presa, como se estivesse sufocando.

Vou voltar, Jacques. Preciso ir embora. Não gosto de cavernas. Ela fez o possível para parecer firme, quando, na realidade, estava se segurando para não gritar. Virou a cabeça com cuidado para não arranhar o rosto na superfície saliente.

Ele segurou-a pelo pulso, apertando com muita força.

Não pode haver agitação. Se qualquer criatura sair da caverna ou avisar outros seres que estamos aqui, poderemos ser encontrados.

Mas aqui não cabe nem uma folha de papel, imagine então uma pessoa! Ninguém vai nos procurar aqui.

Um vampiro descobriria assim que os primeiros morcegos saíssem da caverna.

Morcegos não podem sair daqui se não há morcegos aqui, não é mesmo?, questionou Shea em um tom doce e razoável.

Confie em mim, ruivinha, estamos bem perto.

Você não vai me fazer dormir no chão, vai? Porque eu não vou dormir no chão! Nem mesmo se dez vampiros estiverem nos perseguindo!

Vampiros não aguentam nem o amanhecer, Shea. O ato de matar sua presa faz algo com o sangue deles. O sol iria fritá-lo imediatamente. Ele pode nos entregar aos servos humanos com quem está aliado, se tiver marcado a entrada dessa caverna. Ou eles podem estar esperando por algum sinal, como morcegos voando inesperadamente em direção ao sol da manhã.

Você está me dizendo que há morcegos aqui?!

Jacques puxou o punho de Shea.

Pare de se comportar como uma criança. Eu posso controlar os morcegos, e eles servirão para nos avisar de qualquer perigo.

Shea fechou uma carranca, mas o seguiu. A cada momento, as habilidades, os conhecimentos e os poderes de Jacques pareciam aumentar. Ele era tão confiante que chegava a ser arrogante. Em certos momentos, Jacques a irritava tanto que ela tinha vontade de jogar algo nele. No entanto, Shea sentia-se orgulhosa por ele estar cada vez mais forte.

A passagem começou a se alargar e a se inclinar lentamente para baixo, como se eles estivessem caminhando em direção às entranhas da terra. Shea sentia o suor escorrendo por seu corpo e seus pulmões trabalhando pesado. Concentrou-se na respiração, a única coisa que poderia mantê-la sã.

Jacques percebeu que Shea estava tremendo e entrelaçou os dedos inquietos dela nos seus. A mente dele atravessou a barreira natural da mente dela e encontrou a inquietação, o medo ridículo de morcegos e de lugares fechados. Ela sentia-se receosa com a habilidade dos Cárpatos em se transformar. Até mesmo aquela magreza dele, enquanto se movia pela caverna, a deixou desconfortável. Sempre acostumada a estar no controle de todas as situações, Shea tinha muitas dificuldades em segui-lo assim tão cegamente.

Me desculpe, ruivinha. Estou apresentando muitas coisas que são perfeitamente naturais para mim, porém confusas e assustadoras para você. A voz dele era uma carícia suave, e emanava um calor que envolvia o corpo dela. Somente a voz dele podia trazer forças. Ela endireitou os ombros e começou a segui-lo.

Tem uma cama por aqui, certo? Ela tentou trazer um pouco de humor àquele momento.

A passagem agora era suficientemente larga para permitir que Jacques retornasse à sua verdadeira forma, o que ele fez imediatamente, na esperança de aliviar a aflição de Shea. Ele também buscou um assunto agradável para conversar.

– O que você acha de Raven?

– Pensei que nós devêssemos ficar quietos – Shea procurava morcegos por todos os lados.

– Os morcegos sabem que estamos aqui, Shea, mas você não precisa ter medo. Vou mantê-los longe de você.

Jacques falou calmamente, como se controlar os movimentos de morcegos fizesse parte de sua rotina. Então, levou seus dedos à nuca de Shea, tanto para passar confiança quanto para impedir que ela fugisse. Seu polegar acariciou aquela pele sedosa, encontrou seu pulso acelerado e acariciou-o, delicada e suavemente.

– Raven parece ser muito legal, mesmo sendo casada com outro homem selvagem como você.

Ela provavelmente tem péssimo gosto, assim como eu, pensou Shea deliberadamente.

– O que você quer dizer com isso?! – Jacques tentou soar indignado para encorajá-la a continuar falando, para ajudá-la a manter o senso de humor. Ele apreciava a coragem e determinação inabaláveis que Shea tinha para conquistar seus objetivos, não importando o quão difícil fosse para ela.

– Quer dizer que ela não tem muito juízo. Aquele homem é perigoso, Jacques. Mesmo sendo seu irmão. E o curandeiro também é nitidamente amedrontador.

– Você achou?

– E você não? Ele sorria e falava com um tom tão calmo e suave, mas você chegou a olhar nos olhos dele? É evidente que ele não sente emoção alguma!

– Ele é um dos mais antigos. Gregori é o mais temido de todos os Cárpatos.

– Por quê?

Por que era tão poderoso, por que somente o som da sua voz podia fazer qualquer Cárpato atender às suas ordens?

– Ele é o que mais sabe sobre todas as artes, antigas e modernas. É o mais letal, o mais implacável. É o caçador de todos os vampiros.

– E ele é ancião e suficientemente solitário para se transformar a qualquer momento, não é mesmo? Isso me deixa realmente segura... E você me forçou a tomar o sangue dele! Vou precisar de muito tempo para perdoar isso! – Shea cambaleou, sem se dar conta de quão cansada estava.

Um grito vindo da crosta terrestre ecoou pelo solo. Mais sentido do que efetivamente ouvido, aquele grito aterrorizou os dois, cravando--se nas terminações nervosas deles. O som vibrou através de seus corpos e suas mentes antes de finalmente voltar para a terra. As rochas captaram o grito e o ecoaram para frente e de um lado para o outro.

Jacques ficou paralisado. Somente seus olhos negros e gelados moviam-se incansavelmente. Shea abraçou-o, horrorizada. Aquele era o som de uma criatura com necessidades terríveis, enfrentando dor e sofrimento enormes. Sem pensar, ela procurou fora de si mesma, sentindo compaixão pela criatura, tentando determinar sua localização.

– O traidor! – anunciou Jacques com uma voz agressiva, cheio do ódio e promessa de vingança. – Ele tem outra vítima em suas mãos.

– Como? Vocês todos são tão poderosos! Como ele consegue prender outros Cárpatos? – Shea puxou o braço de Jacques para chamar a atenção de volta para ela. Ele parecia um estranho naquele momento, um predador tão letal quanto um lobo, tão letal quanto o próprio vampiro.

Jacques piscava rapidamente, procurando respostas em sua mente. Ele tinha sido preso por um traidor, não tinha? Como aquilo tinha acontecido? Bem, isso estava perdido em algum lugar de sua mente estilhaçada. Enquanto ele não conseguisse encontrar e reunir os fragmentos de sua memória, toda a sua espécie estava em perigo.

Shea esfregou a mão no braço dele.

– Não é sua culpa. Você não causou isso, Jacques.

– Você reconheceu a voz? – ele perguntou, num tom completamente desprovido de emoção.

– Para mim, aquilo soou como um animal.

– Era Byron.

Shea sentiu-se como se Jacques tivesse arrancado todo o ar dos pulmões dela.

– Você não pode afirmar com certeza.

– Era Byron – insistiu Jacques com absoluta convicção. – Ele veio pedir minha amizade e eu neguei. Agora o traidor vai entregá-lo aos humanos assassinos.

– Por que o vampiro não fica com ele? – Shea esforçava-se para entender enquanto sua mente já fazia planos. Ela não poderia deixar Byron ou quem quer que fosse nas mãos de açougueiros, nas mãos daqueles assassinos. Shea tinha perdido um irmão, que nunca tivera a oportunidade de conhecer, para aqueles loucos. E quase também perdera Jacques. – Se ele odeia todos vocês o suficiente para querer que sejam torturados e mortos, por que ele mesmo não faz isso?

– O vampiro precisa fazer buscas antes do nascer do sol. Diferentemente de nós, ele não aguenta nem mesmo a luz das primeiras horas do dia. O amanhecer o destruiria. Isso limita seu alcance.

– Então ele estava na floresta nos observando, justamente como eu temia, e deve ter seguido Byron e de alguma forma o prendido. E precisa entregar Byron para os humanos antes do amanhecer. Os humanos devem estar próximos.

– Gregori disse que o próprio solo gemia sob os pés deles.

– Então esse traidor não pode ajudar os humanos enquanto houver luz do sol.

– De jeito nenhum! – exclamou Jacques, com convicção.

– Mas o amanhecer não tem esse efeito sobre nós. Nós aguentamos, Jacques. Se nos mexermos agora, talvez possamos encontrá-los. Tudo o que precisamos fazer é encontrar Byron e escondê-lo até por volta de cinco ou seis horas desta tarde, quando estaremos fortes novamente. Nós vamos conseguir, sei que vamos! Não há muitos lugares em que ele possa estar. Nós aguentaremos o sol da manhã, e ninguém estará nos esperando. Os humanos que estão com ele não podem entrar nesta caverna; eles não conseguem entrar na terra. Eles precisam buscar abrigo em algum lugar. Você conhece essa região e, se não conhece, os outros conhecem. Vamos trazer Byron de volta. Pode ser que o vampiro fique tão furioso que pare de se esconder, cometa um erro, então os outros podem pegá-lo – ela puxava o braço dele, tentando arrastá-lo de volta à entrada da caverna.

– Não vou expô-la a esses homens!

– Dá um tempo, Jacques! Sério. Estamos juntos nisso. Odeio me gabar e colocar você em uma desvantagem óbvia, mas eu aguento tomar mais sol do que você.

Ele acariciou a nuca dela.

– Isso não quer dizer que eu vá te deixar exposta ao perigo.

Shea caiu na gargalhada.

– Só o fato de estar com você já é perigoso, seu idiota! VOCÊ é perigoso – ela jogou os cabelos para trás e levantou o queixo de forma um tanto quanto desafiadora. – De qualquer forma, posso sentir o vampiro e você não. E, pelo visto, Byron também não consegue. Talvez os outros também não consigam. Você precisa de mim.

Relutante, Jacques permitia que ela o puxasse na direção da entrada caverna.

– Por que eu nunca saio vencedor de uma discussão com você? Não posso colocá-la em perigo, mas estamos andando em direção ao amanhecer para encarar assassinos brutais justo quando estamos mais fracos. À tarde, Shea, estaremos completamente vulneráveis, à mercê deles e à mercê do sol. Nós dois estaremos vulneráveis!

– Então só teremos de estar num lugar seguro até lá. Fale com os outros, Jacques, diga-lhes o que está acontecendo.

– Acho que você só quer sair dessa caverna. Você prefere encarar um vampiro e humanos assassinos a encarar alguns morceguinhos – Jacques entrelaçou seus dedos aos cabelos selvagens de Shea.

Ela olhou para trás e lançou um sorriso para ele.

– Você está certo. E nunca se transforme em um morcego! – disse, estremecendo. – Ou em um rato.

– A gente podia ver como morcegos e ratos fazem amor – ele sussurrou na nuca dela.

– Você é doente, Jacques. Muito, muito doente – a passagem estreitava-se novamente, deixando-a sem ar. Pelo menos Jacques agora cooperava, mesmo que resmungando um pouco.

Ele separou a mente do corpo e pensou em Gregori, na forma como ele movia-se, na forma como se sentia quando sua essência atravessava-o, curando feridas mortais de dentro para fora. Jacques criou aquela sensação e enviou um chamado mental.

Ouça-me, curandeiro. Preciso que você me ouça.

Seu problema deve ser enorme para você procurar aqueles em que não confia.

A voz era surpreendentemente clara na mente de Jacques. A resposta veio tão rápida a ponto de fazê-lo se sentir invadido por uma onda de triunfo. Ele estava muito mais forte, muito mais hábil do que no dia anterior. Gregori havia lhe dado sangue. E agora esse sangue fluía em suas veias, bombeado por seu coração, recuperando músculos e tecidos comprometidos. Ele tinha esquecido quão facilmente podia se comunicar.

Ouvi o grito de Byron. O traidor pegou-o. E deve entregá-lo aos humanos antes do amanhecer.

O amanhecer está próximo, Jacques. Gregori soava calmo, parecia não estar perturbado, nem mesmo depois de receber uma notícia como aquela.

Então precisamos encontrar Byron. Algum de vocês tem a habilidade de rastreá-lo? Ele trocou sangue com algum de vocês?

Só você fez um pacto com ele. Se ele se transformou e foi incapaz de procurar o amanhecer sozinho, ele queria que você o caçasse, e vice-versa. Você não queria que eu ou seu irmão tivéssemos alguma responsabilidade por sua destruição.

Não consigo encontrar o caminho até ele. Jacques não conseguia evitar que a frustração e a aversão por si mesmo permeassem sua voz.

Você tem certeza de que o grito era de Byron?

Sem dúvida! Conversamos minutos antes. Shea sentiu-se angustiada; ela disse que alguém estava nos observando. Não consegui detectar ninguém e Byron não demonstrou inquietação alguma.

Jacques e Shea moviam-se através da passagem cada vez mais estreita em direção à entrada. Jacques sentiu a agitação típica que sua espécie enfrentava quando entrava em contato com a luz. *Faremos de tudo para procurá-lo enquanto pudermos.*

A mulher de Mikhail, às vezes, consegue rastrear aqueles que nós não conseguimos. O dom dela é muito forte. Encontraremos vocês no chalé. Vocês dois têm óculos escuros e roupa protetora?

Shea tem, e eu posso criar a minha facilmente. Ela ainda está muito fraca para tentar a transformação, e não vai se esconder. Nem ela, nem eu. Jacques ouviu o escárnio de Gregori ecoar. Mulheres tinham que ser protegidas de suas próprias vontades idiotas de entrarem no meio de conflitos. *Quando se encontra a companheira, Gregori, até o mais claro dos pensamentos torna-se turvo,* Jacques se defendeu.

O amanhecer tomava conta do céu, forçando-se por entre as nuvens. A chuva ainda caía, e os ventos uivavam ferozmente por entre as árvores abaixo deles. Na entrada da caverna, eles estavam abrigados. No entanto, assim que se afastassem do penhasco, seriam atingidos pelos elementos com força total.

Jacques inclinou-se, aproximando-se do ouvido de Shea:

– A tempestade vai diminuir os efeitos do sol sobre nós. Consigo sentir a mão do curandeiro nisso.

– Não tem sol. O vampiro consegue sair com o tempo assim?

Jacques negou com a cabeça.

– Ele não pode nem ver o amanhecer, nem mesmo um amanhecer encoberto por nuvens. Às vezes aproveitamos quando o tempo está assim para nos deslocarmos logo cedo ou no final da tarde. Desse modo, podemos nos misturar melhor com os humanos, e nossos olhos e nossa pele são menos castigados.

Jacques sentiu Shea tremer e imediatamente abraçou-a. O tempo não o incomodava; qualquer Cárpato podia facilmente regular a própria temperatura do corpo. Shea tinha muito que aprender e precisava superar sua aversão ao ato de se alimentar para conseguir se restabelecer completamente.

– Sabe... O curandeiro está certo. Isso é perigoso demais para que eu permita que você me acompanhe. Não sei no que eu estava pensando.

– O curandeiro que cuide da própria vida! – Shea lançou um olhar arrogante para Jacques. – Ele pode ser um curandeiro inteligente, mas não entende nada de mulheres. Não cometa o erro de dar ouvidos a ele quanto a esse assunto. Até mesmo você, com sua memória estilhaçada, sabe muito mais sobre as mulheres do que aquele idiota!

Jacques pegou-se rindo novamente. Sua boca roçou a nuca de Shea, fazendo um arrepio correr pela coluna dela.

– Você me convence com tanta facilidade! – ele não conseguia evitar a onda de triunfo possessivo que o varria. Shea talvez admirasse o médico por suas habilidades, e até mesmo tivesse vontade de aprender com ele, mas as atitudes daquele homem definitivamente iam contra a natureza independente dela. E Jacques descobriu que gostava daquela independência.

– Você é apenas um homem, o que você espera? – ela perguntou de forma bastante direta. – Eu, por outro lado, sou uma cirurgiã brilhante e uma mulher com muitos talentos.

– Os morcegos estão começando a ficar muito nervosos. Não sei se consigo evitar que eles nos ataquem – Jacques provocou perversamente.

Um arrepio involuntário tomou conta de Shea, mas ela simplesmente puxou a mão dele, certificando-se de que ele estava perto. Então, voltou ao assunto:

– Pense num lugar para onde podemos levar Byron quando o encontrarmos.

– O chalé é muito perigoso. Teria que ser uma caverna ou até mesmo o próprio solo. Podemos entregá-lo ao médico e encontrar um lugar seguro para descansar. Talvez voltar para cá.

– Isso me deixa muito entusiasmada. De verdade.

– Onde você aprendeu a ser tão sarcástica? – Jacques teve intenção de provocar, mas um sorriso amargo fez sua linda boca se curvar. Seus olhos refletiam dor.

– Você precisa aprender logo cedo a se proteger quando se é diferente, quando você nem se atreve a trazer um colega para casa porque sua mãe esquece que você existe, que o mundo existe. Às vezes, ela ficava na janela por dias, literalmente por dias. E nem lembrava que eu existia – Shea parou de andar por um instante. – Será que sou como ela, Jacques? Considerando o fato de eu estar com você, eu poderia ser como ela?

– Não exatamente como ela – ele respondeu o mais honestamente possível. – Algumas coisas estão tão fragmentadas em minha mente que tenho de reunir as informações. Sei que alguns companheiros decidem viver ou morrer juntos. Mas, se uma criança está precisando de algo, o companheiro sobrevivente buscaria o bem-estar da criança, tanto emocional quanto físico.

Ele não contou nada sobre as crianças que eram entregues para serem criadas por outros casais porque o companheiro sobrevivente não conseguia encarar a existência sem o outro. Eles sabiam que a criança seria bem cuidada e muito amada, porque a maioria das mulheres Cárpato perdia seus bebês antes de eles nascerem ou durante o primeiro ano de vida.

Jacques continuou:

– E sabe, Shea... Não importa o quanto algo é difícil para você, você sempre dá um jeito. Você não abandonaria nosso filho como sua mãe abandonou você. Nosso filho seria amado e guiado por toda a vida. Tenho certeza disso.

Shea segurou o braço de Jacques, evitando que ele saísse na chuva.

– Se tivermos um filho e algo acontecer comigo, prometa-me que você vai ficar aqui e vai criá-lo, prometa-me que vai amá-lo e orientá-lo, como alguém devia ter feito por mim. Prometa, Jacques.

– Uma criança Cárpato é protegida e amada acima de tudo. Não maltratamos crianças.

– Não foi isso que eu pedi.

Jacques fechou bem os olhos por um momento, incapaz de mentir para ela. Tinha ficado sozinho por muito tempo e nunca iria querer sobreviver sem ela.

– Companheiros aparecem só uma vez, ruivinha.

– Nosso filho, Jacques... Se acontecer, não quero que ele seja criado por um estranho.

– Às vezes, Shea, outro casal, um casal que deseja muito ter filhos, é uma escolha melhor do que um companheiro agoniado.

Jacques percebeu que aquele assunto não era insignificante para Shea quando sentiu que ela estava ofegante e que tinha um bloqueio mental forte e assustador.

– Você nunca pensou que um filho também pode estar de luto e que um pai, para confortá-lo num momento como esse, seria muito melhor? Essa sua necessidade de escolher a morte quando existe um filho ou outros familiares para cuidarem dele é egoísta e mórbida.

– Você insiste em nos julgar pelos padrões dos humanos – apontou Jacques. – Você não tem ideia do quanto nosso laço significa – os dedos dele entrelaçaram-se aos dela. – Talvez seja melhor deixarmos essa conversa para uma hora mais apropriada, quando estivermos seguros, quando Byron também estiver seguro.

Os olhos de Shea recusaram-se a se encontrar com os dele.

– Tenho certeza de que você tem razão, Jacques – lágrimas escorreram e Shea preferiu dizer que elas eram fruto da sensibilidade à luz e não daquela conversa.

*

Ela seguiu Jacques pela linha formada pelas árvores sem dar um pio, sustentando cuidadosamente uma forte barreira, evitando que ele lesse sua mente. Ela entendia por que ele escolheria a morte caso algo acontecesse com ela. Jacques tinha passado muito tempo sozinho e não poderia enfrentar a vida sem seu porto seguro. Talvez ele estivesse certo, talvez ele fosse perigoso demais para o mundo. Mas se Shea tivesse de aceitar aquilo, então não poderia haver filhos no futuro deles. A eternidade era muito tempo para viver ciente disso. Ela simplesmente não podia trazer uma criança ao mundo com um pai que pensava da forma que Jacques pensava. Shea jamais arriscaria.

Ela mordiscou o lábio e cambaleou um pouco por causa do cansaço. Apoiou-se automaticamente na cintura de Jacques. Por um momento, tinha imaginado que teria a chance de viver uma vida normal; talvez não uma vida normal como os outros conheciam, mas com uma estrutura familiar, um filho e um marido.

Não, Shea. Agora não tenho tempo para consolá-la como deveria, não tenho tempo para acabar com seus medos. Deixe isso pra lá.

Assustada com o fato de ele ter atravessado a barreira que ela criara em sua própria mente, Shea olhou para o rosto de Jacques. Tão hipnotizante, lindo e sedutor, porém tão devastado por um sofrimento que nenhum humano poderia conceber. Os olhos dele, desprotegidos dos óculos escuros que ele levava nas mãos, miraram o rosto dela. Shea conseguia ver amor, posse e uma promessa sombria para toda a eternidade.

Jacques roçou os dedos no queixo de Shea, fazendo uma chama correr em espiral pela coluna dela. Tocou-lhe o lábio inferior com o polegar, e um arrepio de desejo sexual brotou na boca do estômago dela.

Você pertence a mim. Shea, somos duas metades do mesmo todo. Você é a luz da minha escuridão. Posso ser estranho ou até mesmo louco, mas meu coração e minha alma sabem que não existo sem você.

Beijou-lhe as pálpebras e disse:

– Não é fácil me matar, ruivinha, e eu não entrego o que é meu. Viver sofrendo durante todos os últimos anos me deu uma força de vontade imensurável.

Ela esfregou o rosto pela lateral do corpo de Jacques, claramente buscando conforto.

– Estamos tão distantes, Jacques, em todos os aspectos. No calor da paixão é fácil dizer que tudo ficará bem, mas viver juntos pode ser extremamente difícil. Somos tão diferentes!

Ele a abraçou na altura da cintura, apressando-a em direção ao abrigo das árvores. A chuva caía torrencialmente e eles estavam ensopados. Nuvens escuras e sólidas pareciam um turbilhão acima deles. No entanto, Jacques podia sentir as primeiras alfinetadas do sol brotando em meio às nuvens. A luz do amanhecer sempre o deixava inquieto, sempre o conscientizava de sua terrível vulnerabilidade. Recolocando os óculos escuros, ele avançou com passos longos e rápidos. Se Shea tivesse se alimentado como o médico recomendara, eles poderiam se transformar em alguma outra criatura e chegar ao chalé num instante.

Shea pensava que a barreira mental que ela criara era suficiente para manter Jacques afastado, mas ele nunca tinha saído da mente dela. Uma parte dele sempre habitou aquele lugar, em silêncio, como uma sombra discreta, mas presente. Ela sempre sonhara em ter um filho para poder dar a ele o amor que nunca tinha recebido. Agora, porém, ela não via esperanças de isso acontecer. A questão do filho sempre tinha sido importante para ela, mas companheiros não podiam mentir um para o outro, não podiam trair. Se algo acontecesse com Shea, Jacques só teria uma escolha: rezar por uma morte instantânea. Caso contrário, temia se transformar no monstro que vivia dentro dele, tão perto da superfície, um demônio que o mundo dos humanos e o mundo dos Cárpatos jamais conheceu. Havia algo muito errado com ele, e somente Shea ficava entre esse algo e o resto do mundo.

Nem mesmo ela poderia quebrar o vínculo existente entre eles. Todos os instintos de Jacques estavam conscientes disso, e esse fato trazia-lhe certo conforto. A cólera sempre tão próxima, tão mortal, estava presa e sob controle enquanto Shea estivesse com ele.

Mas agora Jacques tinha de encontrar Byron; ele devia isso àquele homem. A vontade de ajudá-lo era tão forte a ponto de se tornar quase esmagadora. Era como se parte dele – não sua mente, mas algo dentro dele – ainda se lembrasse da amizade que os dois tinham.

Jacques deveria ter hipnotizado Shea para que ela dormisse enquanto ele fazia o que tinha de ser feito, mas a verdade é que ele simplesmente não conseguia aguentar a separação, e a queria por perto, em qualquer lugar onde pudesse protegê-la. E a queria feliz.

Mulheres!

Shea ouviu perfeitamente as reclamações dentro da cabeça de Jacques. Um pequeno sorriso conseguiu transparecer.

– Estou complicando sua vida, Jacques? – ela perguntou em tom de esperança.

De forma extremamente abrupta, Jacques parou de andar. Agarrou os cabelos molhados de Shea e puxou sua cabeça de modo que a chuva deslizasse pela pele suave como mel.

– A verdade, Shea, é que você me faz sentir tanta coisa, que às vezes não sei se aguento! – a boca dele encontrou-se com a dela quase às cegas, alimentando-se desesperada e vorazmente, como se fosse devorá-la, como se estivesse ligando o corpo dela ao seu para sempre.

Nada pode acontecer com você!

As mãos dele apertavam a pele dela. O corpo de Jacques estava novamente retesado; em sua mente, confusão, medo e determinação misturavam-se a uma fome intensa.

Sem pensar, Shea reagiu quase instintivamente. Envolveu o pescoço de Jacques com seus braços finos e apertou o corpo suave e maleável contra a masculinidade do corpo dele. Sua mente calma e amável era um cálido refúgio para a mente fragmentada e torturada de Jacques. Ela beijou-o sem reservas, derramando cada gota de amor e de apoio de que era capaz. Jacques levantou a cabeça e descansou a testa na dela.

– Nada vai acontecer comigo, Jacques. Acho que você está tendo um ataque de ansiedade – Shea correu a mão pelos cabelos dele, deixando os fios desgrenhados como os de um garoto, lançando um sorriso provocante. – Cárpatos também fazem terapia?

Ele riu baixinho, surpreso por conseguir sorrir quando poucos momentos antes estava se sentindo tão aterrorizado.

– Não há mulher no mundo mais folgada do que você!

– Não sou qualquer mulher, seu bobo. Sou uma médica brilhante. Todo mundo diz.

– Eles dizem isso agora? – ele abraçou-a firmemente, quase trazendo-a para dentro de seu próprio corpo, formando um abrigo com seus braços musculosos.

– Será que isso vai ser demais pra você, Jacques? Encarar aqueles assassinos horríveis novamente? Tem certeza de que você consegue?

Ele levantou a cabeça para que ela não conseguisse ver seu sorriso de lobo.

– Não vejo a hora de retomar nosso contato.

Shea tocou a mente dele e encontrou uma satisfação cruel na ideia de um confronto, mas Jacques era forte demais para deixá-la perceber a raiva e o ódio brotando, ameaçando vomitar violência e vingança. Shea era médica, uma mulher delicada que não podia conceber um mal tão grande como o que ele tinha visto. Um mal que ele mesmo tinha dentro de si.

Ela segurou a mão dele e entrelaçou seus dedos nos dele com força. Talvez ela nunca tivesse um filho, mas tinha Jacques. Ela o queria longe de todas as dores e de todos os sofrimentos. Longe de homens e de criaturas que pudessem tentar destruí-lo novamente. Shea estava decidida a vê-lo são e salvo.

Capítulo 12

Raven estava parada na varanda, com o rosto virado na direção do céu e os olhos fechados. Gotículas de suor pontilhavam seu rosto e seus dedos mexiam-se compulsivamente sobre a barriga. Ela não estava com os outros, mas em algum lugar fora de seu corpo, concentrada em tentar encontrar o paradeiro de Byron. Ao seu lado estava seu marido, sombrio e intimidador, com a mente ligada à dela. Mikhail era tão parecido com Jacques que Shea não conseguia desviar o olhar. Conforme se movimentava pela varanda, um passo atrás de Jacques, ela podia ver que Mikhail estava claramente furioso. Ele fervia de raiva, quase a ponto de explodir, mas, ainda assim, adotava uma postura completamente protetora. Mikhail tinha se posicionado entre Raven e a fúria da tempestade.

Gregori estava tão paralisado quanto uma estátua. O rosto dele era uma máscara inexpressiva; os olhos acinzentados, tão vazios quanto a morte. Ainda assim, Shea dava-lhe muito espaço. Havia algo perigoso naquela absoluta falta de movimento. Shea percebeu que não conseguiria entender a complexidade da natureza de um Cárpato. Gregori observava Raven com olhos estreitos e implacáveis, olhos que enxergavam demais. De repente, ele praguejou, grave e furioso, o que era assustador em se tratando de alguém com aquela estatura e poder.

– Ela não devia se arriscar. Está esperando uma criança.

Os olhos dele encontraram-se com os de Jacques: luz cinza contra dois blocos de gelo negro. Uma compreensão total entre os dois homens. Shea uniu sua mente à de Jacques rapidamente em uma tentativa de entender o que se passava. A gravidez de Raven, se ela estivesse grávida, mudava tudo para aqueles homens. Shea não conseguia enxergar sinais de uma criança – Raven parecia estar tão magra quanto antes –, mas tampouco acreditava que o médico estivesse errado. Gregori parecia ser tão infalível, tão completamente invencível.

Uma criança era extremamente importante para os homens. Shea ficara surpresa, até mesmo chocada, com a forma como eles encaravam a gravidez: era um milagre. O bebê era mais importante do que suas próprias vidas. Shea sentia-se confusa. Apesar de as memórias de Jacques estarem fragmentadas, seu caráter protetor permanecia extremamente forte.

– Ele reconhece os arredores, mas não consegue se mover. Até mesmo a mente dele está trancada e inerte. Ele está, de alguma forma, paralisado – a voz de Raven assustava Shea, levava-a de volta à tempestade e à missão de resgate. Raven estava claramente falando de Byron. – Ele não consegue se mover ou gritar, nem mesmo mentalmente. Está num lugar escuro e úmido, e ele sabe que vai sofrer muito antes de os agressores acabarem com ele – Raven cambaleou. Sua mão protegia a barriga.

O curandeiro movimentou-se com tanta velocidade que só foi possível enxergar uma mancha no ar. Segurou-a pelo braço e puxou-a para fora da chuva torrencial. Gregori também puxou Mikhail para fora da tempestade furiosa.

– Já chega, Raven! – ordenou Gregori. Ele sacudiu-a e, em seguida, sacudiu também Mikhail. – Deixe-o agora!

Jacques apressou-se para frente, segurou seu irmão e bateu uma, duas vezes em seu rosto.

– Volte! – a voz era um grito rouco.

Shea mordeu o lábio, sentindo-se subitamente aterrorizada. O casal parecia estar de alguma forma preso, atraído para a armadilha em que o vampiro tinha pegado Byron. Gregori empurrou Raven em direção à forte chuva. Jacques empurrou Mikhail.

Foi Mikhail quem se recuperou primeiro. Piscou o olho para seu irmão, olhou em volta como se não soubesse onde estava. Em seguida, instintivamente procurou Raven.

– Traga-a de volta, Mikhail! Vá atrás dela. Guie-a de volta. Isso é perigoso demais para ela. Mesmo considerando a ligação que tenho com Raven, ela está perdida – disse Gregori – estamos lidando com mais do que apenas um simples vampiro. Um deles conhece magia negra e sabe usar ervas e pedras poderosas. Sei o que ele está fazendo e como está fazendo.

Mikhail apertou Raven contra seu corpo, os olhos negros estavam endurecidos. Raven piscou, olhou em volta, parecendo surpresa de estar sob a chuva. Levou a mão à têmpora, em um gesto que indicava dor.

– Pare de gritar comigo. Estou me sentindo como se eu fosse uma louca – Raven parecia dolorida e enterrava o rosto no peito musculoso de Mikhail.

Ele envolveu-a em seus braços, fazendo de seu corpo um abrigo. Inclinou a cabeça carinhosamente na direção dela. Aquele era um gesto tão íntimo que Shea precisou desviar o olhar. Para seu espanto, percebeu que o curandeiro a estava estudando. Shea aproximou-se de Jacques, inconscientemente buscando uma proteção longe de todo aquele escrutínio.

– Você precisa se alimentar – Gregori disse suavemente.

– Quando estiver com fome, vou comer – respondeu Shea, ligeiramente arrogante. – Você não precisa se preocupar com todos nós. Sei cuidar de mim mesma.

Os olhos acinzentados não pareciam acreditar naquela mentira.

– Sua fome irradia de você e a sua fraqueza pode colocar todos nós em perigo.

Ele dirigiu um olhar poderoso para Raven, que visivelmente se contorceu.

– Ah, cale a boca, Gregori! – gritou Raven. Seus olhos azuis lançavam faíscas na direção dele.

Um leve sorriso formou-se na boca de Gregori, mas aquele sorriso não foi capaz de iluminar seus os olhos.

– Eu não falei.

– Você falou demais e sabe disso – respondeu Raven, levantando o queixo como se estivesse em guerra. – Seu senso masculino de superioridade é o suficiente para fazer uma mulher querer gritar.

Francamente, Gregori, toda essa lógica fria pode deixar uma pessoa louca – dizendo isso, deixou Mikhail levá-la até a varanda.

– A lógica funciona, diferentemente das mulheres emotivas – rebateu Gregori, imperturbável. – Sua primeira tarefa é proteger seu filho. Nossa primeira tarefa é proteger você – os olhos acinzentados de Gregori obviamente censuraram Mikhail.

– Você nem tem certeza de que estou grávida.

– Não faça joguinhos, Raven. Às vezes essa sua necessidade de se rebelar é tediosa. Sei que você está esperando uma criança, e você não pode esconder algo assim de mim. Mikhail sabe que é verdade, e sabe que não pode permitir seu envolvimento nessa missão tão perigosa com você nessa condição.

Raven balançou os cabelos negros como o ébano.

– Ninguém me permite ou me proíbe de fazer nada. Sou eu quem decide. Nasci e fui criada como humana, Gregori – apontou. – Só posso ser eu mesma. Byron é meu amigo e ele está em sérios problemas. Pretendo ajudá-lo.

– Seu companheiro está tão fascinado por você a ponto de permitir que você faça uma bobeira desse tipo – respondeu Gregori, suave porém ameaçador. – Portanto, não posso fazer nada que não seja protegê-la eu mesmo.

– Não fale assim de Mikhail! – exclamou Raven, furiosa.

Você quer mesmo criar problemas com as mulheres, não quer?, perguntou Mikhail, muito embora entendesse completamente Gregori e achasse que o curandeiro realmente tinha razão.

Gregori não olhou para ele, mantendo os olhos na tempestade.

A criança que ela carrega é minha companheira. É uma mulher e pertence a mim. Havia um tom inconfundível de aviso naquela voz, uma nuança que deixava clara uma verdadeira ameaça.

Em todos os séculos que eles passaram juntos, aquilo nunca havia acontecido. Mikhail imediatamente entrou na mente de Raven. Era impossível esperar que ela entendesse como Gregori se sentia.

Sem uma companheira, o curandeiro não teria escolha que não fosse, em algum momento, destruir-se a si mesmo ou tornar-se o próprio epítome do mal. O vampiro. O morto-vivo. Gregori tinha passado infinitos séculos esperando por sua companheira, permanecendo firme enquanto homens mais jovens do que ele se entregavam. Gregori tinha defendido seu povo, vivido uma existência solitária para que pudesse manter a raça a salvo. Era muito mais solitário do que os demais e muito mais suscetível; poderia sucumbir em breve, já que tinha de caçar e matar com frequência. Mikhail não podia culpar seu mais velho amigo por aquela natureza possessiva e protetora com relação à criança que ainda não tinha sequer nascido. Ele falava com calma e firmeza, esperando evitar confrontos. Gregori tinha se mantido firme por tanto tempo que aquela promessa de uma companheira poderia levá-lo à loucura se ele sentisse que a criança corria algum perigo.

Raven não é como as mulheres Cárpato. Você sempre soube disso e aceitou essa realidade. Ela não vai permanecer isolada durante esse período. Na verdade, ela preferiria secar e morrer.

Gregori chegou a rosnar, um ruído ameaçador que fez Shea congelar, Jacques se agachar e Mikhail mudar de posição para poder se proteger melhor. Raven empurrou o corpo forte de Mikhail e, sem demonstrar o menor sinal de receio, colocou a mão sobre o braço do curandeiro. Talvez todos acreditassem que Gregori poderia se transformar a qualquer momento, mas ele tinha conseguido se manter firme durante séculos, e implicitamente Raven acreditava que ele não a feriria para não ferir a criança.

– Gregori, não fique nervoso com Mikhail – a voz de Raven era suave e gentil. – A maior obrigação dele para comigo é garantir minha felicidade.

– É garantir sua proteção! – a voz de Gregori era uma mistura de luz e calor.

– De certa forma, é a mesma coisa. Não o culpe. As coisas não têm sido fáceis para ele, nem para mim. Nós poderíamos ter esperado para ter um filho, poderíamos ter esperado até que eu estivesse mais familiarizada com o modo de vida dos Cárpatos. Mas isso iria demorar, e você sabe que não tem muito tempo. Você é muito mais do que um amigo próximo para nós... Você é família, é parte de nossos corações. Não estávamos dispostos a correr o risco de perdê-lo. Então, rezamos para essa criança ser uma mulher e para que ela cresça e ame-o como nós o amamos. Esperamos que ela seja sua outra metade.

Gregori moveu-se como se fosse dizer alguma coisa.

Não diga nada! Mikhail sibilou na mente do curandeiro. *Ela acredita que a criança vai ter escolha.*

Gregori mentalmente inclinou a cabeça para Mikhail. Se Mikhail tinha escolhido confortar sua mulher com a falsa promessa de que a criança teria escolha, então que assim fosse.

Shea estava impressionada com o fato de um líder tão poderoso como Mikhail ter calmamente permitido que outro homem rosnasse para ele e o repreendesse como Gregori fizera. Ela estava começando a suspeitar de que o irmão de Jacques era um homem de caráter forte, e aquele amor que aparentemente existia entre ele e Raven fez seus olhos encherem-se de lágrimas. Aquela era a família de Jacques, seu legado, e entre eles havia um amor verdadeiro, uma afeição sincera que os tornava capazes de cometer enormes sacrifícios. Shea deslizou a mão pela mão de Jacques e entrelaçou os dedos nos dele, sentindo que tinha algo em comum com Raven.

Os olhos azuis de Raven permaneciam fixos em Gregori.

– Se quiser me examinar para descobrir o sexo da criança, sinta-se à vontade – Raven levantou o queixo. – Mas, assim como você quer que eu o aceite como você é, com sua natureza predatória, então você deve me aceitar como eu sou. Meu coração e minha alma podem ser Cárpato, mas minha mente é humana. Não vou ser colocada em uma prateleira porque você ou meu marido consideram isso necessário. As mulheres humanas saíram da Idade das Trevas há muito tempo. Meu lugar é com Mikhail e devo tomar minhas próprias decisões. Se você sente a necessidade de acrescentar sua proteção à proteção que já recebo de Mikhail, ficarei agradecida.

Um longo silêncio se instalou e o brilho vermelho desapareceu lentamente daqueles olhos acinzentados e cortantes. Gregori sacudiu a cabeça devagar, demonstrando um cansaço infinito. Aquela mulher era tão diferente das mulheres da sua espécie. Destemida. Compassiva. Inconsciente de todos os tabus que quebrava. Ele levou a mão até a barriga dela e abriu os dedos. Concentrou-se, colocando-se para fora de seu próprio corpo. Prendeu o ar na garganta e seu coração pareceu derreter. Moveu-se decidido a envolver aquela pequena criatura. Com sua luz e toda a sua vontade, encostou-se por um segundo na mente dela. Ele não estava disposto a arriscar. Aquela era sua companheira, ele asseguraria isso de todas as formas possíveis, da ligação de sangue ao compartilhamento das mentes. Ninguém era tão poderoso quanto ele. Aquela garota era dele e somente dele. Ele esperaria até que ela atingisse a maioridade.

– Nós conseguimos, não conseguimos? – disse Raven suavemente, trazendo Gregori de volta para seu próprio corpo. – É uma garota.

Gregori distanciou-se de Raven, mantendo a compostura apesar de todo o seu poder.

– Poucas mulheres Cárpato conseguem levar a gravidez até o fim. A criança raramente sobrevive ao primeiro ano de vida. Não tenha tanta certeza de que estamos tão seguros assim. Você precisa descansar e receber cuidados. A criança vem em primeiro lugar. Byron concordaria comigo. Mikhail deve levá-la para longe daqui, para longe do vampiro e dos assassinos. Vou caçá-los e livrar nosso povo do perigo enquanto seu companheiro cuida de você – a voz de Gregori era grave e carregada de um tom cheio de cores dançantes. Quase impossível de resistir. Tão calmo e relaxante e racional.

Raven teve de resistir à compulsão de fazer o que ele desejava. Ela olhou para o curandeiro e disse:

– Nem tente isso comigo, Gregori – em seguida, falou para Mikhail: – E você, grandalhão, ficaria ao lado dele, sendo o machão que é. Veja esses caras, Shea, eles são impossíveis! Eles fazem de tudo para conseguir o que querem.

Shea se pegou sorrindo.

– Eu já percebi.

Era confortante ver que Raven tinha aprendido a se impor em meio àqueles homens. Shea era tão forte quanto ela.

– Não posso deixar Byron por aí correndo o risco de sofrer o mesmo destino de Jacques – insistiu Raven, teimosa. Ela olhou na direção de Shea em busca de apoio. – Nós não podemos.

Ela tinha visto antes de mais ninguém o que aqueles açougueiros humanos eram capazes de fazer. E deixar Byron sofrer aquilo seria como distanciar-se de Jacques. Ou seja, era impossível. Shea assentiu com a cabeça, concordando.

– Quando tivermos o paradeiro de Byron, vocês, homens, podem ir atrás dele. Ficarei com Raven e nós os esperaremos aqui. O vampiro não pode sair enquanto há sol, e nós temos armas que podemos usar se os humanos aparecerem.

– De qualquer forma, Mikhail, você sabe que poderia nos proteger dos humanos, mesmo à distância – Raven lembrou-o.

– Ela está certa, curandeiro – Jacques subitamente demonstrou seu apoio às mulheres. Ele devia a Byron. Não poderia permitir que seu amigo sofresse o que ele tinha sofrido. Lançou um olhar para Gregori. – Você soube que Raven e Mikhail estavam enfrentando problemas quando as mentes deles se ligaram à de Byron. O que é isso? Como o vampiro nos engana?

– Ele iludiu Raven e a mim por meio de Byron, um feito monumental – admitiu Mikhail. Em seguida, esfregou pesarosamente a mão no maxilar. – É possível, irmãozinho, que você tenha gostado de me bater?!

Os dentes de Jacques brilharam, brancos, formando algo que parecia ser um sorriso. Ele não conseguia deixar de admirar a frieza de Mikhail em meio a um perigo tão letal quanto a combinação da ameaça do curandeiro com a do vampiro. Ser capaz de fazer brincadeiras e de deixar de lado o ego de Cárpato não era nada menos do que um milagre. Flashes de memória tomaram conta da mente de Jacques – memórias de bons momentos, de um ser poderoso dedicado à preservação de seu povo. Ele envolveu Shea com os braços, a mulher que o ancorava à realidade, sua ponte entre o passado perdido e o presente. Shea respondeu prontamente, tão em sintonia com Jacques que já não precisava que ele lhe desse qualquer sinal. Ela inclinou-se imediatamente na direção dele, preenchendo a mente de seu companheiro com calor e conforto.

– Há uma raiz – explicou Gregori – que pode ser moída e transformada em um pó fino. O pó deve ser misturado a dois tipos de frutas vermelhas e sálvia. A mistura é fervida até se tornar espessa, até que todo o líquido evapore. Depois, acrescenta-se veneno de um sapo. Tenho certeza de que o vampiro está usando isso. A receita é antiga e foi perdida, só quem estudou alquimia e magia negra sabe. Afora esses praticantes, só conheço duas outras pessoas além de mim que sabem prepará-la.

– Aidan – disse Mikhail suavemente. – Ou Julian.

– Não pode ser – negou Gregori. – Eu teria sentido a presença deles em nossas terras. Mesmo se estivessem transformados, eu os reconheceria.

– O que exatamente essa droga faz? – perguntou Shea. A identidade do vampiro parecia ser secundária; ela estava muito mais interessada nos resultados da mistura que Gregori descrevera. Shea tinha estudado por muito tempo plantas e ervas. As comuns, como dedaleira e rododendro, causavam paralisia. Ela sabia também que veneno de sapo sozinho poderia ser letal. Algumas tribos em várias partes do mundo tinham descoberto suas propriedades e usavam-no na ponta de seus dardos, lanças e flechas. De alguma forma, a mistura de raízes e frutas vermelhas com a toxina devia paralisar o sistema nervoso, até mesmo afetar a mente. – Como ela é administrada?

– A droga precisa entrar na corrente sanguínea – disse Gregori.

– E quem conseguiria se aproximar o suficiente para injetá-la em um Cárpato? Nem um vampiro com destreza para se disfarçar não teria força para dominar alguém com a estatura de Jacques. Isso é inconcebível – declarou Mikhail. – Jacques era um caçador, um promovedor da justiça. Em uma época em que os assassinos estavam eliminando nosso povo, ele teria tomado o dobro de cuidado.

– O vampiro o enganou. Essa é a arma comumente usada por um traidor, não é mesmo? – Gregori informou-os calmamente. – O amanhecer chegou. Precisamos nos apressar.

A chuva quebrava o silêncio, o vento sacudia as árvores. Jacques olhava para a floresta sem prestar atenção. Pedaços de memória o provocavam e sussurravam ao pé de seu ouvido.

– Sangue. Tanto sangue... – as palavras saíram por vontade própria. As pontas dos dedos de Jacques correram livremente por seu pescoço, ele franziu a testa. – Era uma armadilha do caçador. Um fio quase invisível. Cortou minha garganta.

Ninguém se movimentou ou falou. Eles não queriam quebrar a concentração de Jacques. Shea pegou-se prendendo a respiração. Memória era algo tão importante para ele e agora sua memória poderia salvar a vida de Byron. Ela podia sentir a dor açoitando a mente de Jacques, sentiu-o tentando acabar com aquilo, concentrando-se com toda a sua força para tentar se lembrar. Jacques esfregou o polegar de um lado para o outro de uma sobrancelha. Em seguida, franziu a testa suavemente.

– Eu estava fraco. Então, ele veio e ofereceu seu sangue. Não quis ofendê-lo, embora estivesse relutante. Ele era... Ele me perturbava... – Jacques parou de falar, apertou suas têmporas fortemente com a ponta dos dedos. – Não consigo vê-lo! – olhou para Shea com olhos desesperados, angustiados. – Não sei quem ele é.

Shea o envolveu com seus braços, mental e fisicamente, detestando aquelas linhas de tortura estampadas no lindo rosto de Jacques.

Dois dias atrás, você mal conseguia andar, não conseguia se lembrar de nada. Isso é um milagre, Jacques. O que você realizou é um milagre. Ela tentou reconfortá-lo, percebendo corretamente que ele detestava o fato de não conseguir se recordar de mais detalhes.

– É o suficiente para juntar as peças – disse Gregori com sua voz calmante como um bálsamo. Ele tocou a ponta dos dedos nas têmporas de Jacques, inspirou devagar e se concentrou, lançando-se para fora de seu corpo.

Shea conseguiu sentir a dor derreter, deixando Jacques calmo e alinhado. O poder daquele médico era extraordinário. Ela queria esse poder, sentiu aquilo se movimentando dentro dela, subindo para seguir até onde a luz do médico guiava.

A voz de Gregori quebrou o feitiço.

– Você deve ter aceitado a oferta dele. O veneno estava no sangue do traidor.

– O que evita que o traidor seja paralisado? – Mikhail rugiu a questão com uma voz tão furiosa que fez um arrepio correr pela coluna de Shea. Havia algo muito letal em todos aqueles homens, alguma coisa muito diferente de suas parceiras humanas. Eles aceitavam a violência com a mesma facilidade que os animais na floresta em volta. Eram predadores. Essa característica estava na forma como eles se moviam, na forma como se posicionavam, em seus pensamentos.

Gregori caminhou lentamente em um círculo pela varanda. Shea achou interessante o fato de todos os três homens terem posicionado seus corpos entre o amanhecer e as mulheres.

– Há maneiras de fazer isso, mas não temos tempo para esse tipo de discussão. Afinal, devemos agir agora se quisermos fazer o que temos de fazer. Raven, enquanto você está ligada a Byron, poderia conseguir algumas coordenadas? Qualquer pista de qual direção seguir...

– Ele não estava sozinho. Estava em algum lugar debaixo da terra, talvez em uma caverna. O local era úmido e mofado. Ele não estava tão longe de nós – Raven olhou para Mikhail com olhos tristes, temendo não ter encontrado a informação de que eles precisavam para encontrar Byron em tempo. Se ele passasse um dia na companhia dos dois açougueiros humanos, certamente teria uma morte bastante horrenda. Mikhail entrelaçou os dedos nos dela, e levou as mãos até o calor de sua boca, em um gesto que demonstrava compreensão e união.

– O porão, Jacques! – exclamou Shea subitamente. – Eles o levaram para o porão. Talvez eles não conheçam lugar muito bem... devem ter ido aonde já tinham conseguido prender alguém. Sei como eles são arrogantes, especialmente um deles chamado Don Wallace. Seria bem típico ele usar o mesmo local pensando em nos enganar.

– Este local pode até ser úmido e mofado, mas eles teriam descoberto que o caixão de Jacques desapareceu. E saberiam que o lugar tinha sido remexido recentemente – argumentou Mikhail, pensativo.

– É verdade, mas o vampiro não lhes diria que Jacques está vivo? Ele nos viu na floresta, mais cedo, com Byron – Shea contou. – Eles se sentiriam seguros porque todos vocês supostamente estariam em locais fechados durante o dia. Estou dizendo: isso é exatamente o tipo de coisa que Wallace faria. Ele acredita que vocês são todos vampiros que não podem se deslocar durante o dia.

– Esse Wallace é sobrinho de Eugene Slovensky, inimigo de todo o nosso povo. Já nos encontramos brevemente antes. Acredito que a jovem senhora esteja correta. Ele acredita ser mais inteligente e mais sagaz do que nós – disse Mikhail.

– Aidan teria feito um favor à nossa raça se o tivesse matado quando teve oportunidade – observou Gregori. – Estávamos em uma situação complicada naquela noite, Mikhail estava ferido, e Raven, nas mãos de um louco.

– Talvez esse Aidan já tenha se transformado... – especulou Shea.

Gregori negou com a cabeça, fazendo movimentos leves.

– Ele não tinha se transformado, e até agora não se transformou. Ele é poderoso, tão poderoso quanto Mikhail e eu. O mundo saberia se alguém como nós tivesse se transformado na mais temida das criaturas. Não, não é Aidan. Em todo caso, ele tem um irmão gêmeo, um irmão ainda mais poderoso, que saberia imediatamente se Aidan tivesse se transformado – a voz de Gregori era baixa e suave, carregada de certeza.

Shea sacudiu a cabeça para se livrar do efeito hipnótico. O poder de Gregori assustava-a e a voz dele sozinha poderia fazer qualquer coisa, gerar qualquer reação em qualquer um deles. Ninguém devia ter aquele tipo de poder.

– Então por que nós não conseguimos detectar o vampiro quando ele está tão perto? – Mikhail lançou a pergunta, embora ela não fosse direcionada a nenhum deles em particular. – Fiz uma busca pela área e não consigo detectar ninguém de nossa raça, nem mesmo Byron.

– Shea conseguiu detectar o vampiro quando eu não consegui – constatou Jacques. – Num primeiro momento, não tive certeza se devia acreditar nela, mas, quando entrei em sua mente, senti o que ela estava sentindo.

Shea levantou o queixo, adotando um tom desafiador:

– Você acha que pode explicar como tudo isso foi feito, médico? Como alguém poderia ter feito isso?

Gregori virou todo o poder de seus olhos magnéticos para ela.

– Posso fazer a terra sacudir sob seus pés e fazer um raio cair do céu para conseguir o que quero. Posso fechar suas vias aéreas usando o pensamento. Sou todas as coisas, desde um rato até um lobo correndo livre. Isso não é o suficiente para você acreditar? – ele perguntou sem alterar a voz.

A voz daquele homem era uma arma de magia negra. Shea acreditava nisso. Ela estremeceu e aproximou-se de Jacques. Todos eles confiavam em Gregori, mas ele não era um dos anciãos? Todos eles diziam que um vampiro sabia se esconder, parecer uma pessoa normal. Nenhum deles sequer suspeitava de Gregori. Concordavam que ele era o mais perigoso, que seus conhecimentos tinham sido adquiridos incessantemente ao longo dos séculos. E ele era o médico daquele povo, tinha dado sangue a todos eles. O cérebro de Shea trabalhava, tentando juntar as peças do quebra-cabeça.

É impossível! Jacques tinha interceptado os pensamentos dela.

Por quê?, perguntou Shea.

Mikhail saberia. Não sei como sei disso, mas Gregori não conseguiria esconder isso de Mikhail.

Shea suspirou exasperadamente.

Jacques escondeu o sorriso que a petulância feminina de Shea provocou nele. Ela realmente tinha aversão à forma como Gregori agia com as mulheres.

– Só há um humano a poucos quilômetros de distância – declarou Mikhail. – Não consigo detectar outros. Ele está indo em direção à casa antiga de Jacques. Vamos?

A luz riscava o céu agora, tornando a escuridão cada vez menos densa. As nuvens enrolavam-se e uma garoa caía regularmente.

– Vá, Mikhail – insistiu Raven. – Você precisa ir. Caso contrário, eu acabaria sentindo para sempre que o matei. Se você não for agora, será por minha causa.

– Você precisa ir – acrescentou Shea, fitando os olhos negros de Jacques. Ele também precisava ir, Shea tinha uma forte convicção disso. Chegaria um momento em que Jacques se lembraria de sua infância, de sua forte amizade com Byron e de como ele tinha se distanciado quando Byron tentou se reconciliar. Ele precisava fazer isso por sua própria sanidade.

Eu sei. Sua resposta foi um assentir suave na mente de Shea enquanto eles compartilhavam seus pensamentos.

– Eu vou, Mikhail – declarou Jacques em voz alta. – Você fica e protege as mulheres. Essa é a única opção.

– Isso pode muito bem ser uma armadilha. É mais do que provável que seja uma armadilha. Caso contrário, seria muito descuidado da parte de alguém tão esperto – Gregori alertou.

– É por isso que todos vocês devem ir – disse Raven. – Shea e eu vamos esperar aqui. Podemos destruir todas as evidências da pesquisa dela enquanto esperamos.

Shea não pôde evitar a bufada que lhe escapou. Ergueu o queixo, desafiando. Ela não seria intimidada por aquelas criaturas poderosas. Seus olhos encararam um deles de cada vez.

– Passei vários anos da minha vida reunindo dados para essa pesquisa – disse ardentemente.

Raven segurou a mão de Shea e apertou-a, num sinal de aviso. Ela acompanhou Shea para longe de Jacques, até a porta do chalé.

– Tudo bem, Shea. Vamos conversar sobre isso depois.

– Vocês devem deixar este local e ir para algum outro mais seguro se muitas horas se passarem ou se receberem um aviso vindo de um de nós – Mikhail avisou sua companheira. – Nada de bancar a heroína. Quero sua palavra quanto a isso.

Raven sorriu para ele, num reconhecimento íntimo e delicado. Então, assentiu:

– Eu jamais colocaria nossa criança em perigo, meu amor.

Mikhail estendeu a mão e tocou o rosto de Raven, correndo a ponta dos dedos carinhosamente pela pele dela, mesmo enquanto sua forma física retorcia-se e começava a estalar. Pelos brotaram em seus braços e em suas costas. Seu corpo forte inclinou-se e ele saiu correndo na forma de um enorme lobo negro.

Os olhos de Shea arregalaram-se. Ela ficou impressionada com a rápida transformação. Ver aquele homem transformar-se em lobo era incrível. Seu coração batia com tanta força que ela temeu que fosse explodir. Ela não sabia se isso era fruto da surpresa e da empolgação ou apenas puro terror.

Jacques!

Está tudo bem, meu amor. Para acalmá-la, ele aproximou-se, passou a boca pela testa dela. *É assim que nosso povo usa os animais à nossa volta. É natural para nós. E ajuda a proteger nossa pele e nossos olhos do sol.*

Estou bem agora, homem selvagem. Foi só o choque. Shea respirou profundamente para superar a tremedeira. Ela se viu segurando a mão de Raven e, recuperando a consciência, soltou-a.

Jacques deu mais um beijo na testa de Shea antes de deixar a varanda e entrar na floresta densa, assegurando-se de que estava fora das vistas de sua companheira antes de se transformar.

Os olhos acinzentados de Gregori correram de uma mulher para a outra e, então, deteram-se em Shea.

– A criança deve ser protegida. É inútil pedir para Raven usar a lógica, já que ela não tem lógica nenhuma. Mikhail está tão encantado com ela que não consegue enxergar sua principal tarefa. Portanto, está em suas mãos. Pelo respeito que você sente por todos nós, você precisa proteger esta criança. Entendeu?

Shea sentiu-se ludibriada por aqueles olhos poderosos. Ela podia não compreender totalmente os motivos de Gregori, mas percebeu a sensação genuína de urgência dentro dele. Então, assentiu:

– Vou cuidar dela, doutor.

– Não é apenas por mim, mas por todos os humanos e por todas os Cárpatos. Essa criança precisa viver, Shea – reiterou Gregori. – Ela precisa viver.

Shea percebeu claramente o tom de aviso, o apelo vindo daquela alma que, sem a criança no ventre de Raven, estaria amaldiçoada. Aquele bebê era a única esperança para ele. Pela primeira vez ela acreditou que Gregori não era o vampiro, que seu medo de se transformar em uma criatura daquelas era enorme, que aquela criança era sua única chance de sobreviver. Ela assentiu, olhando fixamente nos olhos dele de modo que ele pudesse ver que ela entendia os perigos.

Por respeito a ela, Gregori também seguiu pela floresta até sair de sua visão antes de se transformar e correr em direção às ruínas da casa antiga de Jacques.

Raven fechou a porta do chalé e deixou para trás a tempestade, caminhando para o abrigo da sala.

– Você vai se acostumar. Quando conheci Mikhail, não tinha ideia do que ele era. Pensei que era só sensitivo, como eu. Acredite, fiquei totalmente chocada quando descobri. Eu nem tinha ideia de que essa espécie existia.

Shea conseguiu abrir um pequeno sorriso. Estar de volta em seu chalé, com tudo aquilo que lhe era familiar à sua volta, era reconfortante.

– Ainda não estou certa de que acredito nessas coisas. Com frequência, penso que vou acordar em meu escritório, nos Estados Unidos – Shea disse.

Ela pegou uma toalha e jogou-a para Raven. Em seguida, pegou outra para si mesma. Seus cabelos pingavam, molhados. Para Shea, fazer algo tão humano quanto secar os cabelos era relaxante.

– Nós temos vidas relativamente normais, Shea. Mikhail e eu temos uma bela casa nessa terra maravilhosa. Mikhail tem várias empresas. Temos amigos, bons amigos. Viajamos. O que aconteceu com Jacques foi uma tragédia terrível para todos nós. Fico muito feliz por tê-la conosco agora, todos nós aqui ficamos – Raven ajeitou-se em uma cadeira. A luz do dia estava começando a exercer sua influência em seu corpo de grávida.

Shea inclinou-se na cama e estudou Raven. Era uma bela mulher, um pouco pálida, com olhos de uma cor incomum, uma mistura de azul e violeta.

– Jacques ainda está bastante doente. Está lutando para se lembrar de sua vida. É difícil. Eu me preocupo com ele... Ele não acredita na própria sanidade. Há um tormento enorme dentro dele.

Shea? Você precisa de mim? A voz de Jacques era clara na mente dela. Ele estava ansioso, como se estivesse lendo os pensamentos de sua companheira.

Shea percebeu que Jacques era incapaz de deixá-la completamente. Ela devia se sentir ressentida, presa, mas a verdade é que sentia-se segura. Já estava se acostumando com a proximidade existente entre eles.

Estou bem, Jacques. Cuide-se.

A sensação de poder conversar através do tempo e do espaço, de poder tocá-lo sempre que quisesse ou precisasse, de ele saber quando ela estava em perigo era entusiasmante.

Shea observou Raven e, percebendo a respiração descompassada dela, automaticamente foi tomar seu pulso. Raven riu e afastou-se.

– Meu marido está sendo impertinente. Ele gosta de me fazer pensar nele enquanto está longe. Eu estou bem. Eles deixam a gente louca, mas são sempre muito intrigantes e muito divertidos. O que é ótimo, considerando que têm muito tempo de vida. Não seria um inferno ficar presa durante séculos a alguém incrivelmente entediante?

– Quão perigoso é o médico?

Raven inspirou profundamente.

– A verdade é que Gregori é o mais perigoso de todos os Cárpatos. Mikhail acredita que Gregori seja mais poderoso do que ele, e isso quer dizer muito. Ele sabe coisas, sabe muito mais do que qualquer outro. Mikhail teme por ele o tempo todo. Se ele se transformar em vampiro, todos estaremos correndo um enorme risco. Mikhail o ama. Nós dois o amamos. É por isso que decidimos tentar ter uma filha agora, e não no futuro. Para gerar uma companheira para ele. Cárpatos já não têm mais filhas... Ninguém sabe o porquê, mas as crianças que nascem raramente sobrevivem ao primeiro ano de vida. Mikhail e Gregori acreditam que uma companheira humana talvez possa gerar uma mulher para eles, e acho que eles estão certos, já que Gregori diz que esta criança é uma garota. Ele saberia.

– É por isso que meu pai queria tanto uma filha mulher. Minha mãe nunca teve a oportunidade de lhe contar que estava grávida, mas em seu diário ela dizia que ele ficou desapontado quando Noelle deu à luz um filho homem.

– Conheci seu pai rapidamente – contou Raven com um tom suave. – Ele estava muito perturbado com o assassinato de Noelle. Queria caçar os assassinos, mas Mikhail disse-lhe que era perigoso demais, que ele estava envolvido demais. Rand foi colocado para dormir por vários anos.

– Ele simplesmente dormiu? – Shea sentia-se furiosa, embora não soubesse exatamente por quê. Pensar em um homem dormindo enquanto a esposa tinha sido assassinada, deixando a amante grávida e sozinha e outra pessoa cuidando de seu filho deixava-a furiosa. Ela tinha a sensação de que não gostaria muito de seu pai, se o conhecesse.

– Você precisa entender esse povo, Shea, o tipo de poder que eles têm, o tipo de destruição que podem causar. Eles podem controlar a terra, causar um terremoto capaz de destruir cidades inteiras. Controle é uma questão fundamental para eles, o tempo todo. Alguém como Gregori é uma bomba-relógio. Ele sabe disso, Mikhail sabe disso, todos nós sabemos. Rand estava tão perturbado que era perigoso para todos à sua volta. Mikhail fez o que achava certo para proteger humanos e Cárpatos. Rand obedeceu porque Mikhail é o líder escolhido por eles. Ele nunca pareceu muito apegado a ninguém, muito menos ao filho. Até mesmo agora, ele é um solitário, é raramente visto. Passa a maior parte do tempo na terra.

– E Rand se recusou a falar sobre minha mãe para qualquer pessoa – disse Shea com um tom amargurado. – A vida dela foi destruída. Ele poderia ter evitado isso.

– Sinto muito. Deve ter sido terrível para você. Se sua mãe fosse a verdadeira companheira de Rand, então ela não teria conseguido viver sem ele. Existe uma ligação entre as almas – Raven suspirou, desviando o olhar do desgosto estampado no rosto de Shea. – Noelle não era a verdadeira companheira de Rand. Eu gostaria de pensar que ela o amava, mas, pelo que se relata, ela simplesmente era obcecada por ele. Não tenho ideia do motivo que levou Rand a continuar naquela relação. Noelle foi uma mulher tola por não ter esperado para encontrar seu verdadeiro companheiro. Rand é um homem muito bonito, e ela confundiu luxúria com amor.

– Desde a primeira vez em que li o diário de minha mãe, tenho vontade de dizer a Rand que ele não passa de um verme. E eu não quero sentir por Jacques o que minha mãe sentia pelo meu pai. Não a ponto de negligenciar uma criança, viver como se já estivesse morta, apenas esperando que meu filho tivesse idade suficiente para cuidar de si mesmo.

– Nem todo mundo é forte, Shea – Raven falava com uma voz gentil. – Veja quanto tempo Gregori viveu sem uma companheira. Mikhail e Jacques, Aidan e seu irmão Julian, todos eles viveram muito mais do que os outros. São muitos os que se transformaram ao longo dos anos, que não foram fortes o suficiente para se manterem firmes. Por quê? Por que Gregori conseguiu e esse vampiro não? O que aconteceu com sua mãe não vai necessariamente acontecer com você, afinal, vocês não são a mesma pessoa. Você é muito forte. E sua mãe não tinha como saber o que estava acontecendo com ela.

Shea atravessou a sala, subitamente sentindo-se agitada. Aquela conversa estava lhe dando um nó no estômago. Será que Gregori era realmente capaz de criar um terremoto que poderia destruir cidades? Manter a criança que ainda não tinha nascido segura era ainda mais importante do que Shea pensava. Centenas, talvez milhares de vidas dependiam daquilo. Era isso que Gregori estava tentando lhe dizer. Ele precisava daquela criança para sobreviver sem se transformar em um vampiro.

– Sinto muito, Shea, mas você foi arremessada em águas profundas e recebeu ordens para nadar sem ter direito a uma aula de natação. Eu gostaria de poder ajudá-la – disse Raven calmamente.

– Sinto medo há tanto tempo que já desconheço outra forma de viver – confessou Shea. – Jacques depende de mim para manter a sanidade e agora tudo isso está acontecendo. Espero que você esteja certa, Raven. Espero que eu seja forte como você diz.

Capítulo 13

Jacques chegou ao limite do gramado e então cruzou a linha de árvores para encontrar Mikhail caminhando cautelosamente por um caminho de terra.

– Armadilhas para lobos – disse laconicamente. Em seguida, continuou sua inspeção.

– Cuidado com os fios pequenos, talvez invisíveis para nossos olhos. Acredito que ele consiga fazer alguma coisa para esconder os fios de nós. – Jacques avisou.

A silhueta de Gregori brilhou, e ele logo solidificou-se. Ficou parado, inspirando o ar da manhã.

– Isso é uma armadilha gigante, meus amigos. E estou muito desconfortável com a ideia de haver apenas um humano com Byron.

– Isso se Byron estiver lá dentro... – acrescentou Jacques. – Onde estão os outros?

– O vampiro deve estar debaixo da terra, protegido do sol – comentou Mikhail. – Ele jamais poderia ver a luz do sol depois de ter se transformado.

– Então onde está o parceiro do humano? – Jacques perguntou em voz alta.

Mikhail encolheu os ombros, desconfortável:

– Sugiro que nos aproximemos em silêncio e invisíveis aos olhos humanos.

– Acho melhor seguirmos caminhos diferentes para que possamos ajudar um ao outro caso seja necessário.

– O fio – a voz de Gregori era um mero sinal de som. – O fio está entrecortando todo o gramado em várias alturas. É um instrumento fino, que se parece com um terrível garrote e que tem como objetivo cortar nossas gargantas. Está posicionado para nos cortar em muitos lugares, o que pode nos enfraquecer. É claro que nem pensaram nos outros humanos ou animais que poderiam passar por aqui.

– Ah, sim. Agora eu os vejo. Muito inteligente esse vampiro – comentou Mikhail. – Eles estão nos esperando, mas acho que não antes do anoitecer. Talvez os amigos humanos tenham ido buscar suprimentos, pensando que teriam o dia inteiro para atormentar Byron sem medo de serem interrompidos.

– Não sei, Mikhail. Alguma coisa aqui me deixa bastante desconfortável – alertou Gregori. – Tem algo errado.

– Também sinto isso – concordou Jacques. – Mesmo assim, não sei explicar exatamente o que estou sentindo. É como se tudo isso tivesse sido organizado previamente e nós estivéssemos andando em uma teia de aranha. Conheço este lugar. Posso sentir a dor e o tormento como se tudo estivesse se repetindo – e Jacques realmente sentia. Seu interior se remoía e seu coração estava acelerado. Era difícil manter uma aparência de calma quando sua pele formigava e a dor o invadia, destruindo-lhe a mente de tal forma que ele já não sabia o que era real e o que era parte de um pesadelo infinito.

– Talvez você esteja sentindo a dor de Byron – sugeriu Mikhail, preocupado. O rosto de Jacques permanecia frio, mas as linhas em sua pele marcaram-se ainda mais e o sangue brotou em sua testa.

Jacques, você está sentindo dor? Eu vou até aí. A voz suave de Shea invadiu a mente de seu parceiro, captou fragmentos de pensamentos e tentou juntá-los. Shea era, como sempre, a única coisa que o ancorava à realidade.

Fique aí, mas permaneça ligada a mim, Shea. Estar tão perto deste lugar está me deixando desorientado. Preciso de você para continuar raciocinando.

Jacques sabia que estava implorando, mas não tinha outra escolha. Shea era sua companheira, e a presença dela em sua mente podia significar a diferença entre o sucesso e o fracasso naquela missão. Ele não queria ser o causador das mortes de outras pessoas.

Um sorriso amargurado brotou na boca sensual de Gregori. Seus olhos acinzentados não traziam nenhum sinal de humor, mas sim uma luz penetrante e perigosa.

– Eles querem nos capturar, Mikhail. Nós, os dois Cárpatos mais poderosos. Acho que estão precisando de uma verdadeira demonstração de poder.

Jacques olhou desconfortavelmente para Mikhail. Talvez fosse a forma como seu corpo se lembrava de cada queimadura, de cada golpe. Com o tempo, a dor tornou-se mais intensa, se é que isso era possível. Diferentemente de um vampiro, um Cárpato era capaz de sentir sensações extremas. Jacques tinha sofrido o que nenhum homem, humano ou Cárpato, deveria enfrentar. E isso sequer fora feito em nome da ciência, mas apenas por causa de um sádico que queria infligir-lhe o máximo de dor possível.

Volte, Jacques. Foi um erro você ter ido. Foi um erro eu ter insistido para que você acompanhasse Mikhail e Gregori. Volte. A voz de Shea estava carregada de preocupação.

Não posso. Não posso deixar Byron sofrer o que sofri.

Posso sentir sua dor, Jacques. Você está com muita dificuldade para se concentrar no que está fazendo. Sua mente está muito fragmentada. Quão útil você vai ser para Byron se você for pego? Volte para mim.

Vou tirá-lo daqui. Apenas fique comigo, Shea.

Jacques concentrou-se nela, manteve o calor e a força dela na mente para poder lutar contra a dor cada vez mais forte. O chão parecia girar debaixo de seus pés; a chuva caía violentamente sobre sua pele, chamuscando-a a ponto de fazê-lo sentir o cheiro de queimado. Cortes abriram-se e sangravam livremente. Jacques olhou para o peito enquanto a dor o assolava, rasgando cada músculo, quebrando cada osso. Sua garganta fechou-se; respirar tornou-se impossível. Seu coração bateu violentamente até parecer prestes a explodir.

– Jacques! – Gregori agarrou o braço dele. – Isso é parte da armadilha que foi criada especialmente para você. O vampiro sabia que você viria, e você está preso na teia. Ele está amplificando seus medos e a dor que você sofreu. Ele não está aqui, isso é apenas uma ilusão na qual você está preso. Não é real. Lute para se livrar disso.

– Não entendo... – gotículas escarlate espalhavam-se pelo corpo de Jacques, manchando sua blusa. Seus olhos estavam acesos com dor e loucura.

Eu entendo. Shea repassou a informação na mente dele. Ela o envolveu no calor de seu amor. *Sinta a minha presença, Jacques. Concentre-se apenas em mim e no que você sente quando nós nos tocamos, quando nós nos beijamos.* Ela visualizou aquilo em sua cabeça, visualizou Jacques abraçando-a possessiva e carinhosamente. A boca de Jacques encontrando-se com a sua, saciando-se com um beijo. A forma como ela se sentia, quente e macia com aquele calor, querendo e precisando dele. A boca de Shea estava tão sedenta quanto a de Jacques. Ela passou os dedos pelas espessas mechas de cabelo dele. *Sinta a minha presença, Jacques.* O sussurro correu pela pele dele como o toque dos dedos dela.

Jacques estreitou os olhos até bloquear tudo, exceto o cheiro e o sabor de Shea, o seu toque, sua voz suave e sensual. Ela transformou-se no mundo dele; ela era o mundo dele, sempre seria. Nada mais era real. Shea era seu coração e seu ar. A respiração dela conseguiu regular a dele. O coração dela trouxe os batimentos dele de volta ao normal. A pele de Jacques estava queimando, mas agora com uma fome sensual, e não com a dor da tortura.

A respiração de Shea parecia aquecer seu ouvido, sua mente.

Eu te amo, Jacques. Faça o que você tem que fazer e, em seguida, volte correndo para mim. Ela soltou-o, relutante, deixando o calor de seu amor para trás.

Jacques sacudiu a cabeça para forçar-se de volta ao presente. Quase instantaneamente a terra movimentou-se debaixo de seus pés e a dor tentou acometê-lo. No entanto, ele não cairia duas vezes na mesma armadilha. Jacques lançou-se para frente, concentrando-se no sabor da boca de Shea, na curva do quadril dela em sua mão, na forma como os olhos dela se acendiam diante dele, ele se forçou para fora da armadilha, em direção à terra aberta.

– Muito bom – aprovou Gregori. – Mas esse sequestrador é muito competente. Sinto-me desconfortável com a forma como as coisas estão acontecendo, Mikhail. Vamos sobrevoar os fios e nos aproximar em diferentes direções. Eu vou primeiro. Nosso povo não suportaria perder um de vocês.

– Gregori, se a criança for sua companheira e você fizer alguma coisa sem pensar, estará condenando-a a morrer. Tenha isso em mente quando a loucura começar a tomar conta – Mikhail lembrou-o discretamente.

Gregori encarou o velho amigo.

– Você acha mesmo que eu arriscaria feri-la de alguma forma? Esperei várias vidas por ela. Esses humanos não são nada. Eles têm atormentado nosso povo há muito tempo. Quero que isso chegue logo ao fim.

Mikhail assentiu. Seus olhos eram negros, gelados como os de seu irmão.

– Você está disposto a fazer isso, Jacques?

O sorriso de Jacques não ostentava humor, mas uma promessa de retaliação.

– Não se preocupem comigo. Não vejo a hora de acabarmos logo com isso.

Mikhail suspirou e brincou:

– Dois selvagens sedentos por sangue achando que estão na Idade das Trevas...

Jacques trocou um sorriso sombrio com Gregori.

– A Idade das Trevas não era tão ruim. Pelo menos a justiça podia ser feita e não tínhamos que nos preocupar com o que as mulheres pensariam...

– Vocês viraram dois molengas – resmungou Gregori. – Não é de se espantar que nosso povo enfrente esse tipo de problema. As mulheres estão governando e vocês dois são idiotas apaixonados que seguem o que elas dizem.

A forma sólida de Jacques começou a brilhar e, em seguida, ficou transparente.

– Vamos ver quem é o molenga, doutor.

O corpo de Jacques então desapareceu completamente.

Mikhail olhou para Gregori, deu de ombros e fez a mesma coisa. Ele não gostava de nada daquilo. Gregori era uma bomba-relógio prestes a explodir. E só Deus sabe do que Jacques seria capaz. Aquele parecia ser o pior momento possível para enfrentar o inimigo e, para piorar, eles ainda estavam enfraquecidos pela luz do dia.

Gregori esperou até que Mikhail e Jacques tivessem desaparecido antes de permitir que seu corpo se desfizesse. Lançou-se na direção do céu e estremeceu quando a luz do sol, penetrando por entre as nuvens escuras, bateu contra seu olho, fazendo-o praguejar em silêncio. Raven estava sozinha com uma mulher que não sabia quase nada sobre as capacidades de seu povo. Ela estava muito fraca. A criança era a única esperança para ele, e resgatar um Cárpato prestes a se transformar era uma idiotice. Alguns anos mais tarde, Gregori estaria caçando-o.

Jacques movimentou-se pelo gramado, bem acima dos fios que agora brilhavam, com a água dançando como gotículas de cristal. Ele movia-se lentamente em volta das ruínas obscurecidas, em círculo, buscando a entrada escondida no chão. E sentia-se incomodado por não saber exatamente onde a entrada ficava. Incomodava-se com a possibilidade de os outros encontrarem-na antes dele. Aquilo o fazia se sentir um homem adoentado, um completo incompetente.

Um riso suave fez uma onda de calor correr pelo corpo de Jacques.

Desde quando você é incompetente? Você me deixou louca quando estava deitado, supostamente desamparado, na cama. A primeira vez que me beijou, esqueci meu próprio nome. Acho que isso não é incompetência...

Jacques percebeu que a tensão em seu corpo estava se desfazendo. Shea sabia fazer isso com apenas o som de seu sorriso, seu calor.

Estou procurando a entrada do porão. O chão parece estar completamente intocado.

Quando atravessei o gramado e me aproximei da área queimada, a lareira de pedra estava à minha direita. Eu a contornei pelo lado direito. A porta estava enterrada no chão. Eu não conseguia vê-la, mas a senti com minha mão. Lembro que a lareira estava a mais ou menos dez metros à direita.

Obrigado, ruivinha. Jacques agachou-se na chuva e passou a mão pelo solo enlameado.

– Há algo do outro lado – Mikhail disse com um tom suave, enquanto seus olhos buscavam alguma armadilha escondida. Seu corpo pairava por sobre a área enquanto ele examinava o chão. – Há marcas no solo, como se um galho tivesse sido arrastado por ali. Terra e rochas foram espalhadas pelo local.

– Não toque ali! – Jacques ordenou duramente. – A lareira deve estar à sua direita e mais para frente.

– Você se lembra de tudo isso? – perguntou Gregori, cético.

– Shea se lembra. Deve ser outra armadilha. A chuva teria removido essas marcas.

– Eles não tiveram muito tempo para criar armadilhas – observou Mikhail. – Byron foi levado há não mais de uma hora, quando muito.

– Talvez estejamos subestimando este vampiro, Mikhail. Eu poderia criar essas armadilhas e você também. Aidan e Julian conseguiriam; Jacques também, sem dúvida. Quem mais acreditamos ter esse tipo de poder? – Gregori perguntou com um tom suave.

– Há poucos com mais de 600 anos – disse Mikhail.

– Talvez seja um crime ligado ao ódio, mais do que à idade – arriscou Jacques. – O que fizeram comigo foi feito com a ideia de causar o máximo possível de sofrimento antes de me matarem. Isso é um crime de ódio, de vingança.

Gregori e Mikhail trocaram um olhar rápido de entendimento.

– É claro, você deve estar certo, Jacques – concordou Mikhail, como se falasse em nome dos dois anciãos. – Um vampiro nos evitaria, não tentaria nos levar até ele. Então, quem você detestava tanto a ponto de gerar todo esse ódio?

Jacques encolheu os ombros calmamente. Seu ódio era profundo e latente, uma raiva tão arraigada que ele sabia que a fera tomaria conta dele assim que ele encontrasse os envolvidos em sua tortura e em seu aprisionamento. Quem quer que o detestasse tanto tinha criado um sentimento semelhante nele, um ódio que ultrapassava o ódio que o vampiro devia sentir.

– Você sabe mais do meu passado do que eu, mas isso não importa, contanto que ele acredite que eu o enganei – disse Jacques. – Aqui. A porta fica aqui.

– O humano está cochilando – Mikhail sondou com cuidado a mente do homem antes de entrar. – Ele está totalmente convencido de que não será perturbado.

Gregori também estava sondando o homem.

– Não gosto nada disso, Mikhail. Parece simples demais. O vampiro sabe que podemos nos deslocar nas primeiras horas da manhã. Nossos poderes podem não estar totalmente fortalecidos, mas mesmo mais fracos podemos acabar facilmente com um humano.

– Fique fora da vista, Gregori. Fique na retaguarda – avisou Mikhail. – Vou instruir o humano a abrir o porão e nos deixar entrar. Jacques e eu vamos ver se há alguma armadilha.

– Jacques e eu entraremos, Mikhail. Não podemos arriscar sua vida, você sabe disso – Gregori não esperou uma resposta.

O curandeiro tinha passado a maior parte de sua vida cuidando de Mikhail, o propagador da justiça entre seu povo. Mesmo com sua companheira tão perto de existir, Gregori não fugiria de sua obrigação.

Apossou-se facilmente da mente do humano, exigindo informações.

*

Jeff Smith acordou bruscamente, com dor de cabeça. O desconforto tomava conta de sua alma. Em sua mente, havia algo que não lhe pertencia, algo poderoso que buscava todos os detalhes dos últimos dias, insistindo que ele repassasse cada instante das últimas horas. Tentou resistir, mas aquela coisa era forte demais para ser ignorada. O vampiro trazendo o Cárpato paralisado, Donnie queimando e cortando a vítima, Slovensky rindo e incitando-o. O vampiro parado, sem emoção, observando com olhos abertos e deixando Jeff sinceramente assustado, Donnie e Slovensky saindo em busca de suprimentos, sussurrando entre si e falando com o vampiro.

O vampiro garantiu que ninguém seria capaz de encontrá-los; seus feitiços salvaguardariam o calabouço improvisado até o cair da noite. Os outros vampiros estariam presos debaixo da terra até a noite. Jeff estava seguro e podia atormentar a vítima o quanto quisesse. Smith queria a mulher, a médica dos cabelos vermelhos. Tinha pensamentos deliciosos do que faria com ela durante as longas horas que passariam ali.

Jacques emitiu um ruído, mas era um ruído apenas mental. E imediatamente quebrou totalmente o contato com Shea. Assim, ela não podia testemunhar o demônio crescendo dentro dele. As presas já explodiam para fora de sua boca e uma nuvem vermelha, violenta e com intenções assassinas tomava conta de sua mente. Um rosnado grave, de aviso, escapou-lhe. E então Jacques sibilou para Gregori, para avisá-lo daquela vontade violenta de matar.

Mikhail apressou-se para deter o irmão.

– Precisamos desse homem vivo. Por enquanto.

Gregori colocou-se firmemente entre os dois irmãos, e logo reconheceu que a mente destruída de Jacques estava focada em apenas uma coisa.

Não tente interferir, Mikhail. Ele vai acabar atacando você. Ele não está totalmente curado e é muito perigoso. Não conseguimos controlar Jacques e ele quebrou o contato com a mulher. Ela é a única coisa que o prende à realidade. Não podemos salvar esse humano.

Gregori deu de ombros, como se estivesse dizendo que aquilo não importava para ele. E realmente não importava. Se Mikhail não estivesse com eles, Gregori já teria feito justiça com as próprias mãos.

Smith sentiu alguma coisa prender-se com mais firmeza à sua mente. Aquilo não era igual à exigência por informações que o acometeu. Era um ataque vindo de um ser estranho, uma pegada de aço que parecia estar prestes a esmagar seu o crânio. Smith gritou e virou-se para olhar o homem ferido à sua frente, aparentemente desamparado. Os olhos abertos encaravam-no cheios de dor e maldade. No entanto, a vítima ali deitada parecia estar perto da morte. O vampiro tinha assegurado a Jeff que a vítima estava com o corpo e a mente quase paralisados – ou seja, poderia sentir as dores que lhe infligissem, mas não gritaria por ajuda, chamando os outros de sua espécie, e tampouco seria capaz de ferir humanos.

Smith pegou uma faca, ainda vermelha com o sangue da vítima, e deu um passo para frente, em direção ao caixão ensanguentado. No mesmo instante, foi lançado contra a parede por uma força invisível, e a faca virou-se na direção dele. Gritando, soltou a arma. Sua cabeça zunia de dor. Fosse o que fosse, aquilo estava do lado de fora, exigindo que abrisse a porta. Smith bateu as mãos na cabeça, tentando resistir à compulsão de obedecer, mas seus pés já estavam se movimentando, obedecendo ao ditador invisível.

A criatura rosnou, impaciente, e aplicou mais força. Jeff sabia que estaria deixando sua própria morte entrar no momento em que subia as escadas estragadas em direção à pesada porta. Cada passo trazia aqueles dentes afiados como navalhas para mais e mais perto de sua garganta. No entanto, ele não conseguia se conter. A criatura enviava uma imagem clara para o cérebro dele; ele simplesmente não conseguia se conter. Quando se deu conta, sua mão já estava na porta. Ele empurrou-a.

A porta de madeira explodiu para cima e duas mãos que mais se pareciam com garras prenderam-no, puxando-o em direção à chuva. Trovões estouraram e um raio atingiu uma árvore, dividindo-a em duas partes e emitindo um estrondo ensurdecedor. Uma chuva de faíscas teve início. A terra desapareceu quando Jeff foi lançado na direção do céu. Ele reconhecia o rosto agora... O rosto do homem que ele tinha torturado por dias. O rosto do homem que Jeff tinha propositalmente enterrado vivo sete anos atrás.

Aqueles olhos negros tinham-lhe prometido a morte, tinham-no assombrado por anos, e agora eram uma mistura de gelo e fogo, contornados por um vermelho infernal. Os dentes brilhavam brancos, afiados e molhados. Jeff tentou lutar quando uma respiração quente queimou seu pescoço. Sentiu os dentes rasgando sua carne, expondo sua jugular. Um líquido morno correu por seu peito e, quando olhou para baixo, viu que era seu próprio sangue. A criatura estava consumindo-o enquanto seu coração tentava mantê-lo vivo e sua mente gritava implorando por mais uma chance.

Por toda a sua volta, os fantasmas das mulheres que ele tinha estuprado e matado, os homens que Donnie tinha encorajado a torturar – tudo isso flutuava em sua mente. A chuva batia em seu rosto erguido. A criatura lançou-o contra a lama, produzindo um barulho assustador. Jeff se contorceu, tentou se arrastar, virou a cabeça e viu um lobo se aproximando, atravessando a linha das árvores. Tentou emitir algum som, mas apenas um chiado ofegante lhe escapou.

Jacques agachou-se e olhou aquele homem nos olhos. Era um olhar desprovido de emoção, que analisava as profundezas dos olhos vidrados de Jeff Smith.

Você vai para o inferno. É lá que você merece estar, humano – sussurrou com desdém na mente do homem que morria.

Jacques ficou agachado ao lado dele. Chamas vermelhas queimavam em seus olhos; o demônio dentro de si rugia, sedento por vingança. Jacques sabia que Byron estava preso no porão, que aquele humano e seus amigos tinham-no torturado da mesma forma que ele mesmo fora torturado anos antes. Adrenalina e poder corriam por todo o seu corpo.

Mikhail andava nervosamente de um lado para o outro. Jacques era mais animal do que homem e agia com o instinto de um predador. Rosnados graves passavam continuamente por sua garganta, algo que Mikhail tinha certeza de que o irmão sequer se dava conta.

Jacques inclinou-se mais, agarrou a blusa manchada de sangue de Smith e puxou-o para mais perto. A necessidade de vê-lo morrer era cada vez mais forte.

O grito foi selvagem e violento. Cada palavra que Shea tinha dito sobre aquele homem e seu comparsa e o que eles tinham prometido fazer com ela ecoavam em sua mente. A necessidade do macho Cárpato de proteger sua companheira e a fome por vingança impulsionavam-no, fazendo-o desfrutar cada instante enquanto acabava com aquela vida.

Mikhail conseguia ver a vontade de guerra crescer dentro de Jacques. Se ele bebesse o sangue daquele humano, no futuro seria complicado conviver com a necessidade de tomar o sangue da vítima depois de um assassinato. Gregori e ele já tinham feito aquilo; era viciante e perigoso. No estado em que Jacques estava, poderia causar danos irremediáveis. Mikhail aproximou-se com cuidado:

– Jacques, não faça isso. Você só tem a perder.

Jacques virou-se para ele, com os dentes à mostra. Um rosnado de aviso fez Gregori novamente colocar seu corpo entre eles.

– Deixe-o, Mikhail. Se ele matar e consumir o resto do sangue desse idiota, bem, isso é o mínimo que eles devem a ele. Jacques não é mais uma criança que você precisa proteger.

Mikhail blasfemou, furioso com Gregori por ele não estar dando a devida atenção ao problema. Muitos de sua espécie tinham se perdido durante momentos como aquele. Mikhail pensou ter perdido Jacques uma vez, não queria sentir aquilo novamente. Ele também conhecia Gregori suficientemente bem para saber que, se quisesse impedir Jacques, teria de atravessar o corpo do curandeiro, posicionado entre eles. Gregori acreditava que Jacques era um perigo para todos eles. Com um suspiro, Mikhail resignou-se, aceitando o inevitável.

O ancião observou enquanto Mikhail acalmava-se e direcionava sua atenção a Jacques, simplesmente esperando a decisão dele.

Jacques sentiu o cheiro convidativo do sangue. Sua fome já tinha sido saciada, mas o sabor do medo e da adrenalina, e a necessidade de vingança... Tudo isso ainda o queimava por dentro. A sensação o consumia, ainda que ele sentisse um vento frio e leve – era Shea ancorando-o à realidade. Seu corpo estremeceu com a necessidade de beber sangue enquanto matava, com a necessidade de sentir a vida deixar aquele homem. Relutante, ele permitiu que a blusa de sua vítima deslizasse para fora de seu alcance.

Jeff Smith poderia morrer em paz. Jacques tinha renunciado ao poder de matá-lo. Respirou profunda e lentamente e, em seguida, distanciou-se do corpo destruído. Observou à distância os lobos aproximarem-se da vítima. Ele havia se libertado do demônio e estava lutando para recuperar o controle. Foram necessários longos momentos antes de, finalmente, conseguir enxergar os dois Cárpatos como amigos, e não inimigos.

Gregori assentiu para ele, então virou-se e entrou com cautela no porão, inspirando aquele ar velho, atento para não cair em nenhuma armadilha oculta.

O local cheirava a sangue, medo e suor – tudo misturado ao terrível fedor de carne queimada. Byron estava deitado em um caixão manchado de sangue; seu corpo trazia milhares de cortes, queimaduras e feridas em carne viva. Seus olhos encontraram-se com os de Gregori imediatamente, ansiosos e desesperados. Gregori tentou alcançá-lo pelo caminho comumente usado pelos Cárpatos, mas a mente de Byron estava congelada. Era impossível para ele se movimentar ou se comunicar. No entanto, a julgar pelo desespero estampado em seus olhos, Gregori passou a considerar o perigo que aquele porão perigoso representava para os membros de sua espécie.

Jacques entrou desconfortavelmente no local da morte; o fedor o deixou enjoado. Recebeu o aviso que Gregori silenciosamente lhe enviara e não se aproximou do corpo no caixão. Aquilo parecia simples demais. O vampiro sabia que eles viriam e Jeff Smith devia ter sido sacrificado. Os outros dois humanos também provavelmente sabiam disso.

O que você acha? Gregori queria saber.

Jacques teve de lutar para se manter sob controle. Seu corpo tremia continuamente e a necessidade de matar ainda queimava dentro dele com força. Era difícil pensar ou se concentrar. Estava ciente dos lobos do lado de fora e da alegria que eles sentiam; sentiu-se conectado àquele estilo de vida simples dos lobos. Os animais chamavam-no para se unir a eles, para caçar e alimentar-se com eles.

O que você acha, Jacques?, Gregori usou propositalmente o nome de Jacques, buscando afastá-lo daquela necessidade de se tornar um selvagem, de caçar e matar e ser realmente livre.

Alguma coisa não está certa. Jacques não tinha ideia do que era, mas tinha certeza de que ali havia um perigo escondido.

Os olhos de Byron estavam eloquentes, tentando desesperadamente comunicar algo. Conforme Gregori se aproximava, Byron parecia mais agitado. O sangue escorria de seus ferimentos.

– Fique calmo, Byron. Durma. Não vamos cair em nenhuma armadilha. Mikhail está esperando lá fora. Estamos em três – a voz de Gregori tinha o tom perfeito, puro e relaxante. – Durma, diminua o ritmo do seu coração e permita que seu corpo hiberne. Vou levá-lo para um lugar seguro onde você possa se curar. Meu sangue é poderoso. Você vai se curar rapidamente.

Mais sangue saía à medida que Byron ficava mais chateado. A voz de Gregori era tão suave quanto o vento e a água e a própria terra, acalmando Byron.

– Jacques trocou sangue com você muitas vezes. Ele pode fazê-lo novamente se você preferir salvaguardar seu pacto com ele. Não tema por nós. Não há nenhuma armadilha que um vampiro possa criar que eu não consiga desvendar. Durma agora, e deixe-nos tomar conta de tudo – o tom era de comando.

Embora fosse impossível controlar a mente de Byron, aquela voz fazia quem a ouvisse querer cooperar. Byron estava tão exausto e destruído pela dor que sentiu sua consciência desaparecer lentamente. Era como se sua vida fosse sugada, e ele não conseguia contar para os amigos os planos monstruosos e diabólicos que o vampiro tinha esboçado enquanto ele estava ali, deitado e indefeso. A única coisa que podia esperar era que eles descobrissem em tempo. Então, paralisou o coração para interromper a perda de sangue. Seus pulmões trabalharam por um momento mais e, um pouco depois, com um leve suspiro, também pararam. Byron ficou deitado, como se estivesse morto.

Gregori expirou um ar de alívio.

– Eu estava sentindo a dor dele.

– Já senti essa dor antes – respondeu sombriamente Jacques. – Ele está melhor assim, sem sentir ou saber de nada até que possamos cuidar de suas feridas.

– Ele não quer o meu sangue – apontou Gregori em seu característico tom suave e calmo. Nada o abalava; nada o tornava emocional. Ele matava ou curava com a mesma calma que usava ao falar.

– Estou ciente de que fiz um pacto com ele. E vou honrar esse pacto – afirmou Jacques. – Vamos encontrar logo essa armadilha para que possamos levá-lo daqui. Este lugar é horrível.

Gregori estava examinando o caixão, procurando por fios escondidos ou algum tipo de bomba. Correu a mão cuidadosamente pelo exterior da caixa de madeira.

– O humano que foi deixado aqui não sabia de nada. Ele era dispensável. Deve haver uma armadilha em algum lugar por aqui... – com muito cuidado, Gregori inspecionou o corpo deitado, completamente paralisado. – Ele está muito mal, devia ter se forçado a dormir imediatamente, para se poupar. Deve ter tido vontade de morrer rápido, mas provavelmente sabia que eles estavam nos esperando e quis nos avisar. Seja qual for a resposta, o dia está passando e devemos levá-lo para uma caverna onde possamos oferecer sangue e a terra terapêutica de que tanto precisa.

– Afaste-se, Gregori, e permita que eu o levante. Ele é meu amigo, embora eu não me lembre dele. Não posso fazer nada que não seja honrar meu compromisso com ele.

– Vá devagar, Jacques. A bomba, se houver uma, deve estar debaixo dele – em vez de se afastar, Gregori aproximou-se para poder ele mesmo segurar qualquer coisa que parecesse perigosa e eliminá-la, se assim fosse necessário.

Apresse-se, Gregori. A luz está ficando mais forte e eu estou me sentindo mais fraco, instruiu Mikhail do lado de fora.

Com muito cuidado, Jacques correu a mão por debaixo do corpo de Byron, varrendo o local lenta e atentamente, como se a luz da manhã não estivesse afetando nenhum deles. O cheiro de sangue agredia suas narinas e o fedor de carne queimada fazia seu estômago revirar. Perto do quadril de Byron, Jacques sentiu algo:

– Está aqui, Gregori! Um arame, afiado como uma navalha. Está cortando meu pulso. Você consegue ver? Não vou me atrever a realizar qualquer movimento até sabermos se este arame está ligado a algum tipo de explosivo.

Gregori agachou-se para examinar o tal arame.

– Uma bomba tosca, totalmente sem sentido. O vampiro sabe que posso desmontar isso facilmente.

– Talvez este seja um presente dos dois humanos. Afinal, parece uma armadilha bastante humana – comentou Jacques, esperando pacientemente enquanto Gregori resolvia o problema. O poderoso curandeiro podia aguentar o peso do corpo de Byron com apenas uma mão, sem sequer sentir que estava fazendo esforço. – Há um segundo dispositivo ou algo assim? Talvez o primeiro fosse apenas uma simulação.

Gregori estava mais do que desconfortável agora. Ele era um mestre quando o assunto era descobrir armadilhas. E aquele plano era elaborado demais para ter sido criado em uma hora... Não, aquilo tudo havia sido planejado há muito tempo. Alguém tinha esperado a oportunidade surgir para só então colocar o plano em prática. Com qual propósito? Mikhail também sentia-se desconfortável, assim como Jacques. Alguma coisa ali estava muito errada, mas o que seria? Confuso, examinou o dispositivo novamente, sem querer deixar passar nada.

Capítulo 14

Pela janela do chalé, Shea observava a forte chuva; as gotas pareciam pequenos fios de prata caindo do céu cinzento. Sem nenhum motivo aparente, ela estremeceu e cruzou os braços para se proteger.

– Qual é o problema, Shea? – perguntou Raven com uma voz suave, sem querer alarmá-la.

– Jacques cortou totalmente o contato comigo – Shea engoliu em seco. Durante muito tempo ela esteve certa de que precisava se libertar daquele vínculo que os unia, mas agora que Jacques tinha cortado o contato, ela sentia como se não pudesse mais respirar.

– Não consigo entrar em contato com ele. Ele não permite.

Raven sentou-se e ajeitou o corpo. Seu rosto estava imóvel.

Mikhail?

Deixe-me sozinho por enquanto, ele ordenou. Raven temia pela sanidade de Jacques, temia o turbilhão da fúria violenta que tomou conta dos Cárpatos pouco antes de Mikhail desfazer o contato mental com ela. Raven limpou a garganta com cuidado, e então disse em voz alta:

– Às vezes eles querem nos proteger do lado mais cruel de suas vidas.

Shea virou-se para encará-la. Arqueou as sobrancelhas.

– De *suas* vidas? Não estamos ligadas a eles? Eles não fizeram algo que nos une a eles de tal maneira que não há como deixá-los? Não são apenas as vidas *deles*. Esses homens nos colocaram no meio de tudo isso, e agora não têm o direito de decidir o que podemos ou não saber.

Raven passou a mão pelos cabelos preto-azulados.

– Também me senti assim durante muito tempo... – suspirou. – A verdade é que ainda me sinto desse jeito. Mas continuamos julgando-os segundo nossos padrões humanos. Eles são uma espécie completamente diferente. São predadores e têm um ponto de vista totalmente diferente do que é certo e errado – passou a mão pelos cabelos novamente, franzindo a testa. – Eu gostaria de esperar para ter um filho, mas Mikhail tem percebido algumas mudanças em Gregori e sabemos que ele precisa ter esperança para conseguir continuar. Isso me preocupa, porque ainda tenho muito que aprender para me adaptar ao mundo deles.

Shea atravessou a sala e sentou-se em uma cadeira ao lado da cama de Raven. Ela pôde sentir o medo na voz da amiga, e algo dentro de si imediatamente respondeu:

– Pelo menos agora estamos em duas. Podemos nos unir contra eles.

Raven deu uma leve risada.

– Desde que estou com Mikhail, manter um mínimo de controle sobre minha própria vida tem sido uma luta constante. E sinto que isso vai piorar ainda mais por conta da gravidez.

– E claro, o médico vai ficar atrás de você o tempo todo – Shea ressaltou. – Ele é mais assustador do que o irmão de Jacques.

Raven suspirou.

– Queria poder dizer que não é verdade, mas vai ser horrível, realmente horrível. Enfim, não posso culpá-lo.

– Não entendi o que exatamente ele quis dizer, só entendi que devo cuidar muito bem de você.

Raven cruzou as pernas, de modo que agora estava sentada sobre uma delas.

– Cárpatos raramente têm filhas. Há algo que os impede de ter uma criança do sexo feminino no momento da concepção.

A mente de Shea imediatamente se concentrou nas informações.

– Poderia me falar mais sobre isso?

Raven prosseguiu:

– Cerca de 80% dos filhos que nascem são do sexo masculino. Ninguém sabe o motivo. E apenas 70% das gestações chegam ao fim. A maioria das mulheres sofre aborto, o que não ocorre necessariamente nos três primeiros meses, mas a qualquer momento.

Dos bebês que nascem, apenas alguns sobrevivem ao primeiro ano de idade. De novo, ninguém sabe o motivo. O último bebê do sexo feminino que sobreviveu nasceu há mais de 500 anos – Raven suspirou. – Os homens estão desesperados. Mikhail e Gregori têm uma teoria de que apenas mulheres humanas com verdadeiras habilidades sobrenaturais podem ser transformadas. Somente elas têm a química certa para se tornarem uma companheira. Mesmo que eles não estejam certos, podemos ter uma ideia do tamanho do problema. Sem mulheres e sem crianças, a espécie não poderá sobreviver. Os homens tornam-se vampiros porque não têm esperança.

– Talvez seja a forma que a própria natureza encontrou para controlar a população. Já que eles podem viver por muito tempo... – disse Shea, mais para si mesma do que para Raven.

– A espécie será extinta em breve se eles não descobrirem o que há de errado – lamentou Raven. – Gregori é um grande homem. Ele já fez muito por essa gente e sofreu durante muito tempo. Ele merece um destino melhor do que virar vampiro e ser odiado e temido pelo mundo. Por uma questão de respeito, Mikhail nunca permitiria que ninguém além dele mesmo caçasse e destruísse Gregori, ainda que isso lhe causasse muita dor. Mas não acho que alguém poderia destruir Gregori sozinho. Seria terrível para ele ser caçado pelo povo que ele protegeu e curou durante tanto tempo.

– Durante séculos, Gregori deve ter investigado o motivo pelo qual crianças do sexo feminino não nascem. Certamente deve ter encontrado uma razão depois de tanta pesquisa. No mínimo, ele tem algumas hipóteses.

Shea tentava criar sua própria hipótese. Sentiu vontade de conversar com Gregori para ter acesso a todas as informações que ele tinha reunido ao longo desses séculos.

– Com certeza ele se empenhou muito nessas pesquisas. Talvez isso ajude vocês dois a se unirem e discutirem sobre o assunto – sugeriu Raven diplomaticamente. – Mas você sabe, Shea, nenhuma informação a nosso respeito pode cair em mãos erradas. Qualquer tipo de documentação sobre nossa espécie pode ser perigosa. Para o bem do nosso povo, você precisa destruir tudo o que descobriu.

– Na verdade, Raven, minha pesquisa não envolvia informações sobre os Cárpatos. Nunca nem mesmo os considerei uma raça diferente. Eu procurava uma resposta para um distúrbio sanguíneo. Sabia que o povo dessa região vem sendo acusado de ser vampiro. Acredito que toda lenda tem um fundo de verdade, o que leva a crer que algo está acontecendo por aqui. Sinceramente, Raven, não há nada nos meus registros que indique a existência de uma espécie diferente de pessoas, com o tipo de poder exercido pelo povo dos Cárpatos. Tudo é puramente médico.

– Ainda assim é perigoso para nós. Se essas informações caírem nas mãos desses supostos cientistas, eles podem descobrir muitas coisas – Raven colocou a mão sobre o ombro de Shea. – Sinto muito, Shea. Sei que seus registros provavelmente representam anos de trabalho, mas, na verdade, este trabalho foi feito para você mesma e agora você tem as respostas para as suas perguntas.

– O trabalho foi feito para todas as outras pessoas que sofrem do mesmo distúrbio sanguíneo que eu.

– Não é um distúrbio sanguíneo e essas pessoas não precisam de cura. Elas são uma espécie totalmente distinta. Não são humanos, desenvolveram-se de modo a se tornar uma espécie muito eficiente. Essas pessoas trabalham duro e contribuem muito com a sociedade, mas jamais seriam aceitas pelos humanos. Se o que você quer é fazer uma investigação médica, então pesquise um problema real, como por exemplo o motivo de não conseguirmos levar uma gestação até o final. Por que nossos bebês morrem? Por que nossas mulheres não dão à luz crianças do sexo feminino? Esse seria um trabalho inestimável. Acredite, todos os Cárpatos ficariam eternamente gratos a você. Eu ficaria eternamente grata a você – Raven colocou as mãos sobre a barriga, em um gesto protetor. – Se eu conseguir levar esta gravidez adiante e dar à luz essa filha, não suportaria perdê-la depois do nascimento – subitamente, Raven sentou-se, circunspecta. – Tenho certeza de que você pode, Shea... Tenho certeza de que você conseguiria encontrar a resposta que todos nós procuramos. Aposto que você consegue.

– Fazer algo que Gregori não conseguiu fazer em todos esses anos? Duvido. Ele me parece bastante competente – Shea mostrava-se cética.

– Foi Gregori quem teve a ideia sobre as habilidades sobrenaturais das mulheres humanas, e estou certa de que ele tem razão. Você e sua mãe confirmam essa teoria. Ele também crê que há algo químico nas mulheres Cárpatos que torna quase impossível o cromossomo feminino ser mais forte que o masculino.

– Ah, e você não imaginou que ele culparia as mulheres?! – desdenhou Shea. – É mais provável que sejam os homens que determinam o sexo, assim como acontece com os humanos; talvez os Cárpatos simplesmente não possam gerar mulheres – Shea sorriu para Raven. – Ou seja, os homens estão causando sua própria destruição.

Raven sorriu.

– Mikhail jamais permitiria que eu voltasse a conversar com você se nos ouvisse. Ele já acha que sou muito independente e desrespeitosa – disse, ao que Shea deu de ombros, mostrando despreocupação. – É provável que seja verdade, mas é muito engraçado. Adoro quando ele adota aquele olhar triste dele. Ele é uma gracinha.

– Gracinha? Aposto que ele gosta de ser chamado assim... – ironizou Shea. Em seguida, levantou-se e começou a caminhar, impaciente. Sentia-se incomodada por não conseguir estabelecer contato com Jacques e não queria que Raven percebesse. Ele havia cortado o contato com ela há pouco tempo e ela já se sentia mal, desconfortável, mais do que apenas incomodada. Desejava o aconchego do toque mental de seu companheiro. – Talvez você esteja certa. Talvez eu deva destruir esses documentos. Detesto pensar na hipótese de que aquele ser asqueroso chamado Don Wallace possa encontrar uma maneira de utilizar meus estudos contra nós. Ele é um sociopata. Estou falando sério, Raven, ele é um doente!

Relutante, Shea começou a juntar os papéis e os levou até a lareira. Hesitou ao segurar seus cadernos. Ela tinha reunido uma enorme quantidade de informações sobre folclore, histórias verdadeiramente lindas, junto com dados científicos. Era horrível perder tudo aquilo. Respirou profundamente, jogou tudo na lareira, acendeu um fósforo e ateou fogo.

Teve de lutar contra as lágrimas. Elas pareciam queimar seus olhos e obstruir sua garganta, quase impedindo-a de respirar. Sentia não apenas a perda daqueles papéis, mas também a ausência de Jacques em sua mente. Sentia-se sozinha, abandonada. Era muito mais difícil concentrar-se sem a presença dele. Quando ele tinha se tornado tão necessário? Shea odiava aquela sensação de vazio, de abandono. Onde ele estaria? Talvez algo tivesse lhe acontecido. Talvez ele estivesse morto, talvez a tivesse deixado completamente sozinha.

– Shea! – Raven gritou bruscamente. – Acorde! Você não está sozinha. Não há nada de errado com Jacques. Esse silêncio repentino dele está afetando-a demais e vocês cortaram o contato há pouquíssimo tempo!

Shea sentiu um arrepio repentino e esfregou as mãos pelos braços. Seu estômago estava se revirando e ainda era difícil recuperar o fôlego.

– Acho que é porque Jacques nunca me deixa. Ele não consegue ficar sozinho.

Raven arregalou os olhos.

– Nunca?

Shea sacudiu a cabeça em negação.

– No começo, pensei que isso me deixaria louca. Na maior parte do tempo, eu não sabia, mas ele conhecia meus pensamentos. Finalmente percebi que ele estava em minha mente o tempo todo. Jacques passou tanto tempo sozinho que precisava do contato ininterrupto comigo para conseguir manter sua sanidade.

– Isso deve ter sido terrível para ele – lamentou Raven. – Para cortar o contato com você, ele deve estar envolvido com algo realmente grande. Mikhail também está bloqueando o contato comigo. E Gregori também. Mas não se preocupe, ficaremos bem juntas. E, se algo acontecer a eles, nós saberemos.

Shea ligou o gerador e, em seguida, o computador. Sentia-se desconfortável, inquieta e assustada.

– Raven, você não está sentindo que há algo de errado, está? – dizendo isso, Shea digitou sua senha e esperou os arquivos aparecem na tela.

– Não, mas estou acostumada a entrar em contato com Mikhail ocasionalmente para saber se está tudo bem e, em seguida, deixá-lo sozinho. Estamos juntos há bastante tempo, então desenvolvemos uma espécie de rotina. Entro em contato com ele e, independentemente de ele permitir ou não que eu tenha acesso à sua mente, verifico o que há lá. Você deveria tentar fazer isso também.

Shea concentrou-se por um momento em executar os comandos necessários para deletar seus arquivos. Suspirou e caminhou em direção a Raven.

– Não é esse tipo de desconforto. Tem algo a mais. Num primeiro momento, pensei que fosse por causa da falta de contato com Jacques, mas agora já não acredito que seja isso. Tenho a sensação de que algo ruim está para acontecer.

Raven forçou sua mente a fazer uma busca, vasculhando a floresta cuidadosamente. Havia cervos a um quilômetro e meio de distância. Os três Cárpatos estavam ainda mais distantes.

– Coelhos, raposas e lobos a quilômetros de distância, mas não consigo detectar nada ameaçador – assegurou em voz baixa.

Shea pegou a espingarda e a verificou para certificar-se de que estava carregada.

– Estou me sentindo mal, Raven. Há alguma coisa lá fora.

– É a separação de Jacques. A primeira vez que aconteceu com Mikhail e comigo, quase não sobrevivi até a noite. Sinceramente, Shea, a separação já é algo muito difícil quando estamos nos sentido bem, imagine então nas primeiras horas da manhã, quando ficamos mais fracos. Imagine hoje, que sabemos que os homens estão em perigo. Podemos ser humanas, mas também somos as companheiras deles. É natural sentirmos falta do contato mental com nossos companheiros.

Shea queria acreditar em Raven, mas, assim como sentira uma presença maligna na floresta, ela sentia que o perigo também estava rondando agora. Olhou para Raven. Aquela mulher era importante para todos eles. Shea havia prometido a Gregori que manteria Raven a salvo, então ela não podia correr riscos.

– Talvez... – disse Shea suavemente.

Mesmo assim, caminhou até a porta, abriu-a e foi até a varanda para inspecionar a floresta.

Não havia nada. A chuva caía mais forte agora e, mesmo distante, Shea pôde ouvir o estrondo de um trovão. Relâmpagos cruzavam o céu. Sentiu-se trêmula e seu dedo tentava encontrar o gatilho da arma. Irritada consigo mesma, voltou para dentro, colocou a arma próxima à janela e procurou se controlar. Aquele comportamento era inaceitável. Shea não conseguia acreditar que precisava de Jacques de tal maneira a ponto de se sentir fisicamente abalada. Para ela, era inaceitável essa sensação de perigo iminente gerada apenas por não ter o contato mental dele. Ela não queria pensar que aquilo fosse uma ilusão, um truque de sua mente. Mas, ainda assim, isso parecia a hipótese menos pior.

– Você está pálida, Shea. Precisa se alimentar – Raven alertou-a carinhosamente, ciente do quão delicado era aquele assunto.

Shea engoliu em seco. A vertigem podia ser fruto da fraqueza. Talvez fosse esse o problema. Talvez não tivesse nada a ver com Jacques.

– Eu sei. É que ainda não consigo encarar as coisas. Sei que tenho que aprender a lidar com toda essa nova realidade, mas tudo ainda é muito novo para mim.

– Você não consegue se ver mordendo o pescoço de alguém, é isso? – Raven sorriu sutilmente. – Também não consigo fazer isso. Eca!

Bem... – ela enrubesceu, uma tênue mancha rosada espalhou-se por sua pele macia. – Mikhail tem um jeito de fazer isso... – ela tentou desviar o assunto.

Shea também ficou enrubescida.

– Sim, eu sei o que você quer dizer. Jacques parece ser do mesmo jeito – ela apoiou a mão sobre a coronha da arma novamente e tentou acalmar as batidas do seu coração. Sua boca estava seca por conta do medo.

Shea lançou um olhar para Raven, que estava com o corpo curvado, demonstrando tranquilidade, estava quase serena. Shea praguejou em silêncio. Algo estava terrivelmente errado; ela sabia disso em sua alma, mas ainda não poderia explicar muito bem para Raven e tampouco para si mesma.

– Você já tentou deixar Mikhail?

Raven levantou o olhar, espantada. Sorriu levemente.

– Não é possível abandonar seu companheiro. Primeiro porque ele sabe o que você está pensando. Segundo porque ele pode encontrá-la onde quer que você esteja. Além disso, você não pode se afastar dele por muito tempo. Estar distante é muito desconfortável, física e mentalmente. Se você abandonar Jacques, o que você está sentindo agora nunca terá fim, apenas ficará pior. Você não pode deixá-lo, Shea. Tem que aprender a conviver com ele.

– Eu sei. Na verdade, não quero deixá-lo – Shea admitiu, prestes a chorar.

Aquela sensação ruim e obscura tornava-se cada vez maior e ela ainda não conseguia compreender o que estava acontecendo. Sentiu-se muito confusa. Queria Jacques sempre por perto, mas aquele mundo era tão bizarro e assustador! Shea estava completamente fora de si.

Raven imediatamente colocou a mão sobre o ombro de Shea, sem entender muito bem o motivo daquela angústia.

– Ele não a feriu, não é? – Raven examinava os hematomas e as feridas no pescoço de Shea. – Ele não fez isso, fez?

Shea conscientemente colocou uma mão sobre o pescoço para cobrir as marcas.

– Ele não teve intenção. Jacques nem sempre sabe o que está fazendo. Mas ele não é o tipo de homem que abusaria de uma mulher. Estive na mente dele tempo suficiente para saber disso. E eu não sou o tipo de mulher que suportaria uma relação desse tipo – Shea permitiu que Raven a abraçasse, precisando daquele conforto. – Tenho medo o tempo todo. Tenho medo de tudo. E eu não sou assim. E eu ando chorando. Eu nunca chorava.

Seja lá o que as estivesse perseguindo, estava muito perto agora. Shea queria gritar por Jacques.

– Você passou por um momento traumático, Shea, e o seu corpo também. Você está cansada e precisa se alimentar – Raven soltou a amiga e deu um passo para trás. – Gregori é um excelente médico. Sei que você pensa que ele pode ser um vampiro. Posso ver em seu rosto quando você olha pra ele. Mas ele daria a vida por você, por mim, por Mikhail. Ele é um grande homem. Poderia ajudá-la muito, se você permitisse.

– Ele é o homem mais assustador que já conheci – Shea confessou. – Se eu tivesse uma filha, jamais iria querer que aquele homem se casasse com ela.

– Mas você não sabe muito sobre o que é ser uma companheira. Se minha filha for a companheira dele e o escolher, o que será escolha dela, apesar da opinião do meu marido e de Gregori, ela seria a mulher mais protegida do mundo. E, uma vez que minha filha aprender a controlá-lo, ela também seria a mulher mais feliz do mundo.

– Você tem mais fé do que eu.

– Porque os conheço há mais tempo. Dê tempo ao tempo. E, pelo amor de Deus, abaixe essa arma! Não há nada lá fora – insistiu Raven. – Você está nervosa porque Jacques não está com você.

Um relâmpago estalou próximo dali e o chalé estremeceu com o estrondo de um trovão. Raven deu meia-volta e caminhou até uma cadeira.

– Alguma coisa está acontecendo, não há dúvida. Foi um de nós quem fez isso.

Shea levou a mão até o pescoço. Ela não conseguia se livrar daquela sensação de morte eminente. Então, virou-se para Raven:

– O que você quer dizer com "um de nós"?

Shea agora se perguntava por que tinha aceitado ficar e proteger Raven. Alguma coisa ruim estava observando-as, e ela não conseguia se livrar daquela sensação. *Jacques, onde está você?*

– Os relâmpagos e os trovões – respondeu Raven. – Um dos nossos homens está nervoso.

– Ótimo. Ataques de raiva. É tudo o que precisamos agora – resmungou Shea, aborrecida. – Jacques não havia respondido. Onde ele estaria? Será que ele não conseguia sentir a necessidade dela?

Raven sorriu.

– Eles são ótimos nisso, não são?

A porta bateu e a madeira, tão recentemente consertada, voltou a quebrar. Shea virou-se e instintivamente deu um passo para se posicionar entre Raven e a porta. Parado na entrada estava Don Wallace, com uma espingarda na mão e um homem mais velho atrás dele. Shea ouviu a risada maléfica dos dois homens e enxergou o ódio daqueles olhos.

Jacques! Ela gritou o nome dele ainda enquanto o estouro alaranjado explodia pelo cano da arma. Aquele golpe terrível atingiu seu braço e seu ombro. Shea cambaleou na direção de Raven, que fora atingida pelo tiro e arremessada até perto da parede. Shea viu-se em meio a uma poça de sangue. Havia sangue por todos os lados – sobre o tórax e a barriga de Raven, escorrendo pelo chão de madeira... Raven estava imóvel e sem vida, seu rosto pálido e sem pulso.

Don Wallace agarrou Shea pelos cabelos e arrastou-a. Ele ria sarcasticamente e, com desdém, chutou a perna de Raven para tirá-la do caminho.

– Eu sabia que a pegaria, doutora. Que mundo pequeno, não?

Jacques! Meu Deus, ele matou Raven! Gregori! Sinto muito por não ter conseguido salvá-la. Shea lutava, dava socos e pontapés. E sequer se deu conta de que estava fazendo isso até Wallace lhe dar vários tapas no rosto.

– Cale a boca! Pare de gritar ou eu acabo com você! – Wallace bateu em Shea duas outras vezes. – Esses vampiros malditos pensam que são espertos! Foi tão fácil, não foi, tio Eugene?

Shea soluçava incontrolavelmente. Estava quase imune à dor que deveria sentir enquanto Wallace arrastava-a pelo braço ferido. O calor espalhou-se por sua mente.

Shea? Precisamos que você olhe para o homem que a está arrastando. Analise devagar o espaço em que você está e descreva tudo exatamente da forma como você vê. A voz de Jacques estava calma e serena, não trazia nenhum sinal de exaltação ou de fúria. Em vez disso, ele tinha simplesmente adotado um tom frio e lógico. *Nós três estamos ligados e podemos ajudá-la.*

Raven está morta! Eles atiraram nela!, Shea gritou histericamente, com receio de se mover e chamar a atenção, temendo colocar Jacques em perigo de alguma forma.

Basta fazer o que digo, meu amor. Olhe a sua volta. Estude o seu inimigo e descreva cada detalhe em sua mente de forma que possamos enxergá-lo. Jacques estava tranquilo, respirando devagar para ajudá-la a controlar sua própria mente. *Bloqueie todo o resto. O que eles dizem não importa. O que eles fazem também não importa. Passe-nos as informações de que precisamos.*

Shea respirou fundo, fechou os olhos e tentou seguir as instruções de Jacques. Era difícil superar o terror da morte violenta de Raven e a perda daquele bebê que tinha uma importância enorme. Ela bloqueou o som das risadas sarcásticas, as ameaças e insinuações sexuais. Wallace estava de pé diante dela, com uma mão enroscada em seus longos cabelos ruivos enquanto a outra cutucava a ferida ensanguentada em seu braço. Shea afastou a dor do ferimento e a expressão de agonia de seu rosto.

Então, abriu os olhos e viu o corpo de Raven estendido. O sangue formava uma grande poça vermelha em sua volta. Os cabelos preto-azulados dela desciam-lhe ao lado do rosto e formavam um xale macabro. Shea forçou-se a continuar. Seus olhos inspecionaram o cômodo e fixaram-se em Eugene Slovensky. Ele estava ajoelhado ao lado de Raven, examinando-a para ter certeza de que estava morta. Slovensky levantou, afastou-se e cuspiu no corpo da vítima. Pegou um saco de lona que estava atrás de seu corpo e abriu-o. Com ares de satisfação, Eugene Slovensky mostrava a estaca pesada e pontiaguda para Shea, buscando amedrontá-la.

– Filha do diabo! – ele sussurrou de forma insana. – Noiva daquele que matou meu irmão. Você morre hoje, enquanto ele descansa sem saber de nada. Tenho a sorte de saber que Vulture a odeia e odeia também quem a criou. Odeia tanto quanto eu os odeio! Não sei por que ele quer a outra mulher viva, mas ainda assim, nossos desejos coincidem.

– Não é bem assim, tio Eugene. Vamos manter essa aí conosco. Você prometeu que dessa vez mataria Vulture da mesma forma que mataria os outros – protestou Don Wallace.

Slovensky ergueu a estaca e apontou-a contra o peito de Raven.

– Isso me dá muito mais prazer do que você poderia imaginar.

– Não! – Shea tentou impedir Slovensky, não suportando a ideia de aquele homem atacar o corpo de Raven com uma estaca de madeira.

Concentre-se!, gritou Gregori com sua voz tão poderosa que, mesmo à distância, parecia transportar Shea para um lugar onde todos os tapas e socos de Don Wallace pouco a perturbavam.

Shea olhou para Slovensky e gravou aquela imagem em sua mente. Ela pôde ver a alegria naquele rosto, o ódio, o prazer perverso que ele sentia ao apontar aquela estaca para o corpo de Raven. De repente, Shea viu aquela feição de prazer transformar-se em uma expressão de alerta. O rosto de Slovensky ficou vermelho e, em seguida, adotou uma tonalidade de roxo escuro. Ele tossiu. Shea percebeu o sangue escorrendo da boca e do nariz dele. Slovensky tossiu novamente e seu braço pendeu para o lado, deixando cair a estaca de seus dedos aparentemente sem vida.

– Tio Eugene? – o sorriso desapareceu dos lábios de Wallace, que deu um passo em direção a Eugene. – O que é isso?

Slovensky tentou falar, mas o único som que saiu de sua boca foi um gemido. Mais sangue escorria de sua boca. Uma espuma vermelha gotejava de seu queixo.

Shea desviou o olhar, com o estômago revirado.

Olhe pra ele! Era impossível ignorar a ordem de Gregori, um dos mais poderosos anciãos vivos. Ele a forçava a obedecer sem qualquer escrúpulo. Então, Shea concentrou sua mente onde ele queria. Em seguida, Jacques e Mikhail lançaram sua força e seu poder.

O olhar aterrorizado de Shea voltou a mirar o homem mais velho. Ele tinha os cabelos grisalhos e seu corpo cambaleava, instável. De repente, ele caiu de joelhos.

– Que droga, seu velho insuportável! – Wallace parecia assustado. – Não faça isso comigo! Que diabos há de errado com você? Está tendo um maldito ataque cardíaco?

Ele não se aproximou de seu tio. Afastou-se, arrastou Shea consigo e, desesperado, olhou em volta, temendo que eles não estivessem sozinhos.

Slovensky estava sufocando com o sangue que escorria por sua boca. Levando as mãos ao pescoço, tentava se livrar daqueles dedos imaginários que pareciam estrangulá-lo. Então, arrastou as mãos até o coração e seu peito começou a se abrir, literalmente se rasgando.

Shea gritou, mas não pôde desviar o olhar, já que Gregori a forçava a obedecer seu comando. De repente, enquanto o coração de Slovensky explodia violentamente e saltava do seu peito, Shea foi libertada.

Wallace emitia sons estranhos, alternando entre murmúrios e xingamentos. Forçou Shea a se levantar, e então empurrou-a na direção da porta. De costas para ele, Shea sentiu-se estranhamente agradecida por um momento. Em toda a sua vida, ela nunca havia matado ou ferido alguém. Pelo contrário, tinha feito um juramento para salvar vidas. Todo seu instinto agora se voltava a Raven, e ela se perguntava se poderia fazer algo para salvar a amiga. Passou por sua cabeça até mesmo oferecer ajuda àquele velho homem. Matar era algo totalmente contrário a sua índole.

Você não o matou, disse Jacques com uma voz suave.

Eu fui o instrumento que vocês usaram, ela contestou. Quando Wallace arrastou-a para fora, a luz atingiu seus olhos e ela gritou, sentindo como se milhares de facas perfurassem o seu crânio.

Olhe para esse homem, olhe para a mão dele em você, olhe para qualquer coisa que eu possa usar, Jacques ordenou, sentindo o terror e a relutância de Shea.

Não consigo, Jacques. Não consigo pensar.

E era verdade. A mente de Shea estava consumida por aquelas imagens horríveis, carregadas de sangue e morte.

Dessa vez não foi Gregori quem assumiu o controle. Jacques prendeu-se à mente de Shea com todas as forças, compelindo-a a concordar. Ele era muito mais forte do que ela poderia imaginar e extremamente confiante de suas habilidades, mesmo nas primeiras horas da manhã. Os Cárpatos também estavam se aproximando. Mesmo com a responsabilidade de proteger Byron, eles deslocavam-se rapidamente rumo ao chalé.

Contra sua vontade, Mikhail separou-se do grupo. Com Byron, um peso morto em seus braços, ele seguiu para fora da floresta, em direção à caverna onde curaria o amigo. No entanto, sua concentração estava totalmente voltada para a companheira e para a filha. Não havia espaço para outra emoção. Ele manteve a força vital de Raven, cada vez mais fraca, em sua mente. Manteve-as em sua mente, protegendo-as da morte até que o médico chegasse para ajudá-las.

Jacques concentrou sua fúria no homem que o havia torturado cruelmente anos atrás e que agora tinha Shea em suas mãos. O ódio de Wallace era absoluto, completo, e ele direcionava toda essa fúria para Shea. Ela pôde ver aquela nuvem vermelha carregada com um desejo de matar, com a sede, a necessidade e o prazer que Wallace sentia ao se deparar com a chance de finalmente acabar com ela. Jacques mirou e concentrou-se no único ponto de Wallace que Shea conseguia ver.

De repente, Don Wallace sentiu uma sensação de queimadura, olhou para baixo e viu fumaça saindo de seu braço. Eram chamas vermelhas e alaranjadas. A fumaça subia formando um rosto sorridente e malicioso. E Wallace conhecia aquele rosto, afinal, tinha sido responsável por cada uma das linhas de tormento daquela face. Ele gritou e empurrou Shea, afastando-se dela enquanto batia a mão sobre o braço numa tentativa de apagar o fogo que penetrava sua carne. Wallace sentiu o cheiro de seu próprio corpo carbonizando, exatamente a mesma sensação que tinha causado em tantas outras vítimas que tivera o prazer de torturar.

Shea caiu pesadamente e segurou o próprio braço. Queria poder ficar ali, deitada no chão, com os olhos fechados. Todavia, o impulso que a obrigava a se voltar e encarar Wallace era forte demais. Então ela sentou-se e olhou para ele, sentindo-se impotente.

Don Wallace viu-se flutuando no ar; sua espingarda ficou no chão. As chamas apagaram-se tão subitamente quanto haviam começado, mas seu braço agora era uma massa de carne carbonizada. Gritando, ele tentou usar a outra mão para pegar o revólver que tinha no coldre em seu ombro. Ficou impressionado ao perceber que o revólver agora parecia ter vida própria. A arma lentamente apontou para ele. Seu próprio dedo segurou o gatilho e atirou.

Shea engoliu em seco. Aquilo era cena de filme de terror, e mesmo que quisesse, não conseguia desviar o olhar. Um enorme lobo negro pulou de trás de um arbusto, correndo em grande velocidade. A criatura deu um grande salto e, com suas mandíbulas gigantes, agarrou a perna de Wallace. Os ossos quebraram-se como galhos enquanto o lobo puxava-o até chão. Em seguida, o animal cravou as presas na garganta de Wallace.

Shea foi liberada do controle mental e, cambaleando, conseguiu ficar em pé. Apressou-se na direção do lobo. O homem estava sendo estraçalhado.

– Jacques, não! Você não pode fazer isso!

Por um momento, o lobo virou a cabeça na direção de Shea e a estudou. O tempo parou. Ela reconheceu os olhos frios de Jacques e sentiu o enorme triunfo dele invadir sua mente.

Gregori surgiu da floresta, ainda metade lobo, metade homem, transformando-se à medida que corria, e agarrou o braço de Shea.

– Vamos, não temos muito tempo. Que droga Shea! Preciso de você. Você é médica, você tem o dom de curar. Venha comigo!

Ele não soltou o braço dela. Shea viu-se obrigada a subir as escadas e a entrar no chalé. Gregori chutou o corpo de Slovensky para fora de seu caminho.

– Escute, Shea. Teremos de fazer isso juntos. Raven protegeu seu próprio corpo o máximo que pôde. Mikhail está cuidando dela e do bebê, mas Raven está muito fraca e a criança também não está nada bem. Você precisa nos ajudar a salvar Raven enquanto eu salvo a criança.

Shea estava impressionada.

– Ela está viva? – tentou se afastar de Gregori. – Conheço apenas a medicina humana. Não tenho a menor ideia de como você consegue fazer o que faz. Tenho medo de acabar matando Raven.

– As respostas estão dentro de você. Médicos nascem médicos, ninguém os ensina como fazer. Você consegue. Eu lhe darei algumas coordenadas durante o processo. Não temos tempo para discussões, Shea. Não consigo dar conta de tudo sozinho. Mikhail me disse que Raven vai perder o bebê dentro de poucos minutos. Ela precisa de ajuda para que seu coração e seus pulmões continuem funcionando. Está perdendo muito sangue. E a vida de todos eles chegará ao fim...

Raven, a criança, Mikhail... Vamos perdê-los – reforçou Gregori. Seus olhos desafiavam Shea. – Você faria isso comigo?

Shea tremia, mas conseguiu levantar a cabeça e dizer:

– Diga-me o que tenho que fazer e eu farei.

Gregori assentiu.

– Você terá que bloquear tudo que você é. Absolutamente tudo. Você é luz e energia, nada além disso. Uma vez que se veja como luz e energia, poderá entrar no corpo de Raven e encontrar os ferimentos mais graves, para então curar de dentro para fora. O mais importante é estancar o sangramento e, em seguida, curar todos os danos causados aos órgãos vitais. É algo bastante difícil, e você está fraca. Vai precisar se alimentar. Jacques vai voltar para alimentá-la assim que ele terminar seu trabalho. Você não pode nos deixar, Shea. Sei que você vai conseguir. Se precisar da minha ajuda, estarei em sua mente.

Seria inútil protestar e não fazer o que ele pedia. Ela deveria tornar-se luz e energia. Ela não tinha outra escolha a não ser tentar. Se Gregori acreditava que ela era capaz, então ela também precisava acreditar nisso. Shea devia a Raven e àquela criança uma chance de viver. Afinal, ela era, antes de qualquer coisa, uma médica. O poder de curar fazia parte de sua natureza.

– Faremos isso juntos – disse Gregori.

Ele a instruiu com uma voz suave que mais parecia um bálsamo fresco e relaxante em meio ao caos instalado em sua mente. Shea se viu reagindo àquela voz bela, uma entonação clara, serena e que trazia consigo a pureza da bondade. Ajoelhou-se ao lado de Raven, fechou os olhos e procurou em sua mente um lugar calmo para poder se concentrar. No início tudo parecia intervir, mas, de alguma forma, Gregori estava lá, junto com ela, mostrando-lhe como direcionar seus pensamentos e sua concentração.

Primeiro, a sala pareceu se desfazer; em seguida, o tempo e o espaço deixaram de existir. Seu coração batia violentamente por conta daquela sensação estranha, mas Gregori sussurrava brandamente, permitindo que ela se acalmasse e se distanciasse do caos do mundo físico ao seu redor. Pouco a pouco, seu corpo diminuía, tornando-se cada vez menor até que só restasse sua alma. Luz e energia. Poder.

– Vamos juntos. Mantenha sua atenção focada em Raven e em seus ferimentos. Você não pode pensar em si mesma ou no que poderia acontecer. Acredite em você. Se você começar a hesitar, estabeleça contato comigo.

A luz poderosa de Gregori parecia preencher a alma de Shea com confiança e calor. Ela enxergava apenas o poder de cura de Gregori. Todo o resto foi deixado de lado. Havia tanta abnegação, tanta pureza de alma nele que Shea só poderia sentir-se maravilhada.

Ela seguiu Gregori sem hesitar. Ele era a síntese do que ela sempre havia se esforçado para ser: um verdadeiro médico, com um dom tão raro e precioso que ela sentia-se humilde em sua presença. Mais tarde, lembrou-se de que Gregori era um ancião poderoso, que poderia fazer qualquer um acreditar e ver qualquer coisa que quisesse.

Capítulo 15

Shea parecia flutuar sobre o corpo de Raven. Seu mundo comprimiu-se até se limitar àquela mulher deitada, tão imóvel no chão.

No começo, era como se Raven estivesse morta, como se toda a força vital dela tivesse desaparecido. Aos poucos, em sua própria quietude e com aquela nova consciência, Shea pôde sentir a energia que deixava o corpo de Raven. As cores pareciam pulsar em volta dela, mas eram fracas e estavam se desfazendo.

– Agora, Mikhail! – ordenou Gregori.

As palavras foram ditas em voz alta e invadiram a mente de Shea. Ela, então, se deu conta de que não tinha visto Mikhail. Ele estava em algum lugar com Byron, mantendo Raven viva à distância. Shea queria pedir perdão por ter permitido que aquilo acontecesse, mas a luz em que havia se transformado já estava se posicionando sobre Raven. Sentiu-se levemente surpresa ao se dar conta de que, de repente, sabia o que tinha de fazer. No entanto, logo percebeu que não estava sozinha. Um globo de luz branca e pura ao seu lado guiava seus movimentos. Todo o seu pensamento estava centrado no corpo de Raven; nada mais importava. Ela sentiu Mikhail transmitir uma ordem a Raven, tentando despertá-la de sua inconsciência.

O sangue jorrava das feridas. Os batimentos do coração de Raven soavam altos e ecoavam na luz que Shea agora era. Ela viu a si mesma correndo naquele sangue enquanto um calor extremo fechava a pior das feridas. Trabalhava com agilidade, em profunda e completa concentração, impulsionando a força da vida de volta para Raven, antes que sua amiga morresse. Seu cérebro avaliava todos os danos internos causados a cada órgão, mesmo enquanto ela trabalhava. Os reparos eram feitos através do pensamento. Cada ponto era meticulosamente trabalhado, cada extração das balas fragmentadas era precisa e cuidadosa. Não era muito diferente de realizar uma cirurgia física, mas operar por meio da luz era mais cansativo. Manter o nível de concentração necessário durante um período de trabalho tão extenso era uma tarefa exaustiva. Havia pouca percepção de que o tempo passava. Assim como quando estava na sala de cirurgia, Shea se envolveu intensamente com o trabalho que tinha em mãos. Chegou a sentir como se estivesse suando, precisando de uma enfermeira para secar seu rosto.

Este era o mundo que Shea conhecia. O seu mundo. Ela era paciente para lidar com lesões graves. Tinha o conhecimento e as habilidades necessários. Mais do que isso, Shea tinha uma determinação extremamente forte. Jamais perderia um paciente se houvesse a mínima possibilidade de sucesso.

O dano fora terrível. Shea sequer conseguia acreditar que Raven tinha sobrevivido até agora. Nem mesmo uma Unidade de Tratamento Intensivo teria salvado a vida da amiga. Havia muitas lesões mortais. E o bebê? Como o bebê sobreviveria?

Gregori aproximou-se cuidadosamente do pequeno ser. A extensão do trauma era enorme. O bebê estava se esvaindo conforme o sangue jorrava do corpo de sua mãe. Gregori podia sentir a vontade da criança de se livrar da dor e da violência daquele ataque. Só podia esperar e torcer para que Shea conseguisse conter aquele sangramento rapidamente, enquanto ele se concentrava na criança. Ela era tão pequena, quase não existia, mas, ainda assim, Gregori pôde sentir sua dor e confusão. Aquele bebê conheceu o medo antes mesmo de nascer, conheceu dor e agora carregaria para sempre o sentimento de que a vida não é segura, nem mesmo no ventre da mãe.

Gregori murmurou suavemente, numa tentativa de tranquilizar a criança. Ele já a havia banhado com sua luz uma vez e ela agora o reconhecia, movimentando-se em direção a ele, em busca de conforto. Com muito cuidado Gregori, concentrou-se na lesão na artéria que nutria o bebê. Muito em breve ele daria àquela criança seu próprio sangue, selando o seu destino e criando um vínculo com ela. Havia várias rupturas na placenta e ele cicatrizou-as cuidadosamente. A criança ficou com medo quando a luz de Gregori se aproximou, então ele transmitiu-lhe ondas de calor e serenidade.

O pequeno ser também tinha um ferimento na coxa direita. A dor era intensa e o sangue escorria. Com um toque suave, Gregori fechou a ferida e acalmou o bebê. A entonação de sua voz tocaram seu coração e sua mente, invadindo-lhe a alma. Gregori conversava com ela enquanto realizava o trabalho e a pureza de sua voz a envolvia, acalmando-a para que ela pudesse permanecer no ventre de Raven, para que lutasse para não se perder junto com todo aquele sangue.

Gregori pôde sentir a força e determinação da criança. Sem dúvida, ela era filha de Mikhail e Raven. Se escolhesse deixá-los, com certeza os deixaria. No entanto, se escolhesse ficar, certamente lutaria com todas as forças para viver. E Gregori a convenceu a querer lutar. Sussurrou com uma voz serena, prometendo-lhe um futuro fascinante, tentando atraí-la com os segredos e a beleza do universo que a esperava. Prometeu nunca deixá-la sozinha. Ele estaria sempre lá para guiá-la, protegê-la e zelar por sua felicidade.

Antes que pudesse completar o trabalho, Gregori sentiu Shea estremecer. Ela finalmente tinha se dado conta de suas própria dores e feridas. Gregori assegurou ao pequeno ser que ele voltaria, e então seguiu para curar o corpo de Raven, levando Shea consigo. Shea estava cambaleando enquanto se apoiava em seus joelhos; de tão pálida e exausta, estava cinza. Embora as lesões do ombro e braço não fossem muito críticas, ela tinha perdido mais sangue do que podia.

Jacques estava segurando-a contra o peito, apoiando-a em seus ombros para não deixá-la cair. Ela pareceu não notar, mas involuntariamente o empurrava.

– Não terminei. Por que você me trouxe para cá, Gregori? – ela perguntou, irritada. Shea só conseguia pensar em voltar e terminar o procedimento em sua paciente.

– Você tem que se alimentar ou então não será capaz de continuar – ele aconselhou-a com um tom afável. – Além disso, Raven precisa do seu sangue.

Os olhos acinzentados do médico voltaram-se para Jacques, que concordou, acenando com a cabeça.

Jacques invadiu a mente de Shea sem hesitar, ordenando que ela se alimentasse. Ela estava tão cansada que mal conseguia virar o rosto em direção ao pescoço dele. Logo Jacques sentiu a respiração de Shea bater contra sua pele. Ele a abraçou mais forte e sentiu os dentes dela roçarem levemente em seu pescoço. Ele quase gemeu alto. Praguejou ao perceber aquela fome sexual profunda dos Cárpatos em seu corpo naquele momento, quando havia sangue e morte por todos os lados.

Shea sussurrou algo contra o pulso dele, algo suave e doce como um suspiro, que invadiu o corpo de Jacques e deixou-o faminto pelo toque íntimo de Shea. Ele conteve o gemido de necessidade sexual quando os dentes dela afundaram-se em seu pescoço. Chamas invadiram sua corrente sanguínea e espalhavam-se por seus músculos e nervos. As mãos de Jacques correram pela cintura e pelas costas de Shea e ele então repousou a cabeça de sua companheira em seu corpo. Jacques precisava saciar-se com o corpo de Shea. Nunca o calor tinha sido tão ardente e a necessidade tão forte.

Os dentes de Gregori rasgaram o próprio pulso. Sua mente entrou em contato com a de Mikhail e juntos eles forçavam Raven a aceitar as ordens. Ela ainda era uma principiante, não tinha mais do que um quarto de século de vida, mas, mesmo assim, já era muito forte. Com a ajuda de Gregori, Mikhail convenceu-a de que era necessário alguém além de Mikhail alimentá-la. Ela resistiu por um momento.

Por nossa filha, minha querida, Mikhail sussurrou com um tom suave e carinhoso, tentando unir a vontade dela com a dele. *Você precisa fazer isso por nossa filha.*

Gregori reforçou o pedido:

Eu nunca lhe pedi nada, Raven. Mas, em nome da nossa amizade, agora estou lhe pedindo isso.

Então Raven deixou de lado sua resistência e permitiu que Mikhail e Gregori a colocassem em um estado de transe, para que, assim, ela fosse capaz de aceitar o fluido da vida de que ela e a filha precisavam tão desesperadamente.

Gregori concentrou-se em sua ligação com o bebê. Uma criança tão indefesa, tão pequena, tão amedrontada... Um ser que já tinha a capacidade de pensar... Ele pôde sentir a confusão e o súbito sentimento de solidão do bebê. Então, transmitiu-lhe ondas reconfortantes de segurança. Seu sangue, fluindo por aquele corpo pequenino, fortaleceria o vínculo entre eles, garantindo que a química dela no futuro combinasse com a dele.

Gregori tinha passado toda a sua vida se preparando para o momento em que teria a oportunidade de escolher sua parceira. Ele sempre soube que seria uma filha de Mikhail. Quando Raven foi atacada e seriamente ferida anos antes, Gregori certificou-se de prover o sangue para salvá-la: seu sangue de ancião era forte e poderoso, e ele havia transmitido, por meio desse sangue, o que devia ser a primeira ligação, na esperança de que Raven – uma mulher humana – concebesse uma criança do sexo feminino. Agora ele tinha a oportunidade de reforçar esse vínculo, de unir-se àquela criança para sempre. E ela estava ligada a ele, de corpo e alma, assim como ele também estava ligado a ela. Pela primeira vez em séculos, Gregori sentiu esperança. E para um Cárpato a ponto de se transformar num morto-vivo, a esperança era tudo que restava.

Shea fechou a ferida do pescoço de Jacques com o toque sensual de sua língua. Então, piscou os olhos e lançou um olhar vidrado e nebuloso para ele. Quase no mesmo instante, sua expressão mudou e ela empurrou Jacques. Não que ela não estivesse disposta a se alimentar – ela teria feito isso para salvar as vidas de Raven e da criança. O problema estava no fato de Jacques tê-la forçado a ajudá-lo a matar o inimigo. Calmamente e sem nenhuma emoção, ele tinha ordenado que ela fizesse aquilo.

Você sempre soube que eu tinha demônios dentro de mim, ruivinha.

Shea passou a mão pelo rosto e jogou seus cabelos selvagens para trás, como se quisesse também afastar Jacques com aquele movimento.

Sempre achei que você se comportaria como um homem e não como um animal selvagem sedento por matar.

Matar faz parte da nossa natureza. Somos predadores.

Mesmo que você estivesse tentando salvar a minha própria vida e sentisse que seria necessário matar Wallace, você não precisaria me usar para provocar uma morte tão cruel. Vá embora. Tenho uma missão para cumprir e estou muito cansada.

Jacques não deixou de ficar ao lado de Shea. Apesar da chuva, havia luz lá fora. Mesmo com a tempestade que ele estava provocando, a luz começava a afetar os olhos de todos. O grupo tinha pouco tempo para concluir o trabalho; em breve seus corpos exigiriam o sono tão necessário. Mais tarde, ele poderia convencer Shea de que não era um monstro. Naquele momento, seu trabalho consistia em proteger todos os que ali estavam enquanto eles trabalhavam.

*

Jacques examinou os arredores cuidadosamente. Ele tinha criado aquela tempestade e agora a mantinha intensa e pesada sobre eles, buscando preservar a área inacessível, protegendo-os contra o perigo.

Sustentou o corpo cambaleante de Shea e manteve os olhos no curandeiro, que começava a ficar pálido e abatido. O que eles estavam fazendo era um mistério para Jacques. Ele estava orgulhoso por saber que Shea era capaz de realizar tal milagre e, secretamente, sentiu-se feliz por saber que Gregori precisava da ajuda dela.

Jacques sabia que Mikhail devia estar muito preocupado e sentindo-se impotente. Ele tinha sido a escolha lógica para levar Byron até a caverna onde seria curado e colocado no chão até que Gregori pudesse ir vê-lo. Isso significava que Mikhail precisava manter Raven viva à distância, um feito que estava acabando com sua energia. Ele queria ser aquele que ofereceria sangue à sua companheira, queria ser aquele que a protegeria de outros males.

Jacques praguejou em silêncio. Três homens Cárpatos não deveriam nunca ter permitido que humanos os enganassem. Por que não tinham percebido a presença daqueles homens nas proximidades da floresta? Por que aquela ameaça a Raven e a Shea não fora percebida?

Olhou o braço de Shea, vermelho, coberto de feridas, e então praguejou novamente. Jacques tinha jurado protegê-la e fazê-la feliz. Até agora, ele não tinha feito um bom trabalho. Como poderia apagar o trauma daquele dia e mostrar à ela a beleza da vida que levariam juntos?

Pela primeira vez, tomou consciência do corpo de Eugene Slovensky. Suspirou e distanciou-se de Shea. Colocou o cadáver sobre o ombro, levou-o para fora e atirou-o aos lobos. A última coisa de que Shea precisaria quando terminasse aquele trabalho duro seria ver as terríveis evidências dos assassinatos.

Jacques passou a mão pelos cabelos e deu-se conta do quanto estava cansado. Tudo em sua relação com Shea tinha dado errado. De forma impensada, ele a arrastara para tudo aquilo sem o consentimento dela. E ele sequer a tinha ajudado a enfrentar as coisas novas. Pior, ele havia abusado dela durante todo o tempo em que sua mente estivera estilhaçada. E agora, para completar a lista de pecados, ele tinha eliminado o seu inimigo de forma violenta e prazerosa usando-a como guia. Jacques não estava desempenhando muito bem o papel de companheiro.

Ele tentou utilizar seus poderes recém-descobertos para buscar em sua memória o momento em que Mikhail trouxera Raven para aquele mundo. Mikhail também havia feito isso sem o consentimento dela, sem que ela soubesse da existência dos Cárpatos. Na verdade, ele a tinha levado para aquele mundo às pressas, para salvá-la, e nenhum deles, nem mesmo o próprio Mikhail, sabia se aquilo de fato funcionaria. Raven foi forçada a aprender uma nova forma de viver.

Um leve ruído o fez virar o rosto para encarar Gregori, que cambaleava enquanto se afastava do corpo de Raven. Shea caiu ao lado da amiga, imóvel. Os dois médicos estavam exaustos e apáticos.

– Você precisa de sangue – Jacques disse a Gregori. – Você doou sangue demais para Raven.

– Ela precisava – Gregori respondeu, cansado, deitando no chão e levando um dos braços até os olhos para protegê-los.

– Deixe-me alimentá-lo com meu sangue. Eu me alimentei bem hoje, estou fortalecido – ofereceu Jacques. A luz do sol espalhava-se de forma constante, apesar da intensa tempestade.

– Eu lhe agradeço, Jacques, mas estou muito cansado. Este é o velho chalé de Mikhail. Descubra onde fica o esconderijo dele.

Jacques testou sua força, procurando a ligação perdida com seu irmão.

Mikhail? Eles estão cansados demais para continuar. Você terá que cuidar de Byron enquanto eu cuido dos que estão aqui. Certamente você deve ter um lugar seguro para descansar neste chalé. Onde é?

Debaixo da mesa há um alçapão que leva ao subsolo da casa. Tome cuidado, não se trata de um local muito protegido. Mas, se a casa for descoberta ou se alguém atear fogo nela, você pode fechar o alçapão e sobreviverá.

O curandeiro não quer aceitar meu sangue. E ele está precisando.

Houve uma pequena pausa enquanto Mikhail entrou em contato com Gregori para avaliar sua condição.

Ele vai sobreviver. Apenas leve-os para o esconderijo.

Sentindo-se como um verdadeiro Cárpato, Jacques seguiu até o esconderijo. Era algo incomum para os Cárpatos compartilhar o local onde eles dormiam, o local de descanso, e até mesmo permitir que os outros soubessem onde este local ficava. Completamente vulneráveis durante o dia, os Cárpatos tomavam o cuidado de não revelar isso.

Jacques sentia-se incomodado por estar ali e sabia que o curandeiro sentia exatamente o mesmo.

Com sua força cada vez mais abalada conforme o sol tomava conta do céu, Jacques carregou o corpo debilitado de Raven com cuidado até o esconderijo no porão, usando um cobertor para protegê-la. Depois de fechar a porta do chalé, verificar se as janelas estavam todas fechadas e desligar o gerador, Jacques segurou Shea em seus braços. Ela queixou-se com um leve murmúrio, mas envolveu o pescoço de Jacques com seus braços, sentindo-se confiante ao perceber que era ele quem a carregava. Shea dormia um sono leve.

*

Gregori seguiu cambaleante atrás de Jacques, cansado demais para conseguir flutuar. Deitou-se na entrada do esconderijo e ali permaneceu. Com Jacques ao seu lado, ele murmurou algumas palavras para ordenar que a terra os mantivesse protegidos da luz do dia, e lançou feitiços contra intrusos. Antes de cair no sono, Gregori lembrou-se do campo com os fios que formavam uma armadilha e enviou um aviso silencioso para todas as criaturas que quisessem se aventurar por aquela região. Mais tarde, ele poderia destruir todas as armadilhas perigosas.

Jacques preparou uma mistura de terra e saliva e a colocou sobre as feridas de Shea e Raven. Somente então entrelaçou seu corpo de forma protetora ao de sua companheira. Estava pronto para dormir.

*

A chuva continuou ao longo de todo o dia. As nuvens estavam carregadas e uma garoa constante caía, deixando a terra com um deprimente tom acinzentado. Poucos animais se aventuraram a ficar sob aquela chuva incessante. A tempestade já perdurava há muito tempo, tornando-se imprevisível e perigosa. Em volta do pequeno chalé na floresta, todos os seres vivos já tinham sido avisados para ficar longe da área. Poucos humanos se aventuravam nas profundezas da floresta por conta das terras perigosas, dos animais e das lendas selvagens.

Naquele quarto subterrâneo, Gregori levantou-se diversas vezes, sempre em guarda, sempre consciente, dormindo ou acordado, dos seres e do território à sua volta. Em sua mente, ele buscou a criança. Ela era corajosa e inteligente, uma criatura cheia de vida e de calor, que exalava um brilho em meio àquela terrível escuridão. Os olhos acinzentados de Gregori cruzaram o véu do sono para encarar a terra que estava logo acima. Ele estava tão próximo de se transformar – muito mais próximo do que Raven ou Mikhail suspeitavam. Era como se ele estivesse se agarrando com as unhas. Todos os sentimentos tinham se esvaído há tanto tempo que ele sequer conseguia se lembrar dos momentos de entusiasmo e de felicidade. Gregori só tinha o desejo de matar e eram as lembranças da amizade com Mikhail que o mantinham vivo. Então, olhou para o corpo debilitado de Raven.

Você precisa viver, pequenina. Precisa viver para salvar a nossa raça, para salvar toda a humanidade. Não há mais ninguém nesse mundo que possa conter minha transformação. Viva por mim, pelos seus pais...

Algo atingiu sua mente. Surpreso ao perceber que uma criança que ainda nem tinha nascido possuía tamanho poder e inteligência, Gregori sentiu aquela presença singela, vacilante, insegura. A criança estava ali e ele a aceitou, acolhendo-a bem próxima de seu coração durante um longo período, antes de voltar a dormir com certa relutância.

Jacques despertou assim que o sol desapareceu. Gregori já havia saído, atravessando o céu em busca de presas. E então Jacques juntou-se a ele na caça por alimento. Eles cuidariam de Byron naquele dia, o que significava que Jacques teria de se alimentar várias vezes. O companheiro de Shea cruzou o céu. Seu coração batia fortemente e o sangue corria apressado em suas veias, fazendo-o se sentir verdadeiramente vivo.

Não podemos deixar as mulheres desprotegidas por muito tempo, Jacques. A voz de Gregori tocou sua mente de forma suave. *O vampiro vai ficar irritado quando souber que seu objetivo não foi alcançado.*

Jacques enviou uma mensagem pelo céu cinzento. Ela ecoou a quilômetros de distância. Em um pequeno chalé escondido no meio da floresta, três caçadores reuniam-se em torno de uma fogueira. Jacques mudou o percurso imediatamente quando sentiu a presença deles. Gregori o acompanhou. Caçar era algo automático, simples. Para eles, sair atrás de presas era completamente normal. Todavia, naquela ocasião, era mais conveniente seguir exatamente na direção em que as presas estavam.

Shea percebeu uma voz. Deitada em silêncio, ela não sabia exatamente onde estava. Por um momento, tudo lhe pareceu ser a lembrança de um pesadelo. No entanto, quando observou os arredores, percebeu que estava em um esconderijo, no subsolo. Ao seu lado estava Raven, deitada como se estivesse morta. Alguém havia espalhado terra e ervas com um aroma adocicado sobre seu o corpo.

Cuidadosamente, testando sua força, Shea sentou-se e, sem paciência, jogou para trás os cabelos que se dependuravam em volta de seu rosto. Seu braço estava inchado e doía em tantas partes a ponto de a dor parecer generalizada. Ela tocou no próprio ombro e, ao afastar a mão, percebeu que havia sangue e terra. Estremecendo com o contato, Shea inclinou-se para examinar Raven.

Sua amiga parecia não ter batimentos cardíacos, parecia não ter pulso. Seu rosto estava branco e sereno, muito bonito. Shea suspirou. A aparência de Raven era semelhante à de Jacques toda vez que ele dormia. Incapaz de fazer qualquer coisa pela amiga, Shea levantou-se e espreguiçou-se. Sentiu-se desconfortável sem a presença de Jacques. Queria estabelecer contato com ele, mas sabia instintivamente que ele precisava se alimentar. Analisou o esconderijo até descobrir onde ficava a entrada.

Primeiro, tentou encontrar algum mecanismo escondido para abrir o alçapão. Passou as mãos em cada centímetro da parede. Começou a se sentir claustrofóbica e seu coração passou a bater acelerado. Então, afastou-se da saída e começou a pensar naquela situação. Jacques nunca permitiria que ela fosse enterrada viva. Tinha de haver uma saída. Ela observou a terra acima de sua cabeça e concentrou-se nela.

Abra agora! A imagem era vívida em sua mente e o comando foi forte. Mesmo assim, Shea ficou impressionada quando a terra acima de sua cabeça abriu-se e ela pôde ver o assoalho do chalé.

Entusiasmada, saiu do esconderijo e voltou a fechar a saída com a força do seu comando mental. Sentindo-se orgulhosa de seus poderes recém-descobertos, entrou no chalé pelo alçapão. Shea precisava de uma ação humana como tomar um banho, para ter a ilusão de que as coisas eram normais. Duvidava de que poderia livrar-se inteiramente de seus hábitos humanos.

Longe dali, Jacques ergueu a cabeça em sinal de alerta. O sangue quente escorreu pelo pescoço do caçador, desenhando um caminho até seu ombro. Praguejando, Jacques inclinou o corpo uma vez mais para se alimentar. Como Shea podia ter acordado sem a permissão dele? Ela era tão forte assim a ponto de poder resistir a seus comandos? Ela deveria estar dormindo ainda, mas estava fora da proteção do esconderijo. Jacques tinha de se apressar.

Usando roupas limpas e com os cabelos ainda úmidos, Shea saiu na varanda do chalé. Era impossível encontrar um sinal da briga fatal que havia acontecido ali na manhã anterior. Então, ela concluiu que Gregori e Jacques haviam limpado e organizado tudo. Lembrou-se que os homens e mulheres Cárpatos tinham esse hábito há tantos anos que muito provavelmente eram especialistas naquilo.

Esse pensamento revirou o seu estômago, e ela passou a vagar em direção às árvores. O orvalho reunido nas folhas caía e umedecia ainda mais seus cabelos, mas ela não se importava. Ela não queria ir muito longe, pois Raven poderia precisar de sua proteção, então apenas caminhou pela trilha que levava até o jardim das ervas. Inclinou-se para tocar em uma folha danificada pela força da tempestade. Uma sombra escura e sinistra cruzou sua mente. Shea viu-se tremendo incontrolavelmente. Levantou-se com agilidade e virou-se para encarar aquele homem estranho, alto e pálido que havia aparecido, do nada, no meio da floresta.

Ele era fisicamente lindo, de tirar o fôlego. Shea nunca tinha visto um homem tão bonito na vida. Ele tinha um olhar profundo e triste, mas ao mesmo tempo magnético. Era impossível saber sua idade. Seu sorriso carregava dor.

– Desculpe tê-la assustado. Posso ouvir seu coração batendo.

Involuntariamente, Shea deu um passo para trás, sobretudo porque queria aproximar-se dele. O homem exercia uma atração muito forte, e Shea sentiu-se como se estivesse presa a um feitiço.

– Quem é você? – ela perguntou, em um sussurro que carregava certa admiração.

– Você não me conhece? Percorri o mundo em busca de você. Por que você não respondeu ao meu chamado? – as palavras eram leves, mas deixavam no ar um toque de fúria.

Shea manteve-se firme, embora sua boca estivesse seca.

– Sinto muito, mas não o conheço. Nunca o vi antes em minha vida.

– Você acordou por causa do meu chamado. Você veio até aqui por mim. Você é minha amada Maggie. Se seu desejo era me punir com o seu silêncio, então você já alcançou seu objetivo. Agora você deve me perdoar e deixar este lugar. E também deixar o homem que lhe impregnou com esse mau cheiro – agora a voz do homem tinha se tornado um rosnado grave.

Shea lutou contra a vontade de chamar por Jacques.

– Você por acaso é Rand?

Ele aproximou-se de Shea. O estômago dela revirava-se numa declaração clara de protesto.

– Como assim você não me conhece?! Alguém a feriu? Aquele homem sombrio destruiu sua memória e plantou em você as lembranças dele?

Shea colocou a mão sobre o estômago e deu um passo em direção à floresta para se distanciar um pouco mais do homem.

– Não entendo. Por que você trata Jacques como "o homem sombrio"? Pensei que essa expressão fosse usada exclusivamente para se referir ao curandeiro.

O homem emitiu um chiado mortal.

– Ele é ruim, Maggie. Ele e o irmão dele tentaram nos destruir. Achei que eles a tivessem levado de mim, e eu estava certo. Aquele louco tramou uma vingança, ele atraiu-a para matá-la. E agora você está presa na rede de mentiras deles.

O homem avançou novamente e, como se fosse a parceira dele em uma dança macabra, Shea recuou.

Seria aquele homem o pai de Shea? Seria ele Rand? E se ele estivesse realmente à procura de Maggie, acreditando que ela ainda estava viva depois de todo esse tempo? Ele parecia tão atormentado, tão sincero, que Shea sentiu vontade de confortá-lo, de abraçá-lo. No entanto, alguma coisa a impedia de fazer isso.

– Creio que você esteja me confundindo com minha mãe. Meu nome é Shea O'Halloran. Se você for Rand, então você é meu pai.

– Você esteve com ele, Maggie. Você sabe que ele é capaz de manipular a sua mente. Sabe que ele é capaz de levá-la a fazer a vontade dele. Aquele homem colocou as memórias dele em sua mente, e agora você acredita que elas são verdadeiras. Mas não são. Ele queria se vingar pela morte da irmã. Eles me culparam porque eu amava você. Me forçaram a entrar no chão e a puniram fazendo-nos ficar separados. Isso é a mais pura verdade. Eles ainda levaram meu filho de mim e o entregaram para ser criado por outra pessoa. Fizeram com que meu filho se voltasse contra mim, para que pudesse ser leal a eles.

Tudo parecia tão nebuloso... A mente de Shea agora estava confusa e lenta. Agora ele a estava perseguindo, seguindo cada movimento que ela fazia, inclinando a cabeça mais perto do pescoço dela. Shea deveria permitir que ele se alimentasse, não deveria?

Ainda que ela não fosse Maggie, aquele homem era seu pai, e estava tão sozinho e atormentado. Ela já sentia a respiração quente dele bater em seu pescoço. Sentia o desejo daquele homem forçando sua vontade na direção dela, sentia a fome que tomava conta de ambos. Ela não queria aquilo. O que estava acontecendo? O que a estava fazendo ficar ali, parada, esperando que aquele homem lhe sugasse o sangue, quando todas as células de seu corpo lhe suplicavam para fugir?

Shea! Por Deus, meu amor, fique longe dele. Não sei o que ele está fazendo, mas você está em perigo. Não deixe que ele tome seu sangue. A voz de Jacques ecoou forte na mente dela.

Shea afastou-se rapidamente, tomando distância daquele homem belo e alto.

– Você está me assustando – como de costume, todas as vezes que as emoções ameaçavam-na, ela forçava sua mente a assumir o controle e a encontrar uma saída. – Não sei mais em que acreditar, em quem devo acreditar. Você está me dizendo que Jacques e Mikhail planejaram nos manter separados porque você não amava a irmã deles? – Shea ergueu as mãos, em súplica. Seus olhos verdes e grandes imploravam sem nenhum receio.

Ele parou a poucos metros dela, visivelmente mais tranquilo agora que ela tentava descobrir respostas vindas dele.

– Eles acharam que fui responsável pela morte de Noelle porque deixei-a desamparada enquanto estava com você. Ela foi morta por Slovensky e seus comparsas.

– Você conhecia Slovesky? – Shea perguntou em voz baixa, segurando a respiração. Seria seu pai o responsável por todas aquelas mortes? Seria ele o vampiro?

– Se eu o tivesse conhecido, teria imediatamente quebrado o pescoço dele. Ele, e somente ele, é o responsável pela morte de Noelle. Posso não tê-la amado, mas ela me deu um filho – ele inclinou a cabeça, e era muito fácil perder-se naqueles olhos escuros e misteriosos.

Shea apoiou-se no tronco de uma árvore, sentindo a necessidade de tocar em algo real. Tudo aquilo era uma teia de aranha gigante, tão encoberta por intrigas que ela não tinha a menor ideia de onde se apoiar. Algo estava errado. Shea começava a ficar confusa. Sua mente parecia estar pregando peças nela. Shea pressionou calculadamente a palma da mão na casca da árvore, em uma tentativa de se concentrar em algo que pudesse quebrar o feitiço que se espalhava à sua volta.

Sou seu companheiro, meu amor. Sou aquele a quem você procura quando está assustada ou em perigo. A voz de Jacques era firme e ela podia senti-lo por perto.

Shea sacudiu-se mentalmente. Era como se estivesse sendo levada em duas direções diferentes. Ela sabia que era filha de Maggie. Rand podia acreditar no que ele mesmo estava dizendo, mas Shea sabia quem ela era. Não sabia?

Rand suspirou levemente.

– Todos somos capazes de plantar memórias, Maggie. Faz sentido supor que eles a tenham feito acreditar que você é sua própria filha. Dessa forma, eles poderiam dizer que seria impossível ficarmos juntos. Você não vê a genialidade de tal farsa, de tal plano? Essa mentira duraria toda uma vida.

– Um homem ou uma mulher Cárpato tem apenas um companheiro ou companheira. Eu sou a companheira de Jacques – ela empurrou os cabelos para trás. Quando percebeu que sua mão estava tremendo, escondeu-a atrás das costas.

– Ele teve tempo de sobra para trabalhar em suas memórias. Anos. Trabalhou até conseguir entrar em sua mente e, então, assumiu o controle. Você realmente acredita que ele tenha conseguido viver todos aqueles anos no tal porão? – a voz de Rand era leve e lógica.

A cabeça de Shea doía tanto que ela mal conseguia pensar. Ela fechou os olhos por um momento e, quando os abriu, Rand estava mais próximo, inclinando-se mais uma vez na direção de seu pescoço.

Fique longe! As palavras eram tão claras que Shea vacilou para trás, perdeu o equilíbrio e caiu sobre um tronco de árvore. Jacques estava furioso, e sua raiva era assustadora. Ele caiu do céu como um fantasma silencioso, e alcançou Shea antes de Rand. Fechou a mão em volta do braço de Shea de forma possessiva e inflexível. Enquanto a ajudava a se levantar, encarou o pai dela.

– O que você está fazendo, Rand? – esbravejou Jacques com um tom grave e ameaçador.

Rand sorriu calmamente.

– E você vai me matar agora também? Você é daqueles que têm sede de sangue, não é? Você diz que sou o pai dela, mas ainda assim está louco para me matar – ele encarou Shea diretamente nos olhos. – Isso faz algum sentido? – perguntou com um tom grave e entristecido. – Faz sentido ele desejar destruir o seu pai?

– Você está claramente tentando confundi-la – o rosto de Jacques, esgotado e ostentando linhas de expressão, estava carregado de fúria.

Shea pegou-se estudando cada detalhe de seu homem amado. De repente, Rand não lhe pareceu assim tão bonito. Havia algo de sinistro naquela aparência tão perfeita e naquele sorriso formado por lábios finos. Rand parecia não ter sentimentos, não ter vida. A tristeza de Rand era algo irreal, ao passo que o físico forte de Jacques fazia-lhe tremer com uma emoção vulcânica.

A mente de Jacques era uma névoa vermelha, carregada de fúria e de medo de perder Shea, medo de tê-la colocado em perigo sem se dar conta do que estava fazendo. Raiva de Rand, raiva de um homem que seria capaz de trair a própria filha.

Rand suspirou discretamente e negou com a cabeça.

– Como você se deixou levar tão facilmente por esse vampiro sombrio? No seu próprio pescoço, Shea, você pode encontrar as respostas que procurava. Essas feridas abertas, essas marcas de dente... Quem, se não um vampiro, se alimenta de uma forma tão descuidada? Um companheiro cheio de amor abusaria de sua mulher dessa forma? E quando ele cometeu um assassinato, esta manhã, usando sua inocência, sua mente e sua alma a favor de seus objetivos vis, será que ele não sentiu satisfação? E quando você pediu para que ele parasse, ele não continuou? E quando ele veio até você com sangue nas mãos, você não viu o desejo sombrio e a raiva na mente dele, nos olhos e no corpo dele? Você não conseguiu enxergar o desejo sombrio de morte? Os vampiros são muito espertos, minha querida, e você caiu no feitiço dele.

Os olhos negros e agora vazios de Jacques estudaram o homem.

– Você está me desafiando?

Shea ficou boquiaberta. Jacques e seu pai? Ela pressionou as têmporas com as mãos. Não, ela não conseguiria suportar aquele confronto, não toleraria a ideia de ser disputada como dois cachorros disputam um osso. Ela nem sequer sabia o que era verdade e o que era mentira.

Sim, você sabe, minha ruivinha. Ele está tentando prendê-la em um feitiço. Ele pensou que eu estava ocupado com Byron e que poderia distanciá-la da segurança proporcionada por nosso povo. Rand não vai aceitar um desafio justo.

Jacques tentou tranquilizá-la. Ela lutava para permanecer calma, mas tinha sofrido muitos traumas naqueles últimos dias. Jacques estava certo de que Rand não apenas tinha planejado aquilo tudo, como também contava com aquelas mentiras para atingi-la.

O sorriso de Rand era calmo.

– Eu não gostaria de causar ainda mais sofrimento a Maggie. Mas sinta-se avisado, criatura sombria, você seria caçado e destruído se Mikhail não fosse seu irmão. Você enganou e feriu essa mulher que eu tanto amo. E não permitirei que saia impune. Mas não serei o responsável por causar ainda mais angústia a ela.

As presas de Jacques saltaram.

– Eu tinha certeza de que você diria algo desse tipo. Você prefere lançar mão de artifícios para fazer seu trabalho sujo.

Rand arqueou uma sobrancelha, e então disse:

– Ouça, minha querida. Daqui a pouco ele vai me acusar de envolvimento com todos aqueles assassinatos de humanos. Vai dizer agora que tentei matar Byron? – disse, voltando-se para Jacques. - Talvez eu seja o responsável pelo o que aconteceu com você e com o meu próprio filho. Você é o vampiro, Jacques, e tem poder suficiente para enganar alguém como Gregori. Eu seria um tolo se lutasse contra você enquanto você mantém Maggie como refém.

Shea agarrou a parte de trás da camisa de Jacques.

– Rand, você está equivocado a respeito dele. Eu me pareço com Maggie, é verdade, mas sou filha dela. E eu saberia se ele realmente fosse um vampiro.

Rand encarou-a com os olhos entristecidos.

– Quantas vezes você já se perguntou o que ele é? Você não percebeu o prazer que ele sente em matar? Ele desejou muito poder matar, aceitou muito bem o poder de matar e alimentou-se vorazmente. Isso você não pode negar. Quem melhor do que Jacques para inventar toda essa farsa? Noelle era irmã dele e ele adorava-a. Ele levou os outros para longe de você e da mulher do irmão dele. Ele matou aqueles humanos porque eles poderiam identificá-lo – Rand abaixou a cabeça, demonstrando cansaço. – Não posso convencê-la, sei que não posso... mas quando chegar a hora certa você vai ver que tenho razão. Diga-me, Maggie, você não me enxergou de forma diferente no momento em que ele chegou? Talvez mais parecido com um vilão? Eu me pergunto quem projetou essa imagem para você. Duvido que tenha sido eu quem fez isso.

– A mente de Shea se acalmou e conseguiu enxergar mais claramente quando eu cheguei, como você bem sabe. Vá embora, Rand, volte para o buraco de onde você saiu – Jacques apontou para a floresta. Sua mente escureceu enquanto ele se preparava. Em questão de segundos, seu corpo estava pronto para atacar Rand.

Rand simplesmente desapareceu e seu sorriso sutil causou arrepios na espinha de Shea. Ela imediatamente afastou-se de Jacques. Seus olhos verdes também se desviaram dos olhos dele.

De forma carinhosa, ele levantou o queixo de Shea, forçando-a a olhar em seus olhos.

– Eu te amo, Shea. Não conseguirei rebater as mentiras contadas por esse homem até que pague minha dívida com Byron. Por favor, guarde seus julgamentos até que possamos conversar sobre tudo isso.

A voz de Jacques saía cheia de amor. Seu toque era tão delicado que o coração de Shea batia mais forte. Ela se viu tomada pela profundidade daqueles olhos negros. Queria fazer o que Jacques desejava. Seu corpo respondeu ao dele, àquele olhar sedutor e àquela fome de sexo que pulsava dentro dele. Shea sentiu o corpo flamejar e pedir pelo corpo dele, implorar pelo corpo dele, deixando-se levar pela expectativa. Seus seios incharam e ela ardeu ao simples toque das mãos masculinas de Jacques.

Shea desviou o olhar e deu um passo para trás, para que o calor do corpo dele não chegasse até ela, para evitar que aquela energia pulsante e ardente tomasse conta de ambos. Abalada, ela passou uma mão trêmula pelos cabelos vermelhos e lindamente revoltos.

– De que forma você vai me convencer, Jacques? Com sexo?

O corpo dele ardia de desejo por ela, numa fome avassaladora que nunca cessava. Uma vez que o desejo fora despertado, passou a crescer até quase dominá-lo. Ela era essencialmente humana e não podia entender aquilo, nem mesmo tinha conhecimento do calor que brotava entre companheiros.

– Minha querida, você é inteligente o bastante por nós dois. Você pode descobrir por si só quem está dizendo a verdade. Rand é um doente. Eu gostaria que não fosse assim, mas se ele realmente acreditasse que você fosse sua mãe, teria me atacado imediatamente. Um companheiro não pode fazer outra coisa além de cuidar de sua mulher. Esse tem sido o nosso hábito desde sempre. Nenhum outro homem pode ficar com ela. Ele está querendo enganá-la e para isso está contando com sua falta de conhecimento sobre os Cárpatos. Não preciso convencê-la do que há em meu coração agora e não preciso de provas do que você tem no seu. Sei que minha reputação está arruinada. Você também sabe disso. Mas você sentiria se eu realmente fosse ruim. Você saberia. Seria impossível esconder algo desse tipo – Jacques estendeu uma mão para ela. – Pense apenas com lógica. Sei que você vai chegar à sua própria conclusão.

– Jacques... – Shea hesitou, querendo tocá-lo, precisando tocá-lo, mas com receio de se perder naquela energia sexual à qual não conseguia resistir nunca. – Como posso saber se estou pensando por mim mesma, se você está sempre comigo, sempre em minha mente?

– Você vai ter que descobrir isso por conta própria, Shea – os olhos negros de Jacques a encararam com amor. – Você me conhece melhor do que ninguém e eu nunca tentei esconder nada de você. Se você pensar que sou um monstro, ainda assim vou acreditar em você.

O sorriso de Jacques era suave e reconfortante.

Shea respirou fundo e entrelaçou seus dedos aos dele. A sensação era boa e natural. Faíscas saltavam da pele dele em direção à pele dela. O coração de Shea batia acelerado, mas ela caminhou em silêncio pela floresta, ao lado dele, feliz simplesmente por estar junto de Jacques. Ele parecia ser parte dela, era como o ar que ela respirava. Shea aceitava aquilo, aceitava tudo o que viesse, pois com Jacques ela sentia-se completa.

Capítulo 16

Gregori era uma figura imponente. Shea o observava enquanto ele se ajoelhava diante de Raven e voltava toda sua atenção para a mulher que repousava tão serenamente.

– Você cuidou dos ferimentos de Shea?

A pergunta, lançada com uma voz suave, surpreendeu Shea. Gregori falava com Jacques. Petulante como de costume, ele certamente preferia falar com o homem.

– As feridas estão se fechando – Jacques lhe assegurou. *Rand atraiu Shea sozinha para dentro da floresta. Ele é o traidor, Gregori. Não o ataquei porque ele está ligado a Shea. Ele pode fazer com que ela sinta tudo o que lhe fiz. Ele é muito perigoso. Não posso ser aquele que o trará à luz da justiça. Shea jamais me perdoaria.*

– Não faça isso, Jacques – disse Shea com uma voz que deixava transparecer um pouco de dor. Ela estava irritada com ele. – Sei que você tem conversado com Gregori. Se você tem algo a me dizer, então diga agora, em voz alta para que eu possa escutar. Você acha que Rand é o vampiro, não acha?

Na verdade, o mesmo pensamento cruzava a mente de Shea, o que a fez se sentir desleal. Ela sabia que havia algo de errado com Rand; talvez a morte de Maggie perturbara sua mente e, portanto, ele estivesse vivendo no passado. Contudo, no meio daquela estranha conversa, Rand havia dito algo que ainda a deixara intrigada. Algo que ela não conseguia compreender.

Gregori passou a mão por sobre o ventre de Raven e, com a mão apoiada ali, abriu os dedos. Seu toque durou mais que um instante, em um gesto inesperadamente terno. Em seguida, Gregori voltou-se para Shea.

– Jacques sabe da obrigação que tem com você, Shea. Este homem, Rand, é o seu pai biológico, mas jamais esteve em sua vida. Apegue-se ao que é real, e não a fantasias de sua infância.

– Você não sabe nada sobre minha infância, seja ela fantasia ou não – Shea respondeu rispidamente, em um instinto de defesa além de seus limites, irritada com a arrogância inabalável de Gregori.

Ele ficou visivelmente chateado com ela. Shea suspeitou que isso se devia ao fato de ele sempre usar a lógica. Era ELA quem devia fazer isso.

– Tenho minhas opiniões próprias, Gregori, e tratam-se de opiniões bastante sólidas. Talvez, quando nos encontramos das primeiras vezes, eu tenha lhe passado uma impressão errada. Não sou uma mulher histérica que foge ao primeiro sinal de perigo. Não desmaio ao ver sangue e posso tomar minhas próprias decisões.

– Se eu a levei a pensar que esse era o conceito que eu tinha de você, devo me desculpar – disse Gregori com cortesia. – Não é essa, de modo algum, a impressão que tenho a seu respeito. Você tem muita coragem, você tem em sua natureza o poder da cura, mas tem pouco conhecimento acerca da maneira como vivemos. Não é fácil mantermos uma saúde regulada. Você tem a aversão humana a se alimentar de sangue, assim como Raven.

Shea ergueu o queixo.

– Sei muito bem que tenho um problema nessa área. Lidarei com isso quando estiver pronta. Mas existem outras coisas muito mais importantes acontecendo agora.

Jacques se agitou ao lado de Shea, como se quisesse protestar, mas permaneceu em silêncio.

– É aí que você se engana. Nada é mais importante – respondeu Gregori com sua voz aveludada, aquela voz que era um sussurro de poder. – Sua saúde é essencial para todos os membros de nossa raça. Você é uma mulher. Você tem o poder de criar vida dentro de si. Você representa esperança para todos os homens que não possuem uma companheira na vida.

– Não tenho a mínima intenção de trazer uma criança a este mundo.

Um silêncio pesado instalou-se. Gregori concentrou toda a força de seu olhar acinzentado no rosto de Shea. Aqueles olhos rasgaram-na e incendiaram toda e qualquer barreira até que ela sentiu como se ele pudesse enxergar todos os segredos que se escondiam dentro da alma dela. Gregori expirou lentamente.

– Entendo o motivo pelo qual você se sente assim agora, Shea. O que fizeram com você foi uma abominação. Vejo a dor dentro de você ao tomar esta decisão. Se você conseguir encontrar forças e esperar até que Jacques se recupere totalmente antes de desistir de um sonho tão importante, creio que entenderá que nossa raça ama e valoriza nossas crianças, reconhecendo-as pelo tesouro que são. E nos sentimos da mesma forma com relação às mulheres.

– Foi por isso que Rand abandonou minha mãe? Foi por isso que ele deixou que outra pessoa criasse seu próprio filho? Ou apenas as crianças do sexo feminino são valorizadas por sua raça?

Gregori suspirou.

– Todas as nossas crianças, sejam elas do sexo masculino ou do sexo feminino, são amadas e protegidas, Shea. Não entendo Rand. Para ser sincero, nunca o entendi. Neste momento, acredito que ele seja muito perigoso e que alguma coisa precise ser feita com relação a ele. Lá fora, nos campos, ele preparou armadilhas mortais para humanos, animais e Cárpatos. Levei um bom tempo para desfazer todas. Não podemos permitir que ele continue adotando esse tipo de conduta insana. Você já sabe disso, só não quer aceitar o fato.

– Então é assim? Você tem o direito de julgá-lo sem nem ter certeza de nada? Como sabe que foi ele? – Shea pegou-se retorcendo os dedos, tentando descobrir uma maneira de livrar seu pai. Ela lembrava-se muito vividamente da respiração daquele homem em seu pescoço, mas afastou a memória, sentindo-se mais uma vez desleal.

– Porque nenhum de nós pôde sentir a presença dele na floresta – respondeu Jacques, com uma voz suave.

Como uma sombra na mente de Shea, Jacques era capaz de ver claramente o conflito entre o cérebro e as emoções de sua companheira.

– Apenas você o sentiu, Shea. E, por conta disso, ele conseguiu acordá-la, mesmo eu tendo ordenado que você dormisse. Ele deliberadamente enganou-a, trazendo-a para dentro da floresta. Depois, tentou tomar seu sangue para fortalecer a influência que exerce sobre você.

– Talvez ele esteja doente. Talvez esteja confuso... Ele poderia ter me forçado. Porque ele não me forçou, Jacques? Rand certamente poderia ter me forçado! Ele é bem mais forte do que eu, e me senti como se estivesse em um estado de transe. Por que ele simplesmente não me forçou, se ele é de fato um vampiro?

– Porque um companheiro não pode ser forçado a escolher um companheiro. Deve ser uma escolha sincera. Caso contrário, não existirá um laço verdadeiro entre os dois. E Rand sabe disso – Jacques se aproximou dela. – Esse conhecimento está impregnado nele, arraigado desde antes de seu nascimento.

Shea deu um passo para trás, esfregando as mãos em suas têmporas latejantes.

– Por que diabos tudo é tão insuportavelmente complicado com vocês, Jacques? Nada disso acontecia comigo quando eu era apenas humana.

– Você era meio-humana, Shea – Jacques lembrou-a com delicadeza. – E você sabe que estava correndo perigo naquela época. Sua mãe foi inteligente o bastante para escondê-la de uma sociedade fanática que estava atrás de você.

Shea estremeceu e esfregou as mãos nos braços, tentando se aquecer.

– Eu apenas queria ir para algum lugar, Jacques, para podermos conversar e para que eu possa tentar entender tudo isso. Preciso encontrar uma maneira de perdoá-lo por ter me usado para matar aqueles homens.

Mikhail transformou-se de sua forma reluzente em um homem sólido bem diante dos olhos de Shea. O coração dela quase parou. Então, ele lançou-lhe um sorriso.

– Devo agradecê-la por trazer meu amor de volta para mim. Sem ela, minha vida não teria qualquer valor. Você é muito preciosa para nosso povo. É uma pena que tenha sido jogada para dentro de nosso mundo sem qualquer preparação, a transição poderia ter sido mais fácil. Esses são tempos difíceis para todos nós – ele gentilmente colocou a mão no braço de Shea. – Por favor, perdoe-nos por termos usado você para acabar com Slovensky e Wallace. Não podíamos permitir que eles matassem Raven ou sequestrassem você, como pretendiam fazer. E Raven não podia nos ajudar, portanto procuramos você. Foi errado termos usado você sem seu consentimento, mas não pudemos nos dar ao luxo de esperar para pedir sua permissão. Seu parceiro não podia fazer nada além de proteger a sua vida, mas, por conta da distância, é impossível fazer o que quer que seja sem olhar através dos olhos da outra pessoa.

Mikhail foi eloquente e sincero, e Shea não conseguiu ficar furiosa com ele. Em vez disso, ela suspirou e mordeu o lábio inferior.

– Eu queria que as coisas tivessem acontecido de outra forma, Mikhail, mas fico feliz que Raven esteja viva.

– Ainda não entendo como aqueles dois humanos conseguiram disfarçar suas presenças para que não os percebêssemos. Monitorei Raven continuamente. Vocês duas não deveriam, em momento algum, ter passado por qualquer situação de perigo. Vasculhei as redondezas. Gregori e Jacques também analisaram os arredores. Seria compreensível se um vampiro nos enganasse, mas certamente não um humano.

– Eu também vasculhei – murmurou Raven, ainda com a voz enfraquecida. – Não percebi qualquer ameaça e, mesmo assim, Shea mostrava-se preocupada; ela tinha certeza de que estávamos sendo seguidas desde o início. Descartei seus medos, pensando que eram fruto da separação com Jacques.

– Apenas Shea conseguiu detectar os vampiros na floresta – constatou Jacques.

Shea de repente tornou-se o centro das atenções. Ela aproximou-se instintivamente de Jacques, que envolveu sua cintura com o braço, usando seu próprio corpo para protegê-la.

– Sei que todos vocês estão pensando que foi Rand. Não quero que seja ele. Quero ter uma família.

– Você tem uma família – disse Mikhail gentilmente. – Eu sou sua família. Raven é sua família. Nossa filha também será sua família. E, obviamente, você tem Jacques. Algum dia vocês terão filhos – ele lançou um leve sorriso na direção de Gregori. – Você pode até mesmo considerar Gregori como um membro de sua família. Nós o consideramos, embora ele não goste nem um pouco disso. Estamos juntos e somos próximos. Esses últimos dias não são um exemplo real de como seguimos nossas vidas. Estamos sendo atacados e por isso precisamos nos defender. Na maior parte do tempo, nossa vida é bastante parecida com aquela do mundo dos humanos. Não nos julgue com base nos últimos dias. Eles são uma exceção.

– Talvez Byron possa nos dizer quem o traiu – sugeriu Shea. – Será que podemos esperar para ouvir o que ele tem a dizer antes de condenarmos Rand?

O que tinha incomodado tanto Shea? O que Rand tinha lhe dito que tanto a incomodava?

Jacques deu-lhe um abraço forte.

– Ninguém quer que seja Rand, ruivinha, e pode ter certeza de que ninguém fará nada antes que haja alguma prova.

Shea sabia que Jacques estava tentando confortá-la, muito embora ele realmente acreditasse que seu pai fosse o traidor. Uma parte dela sabia que aquilo era verdade. Longe de Rand, ela podia ver as coisas com mais clareza. Ele não era apenas um homem confuso e atormentado pela morte de sua mãe; podia ser também um assassino frio e calculista.

Shea fechou os olhos, incapaz de aceitar o que seus pensamentos sugeriam-lhe. Jacques não podia ser aquele que acabaria com a vida de Rand. Ele simplesmente não podia. Um calor invadiu sua mente, e ele abraçou-a ainda mais apertado, como se tentasse protegê-la de tudo aquilo.

Não há necessidade de eu ir atrás de Rand se ele provar ser o vampiro que anda perseguindo nosso povo. Os outros vão se encarregar disso. Podemos viver longe deste lugar, se assim você desejar, meu amor.

Se Rand fosse o vampiro, o traidor, Jacques teria mais motivos do que qualquer outro Cárpato para desejar destruí-lo sem piedade. Mesmo assim, ela não podia suportar tal pensamento.

Obrigada, Jacques. Não quero que você seja o responsável pela morte de Rand, se as coisas realmente chegarem a esse ponto.

Permita-nos ir até Byron, e farei conforme prometi. Depois encontraremos um lugar para descansar.

Shea concordou, roçando a cabeça no peito de Jacques. Ela podia ouvir as batidas reconfortantes do coração de seu companheiro, podia sentir o calor do corpo dele tornando-se cada vez mais intenso para se ajustar à temperatura dela. Jacques era sólido e real. E ela sentia-se grata pelos dois, por eles tomarem atitudes e decisões lenta e racionalmente. Neste exato momento, Shea não estava certa de que seria capaz de fazer aquilo sozinha. Seu cérebro brilhante parecia não funcionar tão bem ultimamente.

– Vamos até Byron, Gregori. Você está me ouvindo? – perguntou Jacques.

Relutante, Gregori deixou Raven com Mikhail. Uma mulher não poderia ser reivindicada antes de seu décimo oitavo aniversário. Cada momento da existência do curandeiro seria um teste de sobrevivência. Ele viveria em um inferno até que a criança completasse dezoito anos. Ele caçaria, e se alimentaria, e resistiria ao desejo de matar, a menos que fosse chamado para fazer justiça. Aqueles seriam os momentos mais perigosos, a hora de se afastar do poder de acabar com uma vida. E em algum lugar, ali por perto, Rand estava esperando.

Quando Gregori virou-se para seguir Jacques e Shea, Mikhail o deteve.

– Será que os humanos teriam encontrado algum tipo de substância química capaz de disfarçar suas presenças, de modo que não possamos percebê-los? Se esse for o caso, todos nós corremos um enorme risco, e precisamos fazer algo para enfrentar essa nova ameaça.

– Tudo é possível, mas é mais provável que o vampiro esteja usando um feitiço de sombra. Esse tipo de feitiço é muito antigo, mas há algum tempo anda esquecido. Deparei-me com ele no livro perdido de Shallong. Ele o havia enterrado juntamente com seus objetos malignos na montanha das almas. Pensei que ninguém mais tivesse ousado viajar para aqueles lados – Gregori olhou para Shea para ter certeza de que ela não estava ouvindo.

– É totalmente possível – continuou Gregori – e até mesmo provável que Rand tenha acordado há mais de sete anos, tenha encontrado a mãe de Shea já morta, e tenha se transformado. Em meio a tanto ódio, ele deve ter culpado você e Jacques. Rand deve ter estudado as artes e as magias antigas e retornado para liderar Slovensky e seu sobrinho na matança de nosso povo sete anos atrás. Nenhum de nós sabia que ele tinha acordado e, por isso, ele nunca foi considerado um suspeito. Jacques pensou que conhecia o traidor, pensou que ele e o traidor tinham sido próximos em algum momento. Rand era sua família por parte de Noelle.

– Você acredita que Rand pode ter ordenado a tortura e mutilação de seu próprio filho?

– O filho de Noelle, Mikhail. Se Rand é tão perverso quanto penso que seja, então foi ele quem ajudou os humanos a cometerem os assassinatos sete anos atrás. Todos corremos perigo, principalmente Jacques. A única pessoa que pode escapar da morte é Shea, mas, mesmo assim, ela sofreria muito.

– Ele sabe que vamos caçá-lo agora. Então, vai tentar escapar.

Gregori balançou negativamente a cabeça.

– Não, ele trabalhou demais em sua vingança. Isso é ódio, Mikhail. Ele vive para matar, e nós somos aqueles que ele vai procurar. Rand vai continuar por aqui e vai tentar ludibriar Shea, vai tentar atraí-la para perto dele.

– Você precisa alertar Jacques.

– Não é necessário. Jacques já sabe. Ele vai manter Shea por perto. Jacques é perigoso, Mikhail. Você ainda tem em mente a ideia de que ele é aquele seu irmãozinho mais novo que precisa de proteção, mas ele cresceu e tornou-se muito poderoso. Rand vai subestimá-lo. Ele não conhece o monstro que ele mesmo criou.

– Não sei se gosto que se refira a meu irmão como se ele fosse um monstro – havia humor na voz de Mikhail.

– Você nem imagina o que digo de você pelas costas – brincou Gregori, enquanto seus braços abriam-se para acomodar as asas que já se formavam.

A gargalhada de Mikhail ecoou juntamente com o som dos pássaros que voavam pelo céu escuro daquela noite.

*

A caverna de cura era menor que a maioria das outras câmaras em meio ao labirinto de túneis subterrâneos. O solo era rico, escuro e fértil. O aroma era agradável, uma mistura da fragrância das ervas com o cheiro natural da terra. A mão de Shea encontrou o bolso de trás da calça de Jacques e deixou-se deslizar para dentro, criando um elo entre os dois. Enquanto eles examinavam a extensão dos ferimentos de Byron, Shea teve uma desagradável sensação de *dejà vu*. Smith e Wallace não tinham tido tanto tempo para torturá-lo quanto tiveram para torturar Jacques, mas ainda assim o corpo de Byron estava escurecido por queimaduras e coberto de cortes.

Shea encontrou a mão de Jacques, entrelaçou seus dedos aos dele, quase sem se atrever a olhar para ele. A imagem do corpo torturado de

Byron devia lhe trazer memórias tenebrosas. Shea tentou transmitir uma energia positiva.

– Bem, pelo menos eles são consistentes no que diz respeito ao tipo de danos que causam. Portanto, sabemos que posso ajudá-lo, usando como base minha experiência.

Jacques não queria que ela tocasse em outro homem. A emoção era forte e ruim e opressora. Detestando-se, Jacques respirou fundo e exalou aquela fúria, instintivamente colocando seu enorme corpo entre sua parceira e Byron.

Shea acariciou seu rosto com seus dedos gentis.

– O que foi? – a voz dela era tão bela, clara, suave e refrescante que Jacques teve vontade de estremecer com a verdade. Ele sentia vergonha, mas não podia mentir para Shea.

– Não sei. Mas tenho certeza de que não vou suportar vê-la tocando nele. Meu Deus, Shea, eu me detesto por sentir o que estou sentindo, mas você não pode fazer isso! – Jacques apoiou suas mãos no rosto de Shea. Seus olhos negros estavam cheios de dor. – Você não pode fazer isso.

– O que você acha que vai acontecer se eu tocar neste homem? Agora você acredita nas histórias de Rand? Você acha que me influenciou de alguma forma e que nossa química não é verdadeira?

– Só sei que, se você tocar nele, vou acabar perdendo o controle. O demônio dentro de mim se levantará, e minha mente se despedaçará em tantos fragmentos que jamais vou conseguir me recompor novamente.

Shea podia sentir a repugnância que Jacques sentia, causada por um ciúme irracional e pelo medo que ele tinha de que, se ela ignorasse seu apelo, algo terrível aconteceria. Ela percebeu que já conhecia um pouco dos costumes dos Cárpatos, e se deu conta de que, naquele momento, Jacques estava no limite da razão – era mais animal que um homem. Os dedos dela envolveram o braço de Jacques, e ela sorriu para ele.

– Então acho que teremos que esperar o médico.

Jacques sentiu a tensão esvair-se de seu corpo.

– Talvez seja uma ótima ideia.

Shea estendeu a mão e passou a ponta de seu dedo pelo pescoço de Jacques. A massagem era ao mesmo tempo insinuante e reconfortante. Ele reagiu agarrando-a com força, encostando os lábios firmes contra os dela, como se a dominasse e a capturasse. Beijou-a possessivamente. Seu corpo clamava por Shea.

– Preciso tê-la agora, Shea. Meu corpo está queimando de desejo por você, e isso me causa uma dor enorme. Precisamos ficar juntos logo, ou posso morrer.

O riso de Shea foi abafado pelo peito de Jacques.

– Ninguém nunca morreu porque queria fazer amor – disse Shea. No entanto, ela não estava tão certa disso quanto gostaria de estar. Seu próprio corpo também ardia de desejo, implorando para se unir ao corpo dele.

Gregori subitamente se materializou, lançando no ar um ruído suave como um suspiro. Em seguida, olhou para os dois com um ar de reprovação. Como duas crianças que sentiam culpa, Shea e Jacques afastaram-se.

O médico apressou-se em dizer:

– Ele vai ficar fraco, Jacques. Talvez até tente resistir a você. Byron está prestes a se transformar, e já vem passando por isso há algum tempo. Conte-lhe sobre a filha de Raven, e sobre sua convicção de que Shea pode vir a conceber uma menina – Gregori aconselhou suavemente. – Você deve mantê-lo sob controle. Senti a resistência de Byron à nossa intervenção.

Jacques concordou. Ele queria ver Shea longe de Byron; e ela, lendo seus pensamentos, dirigiu-se para a entrada da caverna. Jacques a agradeceu e voltou sua atenção a seu antigo amigo.

Shea observou-o, sentindo-se subitamente orgulhosa de seu companheiro. Talvez Jacques ainda não conseguisse vê-la tocando outro homem, mas ele também não se sentia muito feliz por isso. E ela podia sentir a determinação de Jacques em salvar Byron. Sabia que ele não conseguiria mentir para ganhar sua aprovação. Jacques não tentou esconder seu lado obscuro, mas, em vez disso, queria encontrar uma maneira de fazer com que ela o amasse mesmo assim.

E ela o amava. Talvez não entendesse o porquê, mas ela amava tudo naquele homem. Ele não fugia às suas obrigações. Enfrentava todos os dias o demônio que existia dentro de si. Tudo tinha acontecido muito rapidamente, uma coisa após a outra. Shea levou muito tempo para assimilar as informações, mas uma das poucas coisas que já faziam sentido era a maneira como Jacques a tratava. Ele era sincero com relação a tudo, até mesmo à terrível necessidade que sentia por ela.

Byron gemeu, chamando a atenção de Shea para os homens que se debruçavam sobre ele. Gregori ainda permanecia imóvel como uma estátua, completamente atento ao corpo destruído. Jacques forçava seu pulso na direção da boca de Byron. O estômago de Shea revirou-se, mas ela não desviou o olhar.

Byron resistiu, muito embora seus olhos implorassem.

– Você precisa tomar meu sangue. As mulheres estão seguras. A armadilha da qual você nos alertou falhou – a voz grave de Jacques soava como notas musicais pairando no ar. Shea uniu sua mente à de seu companheiro em uma tentativa de torná-lo mais forte. Ela podia sentir a surpresa de Jacques ao ver sua vontade unindo-se a dele para tentar convencer Byron.

– A mulher de Mikhail carrega uma menina em seu ventre – contou-lhe Jacques, brandamente. – Shea é metade humana e pode gerar crianças do sexo feminino. Há esperança de um futuro agora, Byron. Queremos que você junte-se a nós para encontrarmos mulheres humanas que possuam habilidades sobrenaturais e que possam ajudar nosso povo. Você não pode jogar sua vida fora. O que você vai fazer se, por conta de nossos elos consanguíneos e de nossa amizade, você for o parceiro de minha filha? O que será de nossa criança? Aceite o que lhe está sendo oferecido de bom grado, velho amigo, e salve-se. Você é forte. Você vai aguentar firme enquanto nós reconstruímos nossa raça.

Byron olhou no fundo dos olhos negros de Jacques por um longo instante, procurando algo que evidentemente havia encontrado. Ele cerrou a boca no pulso que lhe era oferecido e bebeu por vontade própria. Pela primeira vez, Shea não achou o ato repulsivo. Havia algo bonito na maneira como Jacques entregava de forma tão natural seu sangue a Byron. Era um ato muito mais pessoal do que a maneira como os humanos doavam sangue.

O corpo de Shea estremeceu com um desejo ardente e, sem se dar conta, deixou que seu calor banhasse a mente de Jacques. Ela viu seu corpo curvar-se, como se alguém houvesse fisicamente lhe atingido. Um sentimento de culpa pairou no ar por um momento, mas logo em seguida ele já estava acariciando o pescoço de Shea, tocando-a mentalmente, despertando-a para um estado de excitação sexual que lhe dava tanto prazer quanto seu toque físico.

Gregori lentamente ajeitou o corpo e inspirou bruscamente, encarando Jacques.

Pegue sua mulher e encontre um lugar longe de nós. Você sabe quão perigosos os Cárpatos podem ser em momentos como esse. Cuide de suas necessidades, Jacques.

Não me recordo muito bem dessas coisas. Caso você se lembre, nossa casa foi invadida, e o vampiro sabe onde ela fica.

Entre em camadas subterrâneas profundas. A caverna continua até você encontrar o verdadeiro centro, as fontes de águas termais. Vocês estarão seguros lá. E a sós.

E Byron?

Ele não pode falar. Assim como você, ele teve a voz paralisada. Duvido que consiga se lembrar de quem foi o traidor. Vou colocá-lo na terra para que ele possa se curar. E vou procurar Rand. Nosso príncipe estabeleceu uma sentença para traidores. E não tenha dúvidas de que me certificarei de que ele é o culpado antes de destruí-lo.

Jacques dirigiu-se a Byron e colocou a mão em seu ombro.

– Entregue-se ao sono nas profundezas da terra, Byron. Vou retornar todos os dias para ver se você está bem alimentado e se suas feridas estão cicatrizando. Você confia em mim?

Byron fez um leve gesto afirmativo com a cabeça e fechou os olhos. Ele ansiava pelo conforto do solo com poderes terapêuticos. O sangue já pulsava em suas veias, dando-lhe forças para se curar. Sentiu-se melhor por ter, de alguma forma, conseguido alertar os outros sobre a armadilha montada pelo vampiro. Byron tinha sido usado para enganar os amigos e afastá-los das mulheres. O vampiro tinha, inclusive, dito a ele que pretendia sacrificar Smith enquanto Slovensky e seu sobrinho matavam Raven e capturavam Shea.

A terra abriu-se, e seu corpo sem peso algum flutuou para dentro do solo. Por toda a sua volta, o solo parecia querer curá-lo, parecia dar-lhe as boas-vindas. Byron então cedeu ao sono e à terra.

Jacques fez um pequeno gesto de saudação a Gregori e estendeu a mão para Shea. No momento em que seus dedos encontraram os dela, a eletricidade tornou-se aguda e nítida entre os dois. Jacques levou-a para fora da caverna e para dentro do túnel. Para seu espanto, em vez de levá-la em direção à floresta, Jacques conduziu-a para baixo, rumo às entranhas da terra. O túnel era largo o suficiente para que ambos pudessem caminhar lado a lado, mas ela não se movia na mesma velocidade dele. A cada passo, o corpo de Jacques se tornava mais rígido e mais dolorido. Sua respiração saía em espasmos ofegantes. Ele agarrou Shea em seus braços e apressou-se por dentro das curvas e entradas do túnel.

– O que você está fazendo, Jacques? – Shea perguntou com um tom que misturava gozo e preocupação, envolvendo o pescoço de seu companheiro com braços esguios.

– Estou nos levando a um lugar onde poderemos ficar a sós – Jacques estava decidido. Ele queria tê-la durante horas, durante dias, durante toda a sua vida. Mas, acima de tudo, ele queria, ele precisava tê-la naquela hora.

Shea enterrou o rosto no ombro de Jacques. O corpo dela respondia à urgência na voz dele, àquela respiração trabalhosa e ao bater acelerado do coração de seu companheiro. A boca de Shea encostou-se ao pulso dele; sua respiração aquecia-lhe a pele. Ela sentiu-o estremecer, consciente, e com delicadeza sentiu o sabor da pele de Jacques com a língua.

– Humm, o seu sabor é uma delícia.

– Que droga, Shea, juro que se você continuar com isso, não vou conseguir esperar até chegarmos às fontes.

– Nunca ouvi falar de nenhuma fonte – ela murmurou quase sem prestar atenção, acariciando seu pulso mais uma vez, mordiscando-o com os dentes, provocando-lhe.

Os lábios de Shea exploravam ainda mais, subindo até o pescoço e a orelha de Jacques.

– É uma fonte de águas termais. É apenas um pouco mais adiante – ele grunhiu, mas inclinou a cabeça mais para perto dela.

Shea deixou sua mão deslizar pela frente da camisa dele, brincou com os botões, abriu-os lentamente para sentir com a palma da mão o calor da pele de Jacques.

– Acho que você está pegando fogo, Jacques – ela sussurrou com um tom sacana na orelha dele, usando a língua para acariciar-lhe a nuca. – Eu estou.

Jacques parou, encostou-a em uma parede curvada e deixou que os pés dela encostassem no chão. Não havia palavras que pudessem descrever a ânsia e urgência de seu corpo, ou o caos de sua mente. Ele forçou seu corpo contra o dela, fazendo pressão ao mesmo tempo em que se apossava dos lábios carnudos de sua companheira. Passou a mão pelo pescoço de Shea, e então levantou a cabeça dela para ter melhor acesso à veia.

Shea sentiu o chão tremer sob seus pés. Cores misturaram-se em sua mente e chamas brotavam em seu corpo. Ela mal podia suportar as roupas tocando sua pele extremante sensível. Seus seios estavam inchados e queimavam de desejo. Seus mamilos enrijecidos roçavam o tecido que os cobria.

Jacques estava ardendo em desejo. Sua calça jeans estava tão apertada a ponto de quase deixá-lo sem ar. Ele livrou-se da peça, libertando-se. Então, tirou também as roupas que cobriam o corpo de Shea.

– Tenho de possuí-la agora mesmo, Shea – ele disse com a voz rouca.

Suas mãos tocavam-na em todas as partes, massageando aqueles seios firmes, excitando-os ainda mais, acariciando seus mamilos, levando-os ao ápice da excitação.

Roçou os dentes pelo contorno do pescoço macio de Shea, percorrendo um caminho que levava sua boca até aqueles seios cremosos e inchados. Ao sentir a respiração ofegante de Shea, ele deleitou-se de prazer, faminto e cheio de desejo. Suas mãos agarraram-na pela cintura fina enquanto ele a segurava com firmeza. A blusa de algodão dela abriu-se por completo, deixando o tórax à mostra. Ela emitia leves gritinhos, gemidos selvagens e roucos, que apenas intensificavam o frenesi de Jacques.

– Você está fora de controle, meu selvagem – Shea sussurrou suavemente, com suas mãos estimulando-o ainda mais. Os dois formavam uma chama única de desejo, aquecendo o próprio ar que os envolvia.

Jacques tirou a calça jeans de Shea, e deitou-a no chão, apoiando seu corpo sobre o dela.

– Vamos?

Levou suas mãos até o quadril dela e levantou-a para que pudesse se mover para frente e enterrar-se profundamente em seu sexo úmido e quente. O prazer era algo entre exótico e doloroso. Alívio e pura alegria. Shea estava com tanto tesão e pronta, apertando-o, ardente, envolvendo-o com sua pele aveludada em chamas. Jacques sentiu a boca dela contra os músculos rijos de seu peito. Sentiu a respiração dela, seu suave murmúrio de prazer. Seu corpo enrijeceu-se em resposta, movendo-se para frente, cada vez mais fundo. Uma onda de calor feroz espalhou-se, uma dor lancinante tornou-se um doce êxtase quando os dentes dela encontraram seu pulso. Ele escorregou o membro para dentro dela, sensual e ardente. Seu corpo possuía o dela, com aquele jeito dominador típico de sua espécie. Selvagem. Faminto. Urgente.

Ele mexia-se mais lentamente, mais rápido, mais fundo e mais de leve. Eles ligavam-se em todos os sentidos, seus corações e suas almas voavam livres. Jacques não queria jamais sair de dentro do corpo de Shea. Aquele prazer era o paraíso e deveria durar por toda a eternidade. Seu coração pulsava rapidamente, sua cabeça girava. Presas cresceram dentro de sua boca, necessitando de cada parte de Shea. Enquanto ela se saciava, ele inclinou a cabeça e apossou-se do pescoço de sua companheira.

Shea gritou quando sentiu os dentes de Jacques sendo cravados em seu pescoço, conforme o corpo dele mexia-se dentro dela. A fricção crescia e as cores dançavam. Com a língua, ela acariciou o peito de Jacques. Prendeu-se ao corpo dele como se ele fosse sua âncora, enquanto ele os levava ao delírio. Os braços de Jacques abraçavam-na com força, seu corpo penetrava o dela muito profundamente. Seus músculos uniam-se aos dela de forma tão perfeita... Corações e mentes encontravam-se como metades de um mesmo todo. Era impossível dizer onde um começava e onde o outro terminava.

Ele juntou sua boca à dela. Os dois compartilhavam suas forças vitais ao mesmo tempo em que se aproximavam do limite da sanidade. Tempo e espaço pareciam deixar de existir.

Shea repousava nos braços de Jacques, cansada, sem pensar em nada além da beleza e da paz daquele lugar. A terra abaixo de seus pés trazia uma sensação reconfortante e suave. A curva do túnel acima deles formava um verdadeiro santuário para os dois. O corpo de Jacques, musculoso e forte, era um porto seguro em meio à tempestade turbulenta gerada enquanto eles faziam amor. Pela primeira vez, sua fome tinha sido saciada. No calor do momento, ela tinha se alimentado bem, aceitando todos os fluidos que Jacques ofereceu-lhe de forma tão generosa. Lembrou-se dele falando que haviam maneiras de fazer com que ela não sentisse repúdio dos hábitos alimentares dos Cárpatos. Passou a mão com carinho pelas costas dele, sentindo seus músculos bem definidos, inalando o cheiro dos dois, que agora se combinavam em um único aroma sensual e lascivo. Pela primeira vez em muitos dias, sentiu uma paz verdadeira.

Jacques trouxe-a para bem perto de si, abraçando-a, sentindo-se grato porque a dor e urgência tinham deixado seu corpo. Ele ergueu a cabeça e acariciou os cabelos de Shea, num gesto cheio de ternura.

– Não conseguimos esperar até chegarmos nas fontes de água.

– Que fontes? – a voz de Shea soava embriagada e voluptuosa depois de eles terem feito amor.

O coração de Jacques estava entregue a Shea, e seu corpo voltou a enrijecer com todo aquele desejo.

– O túnel leva até fontes de águas quentes, um lugar lindo onde podemos descansar por algum tempo. Eu estava levando você até lá, mas você me seduziu.

Shea deu uma leve risada.

– Então foi isso que eu fiz? Se tudo que é preciso para seduzir você é abrir sua camisa, acho que vamos passar momentos muito excitantes juntos.

Jacques aninhou-se no calor do pescoço dela e, lentamente, mudou o foco de sua atenção mais para baixo, para o convite sedutor que aqueles seios fartos eram.

– Você tem ideia de como é bonita?

– Não, mas, se você quiser, pode me dizer – ela encorajou-o, envolvendo o pescoço forte de Jacques com seus braços esguios.

Shea fechou os olhos, saboreando a sensação que ele lhe causava ao usar a língua para acariciar seus mamilos enrijecidos.

– Eu te amo de verdade – ele disse subitamente, levantando a cabeça de forma que seus olhos negros pudessem encontrar os olhos esverdeados de Shea.

Os olhos dela revelaram surpresa.

– É verdade, Shea. Eu não apenas preciso de você, eu te amo. Sei tudo sobre você, estive em sua mente, experimentei suas memórias, sonhos e ideias. Sei que você acha que estou com você porque preciso, mas meus sentimentos são muito mais profundos do que isso. Eu te amo – Jacques sorriu inesperadamente, e passou a ponta do dedo pelo lábio inferior de Shea. – Além disso, sei que você me ama também. Você esconde isso de si mesma, mas eu pude ver, em um cantinho bem escondido, bem guardado de sua mente.

Shea estudou o sorriso provocante no rosto dele e então empurrou o peito musculoso de Jacques.

– Você está inventando tudo isso.

Ele afastou-se dela e, em seguida, estendeu a mão para ajudá-la a se levantar. As roupas de Jacques estavam espalhadas por todos os cantos; ele nem se importou em recolhê-las. A blusa de Shea ainda estava meio aberta, e sua calça jeans estava abaixada quase até mais ou menos a altura do tornozelo. Enrubescendo, ela puxou a calça para cima. As mãos de Jacques seguraram as de Shea, impedindo que ela abotoasse a calça.

– Não se preocupe, Shea. As fontes estão logo ali adiante.

Ele deu alguns passos para frente e olhou para trás, na direção dela.

– Não inventei nada disso, e sei que você está observando minhas costas.

Ela balançou a cabeça, jogando suas mechas ruivas em todas as direções.

– Qualquer mulher em sã consciência olharia para suas costas nesse momento, portanto, não precisa incluir isso na sua listinha de virtudes que o torna tão arrogante. E fique longe da minha mente até que seja convidado.

Ela de fato estava encarando-o; ela simplesmente não conseguia se controlar. A beleza masculina de Jacques era impressionante.

Jacques virou-se para ela e segurou sua mão, entrelaçando seus dedos com os dela.

– Mas as coisas mais interessantes deste mundo estão em sua mente, meu amor. Coisas que você não tem a intenção de me contar.

Shea agora podia ouvir um som ao longe. Não o respingar de água que saía da terra e caía dentro do túnel, mas um ruído abafado que se tornava mais alto a cada passo que eles davam. Ela olhou cuidadosamente em volta, temendo que o teto da caverna pudesse ceder sobre eles. Jacques puxou sua mão, apressando-a.

Perto da curva seguinte, ele abaixou-se para passar por uma pequena abertura; Shea acompanhou-o com certo receio. No momento em que ela conseguiu ficar de pé e endireitar-se novamente, a visão praticamente tirou seu fôlego. O espaço era enorme, com cristais de rocha iluminando as paredes, brilhando através das ondas de vapor. As fontes encontravam-se quase que enfileiradas, separadas apenas por paredes simétricas de rochas. O vapor levantava-se de várias daquelas fontes, conferindo ao local uma aparência etérea. Ao fundo, uma cascata constante de águas desaguava dentro de uma reserva mais funda. Pedras enormes e rochas largas e lineares separavam os tanques de água, formando pequenas piscinas naturais.

Shea se pegou admirando aquele paraíso subterrâneo, extasiada.

– Isto é tão bonito! Como é que ninguém sabe da existência deste lugar?

Jacques sorriu levemente.

– Você está falando de humanos?

Virou-se para Shea, colocou as mãos por trás do pescoço dela e curvou-se para beijá-la. Ele precisava daquele beijo. Shea era um tentação ainda maior com as roupas amarrotadas, semiabertas, com os cabelos soltos e selvagens, com aquele olhar de surpresa.

O corpo dela tornou-se imediatamente leve e dócil, misturando-se com o corpo forte e musculoso de Jacques. A boca dela estava quente e convidativa. Seus seios apertavam-se contra a barriga nua e definida dele. Jacques levantou a cabeça enquanto corria o polegar pelos lábios dela, descendo pela garganta até o mamilo do seio direito.

– Estas cavernas são profundas e seguem por quilômetros afora. É muito fácil se perder ou simplesmente desaparecer aqui. Poucos humanos conseguiram chegar a esse lugar. Essas fontes têm a reputação de serem perigosas – sua mão acariciou a pele suave dela. – Tire a calça jeans.

Ela sorriu para ele.

– Estou vendo que este lugar é realmente perigoso. Agora, por que eu iria querer fazer algo que obviamente vai me colocar em problemas enormes?

A mão de Jacques acariciou a cintura de Shea, sentindo cada costela por baixo daquela pele de cetim. Ele podia senti-la estremecer em resposta.

– Porque eu quero. E porque você quer me satisfazer.

Shea deu uma gargalhada. Então, arqueou as sobrancelhas, num gesto que deixava clara sua surpresa.

– Sério? É isso que eu quero, então?

Ele concordou solenemente.

– Sim, mais do que qualquer outra coisa.

Ela afastou-se dele, deliberadamente, para provocá-lo.

– Entendi. Bem, eu não sabia disso. Obrigada por me informar.

– De nada – ele respondeu, sério, seus olhos acompanhavam cada movimento de Shea.

Ela era graciosa e sedutora como uma sereia incitando-o a segui-la. Seu corpo agitou-se e, com pesar, ele entendeu que as fontes de águas termais deviam ser um lugar mais propício para observá-la. Jacques adentrou a fonte mais próxima, estremecendo. As bolhas pareciam dedos acariciando sua pele sensível.

A risada de descaso de Shea perseguia-o, provocando-o, como se atingisse seus nervos com a ponta de uma chama. Ela sentiu uma onda inesperada de poder. Jacques era um ser invencível, mas, mesmo assim, ela pôde ver o corpo dele tremendo e pôde ouvir o bater daquele coração, mesmo em meio ao bramido das cachoeiras. Tudo para ela. Por decisão própria, ela tirou a calça jeans, expondo o corpo esbelto e o sexo vermelho em chamas acenando para ele. Pura tentação. Deixou a blusa cair e levantou os braços em direção aos céus, provocando de forma sedutora o próprio paraíso.

O corpo de Jacques enrijeceu, cheio de desejo. Seus olhos negros não deixavam de acompanhar um movimento gracioso sequer, nem mesmo um único balanço daquele corpo lindo, daqueles contornos perfeitos. Ela mergulhou em uma das fontes lentamente, deixando que a água borbulhante roçasse sua pele como uma língua concupiscente. Moveu-se para o centro do tanque de água e, finalmente, deixou-se submergir como um leão-marinho elegante e reluzente. Jacques sentou-se na beirada de uma rocha, com suas pernas dentro da água, e bolhas de água batendo na altura da cintura. Ficou ali, observando-a nadar em sua direção, indo e vindo. Shea brilhava, emergindo e desaparecendo mais uma vez.

A cabeça dela emergiu, seus olhos verdes pareciam ainda maiores enquanto corriam pelo corpo de Jacques. Ele estava totalmente imóvel, como se fosse uma escultura de pedra. Seus músculos eram fortes e bem delineados, e seu corpo tinha ares agressivos. Um leve sorriso escapou pelos cantos dos lábios de Shea. Ela nadou lentamente na direção dele.

– Então você acha que quero dar prazer a você?

– Não tenho dúvida – as palavras soaram como um rugido grave. Jacques chegava a ter dificuldades para respirar.

Ela sorriu para ele. O sorriso era uma promessa muito feminina, sedutora, e carnal.

– Você tem razão. Realmente quero lhe dar prazer. Mas como posso saber se você não me hipnotizou? Como vou saber se essa ideia é minha, e não sua?

Jacques teve de se esforçar para encontrar a voz. E, quando a encontrou, ela saiu rouca.

– Eu não me importaria em hipnotizá-la para me satisfazer, mas de algum modo creio que você pode me dar prazer sem que eu precise lançar mão desse artifício – Jacques estava com dificuldades para pensar direito, em sua mente havia uma nuvem de desejo erótico.

A água batia em sua cintura conforme ela aproximava-se.

Os seios de Shea roçaram-lhe as pernas, fazendo ondas de fogo subirem pela corrente sanguínea daquele homem maravilhoso. Ela posicionou-se entre os joelhos dele, de modo que ele precisou abrir as pernas para acomodá-la. Shea encostou o queixo na coxa de Jacques.

– Preciso pensar na melhor maneira de lhe dar prazer. Você tem todo tipo de ideias interessantes na mente. Preciso encontrar a melhor delas, você não acha?

A respiração de Shea era quente e suave como veludo, e trazia ainda mais vida para o membro rígido de Jacques. Ela usou a língua para lamber e saborear uma gota de água que escorria por ali.

Jacques gemeu com um prazer intenso que se espalhava por seu corpo. Suas pernas abraçaram o corpo nu de Shea, trazendo-a para perto, de forma que a boca suave dela ficasse na mesma altura de seu membro latejante, que apontava para ela como uma lança selvagem. Decidido, ele empurrou o corpo para frente. A água formava bolhas, que se desfaziam em volta dele; os cabelos de Shea esparramavam-se pelas pernas de Jacques, deixando-os cada vez mais perto um do outro. Ele percebeu que estava prendendo a respiração, e não conseguia mais respirar.

O toque da boca de Shea em seu membro era como uma seda quente. A mente de Jacques parecia se dissolver. Seu corpo tremia, e seu coração explodia. Ele sentiu como se seu interior estivesse prestes a ir pelos ares. Já não possuía qualquer controle sobre si; era como se seu físico já não lhe pertencesse mais. Shea brincava com o corpo de Jacques como se tocasse um instrumento musical, produzindo notas latejantes, cada vez mais intensas e carregadas de paixão. Tudo que ele podia fazer era observá-la, totalmente entregue, enredado naquela teia de beleza e amor.

Jacques usou as mãos para segurar a cabeça de Shea, e então prendeu os cabelos molhados dela entre seus dedos. Ninguém, nada, em todos aqueles longos séculos, o havia preparado para a intensidade da emoção que ela fazia brotar dentro dele. Naquele momento, ele descobriu o que significava ser capaz de morrer por alguém.

Com o polegar, Jacques levantou o queixo de Shea, de modo que aqueles olhos verdes cruzassem com suas pupilas negras. E ela então pôde facilmente olhar dentro da alma dele. Mesmo com todos os erros de Jacques, mesmo com a falta de traquejo que ele demonstrava naquela relação, Shea conseguia perceber o que ele realmente sentia. Ele levantou-a e abraçou-a apertado. Abraçou-a com uma ternura imensurável, embalando-a com uma força controlada, desejando protegê-la para sempre dentro de seu coração.

A boca de Jacques deslizou pela pele delicada de Shea, absorvendo as gotas de água que se acumulavam naquele veludo apetitoso.

– Me ame, Shea. Me ame desse jeito. Você é o próprio ar que respiro. Não tenha medo do que estamos fazendo.

As mãos dele acariciaram a silhueta esbelta de Shea, fazendo-a sentir a firmeza do corpo de Jacques contra o corpo dela enquanto ele explorava cada curva de seu corpo, descobrindo cada sombra e cada vazio.

Quando ele a trouxe para mais perto de si, sentiu a água quente e lasciva que caía do corpo dela escorrer por seu próprio corpo. A boca dela estava em seu pescoço e ela beijava-o com amor, buscando deixá-lo ainda mais excitado. Dessa vez, ele foi gentil e afetuoso. Não teve pressa, mas aproveitou cada chance de tocá-la. E somente penetrou em Shea quando ela quis, como ela quis. A água espirrava e escorria por toda a volta. Bolhas formavam-se e estouravam ao redor de seus corpos nus. O vapor cobria-os, envolvendo-os como uma manta de seda.

Jacques acariciou mais uma vez aqueles cabelos reluzentes, beijou as pálpebras, as maçãs do rosto e os cantos da boca de sua companheira. Cada centímetro do corpo de Shea pertencia a ele, e ele a adorava com imensa ternura. Quando seu corpo finalmente se apossou do de Shea, os olhos dela transmitiram a mesma mensagem que os dele. E então a alma dela foi marcada para sempre com o nome de Jacques, com o toque de Jacques.

Capítulo 17

Jacques espreguiçou-se languidamente. Ele não queria se mexer, mas sua fome só aumentava e ele precisava desesperadamente de alimento. Tinha de alimentar Shea, Byron e seu próprio corpo que ainda estava se curando. Aliás, teria de se alimentar com frequência para dar conta. Cuidadosamente, afastou-se de Shea. Ela gemeu baixinho e seus longos cílios se abriram.

– Não dá para querer muito mais do que isso, não é? – eles tinham feito amor muitas vezes ao longo das últimas horas. Shea não tinha certeza de que conseguia se mexer.

Jacques correu um dedo provocante pela barriga delicada de sua companheira.

– Sempre quero mais. "Insaciável" é a palavra certa – ele suspirou e, relutante, levantou-se, espreguiçando-se novamente. – Quero que você fique aqui enquanto vou me alimentar. Aqui você estará segura.

Shea arqueou uma de suas sobrancelhas.

– Como você sabe? Todos os Cárpatos conhecem esse lugar, não? Eu deveria ir com você – Shea queria mantê-lo a salvo de qualquer perigo. Se Rand fosse mesmo o vampiro, então Jacques seria o Cárpato mais odiado por ele.

Jacques fez de tudo para não demonstrar qualquer tipo de emoção. Shea ainda tinha a ilusão de que estava cuidando dele, e esse instinto de proteção fez um calor inesperado correr pelo corpo dele. Ele amava isso em Shea. Não era idiota a ponto de revelar que sabia que sua companheira seria incapaz de matar uma mosca.

– Se você se esforçasse para aprender a sondar os arredores, saberia se algum Cárpato se encontra nas proximidades. Como estamos aqui, nenhum outro invadiria nossa privacidade – ele respondeu, ligeiramente ríspido.

– O vampiro pode se disfarçar, esqueceu? – ela lembrou-o com ares de quem suspeitava de algo. – Acho que é mais provável que você saia para caçá-lo!

Jacques bagunçou suavemente os cabelos de sua companheira.

– Vou me alimentar, ruivinha. Minha obrigação não é caçar o vampiro. Gregori foi o escolhido para isso. E acredite: não o invejo por ele ter esse trabalho. Quanto à possibilidade de o vampiro aparecer para incomodá-la, não se preocupe. Não vejo rastros dele nos arredores, e você não está demonstrando aqueles sinais de inquietação. Fique aqui e espere por mim. Já sei onde posso encontrar alimento. Só vou precisar de alguns minutos.

Shea olhou para ele.

– É bom que você não esteja mentindo para mim.

– Companheiros não podem mentir uns para os outros – ele se espreguiçou novamente e abaixou-se para beijá-la. – Não saia deste lugar, Shea. E lembre-se de ficar em contato comigo. Não quero me deparar com surpresas desagradáveis quando voltar. E digo mais: se você mantiver contato comigo, verá que estou falando a verdade. Só vou me alimentar.

Shea espreguiçou-se ao lado das fontes termais e passou os dedos pela água. Seu corpo estava agradavelmente dolorido. A verdade era que ela não queria se mexer.

– Tudo bem, homem selvagem. Mas não sou eu quem vive encontrando problemas. E se você se deparar com Rand por aí, simplesmente mantenha-se distante dele – Shea virou-se para o lado, sem perceber que estava oferecendo seu corpo para ele. – Rand até pode ser meu pai biológico e, como qualquer criança, pode ser que eu tenha criado fantasias dignas de contos de fada sobre o pai perfeito e coisas desse tipo, mas não quero de forma alguma que você se arrisque. Tenho pensado muito sobre isso.

– Isso o quê? – ele perguntou, esperando que ela conseguisse organizar os próprios pensamentos.

– O motivo pelo qual consigo sentir o vampiro, mesmo ele podendo se disfarçar. O motivo que me levou a sentir a presença dos humanos quando Raven não conseguia.

– Nós devíamos ter detectado os humanos... – disse Jacques, quase que convidando-a a falar mais. Ele agachou-se ao lado dela. Shea tinha um cérebro excepcional e, com o tempo suficiente, ele sabia que ela seria capaz de colocar as emoções de lado e contribuir muito para que os Cárpatos encontrassem as soluções para seus problemas.

– Sangue. Não é assim que tudo funciona? Todos os vínculos, toda a telepatia? Vocês não conseguem rastrear os movimentos uns dos outros por causa da troca de sangue? Não é por isso que homens raramente fazem isso? Rand nunca trocou com nenhum de vocês, trocou?

Jacques negou com a cabeça.

– Não. Ele sempre cuidou muito para que isso não acontecesse. Mas, naquele tempo, ele tinha uma companheira. Não precisava compartilhar. E não havia possibilidades de ele se transformar.

– Mas Noelle não era a companheira de verdade de Rand, era? Ele sempre soube, mesmo que ninguém mais soubesse. Mais tarde, talvez todos vocês também tenham percebido, mas ele já havia criado o hábito de nunca trocar sangue. Rand sabia que sempre houve uma possibilidade de ele se transformar, então buscou se proteger – Shea sentiu que estava redimindo sua mãe. – Maggie era a companheira dele. Mikhail nos disse que Rand havia acordado apenas alguns anos atrás e que ele manteve isso em segredo. Isso foi depois que os assassinatos de vampiros já tinham acontecido.

– Se isso for verdade, então Rand não poderia ser o culpado.

– *Se* for verdade. Suponhamos que ele tenha acordado antes disso e encontrado minha mãe morta. Você diz que um companheiro viúvo geralmente escolhe a morte. O que acontece se esse companheiro não escolher a morte? O que acontece se ele resolver dar continuidade à sua existência?

Um silêncio instalou-se enquanto Jacques digeria o que Shea estava dizendo.

– Mikhail pensou que Rand poderia estar bem porque Noelle não era a companheira verdadeira dele. Mas, se Maggie era sua verdadeira companheira, e se ela já estivesse morta quando ele acordou, então Rand se transformaria. Mas ele tinha o filho... Então talvez Rand tenha continuado vivo para protegê-lo – Jacques inspirou bruscamente. – Mas ser capaz de criar um feitiço para se camuflar... São poucos os que detêm esse tipo de poder

– Quem, por exemplo? – perguntou Shea.

– Mikhail é o mais velho Cárpato ainda vivo. Gregori é somente um quarto de século mais novo. Aidan e seu irmão gêmeo, Julian, devem ser meio século mais novos. Byron e eu viemos em seguida. Alguns outros têm idades próximas da minha, mas eles têm suas companheiras, então não são suspeitos. Há também Dimitri, mas ele vive muito distante desta região. Somente um ancião é capaz de camuflar sua presença – Jacques não se deu conta de quantas informações estava conseguindo recordar. Shea, entretanto, percebeu. E perceber algo importante assim tornava mais fácil suportar as traições de Rand.

– Mas Rand poderia ter encontrado uma forma de fazer isso – insistiu Shea. – Faz sentido, Jacques. Não tenho que gostar dessa ideia e, na verdade, detesto pensar dessa forma, mas tenho o sangue dele, e não há outra explicação. Eu senti a presença dele na floresta porque compartilhamos do mesmo sangue. Só pode ser isso!

– Você era tão contra essa ideia antes, Shea – as mãos de Jacques abriram-se sobre a barriga dela. Ele não se aguentava, tinha de tocá-la, tinha de se entregar ao direito de tocá-la.

– Eu não queria enxergar, Jacques. Mas passei algum tempo refletindo sobre isso. É a única explicação racional. Rand me quer, e tem esperanças de me guardar para ele, mas, no fundo, ele sabe que não sou Maggie. E precisa matar você. Ele queria que você e Raven estivessem mortos e, provavelmente, também queria acabar com Mikhail

– quando terminou de falar, Shea respirou fundo. – E Rand disse algo que me incomodou, mas eu não conseguia lembrar o quê. Então, juntei as peças do quebra-cabeça. Ele mencionou Byron. Ele não devia saber que Byron era o único que os humanos haviam torturado. Ninguém contou isso a ele, e Byron não conseguia se comunicar com ele. Então como Rand sabia?

Os olhos negros de Jacques brilhavam como pérolas negras e rebeldes.

– Eu não tinha enxergado isso. Você está certa. Ele sabia de Byron. Ele falou o nome de Byron.

Shea passou uma mão repentinamente trêmula pelos cabelos. Seus olhos carregavam uma tristeza sem tamanho quando ela voltou o olhar para Jacques.

– Meu Deus, Jacques, você sabe o que isso quer dizer? Ele deve ter sido o responsável por entregar meu irmão a Don Wallace e a Jeff Smith! Ele foi responsável pela tortura e morte do próprio filho. Isso é possível? Alguém poderia ser tão louco, tão sangue frio assim?

– Sinto muito, Shea, mas a verdade é que os vampiros não têm sentimentos verdadeiros. Mortos-vivos escolheram abrir mão de suas almas. Rand é inteiramente demoníaco – Jacques sentia um nó estranho bloqueando sua garganta, o peso no coração de Shea, e admirava a coragem que ela tinha demonstrado ao verbalizar aquelas conclusões para ele. – O motivo de os humanos terem esse tipo de lenda antiga está no fato de que alguns deles sabiam do que um vampiro é capaz. Eu gostaria que fosse diferente. Eu daria tudo para poupá-la desse sofrimento.

– Eu também gostaria que as coisas fossem diferentes, mas não acho que elas sejam. E acredito que você esteja em grande perigo. Mesmo se Rand não for o vampiro, ele definitivamente é um homem doente e amargo, e ele odeia você, Jacques. Por favor, tenha cuidado. Não quero que ele o machuque... – os enormes olhos verdes de Shea estavam carregados de ansiedade.

Ela se sentou e envolveu a nuca de Jacques com os braços.

– Quero colocá-lo em um lugar seguro, em um lugar onde ninguém possa lhe ferir.

Jacques rompeu apressadamente a ligação entre as duas mentes. Shea continuava pensando que ele estava se arriscando. Mesmo depois de tudo que vivenciara ao lado dele e de tudo que testemunhara, ela simplesmente não percebia que Jacques poderia ser o agressor na próxima batalha. Que ele poderia QUERER participar de uma batalha contra seu traidor. Que talvez até se divertisse com isso. Mesmo com todo o conhecimento que tinha sobre seu companheiro, Shea ainda não conseguia entender que Jacques era um predador por natureza. Se isso fosse necessário para Shea aceitar o relacionamento com ele, então ele preferiria que o conhecimento chegasse a ela em doses homeopáticas.

Para Jacques, essa era a beleza de um vínculo de companheiros. Toda a verdade estava disponível, mas era o companheiro quem decidia o que faria com ela. Jacques sabia que era capaz de voar e buscar a lua por Shea, sabia que ele seria capaz de andar sobre a água ou de nadar em uma piscina de lava fervente se isso fosse necessário para fazê-la feliz. Shea era sua vida, e eles tinham séculos para conhecerem bem um ao outro. Ela não precisava confrontar os instintos assassinos dele todos os dias.

Ele envolveu o rosto dela com as mãos. Moveu-as até a nuca dela e usou o polegar para acariciar a pele macia de sua companheira. Jacques ardia de amor por ela.

– Prometo que vou tomar cuidado.

– Por favor. Muito, muito cuidado – ela insistiu.

Jacques percebeu que os cantos de sua boca arquearam ligeiramente, formando um leve sorriso.

– Muito, muito cuidado – ele repetiu.

Shea passou a ponta do dedo pelo leve sorriso que se formara na boca de Jacques.

– Desculpe-me por ter ficado tão louca só de pensar em beber o sangue de Gregori, mas eu ainda não suporto essa ideia. Quando estamos juntos, tudo parece diferente. A situação parece bela e natural. Mas só de pensar em outra pessoa... – Shea sentiu seu estômago embrulhar e não conseguiu nem mesmo terminar a frase.

A boca de Jacques roçou no rosto dela e parou sobre seus lábios durante um momento breve e perturbador.

– Eu entendo. Estou mais forte agora, ruivinha. Posso cuidar de você.

As sobrancelhas de Shea arquearam e ela franziu a testa.

– Não é bem isso que eu quis dizer. Não venha com essa postura de machão para cima de mim! Isso certamente me deixaria mais enojada do que procurar um humano bonitinho para me alimentar.

Ela estava brincando. Racionalmente, Jacques sabia disso, mas por um momento, uma névoa vermelha de ciúmes escureceu sua mente. Uma raiva brotou, mas Jacques fez de tudo para controlá-la. Ele percebeu quase imediatamente que tinha sorte por ela não precisar se alimentar de outro homem. Alguma coisa em sua mente estilhaçada, ou talvez sua natureza possessiva, não suportaria essa ideia. Nenhum homem, humano ou Cárpato, estaria completamente seguro enquanto ele não conseguisse controlar o medo de perdê-la. Jacques passou a mão pelos cabelos ruivos de sua companheira.

– Tenho um longo caminho a percorrer antes de voltar à normalidade.

Shea caiu na gargalhada.

– Ninguém disse que você já foi normal um dia, Jacques!

Ele sentiu uma onda de calor brotar em seu interior, fruto daquele tom jocoso dela, e deliciou-se.

– Fique aqui, ruivinha. Espere por mim, sã e salva.

Ela voltou a se deitar, reclinando preguiçosamente na rocha plana. Seus cabelos vermelhos espalhavam-se à sua volta como fios de seda das Índias. As linhas perfeitas de seu corpo nu, seus seios redondos e fartos e seus cachos flamejantes acenavam para ele. Jacques afastou-se.

Ao longo dos próximos séculos, ele teria de aprender muito sobre autocontrole.

Bruscamente, Jacques virou-se e foi embora.

Assim que saiu pela pequena passagem que levava de volta ao túnel, ele transformou-se, enquanto se apressava pelo labirinto. Seu corpo tornava-se cada vez mais comprimido, cada vez menor, até se transformar na criatura que Shea tanto temia. Pequenas asas sustentavam-no pela rede de túneis, em direção a um atalho. Havia um pequeno orifício, formado pela água que, metódica, ao longo de centenas de anos, havia golpeado a rocha. Jacques usou-o para sair em direção ao céu da noite. Durante o voo, seu corpo transformou-se de novo quase que instantaneamente, deixando para trás a forma de morcego e adquirindo a forma mais poderosa e muito mais formidável de uma coruja. Garras afiadas e bico em forma de gancho, penas grossas e olhos capazes de analisar com facilidade a noite – isso era tudo de que ele precisava para voar sobre a floresta, em direção ao chalé que abrigava os três caçadores.

Jacques havia deliberadamente exigido a obediência deles. Eles passariam a noite ali, incapazes de entender porque aquilo era importante, mas também incapazes de desafiar aquela sugestão hipnótica. Jacques tinha tomado seus sangues, direcionado suas mentes, e podia chamá-los quando bem quisesse. Os caçadores não pretendiam ficar, já que a terra era inóspita para eles. Além disso, eles estavam começando a acreditar nas superstições da população local. Jacques sabia que as memórias por ele implantadas permaneceriam em suas mentes o tempo que ele quisesse. E aqueles homens sempre obedeceriam às suas ordens se assim ele desejasse.

A beleza da noite vista através dos olhos de uma coruja era incrível. Bem abaixo, no chão da floresta, pequenos animais buscavam abrigo. As copas verdes das árvores balançavam e dançavam um belíssimo balé. A brisa batia contras as penas da coruja, levantava-as, passeando por seu corpo e trazendo uma sensação pura de alegria e poder. Então, Jacques avistou o chalé logo abaixo e inclinou o corpo para descer.

Quase imediatamente, ele percebeu que algo estava errado. Não havia fumaça saindo pela chaminé e, em uma noite como aquela, os três caçadores precisariam de calor. A coruja desceu bruscamente e deslizou para dentro, mantendo suas garras estendidas. Jacques pousou em forma de homem, já de pé, com seus sentidos alertas a qualquer perigo iminente, pronto para analisar a área. Ele não percebeu sinais de vida, mas sentiu os odores da morte. O fedor entrava por suas narinas e vinha acompanhado pelo cheiro de terror. Alguém havia sofrido uma morte violenta; a vítima sabia que isso aconteceria. Jacques se mexeu cuidadosamente, camuflando-se para se proteger da visão dos humanos. Não conseguiu detectar ninguém nas proximidades, tampouco Smith ou Wallace. Como não encontrou sinais de ameaça, continuou movendo-se cuidadosamente pelo chalé escuro.

Encontrou um corpo ao lado da varanda. O homem estava mutilado. Tinha a garganta rasgada, uma ferida aberta e brutal, como se um enorme animal o tivesse atacado. Seu sangue havia sido sugado. Jacques ficou ao lado do corpo do caçador por um instante, furioso consigo mesmo por ter exposto o humano desnecessariamente ao perigo. É claro que Rand sabia que Jacques precisava se alimentar com frequência. Ele, portanto, procuraria a fonte de alimento de Jacques e a extirparia.

Jacques permaneceu imóvel enquanto corria os olhos pelos arredores. A morte era recente, tinha acontecido havia apenas alguns minutos – afinal, o corpo ainda estava quente. O vampiro estava muito próximo, esperando por ele. Jacques não tinha dúvidas de que ele era o próximo na lista daquela criatura demoníaca. Todavia, não conseguia detectar evidências do morto-vivo, embora tivesse certeza de que estava sendo seguido. Inspirou bruscamente e deixou que seu demônio interno acordasse com um rugido horrível. Jacques sentia a fraqueza tumultuando sua mente.

Não tente entrar em contato comigo, Shea. O vampiro está tentando me atrair para uma emboscada. Não posso me distrair.

Então vou até você! Shea estava muito preocupada. Jacques quase conseguia ver o rosto e os olhos verdes desesperados de sua companheira.

Você vai fazer o que estou mandando, Shea. Não posso me preocupar por nós dois e vencer esta guerra. Jacques usou sua voz mais firme, enviando algo que mais se assemelhava a um empurrão.

Ele podia sentir a relutância de Shea em obedecê-lo. No entanto, ela não continuou protestando, pois temia que isso pudesse colocá-lo em perigo. Jacques subiu a escada furtivamente. A porta estava entreaberta e o vento leve fazia com que ela batesse, abrindo e fechando. As dobradiças eram velhas e enferrujadas e chiavam, reclamando a cada golpe do vento. Jacques seguiu adiante, ainda sentindo o cheiro da morte e do medo e o dominador cheiro de sangue.

O chão era uma piscina de um líquido espesso, grudento e escuro, quase negro. Dois corpos tinham sido arremessados de qualquer jeito depois que o vampiro já havia se alimentado do sangue carregado de adrenalina das vítimas.

E, mesmo satisfeita, a criatura demoníaca havia sugado o restante do sangue dos corpos para que o cheiro fizesse a vontade de Jacques crescer. O vampiro certificou-se de que não sobraria nada por ali que pudesse diminuir a fome feroz e cada vez mais forte dentro de Jacques, enfraquecendo seu corpo, destruindo sua força.

Não, Jacques. Não. A voz de Shea brotou em notas claras e suaves dentro da cabeça dele. *Você não está enfraquecido. Você está forte, muito forte e saudável. O vampiro criou outra armadilha para você. Saia da casa, fique ao ar livre. Você é jovem e forte. Não há nada que ele possa fazer com você.*

Na mente de Shea, havia uma confiança completa em Jacques. Em momento algum ela duvidava do companheiro. Shea acreditava nele. Jacques não podia fazer nada além de seguir o que ela dizia e acreditar em si mesmo.

Com bastante cautela, ele procurou armadilhas escondidas pelo interior do chalé. Toda vez que a sensação de destruição insistia em invadir sua mente, ele buscava a presença reconfortante de Shea. Ela estava sempre ali, totalmente leal, determinada a fazê-lo enxergar-se a si mesmo como ela o via. A confiança que Shea tinha em Jacques permitia que ele visse que a armadilha do vampiro tinha como objetivo atacar-lhe a mente. Jacques pegou-se sorrindo impiedosamente, porém sem quaisquer traços de humor. Reconheceu o poder e a capacidade de ilusão que a criatura possuía, mas Shea havia quebrado o feitiço com a confiança inabalável que tinha pelo companheiro. Jacques era forte o suficiente para lidar com os mortos-vivos; era apenas uma questão de perceber as armadilhas, de se dar conta de que elas não passavam de ilusões.

Jacques seguiu em direção ao ar fresco da noite. O vento puxava suas roupas e fazia seus longos cabelos negros balançarem. Um lobo solitário uivava, procurando incessantemente uma parceira. Aquele uivo atingiu Jacques, tocou em algum ponto dentro dele, e o Cárpato então levantou a cabeça e cantarolou suavemente. O lobo estava vagando longe de seus companheiros, sozinho, era um desamparado para aqueles que não entendiam sua natureza predadora.

Um som alertou-o, um murmúrio na floresta, mas forte o suficiente para distrair sua mente do lobo e concentrá-la novamente no inimigo que o perseguia. Jacques agachou-se, preparando-se para o ataque. Quando se virou, Rand apareceu, manchado de sangue, dentes expostos, olhos avermelhados, garras longas e afiadas. A pele do pai de Shea, corada por conta de toda aquela matança recente, estendia-se alongada pelo crânio, transmitindo a impressão de que a morte estava grudada nele.

– Eu sabia que você deixaria sua noiva para vir fazer um banquete com os humanos. Você não resiste quando há sangue disponível... – disse Rand com tom de desprezo.

Jacques arqueou as sobrancelhas.

– Você parece servir-se de tudo o que deseja. Isso inclui companheiras de outros homens, por acaso?

A boca de Rand retorceu-se, proferindo um rosnado horrível.

– Vocês tiraram minha companheira de mim. Você e seu irmão. E agora vocês dois encontraram aquilo que jamais me deixaram ter. Vou destruir Mikhail e a mulher dele, e depois tomarei de você o que é meu de direito!

– Maggie está morta e você é o único responsável por isso, Rand. Você entregou Noelle aos assassinos humanos enquanto saía para se encontrar com sua companheira. Você sabia que Maggie era sua verdadeira companheira e, mesmo assim, não teve coragem de levá-la à presença de Mikhail para anunciá-la como tal. Ela ainda estaria viva se você tivesse feito isso.

– Noelle a teria matado. Ela tinha ameaçado fazer isso muitas vezes.

– Mikhail nunca teria permitido algo assim acontecer e você sabe muito bem disso. Foi sua própria falta de coragem que a matou. Qualquer Cárpato que se preze defende a mulher que escolheu para ser sua companheira. Será que o fato de você ser tão mulherengo simplesmente não o impediu de se comprometer com Maggie? Talvez você gostasse de ter duas mulheres, gostasse de ridicularizar Noelle. Talvez você não fosse capaz de desistir de um relacionamento pervertido e doentio para se entregar a uma relação correta e pura.

Rand deixou sua cabeça cair para trás enquanto emitia um rugido, lançando no ar ruídos de fúria e agonia.

– Você gosta de ir longe demais, criatura sombria. Você acha mesmo que não enxergo o que você realmente é? Você é um assassino. Para nós, que o vemos de forma clara, é muito simples enxergar isso. Você não sente uma enorme necessidade de destruir? Você não gosta da sensação de poder? Você é como eu, enxergue isso ou não. Sua natureza é sombria e horrível, assim como o mundo em que você e seu irmão me forçaram a habitar. Não preciso destruir alguém como você. Você vai se destruir sozinho. Em algum momento, sua companheira vai perceber o que você realmente é.

– Shea sabe exatamente o que sou e, ainda assim, deseja viver comigo. É você quem escolhe sua própria vida e seu próprio destino, Rand. Você acordou antes da hora.

– Senti uma dor dilacerante quando minha parceira escolheu morrer!

– Isso não o livra da responsabilidade que você tem em tudo isso. Ela não teria escolhido a morte se você tivesse sido homem o suficiente para levá-la até Mikhail e mostrar ao mundo que ela lhe pertencia. E você poderia ter escolhido acompanhá-la em seu destino, mas preferiu se distanciar novamente e deixá-la enfrentar o desconhecido sozinha. Em vez de assumir suas responsabilidades, você passou a culpar os outros por suas imperfeições e escolheu se vingar. Diga-me, Rand, por que você entregou seu próprio filho nas mãos daqueles assassinos? Seu filho era um garoto de apenas dezoito anos! O que ele fez para merecer um destino tão terrível?

O rosto de Rand transformou-se em uma máscara de ódio.

– Eu dei a ele a chance de se juntar a mim, de jurar vingança pelo que Mikhail e você tinham feito comigo. Fui até ele, na posição de pai, e expliquei o meu plano. Você e Mikhail fizeram uma lobotomia tão forte no garoto que ele resolveu me tratar como se eu fosse um vampiro. Pude ver de forma muito clara que vocês confundiram a mente dele. Meu filho não me dava ouvidos. Eu não podia deixar um traidor como ele viver. Meus escravos fizeram o trabalho que tinha de ser feito. Eles pensavam que me controlavam, mas eu colocava os pensamentos que *eu* quisesse nas cabeças deles. Esses escravos começaram a me chamar de Vulture e pensaram que me destruiriam depois que me usassem. Era divertido fazê-los se voltarem uns contra os outros. Era divertido forçá-los a querer se matar. Wallace e Slovensky eram homens maus e fáceis de iludir. Smith era um fraco, um seguidor, um sacrifício agradável.

– Você os fez torturar e mutilar seu próprio filho. E quanto aos outros? Por que os outros?

Rand abriu um sorriso perverso.

– Pela diversão, obviamente. Para praticar. Gregori pensa ser o único que pode usar os segredos ocultos, mas ele não é tão esperto quanto pensa.

– E você também planeja matá-lo?

– Não preciso me atrever a fazer isso. Ele vai se transformar em breve – a voz de Rand saía carregada de satisfação. – Ele não vai escolher a morte, como vocês todos pensam. Gregori já lutou por muito tempo e é poderoso demais. Ele vai destruir o mundo. E esmagará aqueles que tentarem destruí-lo como se fossem insetos. Aidan e Julian talvez tenham alguma chance, mas eles também estão próximos da transformação. Juntos, nós dominaremos o mundo, como nossa raça deveria ter feito desde o início. Foi seu irmão quem impediu nosso povo de ocupar o lugar que nos pertence. Humanos são animais que devem ser usados para saciar nossa fome, para servir nossas necessidades e nós nos comportamos como covardes, nos escondendo deles. Os outros me odeiam agora, mas em breve todos os anciãos se juntarão a mim.

– E onde Shea se encaixa nesse plano?

– Ela será uma de nós depois que você morrer. O sangue dela é o sangue de Maggie e ela pertence a mim. Você não tinha nenhum direito de se aproximar dela.

– E você acredita que pode me derrotar em uma batalha? – a cabeça de Jacques estava erguida.

O demônio dentro dele tentava se libertar, desejava a alegria e a emoção do confronto. No interior de Jacques brotava o ódio por aquele homem que havia destruído sua própria inocência, sua família, suas memórias e suas convicções. Um ódio selvagem por aquele que antes era um Cárpato cheio de amor e que havia se transformado em uma criatura sombria e perigosa. Um ódio que começava a se espalhar como uma mancha negra por sua alma.

– Você derrotará a si mesmo, criatura sombria. Sua companheira está presa a mim. Quando você me atacar, ela vai sentir dor. A cada corte, não serei o único a sangrar. Sua mulher também sangrará. E ela vai conhecer quem você realmente é. Shea vai conhecer sua necessidade de causar dor e morte. E, então, ela finalmente verá o monstro que você é. Ela vai ver você assassinando o pai dela, vai ver sua alegria ao me matar. E sentirá cada golpe que você desferir contra mim.

Uma dor explodiu nas têmporas de Jacques enquanto ele tentava desesperadamente lembrar se o que o vampiro estava dizendo poderia ser verdade. Será que Shea sentiria a dor causada em Rand? O fato de o sangue daquele vampiro correr nas veias dela seria suficiente para causar algo desse tipo? Jacques precisava imediatamente de uma resposta. Ele se sentia encurralado diante daquela afirmação.

Antes que Jacques pudesse enviar uma pergunta e solucionar o dilema, o vampiro lançou-se na direção dele com uma velocidade sobrenatural. Por um instante, Rand transformou-se em uma mancha com garras e seguiu com todas as suas forças na direção de Jacques. Jacques conseguiu desviar, mas sentiu a garganta queimar quando as pontas das unhas de Rand arranharam sua pele e abriram um corte superficial. Sem pensar, Jacques reagiu, esfregando as próprias garras no rosto do vampiro.

Rand berrou de dor, um grito carregado de medo e de ódio. Jacques continuou atacando, alternando-se entre visível e invisível, infligindo lacerações no peito do vampiro, numa tentativa de enfraquecê-lo. Enquanto fazia isso, tentou não pensar em Shea. Ele não podia imaginar que sua companheira estava correndo perigo, que aquela luta carregada de selvageria pudesse afetá-la de alguma forma. A satisfação dentro de si tornou-se cada vez maior, até que sua mente e seu corpo finalmente estivessem cheios de poder. O vampiro caiu para trás após receber um golpe de Jacques. Em uma última tentativa desesperada de virar a luta a seu favor, Rand desapareceu, fugiu até a linha formada pelas árvores, clamando aos céus para que o ajudassem.

Um raio caiu contra a terra, incendiando a área em volta do corpo de Jacques, chamuscando-lhe a ponta dos cabelos. Um segundo raio atingiu o ponto preciso onde o Cárpato estava, mas Jacques já estava no ar, na copa das árvores, logo acima de Rand. As asas batiam fortemente contra o ar quando ele se lançou.

Rand gritou quando as garras de Jacques, afiadas como lâminas, rasgaram seu peito, tentando atingir seu coração.

– Shea! Me escute! Junte-se a mim! Me salve agora! Sou o seu pai! Você precisa se unir a mim para me salvar desse monstro insano que está rasgando a minha carne!

Jacques alcançou o órgão e, usando suas garras, fez o coração de Rand voar para longe.

– Você está morto, vampiro, e agora vai, eu espero, para algum lugar cheio de paz. Os crimes que você cometeu contra mim e contra minha família foram vingados. Vá se encontrar com Deus e com Sua misericórdia. Não sinto nada com relação a você. Você a teria levado com você se tivesse tido a oportunidade. A justiça dos Cárpatos foi feita.

Rand cambaleou para frente. Seu rosto pálido estava cada vez mais indolente, manchado pelo sangue que corria livre. Sua boca agitava-se compulsivamente e ele então caiu de joelhos. Jacques afastou-se do corpo que se debatia, tomando cuidado para que aquelas garras enormes não o tocassem, para que nenhuma gota daquele sangue sombrio o atingisse. A mão de Jacques ardia enquanto ele a limpava na grama ressecada ali em volta.

O ar em volta deles ficou paralisado; o vento deixou de soprar. A terra parecia gemer. Um vapor misterioso levantou-se daquele corpo estremecendo, exalando um odor tóxico. Jacques instintivamente afastou-se um pouco mais. Era difícil matar vampiros. Todos eles lutavam até o último suspiro para não morrer. Sangue putrefato espalhou-se pelo chão, na direção dos sapatos de Jacques, guiado pelos últimos pensamentos demoníacos do vampiro. Jacques assistiu sem emoção ao rastejar, aproximando-se cada vez mais, trazendo cada vez para mais perto aquele rosto estampado pela depravação, pelo ódio.

Jacques sacudiu a cabeça:

– Você se odiava, Rand. Você se odiou durante todos esses anos. E você só precisava ter tido a coragem necessária para segui-la. Maggie teria salvado sua alma.

Grunhidos graves e carregados de pena escaparam pela boca horrenda. Rand vomitava sangue e caiu na frente de Jacques, ainda tentando alcançá-lo, ainda decidido, até o último segundo antes de sua morte.

Jacques inspirou profundamente e sentiu a primeira lufada de ar limpo invadir-lhe os pulmões. Em seguida, percebeu que o vampiro estava realmente morto. Com um leve suspiro, levou os corpos dos caçadores até uma área aberta e cuidadosamente recolheu todos os arbustos ressecados que conseguiu encontrar. Não podia haver evidências daquela noite. O vampiro também tinha de ser consumido pelo fogo, para que não houvesse chance de aquele sangue putrefato poder reanimá-lo. O poder do sangue do vampiro era incrível.

A fraqueza tornava-se uma preocupação cada vez maior para Jacques. A luta tinha consumido suas últimas energias e ele ainda tinha de fazer e manter uma fogueira no meio de uma floresta encharcada pela chuva.

O lobo uivou novamente, dessa vez muito mais perto, claramente se aproximando da cena carregada de morte e destruição. Talvez atraído pelo cheiro do líquido escarlate. Jacques fez um raio atingir a terra, diretamente no local onde agora havia um rio de sangue. Nenhuma criatura precisava ter em seu estômago a loucura gerada por aquele líquido podre.

Um lobo dourado, enorme, com um tamanho que fugia dos padrões, passou pelas árvores e circundou a área, sempre muito atento. Sentou-se a poucos passos de Jacques e observou-o com seus estranhos olhos dourados, sem demonstrar qualquer sinal de medo. Ele não parecia se incomodar com o fogo, com o raio ou com a presença de Jacques.

Jacques observou o animal também com atenção, certo de que estava diante de algo além de um lobo. A criatura não tentou usar o caminho mental comum para se comunicar. Em vez disso, simplesmente observou, estudando a cena bizarra com seus olhos dourados que nunca se desviaram. Então, um sorriso sem qualquer tom de humor formou-se na boca de Jacques.

– Se você estiver à procura de ação para esta noite, estou cansado demais e faminto demais para poder diverti-lo.

O animal contorceu-se, espreguiçou-se. Sua imagem cintilou em meio à fumaça criada pela fogueira. E não demorou muito para que um homem alto e extremamente musculoso agora estivesse encarando Jacques. Suas madeixas eram longas e loiras; seus olhos, dourados; seu corpo, perfeitamente equilibrado.

– Você é Jacques, irmão de Mikhail. Ouvi dizer que você estava morto.

– As coisas não são exatamente como dizem por aí – esclareceu Jacques, cautelosamente.

– Você não se lembra de mim? Sou Julian, irmão de Aidan. Passei muitos anos longe. As montanhas distantes, onde não existem pessoas, são minha casa.

– A última informação que tive a seu respeito era que você estava lutando em terras distantes.

– Quando sinto que minha presença é necessária, luto onde for preciso – concordou Julian. – Vejo que você também luta. O vampiro está morto e você está mais pálido do que imagina.

Jacques lançou um sorriso sombrio.

– Não deixe que minha cor o engane.

– Ainda não sou um vampiro e, se em algum momento eu sentir que estou me transformando, vou recorrer a Aidan, para que ele me destrua caso eu mesmo não consiga fazer isso. Se você quiser tomar sangue, eu lhe ofereço de bom grado. O curandeiro me conhece, pode perguntar-lhe se sou uma fonte digna de confiança – Julian abriu um leve sorriso, quase com um tom de humor autodepreciativo.

– O que você está fazendo por aqui? – perguntou Jacques, desconfiado.

– Eu estava viajando, estava a caminho dos Estados Unidos quando ouvi dizer que aqueles açougueiros tinham voltado. E pensei em me fazer útil para nosso povo, para variar um pouco.

Jacques pegou-se admirando as respostas de Julian. Aquele homem não parecia nem um pouco preocupado com as opiniões ou impressões que outras pessoas pudessem ter a seu respeito. Julian não se importou com o fato de Jacques se mostrar suspeito ou com a quantidade de perguntas que Jacques fazia.

Gregori, escute, por favor. Preciso de sangue e esse homem diante de mim, Julian, o gêmeo loiro, disse que você atestaria que ele é de confiança.

Ninguém pode afirmar que Julian é um homem de confiança. Ele é um solitário, vive de acordo com suas próprias leis... Mas seu sangue não é contaminado. Se Julian se transformar, será Aidan ou eu quem vai destruí-lo. Pode aproveitar o que ele oferece.

– E então, tive boas recomendações? – o sorriso de Julian era sarcástico.

– O curandeiro nunca nos dá boas recomendações. Você não é o preferido dele, mas ele concorda que seu sangue não vai me causar mal.

Julian riu suavemente, levou o próprio punho até a boca e mordeu. Em seguida, estendeu casualmente a mão para oferecer o fluido cheio de vida a Jacques.

– Sou muito parecido com ele: um solitário, um homem que estuda demais. Lido melhor com as coisas quando estou sozinho. Temo que Gregori tenha desistido de mim – apesar de suas palavras, Julian não parecia preocupado.

Jacques quase cambaleou enquanto se movia para aceitar o punho oferecido. Sua boca apertou-se sobre a ferida. O sangue fluiu em direção às células enfraquecidas de Jacques. O golpe de força e poder foi incrível. Ele não tinha se dado conta de quão esgotado seu corpo estava até aceitar aquele alimento. E teve de se esforçar para não ser ganancioso, para não transformar aquilo em um verdadeiro banquete.

– Não se preocupe. Não tenho obrigações esta noite. Tome o quanto precisar e irei à caça mais tarde – Julian reforçou a oferta.

Jacques teve de fazer força para se distanciar daquele punho. Ele fechou cuidadosamente a ferida e olhou para aquele rosto belo e resistente. Havia uma inteligência ali, uma frieza, um domínio de si mesmo, e certamente algo mais. Jacques podia ler o silêncio perigoso daquele homem. Julian estava sempre preparado para o inesperado.

– Obrigado, Julian. Se você em algum momento precisar, espero poder retribuir o favor – agradeceu Jacques, sendo sincero.

– Preciso ir – respondeu Julian. – É uma pena que esses caçadores tenham precisado morrer esta noite. Quando eles não voltarem às suas casas e as equipes de buscas não encontrarem os restos mortais... Bem, isso só vai alimentar as lendas de vampiros neste país e nessa região.

– Eu devia ter previsto que Rand os usaria contra mim. Ele sabia que esses homens eram minha fonte de alimento – Jacques ressentia, amargurado, as mortes.

– Você não os matou. Foi o vampiro quem fez isso. E você livrou o mundo de um de nossos piores monstros. Tanto humanos quanto Cárpatos têm uma dívida com você. Pense nisso, Jacques. Desejo-lhe uma boa jornada e uma vida longa e feliz.

– Desejo uma boa jornada e uma vida longa e feliz para você também, Julian – respondeu Jacques em um tom formal.

Capítulo 18

Jacques entrou no labirinto de túneis. Seu corpo movia-se numa velocidade sobrenatural. Ele podia ouvir todos os ruídos, a água respingando, depois um bramido, o chiado alto dos morcegos e até mesmo o barulho da terra sob seus pés. No entanto, não conseguia detectar o que mais queria ouvir. Não havia nenhum barulho vindo das águas termais. Nenhum ricochetear, nenhum zumbido, nenhuma respiração leve de alguém dormindo. Nenhuma batida de coração.

Quando Jacques entrou naquele espaço subterrâneo cheio de vapor, Shea estava deitada, totalmente paralisada sobre uma pedra. Ele ficou parado na entrada, com medo de se mover ou de falar. Sua companheira não tinha respondido ao seu chamado telepático. Se perdesse Shea, aquele monstro chamado Rand acabaria vencendo a guerra. Ninguém estaria seguro até que Jacques fosse destruído. Ele negou com a cabeça. Não, se ela estivesse morta, ele não a deixaria enfrentar o desconhecido sozinha. Rand não venceria. Jacques a seguiria, Jacques a encontraria. Eles passariam suas vidas juntos no outro mundo.

Limpou a garganta cuidadosamente, ruidosamente, querendo que Shea se virasse para olhar para ele. Ela não seu moveu; em vez disso, seu corpo continuou totalmente imóvel. Jacques inspirou duramente e sentiu o cheiro de sangue. Aproximou-se correndo. Sua velocidade era tão alta que ele quase não conseguiu parar antes de mergulhar de cabeça no tanque de água. De qualquer forma, conseguiu se segurar na beirada de uma pedra e finalmente recuperar o equilíbrio.

Havia manchas de sangue na rocha ao lado do corpo nu de Shea, e também uma mancha vermelha sobre seus seios. Jacques gritou, caiu de joelhos ao lado de sua companheira, levantou-a para abraçá-la e confortá-la em seu peito. O coração de Shea não estava batendo. Ele não conseguia sentir o pulso ou encontrar qualquer outro sinal de vida.

– Não! – gritou Jacques, com uma voz rouca que ecoou assustadoramente pelo local.

A voz era solitária e perdida. Jacques sentiu o coração rasgar, exatamente como havia acontecido com o coração de Rand.

Jacques? A voz era fraca e distante, mas definitivamente era de Shea.

Ele segurou a respiração por um instante, com medo de ter ficado louco de uma vez por todas.

– Shea? – Jacques expirou o nome dela, um sussurro tão sedoso quanto a sensação dos cabelos dela contra seu corpo, tão leve... – Onde você está, meu amor? Volte para mim!

Jacques encostou a testa à dela e levou a mão até o coração de sua parceira. Sentiu a primeira batida forte, o primeiro fluxo de sangue correndo pelas veias e artérias de Shea. Então, levou a boca até a dela para absorver a primeira lufada de ar.

– O que aconteceu com você enquanto esteve fora? – ela perguntou com uma voz suave, segurando-se nele.

– Lutei com o vampiro – ele sussurrou contra aqueles enormes e volumosos cabelos ruivos. Prendeu um fio daqueles cabelos sedosos em sua língua, precisando senti-la perto de si.

– Eu sei. Foi Rand. Eu senti você bater nele. Senti o ódio daquela criatura. Foi terrível, era como algo estranho invadindo meu corpo. Quando você o golpeou, senti a dor dele. E foi naquele momento que comecei a sangrar. Eu sabia que ele usaria isso de alguma forma contra você, então tentei fazer o que você disse que todos os Cárpatos fazem – ela lançou um olhar pesaroso à sua volta, percebendo as manchas de sangue por ali. – Demorei um pouco para entender as coisas, mas finalmente consegui me forçar a dormir.

A coragem de Shea deixou Jacques sem ar.

– Por que você não fez contato comigo?

– Tive medo de acabar distraindo você, Jacques. Eu sabia que você estava lutando para salvar sua vida. A última coisa que precisava era se preocupar comigo.

– Você ainda está sangrando – ele disse suavemente, afastando Shea para poder examiná-la.

– Para ser sincera, a dor não é tão forte, especialmente agora que você voltou e está bem – ela tranquilizou-o.

– Sinto muito por ter sido seu pai. Sei o quanto ter um pai ou algum outro membro da família vivo significava para você...

Jacques inclinou a cabeça na direção do corte feroz no seio esquerdo de Shea e passou a língua suavemente pela ferida. Com suas propriedades terapêuticas, a saliva fechou-a instantaneamente. A pele de Shea, que até então estava fria e sem vida, subitamente começou a esquentar. O vapor brotou ao redor do casal, envolvendo-os como num abraço.

– Minha família terá de ser a sua família – ele acrescentou com uma voz suave. – E nós vamos criar nossa própria família.

Como se fosse uma gata, Shea esfregou o rosto contra o peito dele. Sua boca vagou pela forte garganta de Jacques.

– Nós temos uma família estranha, Jacques. Todos eles são estranhos. Acho que teremos que ser os mais equilibrados.

Ele adorava o senso de humor da voz de Shea. Por mais triste que ela pudesse estar naquele momento, depois de descobrir que o pai era responsável por tantas mortes e pela disseminação de tanto ódio, aquela mulher maravilhosa ainda encontrava formas de fazê-lo se sentir melhor. Jacques abraçou-a mais forte, num gesto claramente protetor.

– Acho que não podemos dizer a eles que pensamos assim.

– É melhor não. Acho que eles têm a falsa impressão de que algo está errado *com a gente* – Shea moveu a cabeça, forçando seus cabelos sedosos a caírem atrás de seu pescoço, expondo um corte logo e profundo para Jacques.

Ele instantaneamente inclinou a cabeça para acomodá-la. A língua de Jacques saboreou o líquido apimentado que era sinônimo de vida, acariciou e provocou sua parceira, subiu pelo pescoço até chegar à orelha. Os dentes dele mordiscavam-na suavemente. Jacques sentiu Shea estremecer em resposta às suas carícias. A pele dela era suave e aquecida, e o fazia se sentir mais forte.

– E nós vamos poder criar nossa família, Shea. Nosso filho.

– Quando Jacques percebeu que o corpo dela endureceu, ele abraçou-a forte. A voz dele mais se parecia com um sussurro aveludado e suave.

– Não agora, Shea. Mais para frente, quando você estiver segura em nosso mundo, e segura de si mesma. Quando eu estiver completamente curado. Nosso filho. Nossos filhos. Seu sonho tornou-se o meu sonho. E nós podemos realizá-lo, Shea.

– Não, Jacques – disse Shea.

– Nós podemos, sim, meu amor. Estou conseguindo me lembrar das coisas muito mais rapidamente agora. Sei que, conforme crescermos juntos, serei capaz de me sentir como você se sente. Quero ter um filho seu. Quero que você seja feliz. Quero poder dar uma família a você. Não afaste essa ideia de sua mente. Temos séculos para conversar até chegar a uma decisão quanto a isso, mas de uma coisa estou certo: também quero uma família.

– Quando você puder me prometer que vai viver e amar e guiar nosso filho se algo acontecer comigo, ficarei feliz em concordar.

Jacques roçou os dentes pela lateral do pescoço da companheira.

– Graças a você, tenho fé em mim. Um dia serei capaz de prometer isso a você. E também lhe direi que, se algo desse tipo acontecer, nosso filho será minha esperança nessa vida. E então, quando ele ou ela tiver uma família, eu me sentirei feliz de me unir a você do outro lado.

Shea sentia as lágrimas queimarem seus olhos.

– Sou realmente feliz, Jacques. Você jamais poderia me dar um presente mais bonito do que já me deu. Mesmo que você nunca chegue a esse ponto, sempre vou amá-lo por querer progredir e por se esforçar tanto.

– Sua felicidade é de extrema importância para mim.

– Seu cheiro está diferente, Jacques – Shea inalou atentamente o odor dele, afastando-se para poder olhar diretamente nos olhos dele. – Por que o seu cheiro está diferente?

Jacques deu uma risada suave.

– Não é por causa de outra mulher, ruivinha. Por que você está tão desconfiada? Encontrei outro homem como eu na floresta. Estava precisando e ele me ofereceu ajuda.

– E você aceitou? – ela estava impressionada. Jacques certamente tinha se desenvolvido em comparação com aquele homem perigoso e sombrio que ela tinha conhecido dias atrás. – Era um total estranho e você permitiu que ele o ajudasse?

– Você era uma total estranha e eu permiti que você fizesse mais do que simplesmente me ajudar – ele provocou-a, levando sua boca aquecida até o canto dos lábios de Shea. – Aliás, você me deu várias ideias interessantes sobre como poderia me ajudar ainda mais.

– Não fiz isso, não. Eu me lembro muito bem de ter dito que era sua médica e nada mais, mas você não me ouviu. Você sabe muito bem, Jacques, que essa coisa de não me ouvir é um hábito péssimo que você tem.

A boca dele arrastou-se de volta até a orelha dela. A respiração de Jacques aquecia o sangue dela.

– Prometo dar um jeito nessa situação assim que for humanamente possível – ele sussurrou com uma voz tão carregada de magia que chegava a parecer um feitiço.

Shea podia sentir a respiração de Jacques percorrer todo o seu corpo, até a ponta dos pés. Então, ela viu uma ferida terrível no ombro dele. Abaixou a boca para curá-la e sentiu aquele sabor único de Jacques. Shea sentiu suas respostas involuntárias e deliberadamente empurrou-se para mais perto. Saboreou a essência de Jacques, a adrenalina, a alegria primitiva gerada durante a batalha. Saboreou a dor de seu parceiro.

– *Humanamente* possível, não? – ela disse em tom jocoso. – Não sei se gosto da forma como você fala. Para mim, parece que, para você, vai ser muito fácil, então. – Shea envolveu o pescoço de Jacques com seus braços e empurrou a cabeça dele para baixo, na direção da cabeça dela.

Cegamente, infalivelmente, Shea trouxe a boca de seu parceiro até a dela. E entregou-se completamente naquele beijo. Seu amor, seu medo, a aceitação que ela sentia por ele. Seu desejo por ele. Sua necessidade de tê-lo. Shea transmitia tudo isso a Jacques por meio daquele beijo.

Ele abraçou-a possessivamente. A boca dele tão faminta quanto a dela, precisando se alimentar da doçura dela, de sua pureza. Precisando extirpar o que restava de seu lado demoníaco. O corpo de Shea estava ardente e pronto. A boca dela estava tão faminta quanto a dele. Jacques arremessou as roupas em todas as direções e trouxe Shea ainda mais para perto. Sentiu sua companheira soltar seu peso, sentiu os dois corpos vacilarem, e então eles caíram na fonte de água termal logo atrás deles.

Com os corpos presos um ao outro, foram até o fundo. Suas bocas estavam presas uma à outra, suas mentes compartilhavam uma risada. Jacques dava fortes impulsos na água enquanto passava as pernas de Shea em volta de sua cintura. Suas cabeças chegaram à superfície, fazendo a água em volta ondular. Shea estava sorrindo e segurava o rosto de Jacques entre as mãos.

– Você é tão incrivelmente romântico, Jacques. Estou quase sem ar aqui.

As mãos dele desceram até se apoiarem nas nádegas dela, que ele massageou sugestivamente. Enquanto desfrutava daquele momento, Jacque arqueou uma sobrancelha.

– Você está dizendo que isso é minha culpa? Querida, eu nunca perco o equilíbrio. Precisei segui-la em direção à água para evitar que você tivesse problemas.

Shea levou as mãos até as costas dele, na altura da cintura, acariciando-o. Em seguida, correu as mãos pelo quadril de Jacques.

– O que acho, homem selvagem, é que você precisa muito de mim – ela apertou seu corpo junto ao dele e sentiu a evidência quente, grande e grossa do desejo de seu parceiro. – Precisa muito... Muito.

Shea apertou suas pernas em volta da cintura de Jacques e ajeitou-se no comprimento agressivo daquele membro, recebendo-o dentro dela.

A respiração de Jacques explodiu enquanto um fogo aveludado parecia envolvê-lo. Os dentes dele encontram o pescoço esguio dela, e ele, então, segurou-a para poder invadi-la. Havia uma beleza tão extrema naquele momento que ele sentiu-se alheio ao tempo, como se estivesse preso em outra dimensão. Os cabelos de Shea flutuavam em volta deles como se fossem algas marinhas sedosas, e os seios fartos e voluptuosos dela pressionavam-se contra os pesados músculos do peito dele. Ela era suave e ardente, flutuava em volta dele como mel aquecido. Todavia, os músculos de Shea eram firmes e moviam-se convulsivamente para manter o membro retesado dele dentro de seu corpo.

Como consequência do movimento dos corpos, a água em volta espirrava nas peles sensíveis deles como dedos acariciando-os aquecida e carinhosamente. Shea era o mundo de Jacques naquele momento, o verdadeiro significado da vida para ele. As cores dançavam no ar – e agora esse mundo não era mais cinza e gelado, onde ele tinha vivido por tanto tempo. Agora as cores eram fortes e verdadeiras. Os sentimentos eram intensos; as emoções, profundas. O coração de Jacques batia com força, maravilhado. Seus instintos protetores e sua enorme capacidade de amar espalhavam-se por sua alma.

Aquele amor por Shea era um verdadeiro milagre, era exatamente o oposto de seu mundo de dor e de fúria, de frio extremo e desespero. Aquela mulher jamais compreenderia o que ela realmente significava. Nem mesmo podendo ler a mente dele ela seria capaz de compreender. Afinal, os sentimentos de Jacques eram extremamente fortes. Ele estava sedento e necessitado há tanto tempo! Já não tinha nenhuma esperança... E agora ela estava ali, em seus braços; os corpos de ambos formavam um só. O coração e a mente de Shea vibravam na mesma sintonia. Sua alma estava irrevogavelmente ligada à dele.

Jacques sabia, enquanto seu corpo movia-se suave e carinhosamente dentro do corpo de sua parceira, enquanto o sexo quente e úmido de Shea aceitava cheio de desejo seu membro grande e enrijecido, enquanto seu quadril golpeava sinuosamente para a frente e ele se enterrava cada vez mais fundo nela, naquele momento Jacques sabia que sua vida tinha mudado para sempre. Ele teria uma casa, uma família, filhos; teria amor e bom humor à sua volta durante todos os dias em que escolhesse permanecer na terra. Teria o corpo, o coração, a pureza e a bondade de Shea para domar sua natureza predatória. Seu inferno tinha se tornado um paraíso que, de alguma forma, mesmo com todos os seus erros, ele tinha conseguido conquistar.

Como ela podia ler a mente dele com facilidade, como ele raramente a deixava por completo, Shea podia vislumbrar os sentimentos dele. Ela descansou a cabeça no ombro de Jacques, fechou os olhos e permitiu que a explosão de gozo iminente tomasse conta de seu corpo. Abraçou-o com carinho. Ele era sua âncora, seu porto seguro. Independentemente do que viesse a acontecer no futuro, independentemente do que eles fossem forçados a enfrentar, eles tinham um ao outro, e isso era tudo o que eles poderiam desejar.

Jacques levou-os até o paraíso, juntos, enquanto a água da fonte aquecida espirrava e ondulava em volta de seus corpos nus. Com delicadeza e usando suas mãos másculas e enormes, ele segurou o rosto de Shea e olhou diretamente naqueles olhos verdes cheios de vida.

– Eu te amo, Shea. Sempre vou te amar – ele jurou com uma voz suave.

– Eu também te amo, Jacques – ela sussurrou de volta.

Os lábios de Jacques encontraram-se com os dela, sentiram aquele calor e aquela doçura que somente Shea era capaz de oferecer. E, sedento, aceitou aquilo. Abraçaram-se ainda mais forte, agora debaixo d'água. Rindo, tossindo, separaram-se e nadaram até a superfície. Os horrores daquele dia agora tinham se afogado nas profundezas do amor de Jacques e Shea.